Alle Rechte, einschließlich das des vollständigen oder
auszugsweisen Nachdrucks in jeglicher Form, sind vorbehalten.

Der Preis dieses Bandes versteht sich einschließlich
der gesetzlichen Mehrwertsteuer.

Umwelthinweis:
Dieses Buch wurde auf chlor- und säurefreiem Papier gedruckt.

Der Benedict Clan
Auf immer und ewig

Atemlos vor Angst erwacht Regina – Dunkelheit um sie herum. Engster Raum. Und: ein warmer, muskulöser Körper neben ihr. Dann wird sie geküsst wie nie zuvor in ihrem Leben, und trotz der Panik, die sie wie eine große Welle zu überfluten droht, kann sie nicht anders. Sie erwidert die leidenschaftliche Zärtlichkeit. Endlich öffnet sich der Sargdeckel, und Regina erinnert sich, was geschehen ist: Sie wurde von Gervis Berry, einem New Yorker Bestattungsunternehmer, dazu gezwungen, in Louisiana seinen größten Konkurrenten zu bespitzeln. Doch offensichtlich hat Kane Benedict, der Reginas doppeltes Spiel durchschaut hat, ihr eine Falle gestellt ...

Jennifer Blake

Der Benedict Clan
„Auf immer und ewig"
Roman

Aus dem Amerikanischen von
Annette Keil

MIRA® TASCHENBUCH
Band 25026
1. Auflage: November 2002

MIRA® TASCHENBÜCHER
erscheinen in der Cora Verlag GmbH & Co. KG,
Axel-Springer-Platz 1, 20350 Hamburg
Deutsche Taschenbucherstausgabe

Titel der nordamerikanischen Originalausgabe:
Kane
Copyright © 1998 Patricia Maxwell
erschienen bei: Mira Books, Toronto
Published by arrangement with
Harlequin Enterprises II B.V., Amsterdam

Konzeption/Reihengestaltung: fredeboldpartner.network, Köln
Umschlaggestaltung: pecher und soiron, Köln
Titelabbildungen: GettyImages, München/f1online, Frankfurt
Autorenfoto: © by Harlequin Enterprise S.A., Schweiz
Satz: Berger Grafikpartner, Köln
Druck und Bindearbeiten: Elsnerdruck, Berlin
Printed in Germany
ISBN 3-89941-034-3

www.mira-taschenbuch.de

1. KAPITEL

Regina Dalton kam zu sich, als der Sargdeckel zuklappte. Dunkelheit umgab sie, erdrückende, undurchdringliche Finsternis. Die stickige Luft roch nach Staub und altem Samt. In der qualvollen Enge spürte sie deutlich, wie ihre linke Schulter gegen eine gepolsterte Wand gepresst wurde. Ihre rechte ruhte unter festen, harten Muskeln.

Warmem Fleisch und Blut!

Kaltes Grausen packte sie. Mit einem erstickten Schrei riss sie ihre freie Hand hoch. Sie berührte mit Tuch ausgekleidetes, massives, unnachgiebiges Holz.

Sie war eingesperrt in dem antiken Sarg, den sie kurz zuvor im vorderen Salon des alten Herrenhauses betrachtet hatte. Weinroter Samt umgab den Sockel, auf dem er zur Schau gestellt war. Sein poliertes Nussbaumholz und die alten Messingbeschläge glänzten in der Sommersonne, die durch die hohen Fenster fiel. Der Anblick hatte Regina fasziniert und auf unerklärliche Weise angezogen.

Und jetzt war sie in diesem Sarg gefangen. Und sie war nicht allein.

„Eine nette Überraschung, was, Süße?"

Die tiefe, klangvolle Stimme verwirrte sie ebenso wie der warme Atem, der über ihre Schläfe strich. Ein Zittern lief durch ihren Körper. Sie empfand Erleichterung und Entsetzen gleichermaßen. Der Mann, mit dem sie da so eng zusammenlag, war lebendig. Irgendwie kam es ihr vor, als hätte er maßgeblich etwas damit zu tun, dass sie sich in diesem Sarg befand.

„Wer ...", fing sie an, brach jedoch abrupt ab, weil ihre Zähne laut aufeinander schlugen.

„Wer ich bin, spielt keine Rolle", antwortete ihr der Mann. „Viel interessanter ist, wer Sie sind und was Sie auf Hallowed Ground zu suchen haben."

Hallowed Ground – geheiligte Erde –, so hatte Mr. Crompton das alte Herrenhaus mit den weißen Säulen genannt, als er sie an der Tür begrüßte. Der Name erschien ihr passend für die Villa, die seit Jahren zugleich Wohnsitz der Familie und Bestattungsinstitut war.

Regina erinnerte sich vage, dass Lewis Crompton, ihr Gastgeber und Besitzer des alten Herrenhauses, sie ein paar Minuten im Wohnzimmer allein gelassen hatte. Die ausgewogenen Proportionen des Raumes, seine Beständigkeit ausstrahlende, behagliche Atmosphäre hatten sie fasziniert. Sie war aufgestanden und im Zimmer umhergegangen, hatte sich die verblassten Drucke an den Wänden und die zahllosen Antiquitäten und Nippes angesehen, die überall herumstanden.

Als sie bemerkte, dass die schweren Schiebetüren zum Nebenzimmer einen Spaltbreit offen standen, war sie stehen geblieben, um einen Blick in den angrenzenden Raum zu werfen. Der aufgestellte Sarg, die mit Brokat bezogene Sitzgruppe, die Tische mit den Wachsblumen und den unter Glasglocken ausgestellten Trauer-Ornamenten hatten ihre Aufmerksamkeit erregt. Neugierig geworden auf dieses seltsame Zimmer, hatte sie vorsichtig die Tür etwas weiter aufgeschoben und war hinübergegangen.

Sie erinnerte sich, dass etwas zwischen ihren Füßen hindurchgefegt war und sie dem Hindernis auszuweichen versuchte. Als das fette, wuschelige Tier einen durchdringenden Schrei von sich gab, war sie vor Schreck gestolpert. Sie hatte noch einen scharfen Schmerz in der rechten Schläfe gespürt, ehe sich eine von grellen Lichtblitzen durchzuckte Dunkelheit über sie senkte.

„Ich habe Ihnen eine Frage gestellt", sagte der Mann. Ein harter Unterton lag in seiner Stimme.

„Geschäftlich – ich bin geschäftlich hier." Nur mühsam brachte Regina die Worte hervor. Die Kehle war ihr wie zugeschnürt. Das Atmen fiel ihr so schwer, dass sie meinte, jeden Moment ersticken zu müssen.

„Was sind das für Geschäfte?" wollte der Mann wissen.

„Ich glaube nicht, dass Sie das etwas angeht – wer immer Sie sind." Er war nicht Lewis Crompton, so viel stand fest. Es handelte sich um einen jüngeren Mann, einen Fremden.

„Ich werde schon dafür sorgen, dass es mich etwas angeht."

In ihrer Wut und Verzweiflung vermochte Regina kaum einen klaren Gedanken zu fassen. Zum einen setzte ihr die Enge ihres Gefängnisses zu, zum anderen die Stellung, in der sie, unfähig, sich zu befreien, von der Schulter bis zum Fußknöchel halb unter diesem Mann lag.

Nur zu deutlich war sie sich seiner überlegenen Kraft bewusst, seines Gewichts, seines männlichen Geruchs. Sein Rasierwasser duftete nach Zitronen, sein Hemd nach Wäschestärke. Dass sein muskulöser Arm quer über ihrer Brust lag, machte ihr das Atmen nicht gerade leichter.

„Nun?" Die rau hervorgestoßene Frage klang gefährlich ungeduldig.

„Ich ... ich hatte einen Geschäftstermin mit Mr. Crompton", sagte sie hastig.

„Mr. Crompton ist ein älterer Herr und viel zu gutmütig, um dem Charme einer schönen Frau zu misstrauen. Ich bin weder das eine noch das andere."

Er versuchte sie einzuschüchtern, ihr Angst zu machen. Trotz und Verachtung flammten in ihr auf. „Wie schön für Sie! Aber da ich nicht vorhabe, jemanden mit meinem Charme zu betören, können Sie mich getrost hier herauslassen."

„Mitnichten."

„Warum?" fragte sie. „Warum sperren Sie mich hier ein?"

„Weil ich einige Dinge in Erfahrung bringen will. Die Methode erschien mir ganz geeignet dafür."

Während sie sich mit der Zunge über die trockenen Lippen fuhr, überlegte Regina fieberhaft, wie sie ihre Freiheit wiedererlangen konnte. „Wo ist Mr. Crompton?"

„Rechnen Sie nicht damit, dass er Ihnen zu Hilfe eilt. Es kann noch eine Weile dauern, bis er zurückkommt."

„Sie waren also der Grund dafür, dass er plötzlich unser Gespräch unterbrechen musste! Sie haben ihn wegrufen lassen, nicht wahr?"

„Gespräch? Worüber haben Sie denn mit ihm geplaudert, wenn ich fragen darf?" Er bewegte seinen Arm, der zwischen ihren Brüsten gelegen hatte, und schob ihn über ihr wild klopfendes Herz.

Regina holte tief Luft. Dann packte sie sein Handgelenk. Doch es gelang ihr nicht, seinen Arm wegzuschieben. Mit steifen Lippen sagte sie: „Wenn es der Schmuck ist, hinter dem Sie her sind, er liegt im Nebenzimmer. Holen Sie sich ihn und verschwinden Sie."

Der Mann stieß ein trockenes Lachen aus. „Welche Ironie, diese Aufforderung aus Ihrem Mund zu hören. Geradezu komisch."

„Was wollen Sie damit sagen?"

„Diebstahl scheint eher in Ihr Ressort zu fallen, nicht in meines. Ich sah, wie Sie die Stücke befingert haben, wie Sie bis auf die letzte Perle ihren Wert zu taxieren versuchten."

„Sie haben mich beobachtet?" Mit weit aufgerissenen Augen starrte sie in die Dunkelheit.

„Genau", sagte er. „Und jetzt werden Sie mir erklären, wie Sie Pops in Ihre Krallen gekriegt haben."

Regina zerrte an seinem Arm. Sie grub ihre Nägel in sein Handgelenk, doch es nützte nichts. Keinen Zentimeter vermochte sie seinen Arm wegzuschieben. Vor lauter Anstrengung brachte sie nur unzusammenhängende Worte heraus. „Ich glaube nicht, dass ich ..."

„Aber ich glaube es", unterbrach er sie. „Mein Großvater sieht in jeder Frau eine Lady. Die berechnende, raffgierige Spezies ist ihm fremd. Ich hingegen kenne diese Spezies nur zu gut, und ich werde es nicht zulassen, dass Sie ihm alten Familienschmuck, der Tausende wert ist, für einen Bruchteil seines Wertes abschwatzen."

„Ihr Großvater?"

„Richtig. Also, wie sind Sie an ihn herangekommen?"

Wenn er Cromptons Enkel war, dann musste er Kane Benedict sein. Damit sah die Situation auf einmal ganz anders aus. Er täuschte sich natürlich. Oder versuchte er sie mit diesem Missverständnis über den Schmuck in die Irre zu führen? Wie viel wusste er wirklich? Und wie war er ihr so schnell auf die Schliche gekommen?

Schweißperlen standen ihr auf der Stirn. Ihre Körperwärme sowie die Sonne, die direkt auf den Sarg fiel, heizten den engen Innenraum unangenehm auf. Da half selbst die Klimaanlage wenig, die den Salon kühlte.

„Ich würde Ihnen raten, meine Frage zu beantworten, und zwar schnell." Seine Stimme klang drohend. Während er sprach, verstärkte er den Druck seines Arms.

11

„Ich weiß nicht, was Sie von mir hören wollen", rief sie. „Ich kenne Mr. Crompton kaum."

„Ein einmaliger Deal, was? Wer hat ihn eingefädelt?"

„Mr. Crompton rief mich an und bat mich herzukommen."

Kane Benedict ließ sich Zeit mit seiner Erwiderung. Als er schließlich sprach, lag Verachtung in seiner Stimme. „Das wage ich zu bezweifeln."

Er hatte natürlich Recht. Bemüht, ihre Lüge zu korrigieren, fügte sie hastig hinzu: „Nun, so ganz genau weiß ich auch nicht, wie es zu Stande kam. Er muss jemanden angerufen haben, der meine Arbeit kennt. Die Nachricht wurde dann an mich weitergeleitet. Diese Dinge werden diskret gehandhabt."

„Du lieber Himmel!"

Seine Worte drückten Abscheu aus. Der Druck seines Armes wurde noch härter. Seine Reaktion machte Regina Angst. „Lassen Sie mich heraus, auf der Stelle! Bitte. Ich kann es nicht mehr ..."

„Gewöhnen Sie sich daran. Es kann noch eine Weile dauern, bis Sie hier herauskommen."

„Soll das heißen, Sie können dieses Ding nicht öffnen?" Die Frage klang halb erstickt.

„Ich habe als Kind in diesem Sarg gespielt. Natürlich kann ich ihn öffnen. Aber vorher müssen Sie mir noch einige Erklärungen liefern."

Seine Berührung, seine Stimme, seine körperliche Nähe hatten die seltsamste Wirkung auf sie – trotz ihrer verzweifelten Lage. Sein Atem schien durch ihren Körper zu streichen, so dass sie irgendwann seine Atemzüge kaum mehr von ihren eigenen zu unterscheiden vermochte. Sie spürte seinen Herzschlag, und sie hätte sich schon sehr täuschen müssen, wenn ein gewisser Körperteil sich nicht härter an ihren Oberschenkel presste, als es unter den gegebenen Umständen schicklich gewesen wäre.

Sie wollte diese Intimität nicht. Sie konnte nicht damit umgehen. Weil dabei ein dunkles Erinnern an Hilflosigkeit, Angst und gewaltsame Unterwerfung in ihr aufstieg.

„Was wollen Sie von mir?" Sie ließ sein Handgelenk los und tastete nach seiner Schulter, um ihn von sich wegzustoßen, damit mehr Platz zwischen ihnen entstand.

„Sind Sie nur aufs Geld aus, oder haben Sie es auf was anderes abgesehen? Wäre es gar möglich, dass Sie etwas mit dem bevorstehenden Prozess zu tun haben?"

„Prozess?" Das Wort war kaum mehr als ein heiseres Flüstern. Der eigene Herzschlag dröhnte ihr in den Ohren.

„Ist es Zufall, dass Sie ausgerechnet jetzt hier aufkreuzen, oder besteht da eine Verbindung zu dem Bestattungsunternehmen, das meinen Großvater aus dem Geschäft drängen will?"

Regina erschrak. Panik stieg in ihr auf. In spontaner Abwehr wies sie seinen Vorwurf zurück. „Sie sind ja verrückt!"

„Mag sein", stimmte er ihr in ironischem Ton zu. Dabei legte er ihr die Hand in den Nacken, um sie wieder enger an sich zu ziehen. „Zumindest habe ich den verrückten Impuls zu testen, wie weit Sie gehen werden. Vielleicht wollen Sie Ihre Tricks an mir, statt an Pops ausprobieren?"

„Nein! Fassen Sie mich nicht an!"

„Warum nicht?"

„Sie schätzen mich falsch ein. Ich bin nicht so. Sie dürfen nicht ..."

Sie kam nicht weiter, weil er ihr plötzlich mit dem Daumen über die Lippen strich und gleich darauf seinen warmen Mund auf ihren presste. Dabei schob er sich halb über sie, um sie in die

Arme zu nehmen und mit seinem Gewicht ihren Widerstand zu unterdrücken.

Von Zorn und Verlangen getrieben, ergriff er regelrecht Besitz von ihr. Sein ungestümes Verhalten zielte darauf ab, sie zum Mitmachen zu bewegen, sie dazu zu bringen, ihren Widerstand aufzugeben und teilzunehmen an der sinnlichen Entdeckungsreise. Sein Mund schmeckte süß, sein Kuss war berauschend. Sekundenlang spürte Regina, wie Begehren sie durchzuckte, wie die Realität ihr zu entgleiten drohte. Ihr Körper schien mit seinem zu verschmelzen, als würden zwei getrennte Wesen zu einem einzigen mächtigen Lebensstrom zusammenfließen.

Wie einfach wäre es, ihren Empfindungen nachzugeben, die lustvollen Gefühle zu akzeptieren oder sie gar zu erwidern. Eine innere Stimme flüsterte ihr zu, dass es unter Umständen der beste, der einfachste Weg wäre, um sich zu beschaffen, was sie brauchte. Um zu finden, was sie suchen sollte.

Aber sie konnte es nicht. Niemals. Weder jetzt noch später.

Mit einem gequälten Seufzen befreite sie sich aus seiner Umarmung, um ihn im nächsten Moment heftig von sich wegzustoßen. Die abrupte Bewegung kam völlig überraschend für den Mann, der sie fest hielt. Er fiel zurück und plumpste so hart gegen die Seitenwand des Sarges, dass dieser auf seinem samtverkleideten Podest ins Wanken geriet.

Regina stieß einen Schrei aus. Ganz steif wurde sie vor Angst. Der Mann fluchte. Gleich darauf packte er erneut ihren Arm. Dabei schob er sein Knie hoch, um sie mit eiserner Kraft fest zu halten. In dieser Stellung verharrte er regungslos, als könne er damit den Sarg am Umkippen hindern.

Bis plötzlich etwas in Regina ausrastete. Sie merkte kaum, was sie tat, als sie, von blinder Wut und Panik getrieben, wild um sich zu schlagen begann. Den Körper vor Abwehr verkrampft, entwand sie sich dem Griff des Mannes. Dabei schluchzte sie verzweifelt auf.

Sie spürte, wie er seinen Griff lockerte, hörte seinen besorgten Ausruf, kümmerte sich jedoch nicht darum. Blindlings kämpfte sie weiter gegen ihn an. Und selbst als sie merkte, dass sie ihn ins Gesicht geschlagen hatte, als sie mit den Fingernägeln seine Nase zerkratzte, empfand sie keine Genugtuung, kam nicht zur Vernunft. Sie erkannte lediglich, dass ihre Zielscheibe verletzbar war – und schlug erneut zu.

Der Mann stieß einen leisen Fluch aus. Sich auf sie rollend, presste er sie in das Samtpolster. Während er sie mit seinem Körpergewicht immobilisierte, riss er ihr Handgelenk hoch und hielt es über ihrem Kopf fest.

Unvermittelt stellte Regina den Kampf ein. Tränen schossen ihr in die Augen. Verzweifelt schluchzte sie auf.

„Es tut mir Leid", sagte der Mann leise. „Seien Sie ruhig. Ich will Ihnen nichts anhaben. Es tut mir aufrichtig Leid."

Ihr Schluchzen begann abzuebben, ihre Atemzüge wurden ruhiger. Sie schien sich schon fast wieder gefangen zu haben.

„Sind Sie okay?" fragte der Mann. „Ich gebe zu, ich habe die Sache etwas zu weit getrieben."

„Lassen Sie mich los." Mit zusammengebissenen Zähnen brachte sie die Worte heraus. Dabei lief noch einmal ein letztes Zittern durch ihren Körper.

„Gleich – sobald ich sicher sein kann, dass Sie nicht mehr auf mich einschlagen."

„Nein, das ... das werde ich nicht tun."

„Bestimmt nicht?" Ein Anflug von Galgenhumor schwang in seiner Stimme. Vorsichtig lockerte er seinen Griff.

15

Sein Ton beruhigte sie ein wenig. Sie hatte das Gefühl, dass seine Worte ehrlich gemeint waren. Sie nickte.

„Gut. Na, dann wollen wir mal. Immer schön mit der Ruhe." Er ließ sie los und rückte von ihr ab.

In diesem Moment ließ sich ein metallisches Klicken vernehmen, und einen Augenblick später sprang der Sargdeckel auf. Wie ein Heiligenschein umgab das gleißend helle Sonnenlicht den weißhaarigen Gentleman, der vor ihnen stand und den Sargdeckel aufhielt.

Lewis Crompton.

Sekundenlang verharrten alle drei bewegungslos. Niemand sprach. Dann holte Regina tief Luft. Ganz langsam atmete sie wieder aus. Dabei hob sie die Hand, um verstohlen die Tränen wegzuwischen, die ihr in den Wimpern hingen.

Der alte Herr musterte seinen Enkelsohn mit grimmigem Blick. „Falls du eine Entschuldigung hast, Kane, so würde ich sie gern hören."

Der Mann neben Regina richtete sich abrupt auf. Mit einer fahrigen Bewegung strich er sich durchs Haar. „Man könnte es ein Experiment nennen."

„Welcher Art?" Der Ton des alten Herrn klang unverändert hart.

„Mir kam der Verdacht, dein Gast könnte etwas mit dem Prozess zu tun haben."

Lewis Crompton hielt Regina die Hand hin, um ihr beim Aufsetzen zu helfen. „Mit anderen Worten, du hast deine Nase in Angelegenheiten gesteckt, die dich nichts angehen. Hast du deinen Fehler wenigstens erkannt?"

Kane Benedict runzelte die Stirn. Vage zuckte er die Schultern. „Vielleicht. Aber ich behalte mir das Recht vor, die Angelegenheit weiterzuverfolgen. Alles, was in irgendeinen Zusammenhang mit diesem Fall gebracht werden kann, geht mich etwas an."

Unter seinen buschigen weißen Brauen hervor warf der alte Herr ihm einen Blick zu. „Ich bin nicht sicher, ob wir in diesem Punkt einer Meinung sind. Eines kann ich dir jedoch sagen: Die Methoden, derer du dich bei deinen Nachforschungen bedienst, gefallen mir nicht."

„Ich kann alles erklären ..."

„Das will ich hoffen. Aber ein andermal. Ich bezweifle, dass unser Gast die Diskussion unterhaltsam finden wird."

Die Betonung, die er auf das Wort Gast legte, war nur angedeutet, doch sie verfehlte ihre Wirkung nicht. Mit Erstaunen bemerkte Regina, wie die sonnengebräunte Haut des jüngeren Mannes eine dunkelrote Schattierung annahm. Sie hätte nicht gedacht, dass dieser Mann sich von irgendeiner Kritik beeindrucken ließ, schon gar nicht von dem Tadel eines älteren Verwandten.

Zum ersten Mal betrachtete sie ihn genauer. Er war ausgesprochen attraktiv mit seinem glänzenden schwarzen Haar, den festen, wie gemeißelt wirkenden Gesichtszügen, der markanten Nase und den tiefblauen Augen. Im hellblauen Hemd und dunkelblauer Anzughose mit Nadelstreifen hätte man ihn für einen Geschäftsmann, einen Banker oder Börsenhändler halten können. Die Aura, die ihn umgab, verriet altes Geld und mühelosen Erfolg. Hinter diesem äußeren Eindruck jedoch verbarg sich noch etwas anderes: unbekümmerte Selbstsicherheit und verwegene Nonchalance, die er trug wie eine zweite Haut.

Es gab gewiss wenige Leute, die diesem Mann Furcht einflößen, wenig Dinge, die ihn in Verlegenheit bringen konnten. Trotzdem wich er im Moment ihrem Blick aus. Regina hatte das

17

Gefühl, es war ihm unangenehm, dass sie gesehen hatte, mit welcher Verunsicherung er auf den Tadel seines Großvaters reagierte.

Doch er fing sich schnell wieder. „Ich nehme an", sagte er in gedehntem Ton zu dem alten Herrn, „dass dein Gast auch einen Namen hat."

„Ja, das hat sie. Miss Dalton, erlauben Sie mir, Ihnen Kane Benedict, den Sohn meiner Tochter, vorzustellen. Kane ist außerdem mein Anwalt, und zwar ein sehr guter. Die Lady, die du so schlecht behandelt hast, Kane, kommt aus New York. Miss Regina Dalton ist in ihrer Eigenschaft als Sachverständige für Schmuck und Juwelen hier."

Kane Benedict wandte sich ihr langsam zu, um sie mit durchdringendem Blick zu mustern. Alles registrierte er: die haselnussbraunen Augen hinter den türkisen Kontaktlinsen, die zerzauste kupferrote Haarmähne, die Sommersprossen auf ihrem Nasenrücken.

„Eine Sachverständige für Schmuck", wiederholte er ungläubig.

„Miss Dalton war gerade dabei, mir einen Schätzwert für die Kollektion zu geben, die deine Großmutter hinterließ, als wir unterbrochen wurden."

„Tatsächlich? Und dafür ist sie extra aus New York eingeflogen." Seine Lippen verzogen sich zu einem hintergründigen Lächeln. „Zumindest erklärt es den Akzent."

Regina schluckte, als sie seinem Blick begegnete. Es war eine Gewohnheit von ihr, in Situationen wie dieser instinktiv die Hand auf den schweren Bernsteinanhänger zu legen, den sie um den Hals trug. Irgendwie bezog sie aus dieser Geste Mut und Zuversicht.

Sie hatte Übung darin, Menschen auf den ersten Blick einzuschätzen. Es gelang ihr stets recht gut, intuitiv ihre Stärken und Schwächen zu erkennen, um sich so vor ihnen zu schützen und ihre Distanz zu wahren. Aber bei diesem Mann verhielt es sich anders. Er war ihr gefährlich nahe gekommen, ehe sie ihre Schutzmechanismen aktivieren konnte. Und das gefiel ihr nicht.

Er war gefährlich. Sie schätzte ihn ein als einen Mann, der an die Gesetze glaubte, die er verteidigte, als einen Mann, der die Wahrheit erwartete, die absolute Wahrheit. Er würde kein Verständnis haben für jemanden, der die Fakten etwas zu großzügig auslegte und sich am Rande der Legalität bewegte. Sie sah es ihm an. Es lag in dem harten Zug um seine Lippen, in seinem durchdringenden, wachsamen Blick.

Er würde keine Nachsicht haben mit jemandem wie ihr.

Hastig rückte sie von ihm ab, an den Rand des Sarges, wo sie sich hinkniete. Lewis Crompton legte ihr die Hand unter den Ellbogen. Doch selbst mit seiner Hilfe wusste sie nicht, wie sie es bewerkstelligen sollte, in ihrem engen Kostümrock einigermaßen damenhaft aus dem Sarg und von dessen Podest hinunterzuklettern.

„Warten Sie", befahl Kane. „Ich habe Sie hier hereingebracht, also werde ich Sie auch wieder hinausschaffen. Das ist das Mindeste, was ich tun kann."

„Sie brauchen sich nicht ...", fing Regina an.

Doch es war zu spät. Während sein Großvater zurücktrat, legte Kane die Hand auf die Seitenwand des Sarges und sprang hinüber. Kaum stand er am Boden, da drehte er sich um, legte ihr den Arm unter die Knie, schlang den anderen um ihre Schultern und hob sie hoch, als sei sie eine Feder. Dann schwang er mit ihr herum und ließ langsam ihre Beine herunter, bis die Spitzen ihrer Pumps den Boden berührten.

Regina sah zu ihm auf, direkt in seine tiefblauen Augen. Besitzergreifend hielt er sie fest. Auf seiner Wange zeichnete sich feuerrot der Abdruck ihrer Hand ab, über seinen Nasenrücken zogen sich die roten Kratzer, die ihre Fingernägel hinterlassen hatten. Derartig von ihr gekennzeichnet, brachte seine Miene unverhohlen zum Ausdruck, wonach ihm in diesem Moment zu Mute war.

Er war ein Mann, der sich mit Frauen auskannte, das wurde Regina schlagartig klar. Er vermochte ihre Reaktionen einzuschätzen, kannte ihre Schwächen und würde nicht zögern, sie sich zu Nutze zu machen, wenn es die Situation erforderte. Er wusste ganz genau, welche Wirkung er auf sie hatte, wie sehr er sie verunsicherte. Ganz gezielt zog er diesen Moment in die Länge.

Aber sie hatte keine Lust, sich erneut von ihm einschüchtern zu lassen. Abrupt stieß sie sich von ihm ab. „Vielen Dank", sagte sie kühl.

„Es war mir ein Vergnügen, Ma'am."

Er neigte kurz den Kopf, als er sie losließ. In der Geste lag dieselbe vorsichtige Höflichkeit, derselbe respektvolle Charme, der Regina so bei seinem Großvater beeindruckt hatte, als Crompton sie vorhin in seinem Haus willkommen hieß. Trotzdem spürte sie Zorn in sich aufsteigen. Kane Benedict machte sich über sie lustig. Wenn sie auch nicht wusste warum, so bezweifelte sie es doch keinen Moment.

Dieser Mann hatte sie geküsst. Der Gedanke war schockierend. Diese wie gemeißelt wirkenden Lippen hatten ihren Mund berührt. Er hatte sie gekostet, wie ein Weinkenner einen neuen Jahrgang probierte. Unwillkürlich schoss ihr die Frage durch den Kopf, wie seine Bewertung wohl ausgefallen war. Dass sie sich diese Frage überhaupt stellte, fand sie noch beunruhigender als seine Berührung.

Sie wandte sich an ihren Gastgeber. „Ich fürchte, der Zwischenfall war ebenso meine Schuld wie die Ihres Enkels", erklärte sie. „Ich hätte meiner Neugier nicht nachgeben dürfen. Verzeihen Sie mir, dass ich mich eigenmächtig etwas umgesehen habe?"

Kane blickte sie überrascht an – was sie als Genugtuung empfand. Es war gut zu wissen, dass sie diesen Mann aus dem Konzept bringen konnte.

„Das ist sehr nobel von Ihnen, meine Liebe", bemerkte Lewis Crompton. Seine grauen Augen blitzten, während er erst sie, dann seinen Enkel ansah.

„Nicht im Geringsten. Könnten wir jetzt zu den Schmuckstücken zurückgehen, die Sie mir zeigten? Es macht mich unruhig, dass sie so offen herumliegen."

Der alte Herr schüttelte den Kopf. „Hier in meinem Haus würde es niemandem einfallen, auch nur ein Stück davon anzurühren. Abgesehen davon glaube ich, dass wir unser Gespräch verschieben sollten. Ich könnte mir vorstellen, dass Sie im Moment nicht in der Verfassung dazu sind."

„Ganz im Gegenteil", widersprach sie ihm. „Mir fehlt überhaupt nichts. Und wenn ich Sie vorhin richtig verstanden hatte, stehen Sie unter Zeitdruck. Ihre Sammlung ist so groß, dass wir keine weitere Zeit verschwenden sollten."

„Nun, ganz so eilig habe ich es auch nicht. Wir können unsere Besprechung genauso gut morgen oder übermorgen fortsetzen. Und ehrlich gesagt gefällt mir dieser Bluterguss an Ihrer Schläfe überhaupt nicht. Ich würde meinen, Kane sollte mit Ihnen beim Krankenhaus vorbeifahren, um sicherzugehen, dass alles in Ordnung ist."

Regina strich sich über die Stirn – und zuckte zusammen, als ihre Finger die Wunde berührten. Aber deshalb ins Krankenhaus gehen? Nein, so empfindlich wie die zarten Pflänzchen hier unten im Süden war sie nicht. „Ich denke nicht, dass das notwendig ist", sagte sie mit Nachdruck.

„Ich bestehe darauf. Es ist das Mindeste, was wir unter den gegebenen Umständen tun können." Die Stimme des alten Herrn klang gebieterisch. Während er sprach, blickte er seinen Enkel an, als seien die Worte an ihn gerichtet.

„Aber selbstverständlich", sagte Kane sofort.

„Nein, es ist wirklich nicht nötig. Der Schmuck …"

„Der Schmuck kann warten", erklärte Lewis Crompton mit ruhiger Bestimmtheit. „Kane wird Sie fahren."

„Ich kann doch meinen Mietwagen nicht hier stehen lassen." Der Einwand klang zum Glück plausibel, und so machte Regina ihn sich dankbar zu Nutze.

„Wenn Sie mir die Schlüssel geben, wird jemand den Wagen zu Ihrem Motel bringen." Kane streckte die Hand aus, als erwarte er, dass sie widerspruchslos gehorchte. Ebenso wie sein Großvater schien er der Meinung zu sein, er wisse am besten, was gut für sie war. Es war Chauvinismus pur, was die beiden ihr da lieferten, aber Regina wunderte sich kaum darüber. Die Männer in den Südstaaten waren schließlich bekannt dafür.

„Nein, vielen Dank", sagte sie steif. Sie wandte sich ab und ging zum Wohnzimmer hinüber, um ihre Handtasche zu holen. Die schnelle Bewegung löste tatsächlich Schwindel und leichte Übelkeit aus, was Regina jedoch zu ignorieren versuchte. Unbeirrt ging sie weiter. Keine Sekunde länger wollte sie sich von Kane Benedict bevormunden lassen.

„Sie haben sich ja erstaunlich schnell erholt", rief er ihr hinterher. „Es freut mich, dass der Schreck nicht so groß war, wie es der Anschein hatte."

Er wollte ihr unterstellen, dass sie Theater gespielt hatte. Regina blieb stehen, um sich zu ihm umzudrehen. „Ich hatte keine Angst, Mr. Benedict, sondern Klaustrophobie – was etwas völlig anderes ist."

„Wie wahr. Sie können übrigens Kane zu mir sagen. Damit Sie den Namen erkennen, wenn ich mich später nach Ihrem Befinden erkundigen komme."

„Sparen Sie sich die Mühe."

„Oh, es ist keine Mühe." Ein Lächeln zuckte um seine Mundwinkel, als er sie quer durch den Raum ansah. „Nicht im Geringsten."

Er wusste, dass sie ihn nicht sehen wollte. Trotzdem beharrte er auf seinem Vorhaben. Vielleicht nahm er an, er könne sie erneut verunsichern und sie so zum Sprechen bringen. Vermutlich hatte er vor, das Verhör an dem Punkt wieder aufzunehmen, wo er es abgebrochen hatte. Nun, sie würde ihm einen Strich durch die Rechnung machen. Von ihr würde er nichts erfahren. Zu viel stand für sie auf dem Spiel. Man hatte sie mit einer Aufgabe nach Louisiana geschickt. Sie würde den Auftrag erledigen und wieder abreisen. Es blieb ihr keine andere Wahl.

Sie wollte es auch gar nicht anders.

Sie wandte sich von den beiden Männern ab und ging.

2. KAPITEL

Vom Salonfenster aus beobachtete Kane, wie Regina Dalton die Einfahrt hinuntermarschierte und in ihren Mietwagen stieg. Sie ging mit schnellen Schritten und ohne sich auch nur andeutungsweise in den Hüften zu wiegen. Keine Spur von sexy Hüftschwung. Sie rechnet nicht damit, dass ich ihr nachschauen könnte, dachte Kane. Sie hat mich längst vergessen. Es gefiel ihm, wie der enge Rock ihre schmalen Hüften umschloss. Und als sie in ihr Auto stieg und der Rock sich dabei über ihr Knie schob und ein Stück ihres Oberschenkels freigab, durchzuckte es ihn heiß. Seine pubertäre Reaktion irritierte ihn. Er fand sie höchst unpassend angesichts der Umstände. Dies war weder der richtige Zeitpunkt noch der richtige Ort dafür. Und schon gar nicht die richtige Person. Das Schicksal hatte schon einen seltsamen Humor.

„Ich will dir keine weiteren Vorwürfe wegen deines ungebührlichen Betragens machen", sagte Lewis Crompton, während er zu seinem Enkel ans Fenster trat. „Ich möchte dich jedoch darauf hinweisen, dass ich meine Angelegenheiten von jeher ohne Einmischung deinerseits zu regeln pflege. Stell dir vor, ich hätte dieser attraktiven jungen Dame ein wertvolles Geschenk machen wollen. Dann hätte ich dein Eingreifen doch als bodenlose Frechheit empfunden."

„Ich weiß", sagte Kane in missmutigem Einverständnis, während er Regina Daltons davonfahrendem Mietwagen nachblickte.

„Eine andere Frage ist, wie du zu der Annahme kommst, ich könne einer Schwäche für ein junges Ding erliegen, das vom Alter her meine Enkeltochter sein könnte."

Über die Schulter warf Kane seinem Großvater einen Blick zu. „Du mochtest doch schon immer rothaarige Frauen", meinte er lächelnd.

„Ja, sie hat wirklich erstaunliches Haar, nicht wahr? Es ist so feurig, dass man es anfassen möchte, um zu sehen, ob man sich daran verbrennt. Nicht, dass einem von uns beiden dieser Gedanke gekommen wäre ..."

Kane hörte sehr wohl den Sarkasmus aus diesen letzten Worten heraus. Statt einer Antwort gab er einen Laut von sich, der halb verächtliches Schnauben, halb Seufzen war.

„Das dachte ich mir." Der alte Herr lachte leise in sich hinein. „Ich könnte sie hinhalten, so dass sie noch eine Weile bei uns bleiben muss."

„Nein", sagte Kane ruhig, „nicht meinetwegen."

„Schade." Ein fetter gelber Kater kam unter einem Rattantisch hervor, spazierte zu dem älteren Mann hin und strich ihm ums Bein. Crompton bückte sich und nahm das Tier auf den Arm. „Du hättest sie zu ihrem Hotel fahren sollen", bemerkte er, während er den Kater streichelte.

„Ich glaube, sie hatte fürs Erste genug von mir", erwiderte Kane.

„Schon möglich. Ich kann ihr kaum einen Vorwurf daraus machen. Schließlich gehen die Verletzungen, die sie davongetragen hat, auf dein Konto."

„Der verdammte Kater war daran schuld." Die Hände in die Hosentaschen vergraben, drehte Kane sich um und lehnte sich mit dem Rücken an den Fensterrahmen.

„Samson mochte die Sache ausgelöst haben, aber richtig schlimm wurde sie erst durch dich. Was hat dich zu deinem Tun veranlasst?"

Kane schwieg einen Moment. Dann sagte er: „Ich kam durch die Küche herein. Dora sagte mir, du hättest Besuch. Ich wollte mich dazugesellen, mich jedoch erst vergewissern, ob es sich nicht um eine Privatangelegenheit handelte. Deshalb blieb ich, wie sich das für einen Gentleman gehört, zunächst einen Moment an der geöffneten Tür stehen. Etwas an deinem Gast – die Art und Weise, wie sie dich ansah – war mir suspekt. Ich empfand ihr Lächeln als unaufrichtig."

„Du meinst, verführerisch?" Die Augen seines Großvaters wurden schmal.

„Ja, so erschien es mir." Kane zuckte die Schultern. „Bist du sicher, sie gibt sich nicht als jemand aus, der sie gar nicht ist?"

„Traust du ihr das zu?" Sein Großvater betrachtete ihn interessiert, während er fortfuhr, den dicken Kater zu streicheln.

„Ich will nicht behaupten, dass ich unfehlbar bin, aber ich habe ein sicheres Gespür für Schwindler."

„Vielleicht hat die Lady es außer Kraft gesetzt – dein sicheres Gespür", bemerkte Lewis Crompton trocken. „Es würde mich nicht wundern. Bei ihrer Ausstrahlung könnte sie vermutlich noch ganz andere Dinge durcheinander bringen."

„Du lieber Himmel, Pops!"

„Ehrlich gesagt, bin ich froh, dass du nicht immun gegen ihren Charme bist", fuhr Crompton fort, als hätte er die Worte seines Enkels gar nicht wahrgenommen. „Du warst ein schlimmer Strolch, so wie dein Vater und all die übrigen Benedicts dort unten vom See. Deine Großmutter – Gott hab sie selig – hat viele Nächte wach gelegen, als du ein Junge warst, und um dich gebangt. Wenn sie nicht gerade über deine Streiche lachte. Man wusste nie, welche verrückte, wilde Torheit du dir als Nächstes ausdenken würdest."

„Wild?"

„Ja, wild", sagte Pops bestimmt. „Kannst du dich daran erinnern, wie du und dein Cousin Luke eurer Sportlehrerin die Reizwäsche geklaut und am Wasserturm aufgehängt habt, weil die Dame gewagt hatte zu behaupten, Lukes Freundin April Hal-

26

stead kleide sich zu sexy? Oder an dieses Bootsrennen auf dem See, bei dem der Verlierer nackt für die Gewinner kochen musste? Dein Cousin Roan hatte verloren, nicht wahr? Das war in dem Sommer, als du, Luke und Roan mit diesem frisierten Wagen, der immer ins Schleudern kam, Rennen gefahren seid."

„Okay." Kane hob die Hand. „Es reicht."

„Du bist inzwischen ruhiger geworden ..."

„Mit gutem Grund."

„Sicher. Die meisten Männer lassen sich von einer Frau zähmen, und auf die Benedicts trifft das ganz besonders zu. Sie fallen hart, aber wenn sie sich einmal entschlossen haben, eine Familie zu gründen, dann werden sie die treuesten Ehemänner. Dein Problem war, dass du dir die falsche Frau ausgesucht hast. Als die Sache dann ausgestanden war, bist du ins andere Extrem verfallen und geradezu langweilig geworden."

Kane warf ihm einen warnenden Blick zu. Sein Großvater war nicht der Einzige, der sich ein Einmischen in seine Privatangelegenheiten verbat.

„Du willst doch wohl nicht abstreiten, dass Francie dich ganz schön hereingelegt hat, ehe sie von der Bildfläche verschwand?"

„Nein", erwiderte Kane. „Aber ich möchte wissen, was das mit Regina Dalton zu tun hat."

„Sie ist dir unter die Haut gegangen", erklärte sein Großvater, ein Blitzen in den grauen Augen. „Sie hat den Teufel, der dich früher geritten hat, wieder zum Leben erweckt, dich dazu gebracht, spontan zu handeln, ohne vorher die Konsequenzen abzuwägen. Es tat mir gut, das nach all der Zeit endlich einmal wieder erleben zu dürfen."

„Das war aber nicht der Sinn der Sache."

„Ich weiß. Du hast dir innerhalb von Sekunden ein Urteil

über diese junge Frau gebildet, sie vom einen zum anderen Moment für schuldig befunden. Das sieht dir überhaupt nicht ähnlich."

„Ich darf doch wohl annehmen, dass du ihre Referenzen überprüft hast, ehe du sie hier Einzug halten ließest?" entgegnete Kane.

Sein Großvater nickte. „Das habe ich. Sie wurde mir wärmstens empfohlen. Vor allem im letzten Jahr hat sie mit den bekanntesten Juwelieren und Auktionshäusern zusammengearbeitet. Sie ist gründlich und genau und überdies Expertin für viktorianischen Schmuck. Ich kann mich glücklich schätzen, dass sie mich bei all ihren Terminen so kurzfristig einschieben konnte."

Kane musterte seinen Großvater mit prüfendem Blick. „Und warum die Eile? Doch wohl kaum, weil du das Geld brauchst?"

Der alte Herr verzog das Gesicht. „Auf diese Frage habe ich nur gewartet."

„Zu Recht. Soweit ich mich erinnere, sollte Grans Schmuck in der Familie bleiben."

„Du bist unser einziger Enkel, falls es dir entgangen ist. Und du scheinst es nicht eilig damit zu haben, mir eine Frau zu bringen oder mir Urenkel zu bescheren, die viktorianische Gemmen tragen könnten. Damit stehen die Chancen schlecht, Grans Schmuck irgendwann demnächst zu vererben."

„Versuche nicht, das Thema zu wechseln", warnte Kane ihn. „Du willst die Kollektion verkaufen, um die Kosten für den Prozess zu decken. Um mein Honorar damit zu bezahlen."

Lewis Crompton setzte den Kater aufs Sofa, ehe er seinem Enkel antwortete. „Dass es deine Kanzlei ist, der ich das Geld schulde, spielt keine Rolle. Ich bin es gewohnt, meinen Zahlungsverpflichtungen nachzukommen."

„Aber nicht so."

„Das entscheide ich, nicht du."

„Auch wenn es meine Kinder sind, die um ihr Erbe gebracht werden?"

Mit ernstem Blick musterte Lewis Crompton seinen Enkel. „Das ist unfair, Kane. Schließlich geht es hierbei auch um deinen Partner und um diese Assistentin, die du für den Fall eingestellt hast. Und nicht zuletzt auch um die kleine Benson, die dein Telefon beantwortet."

„Melville und ich haben noch andere Klienten", bemerkte Kane knapp.

„Sicher, aber für die seid ihr nicht ständig auf Achse, um Beweismaterial zu sammeln, oder? Genauso wenig wie ihr euch ihretwegen auf die Fragen gerissener New Yorker Staranwälte vorbereiten müsst. Ich lasse es nicht zu, dass du meine Verteidigung aus deiner eigenen Tasche bezahlst, basta."

Kane bewunderte seinen Großvater ebenso für seinen Stolz, wie er seinen Starrsinn respektierte. Es lag ihm fern, Pops zu verletzen. Aber dass der alte Herr sich gezwungen sah, den Familienschmuck zu versetzen, das konnte er nicht hinnehmen. „Keine Angst, deine Verteidigung wird mich nicht in den Ruin treiben", versicherte er ihm.

„Das weiß ich. Aber ich will nicht auf Almosen angewiesen sein."

Sie blickten sich an. Keiner schien zum Nachgeben bereit. Bis Kane die Fäuste ballte und einen unterdrückten Fluch ausstieß. „Ich werde diesem geldgierigen Bastard, der dir dies angetan hat, den Hals umdrehen, sollte ich ihn jemals zu fassen kriegen!"

„Gut", erwiderte sein Großvater trocken. „Und ich werde

ihm ein königliches Begräbnis ausrichten, damit er sieht, wie es gemacht wird."

Kane rang sich ein dünnes Lächeln ab. „Es würde ihm recht geschehen, in einem seiner billigen Blechsärge unter die Erde zu kommen."

„Absolut. Obwohl ich nicht der Einzige bin, den er mit seinen Praktiken schädigt."

Sein Großvater hatte Recht. Die Farmer, die Kraftfahrer und Feldarbeiter im gesamten Delta machten sich Sorgen um die Preise, die das große New Yorker Begräbnisunternehmen verlangen würde, wenn Cromptons Bestattungsinstitut von der Bildfläche verschwunden war. Sam Bailey, der in seinem Laden Tierfutter verkaufte, hatte es gestern erwähnt. Es sei ein Verbrechen, wenn die Leute sich verschulden müssten, um ihre Angehörigen begraben zu können. Bei dem Prozess würde er jedenfalls hundertprozentig hinter Lewis Crompton stehen.

Cromptons Bestattungsinstitut war ein alteingesessener Teil der Gemeinde, ein Traditionsunternehmen seit 1858. Kein anonymes Konglomerat würde jemals denselben diskreten persönlichen Service liefern können. Das von Gervis Berry geleitete Begräbnisunternehmen hatte zwar in einer groß angelegten PR-Kampagne die Kundschaft von der Qualität der Organisation zu überzeugen versucht, aber bei näherem Hinsehen hatten sich die angepriesenen Dienste als ein einziger Schwindel entpuppt. Eingehende Überprüfungen ergaben, dass sowohl Ware als auch Dienstleistungen zu wünschen übrig ließen und das Geschäftsgebaren der Firma höchst fragwürdig war.

Insbesondere Melville, Kanes Partner, war empört über die Praktiken, auf die er bei seinen Nachforschungen stieß. Als Schwarzer konnte er es nicht hinnehmen, dass die übelsten Verstöße der Berry Association gegen sein Volk gerichtet schienen. Und so lag es auch in seinem Interesse, wenn er zu verhindern trachtete, dass Cromptons Bestattungsinstitut von Berrys Konglomerat geschluckt wurde. Es handelte sich sozusagen um seinen ganz privaten Kreuzzug. Nicht nur akzeptierte Melville klaglos die Kosten, die der Kanzlei aus dem Fall entstanden. Nein, er bezahlte die Rechnungen oft sogar aus eigener Tasche.

Aber das machte in Lewis Cromptons Augen die Sache nicht besser. „Ich habe nachgedacht", brach der alte Herr das Schweigen. „Vielleicht sollten wir einen Vergleich vorschlagen."

„Jetzt? Wo die Dinge endlich ins Rollen kommen?" Kane konnte seine Überraschung kaum verbergen.

„Ich könnte mir keinen besseren Zeitpunkt vorstellen."

Kane betrachtete seinen Großvater einen Moment. „Wohl wegen des Geldes, was?"

„Weil sich die Sache schon viel zu lange hinzieht und immer komplizierter wird. Und weil sie dir zusetzt. Du siehst aus, als hättest du eine Woche nicht geschlafen."

„Und jetzt hast du Angst, ich könnte durchdrehen? Wegen dieses albernen kleinen Vorfalls?"

„Das habe ich nicht gesagt", protestierte sein Großvater. „Soweit ich es beurteilen kann, habt ihr Gervis Berry da, wo ihr ihn haben wollt. Ich denke, wir können diesen Prozess gewinnen. Aber ich bin kein rachsüchtiger Mensch, und ich habe Besseres zu tun, als meine Tage vor Gericht zu vergeuden. Deshalb will ich einen Vergleich anbieten. Du könntest Berry mitteilen, dass ich meine Klage fallen lasse, wenn er mir schriftlich gibt, dass er sich zurückzieht und uns hier in Turn-Coupe in Ruhe lässt. Und wenn er dir und Melville die Kosten erstattet und uns einen angemessenen Schadenersatz zahlt. Ich würde meinen, zwei Millionen sollte er schon lockermachen."

„Ich glaube nicht, dass er sich darauf einlassen wird, Pops. Fairness, so wie du sie kennst, ist Berry fremd. Er wird es dir als Schwäche auslegen, wenn du einen Vergleich anstrebst. Und dann wird er erst recht versuchen, dich fertig zu machen."

„Das wäre ein großer Fehler."

„Was soll das heißen?"

„Früher war ich mal ein leidenschaftlicher Pokerspieler. Wenn Berry den Einsatz erhöhen will, bitte, das kann er haben. Wie viele Millionen wären notwendig, um die Berry Association in den Bankrott zu treiben?"

Kane starrte seinen Großvater an. Und dann begann er langsam die Lippen zu einem Lächeln zu verziehen. „Du gerissener Schuft."

„Glaubst du, wir könnten gewinnen, wenn wir so viel verlangen?"

„Wir könnten es zumindest versuchen." Kanes Lächeln schwand. „Aber Berry wird sich wehren, mit allen Mitteln. Und das könnte sehr unangenehm werden."

„Damit befassen wir uns, wenn es so weit ist. Inzwischen reichst du den Vergleich ein, damit die Sache offiziell ist."

„Okay, wenn es denn sein soll."

„Gut." Pops rieb sich zufrieden die Hände. „So, und jetzt solltest du dich vielleicht vergewissern, ob Miss Regina heil in ihr Motel zurückgekommen ist. Oder willst du den ganzen Tag hier herumstehen?"

Auf diese Frage gab es nur eine korrekte Antwort. Kane beeilte sich, sie seinem Großvater zu geben, und machte sich auf den Weg zu Regina Dalton.

Eine halbe Stunde später bog Kane in die Einfahrt des am südlichen Ortsende gelegenen Longleaf Motel ein. Er musste nicht lange überlegen, wo Regina Dalton abgestiegen war. Schließlich hatte Turn-Coupe nur ein einziges Motel vorzuweisen.

Der Wagen, mit dem Regina vorhin weggefahren war, stand vor einem der Zimmer. Es war zwar im Moment das einzige Auto auf dem Parkplatz, doch Kane wollte nicht das Risiko eingehen, womöglich einen Fremden zu stören. Er stieg aus seinem Wagen und ging zu dem kleinen Büro des Motels hinüber.

Betsy North, die Besitzerin, erhob sich von ihrem Schreibtisch hinter dem Schalter und kam ihm entgegen. Sie war eine freundliche, etwas füllige Frau mit rundem Gesicht und blondiertem Haar. Sie war außerdem mit den Benedicts verwandt – Kanes Cousine dritten Grades – und mit ihm zusammen zur Schule gegangen. Die beiden kannten sich seit Jahren.

Sie begrüßten sich, und nachdem sie einen Moment miteinander geplaudert hatten, fragte Kane beiläufig: „Wohnt bei dir eine Regina Dalton?"

„Ja", erwiderte Betsy, die sich von seinem scheinbar uninteressierten Ton keinen Moment täuschen ließ. „Sie hat sich gestern Nachmittag bei mir eingetragen. Sie kommt aus New York. So steht es jedenfalls auf dem Anmeldeformular."

„Ist sie in ihrem Zimmer?"

„Sie ist gerade vorgefahren."

Kane nickte. „Dann wird es wohl ihr Wagen sein, der da rechts vor einem der Zimmer steht?"

Betsy legte den Kopf schief. „Das sollte ich dir eigentlich nicht sagen. Ich könnte mich jedoch erweichen lassen, wenn du mir verrätst, warum du das wissen willst."

Kane mochte Betsy. Sie mochte neugierig sein und eine

33

Schwäche dafür haben, immer und überall mitzumischen, doch sie war unglaublich gutherzig. Die letzten Jahre waren nicht einfach für sie gewesen. Nachdem ihr Mann bei der Arbeit auf einer Bohrinsel ums Leben gekommen war, hatte sie von der ihr ausgezahlten Versicherungssumme das schäbige, zum Stundenhotel verkommene Motel gekauft und es gründlich aufgemöbelt. Inzwischen logierten dort anständige Gäste, und Betsy machte recht gute Geschäfte.

Doch weder ihre gegenseitige Zuneigung noch die Verwandtschaftsverhältnisse vermochten es Kane zu erleichtern, Betsys Neugier zu befriedigen. Die Erklärung, die er ihr lieferte – dass er Regina etwas von seinem Großvater auszurichten habe –, enttäuschte sie, das sah er ihr an. Trotzdem bestätigte sie ihm die Zimmernummer.

Als er das Büro verließ, war sich Kane darüber im Klaren, dass am nächsten Morgen der gesamte Ort wissen würde, dass er die junge Dame aus New York auf ihrem Zimmer besucht hatte. Er konnte dem Klatsch nur entgegenwirken, indem er seinen Besuch kurz machte und sich möglichst auffällig wieder entfernte.

Vor der Tür mit der Nummer, die Betsy ihm genannt hatte, blieb er stehen und klopfte an. Dann steckte er die Hände in die Taschen und wartete. Schon als Pops ihm diesen Besuch vorschlug, fand er die Idee nicht besonders gut. Jetzt gefiel sie ihm immer weniger.

Er fragte sich, was vorhin in Hallowed Ground über ihn gekommen war. Solche spontanen Anwandlungen glaubte er schon vor Jahren überwunden zu haben. Der Vorfall machte ihm zu schaffen. Und doch, trotz allem, bereute er ihn nicht. Es war lange her, dass eine Frau ihm so unter die Haut gegangen war. Als er mit ihr zusammenlag, hatte er sekundenlang vergessen, wo er war und was er vorhatte. In diesem kurzen Moment zählte nur noch die bezaubernde Frau in seinen Armen. Er war nicht sicher, wie weit er gegangen wäre, hätte sie ihm auch nur die geringste Ermutigung gegeben. Diese Ungewissheit irritierte ihn mehr als alles andere.

Er erhielt keine Antwort auf sein Klopfen. Sein zweites Klopfen schien meilenweit widerzuhallen. Es war ihm, als würden tausend Augen ihn dabei beobachten, wie er da draußen vor dieser Moteltür herumstand. Er überlegte gerade, ob er sich einen Generalschlüssel von Betsy besorgen und nachsehen sollte, ob Regina vielleicht von ihrer Verletzung ohnmächtig geworden war, als er ein Geräusch hinter der Tür hörte.

„Wer ist da?"

Kane neigte den Kopf, um ihre Stimme besser durch die Tür hören zu können. Nachdem er seinen Namen genannt hatte, fügte er hinzu: „Ich wollte mich nur vergewissern, dass Sie okay sind."

„Es geht mir ausgezeichnet. Auf Wiedersehen."

Noch vor einer Minute wäre er am liebsten wieder verschwunden. Jetzt, wo sie ihn so offensichtlich loswerden wollte, mochte er plötzlich nicht gehen. „Sind Sie sicher? Haben Sie keine Kopfschmerzen? Kein Schwindelgefühl?"

„Nichts. Im Übrigen wollte ich mich gerade etwas hinlegen."

„Ich halte das für keine gute Idee. Wenn Sie schläfrig sind, könnte das auf eine Gehirnerschütterung hindeuten. Vielleicht sollte jemand eine Weile bei Ihnen bleiben."

„Sie vermutlich?"

Angesichts ihres scharfen Tons zuckte ein amüsiertes Lächeln um seine Mundwinkel. Es gab einmal eine Zeit, da gefiel es ihm, wenn eine Frau schlagfertig war. „Außer mir ist keiner da."

„Ich brauche Ihre Hilfe nicht", erklärte sie, jedes Wort mit Nachdruck betonend. „Gehen Sie jetzt bitte."

„Erst, wenn ich mich mit eigenen Augen überzeugen konnte, dass Ihnen wirklich nichts fehlt."

Er hörte, wie sie mit der Sicherheitskette herumfummelte. Im nächsten Moment wurde die Tür aufgerissen. „Okay, überzeugen Sie sich, bitte."

Sie hatte sich umgezogen, trug jetzt statt des Kostüms einen verwaschenen Morgenrock aus graugrünem Chenille, der eng ihre schmale Gestalt umschloss und ihre anmutigen Kurven betonte. Nackte Füße schauten unter dem Saum hervor. Ihre Haut war auch ohne Make-up makellos, nur dass ihre Sommersprossen jetzt etwas deutlicher hervortraten. Ihre Augen waren nicht mehr türkisgrün, sondern haselnussbraun und mit goldenen Lichtpünktchen gesprenkelt, die ihnen einen warmen Schimmer verliehen, denselben Schimmer, der auf ihrer kupferroten Haarmähne lag.

Sie sah gut aus, und sie trug genau das Richtige für einen Nachmittag im Bett mit einem Mann zusammen, der die Kälte aus ihrem Ton und das Misstrauen aus ihren Zügen vertreiben konnte. Ein Wort, eine einzige einladende Geste von ihr, und er hätte sich für die Aufgabe zur Verfügung gestellt. Komisch, wo er ihr doch nicht über den Weg traute.

„Sind Sie jetzt zufrieden?"

Ihr Ton klang schon nicht mehr ganz so angriffslustig wie zuvor. Während sie sprach, legte sie die Hand auf den Ausschnitt ihres Morgenrocks, um ihn enger zusammenzuziehen.

Kane räusperte sich. Statt auf ihre Frage zu antworten, sagte er das Erstbeste, was ihm gerade einfiel. „Warum tragen Sie Kontaktlinsen? Sie brauchen sie doch gar nicht."

„Nein, nur wenn ich etwas sehen will, das mehr als zwei Meter entfernt ist", erwiderte sie steif.

Sie ließ ihren Morgenrock los und legte die Hand auf den matt glänzenden Bernsteinanhänger, den sie an einer Goldkette um den Hals trug. Ehe ihre Finger ihn umschlossen, sah Kane, dass ein geflügeltes Insekt darin eingeschlossen war. Völlig intakt und genau in der Mitte der filigranen Fassung sitzend, wirkte es fast lebendig in seinem Gefängnis.

„Ich meinte die farbigen Kontaktlinsen, die Sie vorhin trugen", bemerkte er. „Sie haben wunderschöne Augen. Warum verändern Sie sie? Was versuchen Sie zu verbergen?"

„Nichts!" entgegnete sie scharf. „Ich frage mich, was Sie das angeht."

Sie hatte natürlich Recht. Es ging ihn nichts an. Aber aus irgendeinem ihm unerfindlichen Grund störte ihn der Trick. Bemüht, sie so lange an der Tür fest zu halten, bis er herausgefunden hatte, warum, deutete er mit dem Kopf auf ihre Kette. „Hübsches Schmuckstück. Haben Sie es bei Ihrer Arbeit gefunden?"

Sie schien ihm zunächst nicht antworten zu wollen. Schließlich sagte sie knapp: „Es war ein Geschenk."

„Der Mann hat einen guten Geschmack. Der Anhänger passt zu Ihnen." Während er das sagte, heftete er den Blick auf ihre Sommersprossen, die dieselbe Schattierung hatten, und ließ ihn dann zu ihrem im selben Farbton schimmernden Haar wandern.

Röte schoss ihr in die Wangen. Verlegen wandte sie den Blick ab. „Er war nicht ... er war ein älterer Herr."

„Tatsächlich? Ein Verwandter?" Kane spürte ein unbehagliches Gefühl in sich aufsteigen. Auch sein Großvater war ein älterer Herr.

„Ja, wenn Sie es unbedingt wissen wollen." Die langen Wimpern gesenkt, wich Regina seinem Blick aus.

Ihr Ton beunruhigte ihn ebenso wie ihre Wortwahl. „Es ist gut, wenn man Familie hat", sagte er, auf die Wirkung seines verständnisvollen Lächelns bauend. „Ich spreche aus Erfahrung. Sie glauben ja nicht, wie viele Leute in dieser Gemeinde mit mir verwandt sind."

Plötzlich schien alle Vitalität aus ihren Zügen zu weichen. Fast grimmig wurde ihr Gesichtsausdruck. Sie trat zurück, um die Tür zu schließen. „Wie schön für Sie. Nun, wenn Sie jetzt zufrieden sind, würde ich gern meinen Mittagsschlaf halten."

„Nein, ich bin nicht zufrieden", konnte er gerade noch sagen, ehe die Tür ins Schloss fiel. „Ich werde morgen wieder vorbeikommen."

Sie gab ihm keine Antwort. Kane blieb noch eine Minute stehen, ehe er sich abwandte und zu seinem Wagen ging. Dabei runzelte er nachdenklich die Stirn. Sein erster Eindruck war richtig gewesen. Er hatte sich nicht getäuscht. Er spürte es ganz deutlich: Irgendetwas stimmte nicht mit dieser Miss Regina Dalton.

3. KAPITEL

„Haben Sie alles, was Sie brauchen?"

Regina blickte auf. Die Blondine mit dem hochtoupierten Haar, die an ihrem Tisch stand, war nicht die Kellnerin. Warum sprach die Frau sie an? Und wieso lächelte sie so freundlich? „Ja", erwiderte sie knapp. „Warum?"

„Dann werden Sie also gut versorgt. Das freut mich."

Die Frau musste das Personal des Motelrestaurants meinen.

Nun, prompt war die Bedienung nicht. Da war Regina anderes gewohnt. Trotzdem fühlte sie sich wohl in der gemütlichen Gaststube mit den gestärkten roten Baumwollvorhängen vor den Fenstern und den blühenden Geranien auf den Fensterbänken. Die Kellnerin war nett, fast mütterlich zu ihr gewesen, der Kaffee schmeckte himmlisch und wurde oft und kostenlos nachgeschenkt. Und da Regina ohnehin nicht wusste, was sie mit diesem Tag anfangen sollte, konnte sie sich getrost Zeit lassen mit ihrem Frühstück.

„Ich kann mich nicht beklagen", antwortete sie und brachte sogar ein höfliches Lächeln dabei zu Stande.

„Sollte es irgendein Problem geben, dann lassen Sie es mich wissen. Ich bin Betsy North, und mir gehört dieser Laden hier. Sagen Sie, habe ich Sie nicht gestern mit Sugar Kane zusammen gesehen?"

„Mit wem?"

„Mit Kane Benedict. Ein guter Typ, was?"

„Oh."

Regina hob ihre Kaffeetasse hoch, als wollte sie dahinter Zuflucht suchen vor der Neugier der Frau. Sugar Kane – Zuckerrohr. Sie hatte gehört, dass es im Süden üblich war, sich mit Spitznamen zu belegen. Aber diesen hier vermochte sie nicht so recht in Einklang zu bringen mit dem Mann, dem sie gestern begegnet war.

Lachend legte Betsy North die Hand auf die runde Hüfte. „Sie wussten nicht, dass er so genannt wird? Jetzt werden Sie mich bestimmt fragen, wie er zu dem Namen kam, was?"

Regina dachte nicht daran. Es lag ihr nicht, sich mit Fremden zu verbrüdern. Die Motelbesitzerin machte zwar einen netten Eindruck, trotzdem wusste Regina nicht so recht, was sie von ihr

39

halten sollte. Langsam ließ sie die Kaffeetasse sinken. „Ich glaube nicht, dass ..."

„Sie haben es bereits erraten, das dachte ich mir fast." Die Frau lachte. „Süß wie die Sünde, unser Kane – in jeder Hinsicht."

„Tatsächlich?" Die Bemerkung sollte beiläufig klingen. Doch es fiel Regina schwer, das Interesse aus ihrem Ton herauszuhalten.

„Ja, er ist schon ein außergewöhnlicher Typ. Herzensgut, aber unberechenbar. Das liegt in der Familie. Ich muss es wissen, schließlich hieß ich auch mal Benedict, ehe ich heiratete. Sie verstehen natürlich nicht, was das bedeutet, Sie sind ja nicht von hier. Sie kommen aus dem Norden, was?"

„Ja, ich ..."

„Aus New York, wie? Man hört es natürlich an der Sprache, aber es ist auch das Aussehen – genauso wie bei diesen geschniegelten Anwälten, die in letzter Zeit hier herumschnüffeln wegen dieser Geschichte mit Cromptons Bestattungsinstitut. Sie gehören doch wohl nicht zu der Clique, oder?"

Regina schüttelte den Kopf. Sie hätte Betsy North mit wenigen Worten abwimmeln können, wäre ihr nicht plötzlich der Gedanke gekommen, dass sie womöglich etwas von der Frau erfahren konnte. „Das Aussehen?"

„Bleich und verklemmt und dunkel gekleidet, als würden sie nur einmal im Monat die Sonne sehen und nie irgendwelchen Spaß haben. Und als würden sie ihre Klamotten alle im selben Laden kaufen." Ihre Augen weiteten sich erschrocken, und hastig fügte sie hinzu: „Nicht, dass Sie nicht hübsch aussehen würden! Mit diesem Haar fallen Sie immer auf, egal, was Sie anhaben. Aber ich sehe doch eine gewisse Ähnlichkeit."

„Das überrascht mich kaum", entgegnete Regina trocken. Sie selbst fand ihr braunes Strickkleid mit dem breiten Ledergürtel lässig-elegant. Es war jedoch durchaus möglich, dass eine Frau, die terrakottafarbene Jeans trug, auf deren Bluse alle Farben eines Sonnenuntergangs in der Wüste leuchteten und deren Ohrläppchen silberne Ohrgehänge schmückten, das völlig anders sah. „Sie sprachen eben von Anwälten", fuhr sie in arglosem Ton fort. „Was haben diese Leute mit Mr. Crompton zu tun?"

„Sehr viel", antwortete Betsy mit Nachdruck. Ihre Lippen wurden schmal. Und dann begann sie zu erzählen, berichtete, wie das große Begräbnisunternehmen aus dem Nordosten in den Süden gekommen sei und begonnen habe, kleinere Beerdigungsinstitute in den Ruin zu treiben. Bis sie den Fehler gemacht hätten, sich mit Sugar Kanes Großvater anzulegen.

„Fehler?" fragte Regina, um Betsy zum Weiterreden zu ermutigen.

„Aber ja. Kane hat eine Mordswut gekriegt, wie Sie sich vielleicht vorstellen können. Er hat sofort eine Flut von gerichtlichen Verfügungen und was sonst noch alles bewirkt und obendrein eine saftige Klage eingereicht, die diesem Kerl, dem die Berry Association gehört, erst einmal das Handwerk legte. Kane hat ihm gezeigt, dass die Leute in diesem Ort nichts wissen wollen von seinen krummen Geschäften."

„Dann ist es also Kane, nicht sein Großvater, der den Prozess angestrengt hat?"

„Oh, das würde ich nicht unbedingt sagen. Ich glaube, Mr. Lewis betrachtet es als Ehrensache, sich nicht unterkriegen zu lassen. Aber Kane ist der Mann, mit dem es Berry und sein Haufen Staranwälte vor dem Bezirksgericht werden aufnehmen müssen, wenn es demnächst hart auf hart kommt."

„Glauben Sie, dass Lewis Crompton eine Chance hat?"

„Wer kann das schon sagen?" Betsy North zuckte die Schultern. „Ich weiß nur, dass ich es schrecklich fände, wenn Mr. Lewis aufgeben müsste, was ihm gehört."

„Er scheint ein netter Mann zu sein."

„Ein Mann von der alten Schule, ein echter Gentleman. Er hat viel für diesen Ort getan über die Jahre – Stipendien vergeben, Land gestiftet für die Kirche und die neue Realschule, überall in der Gemeinde geholfen. Ach, ich könnte Ihnen so viel erzählen, aber ich will Sie nicht damit langweilen."

„Sind Sie auch mit ihm verwandt?"

Die Frau lachte. „Man könnte es fast annehmen, was? Aber nein, das bin ich nicht. Also, werden Sie lange hier bleiben?"

Regina war sich nicht sicher, was sie auf diese Frage erwidern sollte. Während sie noch überlegte, antwortete eine tiefe Männerstimme: „Sie bleibt so lange, wie wir sie hier behalten können."

Betsy wirbelte zu dem Mann herum, der hinter sie getreten war. „Verdammt, Kane, was soll das? Musst du dich so an mich heranschleichen?"

„Nicht an dich", erwiderte er, wobei er sie mutwillig anlächelte, „aber an deinen Gast." Er wünschte Regina einen guten Morgen und fragte sie dann, ob er sich zu ihr setzen dürfe.

Regina deutete kurz auf den freien Stuhl an ihrem Tisch. Vielleicht konnte Kane ihr sagen, wann sein Großvater Zeit für sie haben würde.

Mit nachdenklichem Blick beobachtete Betsy, wie Kane auf dem Stuhl Platz nahm. Sie erbot sich, ihm einen Kaffee zu bringen und meinte, als er ablehnte, mit trockenem Humor: „Na gut, ich merke schon, ich werde hier nicht mehr gebraucht. Macht's gut, Kinder, ich schaue später noch einmal vorbei."

Während sie sich entfernte, sagte Kane: „Ich kann mir vorstellen, dass Betsy Ihnen ein Loch in den Bauch gefragt hat. Wollte sie Ihre Lebensgeschichte hören?"

„So weit sind wir nicht gekommen", antwortete Regina. Die Worte klangen abrupter als beabsichtigt. Sie fand diesen Mann heute kein bisschen weniger beunruhigend als gestern, obwohl er heute in einem Polohemd und Freizeithosen sehr viel lässiger wirkte. In seiner Gegenwart schien die Gaststube sich zu verändern: Die Sonne strahlte plötzlich noch heller durch die Fenster herein, und alles im Raum wirkte lebendiger. Selbst die Gerüche, die aus der Küche kamen, der Kaffeeduft, der Dunst von gebratenem Speck und Röstzwiebeln, wirkten auf einmal appetitlich.

„Lassen Sie sich von Betsys Neugier nicht beirren", riet Kane ihr. „Sie meint es nicht so."

„Das weiß ich."

Ein Muskel zuckte an seinem Kiefer angesichts ihres knappen Tons, aber er sagte nichts, sondern ließ das Thema fallen. Nach einem kurzen Blick auf den Bluterguss an ihrer Schläfe fragte er: „Wie geht es Ihrem Kopf?"

„Gut." Regina trank einen Schluck aus der Tasse, die sie noch immer in der Hand hielt, aber der Kaffee war inzwischen kalt geworden. Ein wenig zu hart setzte sie die Tasse auf die Untertasse zurück und schob sie beiseite.

„Keine Schmerzen oder Übelkeit?"

Es erschien ihr ein wenig undankbar, dass sie so schroff auf seine höfliche Anteilnahme reagierte. Also riss sie sich zusammen und sagte: „Ich hatte Kopfschmerzen. Vor dem Schlafengehen nahm ich etwas dagegen ein, und heute früh waren sie dann verschwunden."

Er nickte. „Was haben Sie heute vor?"

„Nach Hallowed Ground zurückzufahren und mit Ihrem

Großvater zu sprechen. Was denn sonst? Ich habe schließlich einen Job zu erledigen."

„Ich könnte Sie hinfahren. Vielleicht nach dem Lunch", erbot er sich.

Regina blickte ihn an. „Das ist nicht notwendig."

„Es ist das Mindeste, was ich tun kann. Ich hätte schreckliche Schuldgefühle, wenn Sie am Steuer einen Blackout hätten und von der Straße abkämen." Den Ellbogen auf den Tisch gestützt, beobachtete er sie mit durchdringendem Blick.

„Mir wird weder das eine noch das andere passieren, das versichere ich Ihnen."

„Ich möchte das Risiko lieber nicht eingehen. Wenn etwas passieren sollte, dann müsste ich mir die Schuld daran geben."

Mit einer Kopfbewegung warf sie ihr Haar zurück. Ihr Blick war kühl. „Haben Sie Angst, ich könnte Sie verklagen?"

Sein kurzes Auflachen ließ ihr eine Gänsehaut über den Rücken laufen. „Wohl kaum. Nicht, wenn der beste Anwalt der Stadt zu meiner Verteidigung bereitsteht."

Geringschätzung schwang in ihrer Stimme. „Sprechen Sie von sich?"

„Von meinem Partner", verbesserte er sie. „Warum wollen Sie nicht, dass ich Sie fahre? Wovor haben Sie Angst?"

„Angst ist kein Thema." Ihr Ton brachte deutlich zum Ausdruck, wie sehr sie derartig plumpe Tricks verabscheute.

„Nein? Ich spreche nicht vom Physischen. Selbst wenn dieser Aspekt nach Ihrer gestrigen Reaktion durchaus erwähnenswert wäre. Ich glaube, Sie haben vor etwas anderem Angst. Sie fürchten, ich könnte herausfinden, was der wahre Grund Ihres Besuchs ist."

Regina erschrak, unterdrückte jedoch die Panik, die in ihr auf-

44

stieg. „Man merkt, dass Sie Rechtsanwalt sind. Wenn Sie mit einem Argument nicht weiterkommen, halten Sie automatisch nach dem nächsten Ausschau."

Kane lehnte sich zurück. Sein Gesicht war nachdenklich geworden. „Warum sind Sie so abwehrend? Ich versuche doch nur meinen gestrigen Fehler wieder gutzumachen. Aber offensichtlich wollen Sie das nicht zulassen."

Sie war drauf und dran, seinen Vorwurf mit scharfen Worten zurückzuweisen, als etwas in seinem Blick sie veranlasste, auf die Erwiderung zu verzichten. Plötzlich hatte sie das Gefühl, dass dieser Mann sie testen wolle und deshalb Vorsicht angebracht sei. Nach kurzem Überlegen sagte sie: „Das hat nichts mit Ihnen zu tun. Ich ziehe es einfach vor, unabhängig zu sein."

„Auf Kosten Ihrer Sicherheit?"

„Meine Sicherheit geht nur mich selbst etwas an."

Er betrachtete sie einen Moment und zuckte dann die Schultern, als versuche er eine Last abzuschütteln. Schließlich sagte er: „Sie haben Recht. Ich hätte Ihnen gleich sagen sollen, dass mein Großvater heute früh keine Zeit hat."

Regina runzelte die Stirn. „Sind Sie deshalb hergekommen? Um mir das zu sagen?"

„Ich fürchte, ja. Pops ist ein Mann mit ausgeprägten Gewohnheiten. Er geht jeden Abend nach den Nachrichten zu Bett und steht nicht vor neun auf. Zwischen neun und halb zehn frühstückt er und liest die Zeitung. Dazu trinkt er zwei Tassen schwarzen Kaffee und isst warme Brötchen mit Schinken oder Würstchen. Zwischen halb zehn und zehn duscht er. Anschließend, zwischen zehn und viertel nach, folgt ein sehr wichtiges Ritual. Da bespricht er mit seiner Haushälterin das Dinner. Um halb elf begibt er sich in sein Büro, wo er sich zwei Stunden aufhält.

45

Pünktlich um halb eins verlässt er es wieder, um zum Lunch zu gehen. Dienstags, also heute, pflegt er mit Miss Elise, seiner Freundin, Suppe und Salat zu essen. All das bedeutet, dass er frühestens um zwei wieder nach Hallowed Ground zurückkommt und Sie empfangen kann."

„Du lieber Himmel!" rief Regina aus. „Bei solch einem Tagesablauf kommt er ja zu nichts."

„Sie würden sich wundern, wie viel er erledigt. Was ich mit all dem sagen will, ist, dass Pops heute früh keine Zeit für Sie hat. Und da Sie somit diesen Vormittag zu Ihrer freien Verfügung haben, würde ich vorschlagen, dass ich Sie ein wenig herumfahre."

„Wohin wollen Sie mit mir fahren?"

„Ich möchte Ihnen die Gegend zeigen. Damit Sie noch etwas anderes zu sehen bekommen außer dem Flughafen von Baton Rouge und dem Motel. Wir könnten irgendwo zu Mittag essen, und danach fahre ich Sie dann zu meinem Großvater."

„Womit Ihr Tagesablauf ebenso locker und entspannt wäre wie der Ihres Großvaters", bemerkte Regina mit einiger Skepsis.

Kane lächelte flüchtig. „Ich richte meinen Tagesablauf heute ganz nach Ihnen."

Sie hätte sein Angebot zurückweisen sollen, das wusste sie. Das Problem war, dass sein Vorschlag so vernünftig klang. Außerdem bot sein Plan ihr die Möglichkeit, mehr über Lewis Crompton und den Prozess zu erfahren. Und wer könnte geeigneter sein, ihre Fragen zu beantworten, als sein Enkel, der ihn vor Gericht vertreten würde?

Sie zögerte noch einen Moment und nickte dann. „Okay."

In Kanes Zügen spiegelte sich Überraschung. „Sie kommen mit?"

„Sagte ich das nicht gerade?"

Er erhob sich und kam um den Tisch herum, um ihr beim Aufstehen zu helfen. „Dann können wir ja gehen."

Draußen auf dem Parkplatz stand ein auf Hochglanz polierter, neuer dunkelgrüner Pick-up-Truck. Kane ging voraus, um ihr die Beifahrertür zu öffnen. Regina zögerte. Hatte Kane nicht gestern Nachmittag einen anderen Wagen gefahren?

„Wo wir hinfahren, sind die Straßen ziemlich schlecht", erklärte er auf ihren fragenden Blick.

Irgendwie passte der Geländewagen zu ihm. In dem großen glänzenden Fahrzeug steckte dieselbe Kraft wie in seinem Besitzer. Bloß dass Kane sie hinter der korrekten Fassade des Rechtsanwalts zu verbergen wusste. Der Wagen würde jede Schwierigkeit meistern. Regina vermutete, dass dasselbe auch auf seinen Fahrer zutraf.

Sie setzte sich auf den ledernen Schalensitz. Kane schloss die Tür für sie, ging um den Wagen herum und stieg auf der Fahrerseite ein. Die Hand auf dem Zündschlüssel, wandte er den Kopf, um sie anzusehen. Sekunden verstrichen. Es lag etwas so Eindringliches, so Abschätzendes in seinem unverwandten Blick, dass Regina sich unbehaglich zu fühlen begann. Sekundenlang überlegte sie, ob sie ihn anlächeln sollte, damit vielleicht auch er die Lippen zu einem Lächeln verzog.

„Was ist?" fragte sie stattdessen.

„Nichts", erwiderte er knapp. Den Blick von ihr abwendend, sah er starr geradeaus durch die Windschutzscheibe. Er ließ den Motor an und legte den Gang ein. Seine Bewegungen waren steif, und um seinen Mund lag ein harter Zug, als seien die Gedanken, die ihm gerade durch den Kopf gegangen waren, alles andere als angenehm gewesen.

Sie fuhren durch den Ort, die Hauptstraße hinunter, an dem

alten neoklassizistischen Gerichtsgebäude vorbei mit seinem von einem Giebel gezierten Säulenvorbau, den breiten Stufen, der Fahnenstange, von der schlaff die amerikanische Flagge herunterbaumelte, und dem Denkmal des Soldaten aus dem Bürgerkrieg. Es war ein verschlafenes und in Reginas Augen ein etwas trauriges kleines Städtchen. Viele Läden waren geschlossen, und die wenigen billigen Geschäfte, die sich noch halten konnten, sahen aus, als käme höchstens mal ein Kunde am Tag vorbei.

An der Ortsausfahrt reihten sich Garagen und Imbissbuden aneinander. Dazwischen hatten sich Flohmärkte breitgemacht. Danach kamen Wohnhäuser, schäbige kleine Bungalows mit Gipsfiguren und rosa Plastikflamingos im Vorgarten und zum Trocknen aufgehängter Wäsche hinterm Haus.

Wo die Häuser aufhörten, begannen eingezäunte Felder, deren schwarze Erde mit endlosen Reihen dunkelgrüner Setzlinge bepflanzt war, die sich schnurgerade bis zum Horizont erstreckten. Es seien Baumwollfelder, erklärte Kane und erzählte von der mühsamen Arbeit zwischen Anbau und Ernte der Pflanzen. Er nannte Regina auch die verschiedenen Bäume, die in den Wäldern wuchsen, die die Felder unterbrachen und deren Kronen sich über der Straße zu einem riesigen grünen Blätterdach vereinten. Seine tiefe Stimme und sein weicher Südstaaten-Akzent wirkten so beruhigend, ja fast einschläfernd auf Regina, dass sie beinahe überhört hätte, wie er zum Angriff überging.

„Ich würde lieber über Sie als über Baumwolle und Bäume reden. Wieso verstehen Sie so viel von altem Schmuck? Wo haben Sie sich Ihre Sachkenntnis erworben? Hatten Sie eine Ausbildung auf diesem Gebiet?"

„Ich habe Edelsteinkunde am Gemmological Institute of America studiert", erwiderte Regina, sich in ihrem Sitz aufrichtend. „Aber eigentlich begann es als eine Art vererbter Leidenschaft."

„Sie meinen, es war vererbter Familienschmuck, der Ihr Interesse an der Materie weckte?"

Seine Schlussfolgerung konnte ihr nur recht sein. Genau das, was er da sagte, sollten die Leute glauben. Obwohl sie selber es nie so zum Ausdruck gebracht hatte. „So ungefähr", antwortete sie ihm ausweichend.

Regina entwickelte ihre Leidenschaft für antike Schmuckstücke, als sie sich früher nach der Schule die Zeit in einer Pfandleihe zu vertreiben pflegte. Abe Levine, der ältere Mann, dem der Laden gehörte, war der Inbegriff des ehrwürdigen Gentlemans gewesen. Er hatte sich immer Zeit für sie genommen, hatte stets sein Buch oder seine Geige weggelegt, wenn sie den Laden betrat, und sie mit einem warmen Lächeln empfangen. Er besaß ein schier unerschöpfliches Wissen, und es hatte ihm Freude gemacht, schöne alte Stücke für sie aus den Vitrinen zu nehmen, um ihr ihre Geschichte zu erzählen, ihr zu erklären, wo die Steine herkamen, welchen Wert sie besaßen und wie man echten Schmuck von unechtem unterscheidet. Es war Abe, der ihr den Bernsteinanhänger schenkte, den sie stets um den Hals trug – ihr erstes altes Schmuckstück. Sie hatte gelogen, als sie Kane erzählte, er sei ein Verwandter gewesen. Doch sie war sicher, es hätte Abe nicht gestört. Für sie war Abe der Großvater gewesen, den sie nie gehabt hatte.

Während der vielen Stunden, die sie in seinem Laden verbrachte, hatte er mit seinen Geschichten ihre Fantasie beflügelt. Er wusste von unschätzbaren Kostbarkeiten zu berichten, die vor und nach der Revolution aus Russland herausgeschmuggelt wurden. Und auch von Juwelen, die während des Zweiten Weltkriegs aus Deutschland geschmuggelt wurden – oft weniger wertvolle Stücke mit tragischem Hintergrund –, erzählte er ihr.

Abe hatte sie in jenen Kreis von Käufern und Verkäufern antiken Schmucks eingeführt, die ihr zu ihrer ersten Kommission verhalfen, und er ermutigte sie auch dazu, ihren ersten Auftrag, eine Kollektion antiken Familienschmucks zu schätzen und zu verkaufen, anzunehmen. Zwar hatte Regina keine Gelegenheit ausgelassen, sich weiterzubilden, hatte Museen besucht und Bücher gelesen. Trotzdem verdankte sie diesem gütigen alten Mann eine Menge, vor allem ihre Unabhängigkeit.

Abe hatte ihren Cousin Gervis nie gemocht. Die Abneigung beruhte auf Gegenseitigkeit. Gervis hatte keine Träne vergossen, als Reginas Mentor starb.

Seltsam, jetzt, wo sie so darüber nachdachte, fiel ihr auf, dass Lewis Crompton sie an Abe erinnerte.

„Für jemanden, der sein Geld mit dem Schätzen von Schmuck verdient, tragen Sie aber recht wenig Schmuck, finden Sie nicht auch?" Kane ließ den Blick einen Moment auf ihren Fingern ruhen, die bar jeglicher Ringe waren.

Regina spürte, wie ihr die Röte ins Gesicht schoss – was normalerweise nicht allzu häufig vorkam. Sie trug selten Ringe, weil sie die Aufmerksamkeit auf ihre Fingernägel lenken würden, die sie extrem kurz hielt, damit sie nicht in Versuchung kam, daran herumzukauen. „Nein, nicht wenn ich reise", antwortete sie ihm knapp. „Die Sachen sind zu wertvoll. Ich habe Angst, sie könnten mir gestohlen werden."

Kane hob die Brauen. „Aber müssen Sie nicht ständig mit dem Schmuck anderer Leute herumreisen?"

„Für den ich natürlich verantwortlich bin, sicher. Aber ich habe nicht bloß den Geldwert gemeint." Um ihre Hände vor seinen Blicken zu verbergen, verschränkte sie die Arme. Dabei hoffte sie, dass die Geste nicht zu offenkundig war.

„Komisch", bemerkte er und lächelte sie dabei hintergründig an, „Sie sind mir gar nicht so sentimental vorgekommen."

„Wir haben alle unsere kleinen Marotten." Um sich seinem forschenden Blick zu entziehen, wandte sie den Kopf und starrte aus dem Fenster. Sie gewann immer mehr den Eindruck, dass Kane genau dasselbe vorhatte wie sie, dass er ebenso Informationen aus ihr herausholen wollte wie sie aus ihm. Und dass er sein Ziel noch hartnäckiger verfolgte als sie. Man hätte lachen können über die Ironie der Situation. Doch Regina war nicht nach Lachen zu Mute.

Sie fand es äußerst schwierig, seine Fragen nicht wahrheitsgemäß zu beantworten. Etwas in seiner Stimme, der Ausdruck in seinen Augen, vermittelten ihr den Eindruck, dass er Anteil nahm an dem, was er hörte. Für einen Anwalt war diese Fähigkeit, Interesse zu zeigen, bestimmt sehr nützlich.

Nach einer Weile bogen sie von der Straße auf einen sandigen Weg ab, der voller riesiger Schlaglöcher war. Regina machte gerade den Mund auf, um Kane zu fragen, wo er mit ihr hinfuhr, als der Wagen durch ein tiefes Schlagloch rumpelte. Der Ruck kam so abrupt, dass sich Regina auf die Zunge biss. Als der Schmerz so weit nachgelassen hatte, dass sie wieder sprechen konnte, sah sie durch die Bäume einen See vor ihnen liegen.

Kane fuhr langsamer und hielt an. „Das ist der Horseshoe Lake", bemerkte er knapp.

Eine ganze Weile saß Regina da und blickte auf die Wasserfläche hinaus. Lange graue Bartflechten hingen von den Bäumen, die das Seeufer säumten, herab. Auch die Bäume dahinter waren mit den seltsamen Flechten behangen, so dass es aussah, als würden sie allesamt graue Spitzenumhänge tragen. Das Wasser hatte die Farbe von starkem schwarzen Tee. So dunkel war es, dass die Schäfchenwolken, die über ihnen am Himmel trieben, sich darin spiegelten. Es war sehr still. Man hörte nur den Wind in den Bäumen, das leise Klatschen, mit dem die Wellen ans Ufer schlugen, und ab und zu den Schrei eines Vogels.

Regina machte die Wagentür auf und stieg aus. Vorsichtig ging sie über das feuchte Gras zum Wasser. Hinter sich hörte sie, wie die zweite Wagentür geöffnet und zugeschlagen wurde und Kane ihr folgte.

„Das Wasser sieht düster aus", bemerkte sie, als er neben ihr stehen blieb. „Als ob jeden Moment etwas Urzeitliches aus seinen Tiefen auftauchen könnte."

„Ein schleimiges Ungeheuer?" Kane warf ihr einen belustigten Blick zu. „Sie scheinen zu viele Moor-Monster-Filme gesehen zu haben. Aber jenseits des Sees liegt tatsächlich ein Moor, ein riesiges Sumpfgebiet mit vielen kleinen Wasserwegen, in dem man sich verirren kann und wo einen kein Mensch wieder findet."

„Waren Sie schon einmal dort?"

„Ich habe als Kind jeden Sommer dort gespielt."

„Warum denn das? Wie kann man nur dort spielen wollen?" Regina konnte das Frösteln kaum verbergen, das ihr über den Rücken lief.

„Es hat Spaß gemacht. Und man hatte etwas zu tun. Mein Cousin und ich haben unser Geld zusammengelegt und ein gebrauchtes Aluminiumboot mit einem alten Außenbordmotor davon gekauft. Manchmal blieben Luke und ich tagelang weg."

Während sie ihn mit einem Seitenblick streifte, versuchte sich Regina die Kindheit vorzustellen, die Kane ihr beschrieb. Wie anders als ihre eigene musste sie gewesen sein. Genauso gut hätte er ihr vom Leben auf einem fremden Planeten berichten können. Doch sie glaubte ihm jedes Wort von dem, was er ihr da erzählte. Denn er sah aus, als würde er mit allem fertig, was er in Angriff nahm. Er war wirklich ein recht imponierender Typ.

Bemüht, ihr Gleichgewicht wieder zu finden, sagte sie: „Ich kann mir vorstellen, dass die Polizei es nicht sehr spaßig fand, wenn sie Ihretwegen Rettungsmannschaften ins Moor schicken musste."

„Das ist niemals vorgekommen. Luke und ich haben immer wieder nach Hause gefunden."

„Und Ihre Eltern haben sich keine Sorgen um Sie gemacht?"

„Meine Eltern lebten nicht mehr, und meine Tante Vivian, die mich großzog, sah mich wohl lieber auf Streifzügen im Moor als bei irgendwelchen anderen, weniger harmlosen Aktivitäten. Und in Lukes Familie war man nicht ängstlich. Solange nichts passierte, machte man sich keine Sorgen. Schon gar nicht um einen Jungen, der mit einer Art sechstem Sinn ausgestattet war, wenn es galt, sich draußen zurechtzufinden. Niemand kennt das Moor besser als Luke."

„Nicht einmal Sie?" fragte Regina.

Kane lächelte gutmütig. „In dieser Hinsicht kann ich es mit Luke nicht aufnehmen. Seine Vorfahren lebten schon an diesem See, als der noch eine Schleife des Mississippi war. Der Stammbaum seiner Familie weist einen indianischen Zweig auf. Tunica und Natchez."

„Wirklich?"

„Das ist nichts Ungewöhnliches in dieser Gegend."

Wieder kam es Regina vor, als würde sie sich in einem fremden Land befinden. Das Leben, das Kane ihr beschrieb, die enge Beziehung zu seinem Cousin, all das waren unbekannte Dinge für sie. Vielleicht fand sie sie gerade deshalb so faszinierend. „Wohnte Ihr Cousin hier in der Nähe?" fragte sie.

„Gleich um die Ecke. Er wohnt übrigens noch immer dort."

Ihr Interesse schien ihn zu überraschen. Sie sah es an dem Ausdruck in seinen dunkelblauen Augen. Es war ein Ausdruck, der sie zur Vorsicht gemahnte. Sie wandte sich wieder dem See zu. „Ihr Großvater erwähnte gestern, dass dies alles hier einmal Teil des Mississippi gewesen sei. Stimmt das?"

„Ja, ehe der Fluss seinen Lauf änderte und sich ein neues Bett grub", beantwortete er nach einem Moment des Schweigens ihre Frage. „Dabei verschlammte zum Beispiel die Öffnung dieser Schleife, und ein See ohne Verbindung zum Fluss entstand. Das Phänomen ist nicht ungewöhnlich. Etwas weiter nördlich von hier gibt es einen ebensolchen See, den Old River, und weiter unten einen, der False River genannt wird, und noch viele andere. Aber nur unser See ist von dieser Sumpflandschaft umgeben. Sie entstand dadurch, dass ein kleinerer Nebenfluss durch den Mississippi blockiert wurde und sich daraufhin in die Marschen auszubreiten begann. Er fließt letztendlich in diesen See und sorgt für eine ständige Zufuhr frischen Wassers."

Regina nickte, selbst wenn sie der Erklärung nur vage zu folgen vermochte. Es war so friedlich hier. Die Sonne schien, ein feuchter, warmer Wind strich ihr übers Gesicht und raschelte in den Baumkronen über ihrem Kopf. Die Blätter, das Gras, die Schlingpflanzen, die niedrigen Büsche, die Wasserpflanzen zu ihren Füßen – alles war von einem so satten Grün, dass selbst das Sonnenlicht den grünen Schimmer anzunehmen schien. Sie spürte geradezu, wie Spannung und Nervosität von ihr abfielen und sich Ruhe und Frieden in ihr auszubreiten begannen.

Der Tag schien in einen gemächlichen Rhythmus zu fallen, in

dem Zeit keine Rolle spielte. Unwillkürlich begann sie Vergleiche anzustellen, dachte an New York mit seiner Hektik und seinen lauten, schmutzigen Straßenschluchten und überlegte, wie anders sie sich wohl entwickelt hätte, wäre sie inmitten diesem Zauber unberührter Natur großgeworden.

Während sie so ihren Gedanken nachhing, schwang sich plötzlich ein Fischreiher, der unbeweglich am Rand des Wassers gestanden hatte, in die Luft. Mit der Hand die Augen beschattend, blickte Regina ihm nach. Der große Vogel war unglaublich schön mit seinem silbrigblauen, in der Sonne glänzenden Gefieder. Und vor allem war er frei. Wie beneidete sie ihn um seine Freiheit! Er hatte keine Verpflichtungen, steckte nicht wie sie in einem schier ausweglosen Dilemma, das ihn um den Schlaf brachte. Er brauchte sich nur um die Nahrungsaufnahme zu kümmern und vielleicht um seine Jungen.

„Na, haben Sie genug gesehen?"

Regina zuckte zusammen. Sie hatte fast vergessen, dass Kane hinter ihr stand, dass er sie beobachtete, sich ein Urteil über sie bildete. Sie wirbelte herum. Das Blut schoss ihr in die Wangen. Mit großen Augen blickte sie ihn an.

Mit einer schnellen Bewegung fasste er sie beim Ellbogen, um sie zu stützen. „Sind Sie okay?"

Regina schluckte. „Oh, ja", sagte sie und lachte unsicher. „Ich war nur gerade ... meilenweit entfernt."

„Fehlt Ihnen wirklich nichts?" Sein Blick ruhte auf dem nur halb von ihrem Haar verdeckten Bluterguss an ihrer Schläfe.

„Es ... geht mir gut. Wirklich."

Er betrachtete noch einen Moment ihr Gesicht und nickte dann. „Okay, vielleicht sollten wir jetzt gehen."

Er ließ ihren Ellbogen nicht los, als sie nebeneinander zum

Auto zurückgingen. Die Berührung seiner Finger brannte auf ihrer Haut wie Feuer. Sein Verhalten war fürsorglich, hatte jedoch fast etwas Besitzergreifendes. Regina entzog ihm ihren Arm. Dabei wunderte sie sich, weshalb ihr die Geste so schwer fiel. Vielleicht war doch irgendetwas mit ihr nicht in Ordnung.

Kane sprach erst Minuten später wieder, nachdem sie die Straße erreicht hatten und an stattlichen Häusern vorbeifuhren, die, von der Straße zurückgesetzt, von riesigen alten Eichen beschattet wurden. „Da wir gerade in der Nähe sind, will ich schnell bei mir zu Hause vorbeifahren, falls es Ihnen nichts ausmacht. Ich habe gestern Abend noch einen Schriftsatz durchgelesen und ihn auf meinem Nachttisch vergessen. Wenn ich ihn jetzt hole, kann ich mir nachher den Trip ersparen."

Seine Worte klangen nüchtern und sachlich, und das Anliegen war höflich genug vorgebracht. Trotzdem wurde Regina stocksteif vor Abwehr. Für wie naiv hielt dieser Mann sie? Und wie kam er zu der Annahme, sie könnte seinem Vorschlag zustimmen? Es musste daran liegen, dass sie heute früh so bereitwillig mit ihm mitfuhr, dass sie nicht daran gedacht hatte, jemandem zu sagen, wohin sie ging.

Was sollte sie jetzt tun? Wie sollte sie sich verhalten? Das Risiko auf sich nehmen, Kane mit ihrer Unterstellung zu beleidigen, oder abwarten, ob ihr Verdacht sich bestätigte? Wäre es klüger, ihren Standpunkt klar und deutlich zum Ausdruck zu bringen, oder würde sie ihn damit nur warnen, dass er mit Schwierigkeiten von ihrer Seite zu rechnen hatte?

Ein flaues Gefühl breitete sich in ihr aus. Es fiel ihr schwer zu glauben, dass Lewis Cromptons Enkel solch schmutziger Tricks fähig war – trotz der Sache mit dem Sarg gestern Nachmittag. Es war so einsam und abgelegen hier draußen, so weit weg von allem, was sie als sicher und zivilisiert erachtete. Keine Passanten, keine Telefone, keine Polizei. Sie hatte keine Möglichkeit, sich zu verteidigen, keine Waffe, außer ihren Zähnen und Fingernägeln. Wie konnte sie Kane von seinem Vorhaben – was immer es sein mochte – abhalten?

4. KAPITEL

Der Geländewagen näherte sich einer Eichenallee, die zu einem Haus im westindischen Stil mit tiefgezogenem Dach und breiten Holzterrassen hinführte. Ein matschbespritzter Jeep kam die schattige Allee hinuntergefahren und stoppte an der Straße, um den Geländewagen vorbeizulassen. Regina bemerkte, wie Kane kurz die Hand hob, um dem Fahrer zuzuwinken. Statt jedoch seinen Gruß zu erwidern, ließ der Mann im Jeep ein Stakkato auf seiner Hupe ertönen. Kane bremste seinen Wagen hart ab, legte den Rückwärtsgang ein und stieß zurück. Schwungvoll steuerte er den Geländewagen von der Straße herunter, direkt vor den Jeep.

Ein großer dunkelhaariger Mann stieg aus dem Fahrzeug und kam auf sie zu, ging um den Wagen herum und blieb auf der Fahrerseite stehen. „Wie gehts, Kane?" Er spähte ins Innere, sah Regina und tippte an den Schirm seiner Baseballkappe. „Ma'am."

„Ich kann nicht klagen", erwiderte Kane. Das kräftige Handgelenk aufs Lenkrad gestützt, saß er entspannt da. „Miss Dalton, darf ich Ihnen meinen Cousin Luke Benedict vorstellen? Regina ist geschäftlich hier, Luke."

Regina beugte sich herüber, um Luke die Hand zu geben.

„Wir haben gerade von Ihnen gesprochen", meinte sie, nachdem sie ihn begrüßt hatte.

„Ach, wirklich?" Ihre Hand fest haltend, lächelte Luke sie mutwillig an. „Was Kane von mir zu erzählen hat, kann doch kaum für die Ohren einer Lady wie Sie bestimmt sein."

„Es ging um jugendliche Heldentaten." Regina reagierte mit einem Lächeln auf die unverhohlene Bewunderung in Luke Benedicts Blick. Der Mann sprühte geradezu vor Lebenslust. Von der Figur her ähnelten sich die beiden Männer. Beide waren gleich groß, schlank und durchtrainiert und von kräftiger Statur. Aber Luke hatte einen anderen Einschlag. Über seinem Haar lag ein blauschwarzer Schimmer, seine Haut war eine Schattierung dunkler, und seine Augen waren von einem so dunklen Braun, dass Iris und Pupille ineinander überzugehen schienen.

„Das ist ja noch schlimmer." Scherzhaft schüttelte Luke den Kopf. „Aber mein lieber Cousin kann mich nicht zu schlecht gemacht haben, weil er nämlich kein bisschen besser war als ich. Damals jedenfalls. Da war er noch nicht so langweilig wie jetzt, wo er sich keinen Spaß mehr gönnt."

„Dafür wirst du auf der Stelle Reginas Hand loslassen", erwiderte Kane, nahm mit der einen Hand Reginas Handgelenk, packte mit der anderen Lukes und zog ihre Hände auseinander. „Warum zum Teufel hast du uns angehalten? Mach es kurz. Wir haben es eilig."

„Er ist sehr beschäftigt." Luke zwinkerte Regina zu. „Sie wissen hoffentlich, dass er ein zwanghaft getriebener Mensch ist? Dass Sie Zugeständnisse werden machen müssen?"

Regina wusste nicht, was sie darauf erwidern sollte, selbst wenn sie besser hingehört hätte. Im Moment konzentrierte sie sich auf ihr Handgelenk, das Kanes Finger noch immer mit hartem Griff umschlossen. Er schien vergessen zu haben, dass er sie fest hielt, und zwang sie damit, vorgebeugt und halb auf seinem Schoß liegend, in einer ihr höchst peinlichen Position zu verharren. Ihren Arm zurückziehend, versuchte sie sich aus seinem Griff zu befreien. Doch er ließ sie nicht los, sondern blickte nur stumm auf sie herab. Sein Gesicht war ihrem so nah, dass sie seine dichten Wimpern sah und die Fältchen um seine Augenwinkel. Sein warmer Atem strich über ihre Lippen, und sie spürte, wie sich jeder Muskel in ihrem Bauch zusammenzog, wie ihr ganzer Körper auf ihn zu reagieren begann.

„Ich wollte dich an meine Fete erinnern, Cousin", sagte Luke mit seinem gedehnten Südstaaten-Akzent und etwas lauter als zuvor. „Ich plane die übliche Memorial-Day-Party in Chemin-à-Haut und erwarte von meinen Freunden und Nachbarn, dass sie sich vollständig versammeln. Regina ist mir mehr als willkommen. Ich würde es geradezu als Beleidigung auffassen, wenn du sie nicht mitbringst."

„Miss Dalton", erwiderte Kane, jedes Wort mit Nachdruck betonend, „dürfte zu diesem Zeitpunkt nicht mehr hier sein."

„Das wäre aber schade. Sie hat ja keine Ahnung, was ihr entgeht."

„Chemin-à-Haut?" wiederholte Regina interessiert und befreite im selben Moment mit einer ruckartigen Bewegung ihr Handgelenk aus Kanes Umklammerung. Wobei sie nicht genau wusste, was ihr die Kraft dazu gab, Verärgerung oder der Verdacht, dass Kane sie daran hindern wollte, die Einladung seines Cousins anzunehmen.

„Meine bescheidene Hütte." Luke deutete mit dem Daumen auf das hinter ihm liegende Haus. „Das Wort kommt aus dem Französischen und bedeutet hoher Weg."

„Und was ist das für eine Party?"

„Ein ‚Open House', Schätzchen." Luke stützte seinen Ellbogen auf den Seitenspiegel des Geländewagens. „Es wird ein Riesenspektakel mit Musik und Tanz und Feuerwerk, mit Knallfröschen, Sternschnuppen, fliegenden Untertassen und Raketen, ein Feuerwerk, so strahlend wie Ihr Haar. Es ist teuer und reine Geldverschwendung und verdammt mühselig auf die Beine zu stellen. Aber es ist für alle, inklusive mich, eine Mordsgaudi. Also los, sagen Sie, dass Sie kommen werden."

„Es ist sehenswert", bemerkte Kane lakonisch.

Regina sah, dass er ebenso wie sein Cousin auf ihre Antwort wartete. Es verunsicherte und irritierte sie, dass die beiden Männer sie beobachteten, ihr so viel Aufmerksamkeit schenkten. „Es tut mir Leid", sagte sie, den Blick auf Luke gerichtet, „aber ich habe keine Ahnung, ob ich dann noch hier sein werde. Es hängt alles von Mr. Crompton ab."

„Pop Lewis?" fragte Luke vergnügt. „He, das kann ich richten."

„Das wirst du nicht." Kanes Stimme hatte einen harten Klang angenommen.

„Nein?" Lukes Lächeln schwand. Forschend betrachtete er seinen Cousin.

„Es hätte keinen Sinn", erklärte Kane in knappem Ton. „Die Lady wird so oder so noch vor dem Wochenende nach New York zurückfliegen."

„Dann hat sie wohl etwas mit dem Prozess zu tun, was?" Luke warf Regina einen Blick zu. „Erzählen Sie mir bloß nicht, Sie sind in diesen Schlamassel verwickelt."

„Aber nein, nicht im Geringsten", erwiderte Regina hastig und blickte zu Boden.

„Kluges Mädchen. Es ist auch besser, der Verbohrtheit eines Mannes aus dem Weg zu gehen."

Kanes Kiefermuskeln zuckten. „Ich bin nicht verbohrt."

„Dann tust du zumindest so. Finden Sie nicht auch, Regina?"

Es kam ihr so vor, als hätten die beiden Männer über diesen Punkt schon öfter debattiert. Vielleicht war es töricht, wenn sie ihren Senf dazugab, ohne genau zu wissen, worum es eigentlich ging. Aber die Versuchung war zu groß. Lächelnd sagte sie: „Die Sache scheint ihn ziemlich in Anspruch zu nehmen."

Luke schüttelte den Kopf. „Es täte ihm gut, wenn Sie ihn ein wenig davon ablenkten. Wie lange, sagten Sie, werden Sie hier bleiben?"

Regina erklärte ihm, dass Lewis Crompton sie hergebeten habe, damit sie seine Schmuck-Kollektion taxierte und dass sie ihn am Nachmittag sehen würde. Ließe sich alles bei diesem einen Termin erledigen, würde sie anschließend sofort abreisen.

„Wie schade." Luke seufzte tief auf. Gleich darauf strahlte er wieder. „Aber wenn Sie geschäftlich hier sind, dann hat mein lieber Cousin kein Anrecht auf Sie, stimmt's?"

„Richtig." Ihre Stimme klang spröde, und sie bemühte sich krampfhaft, Kanes Blick auszuweichen.

„Essen Sie gern gebackene Meeresfrüchte? Etwas außerhalb von Turn-Coupe gibt es ein hübsches kleines Fischrestaurant. Die Garnelen und Austern, die dort serviert werden, sind ..."

„Hör auf." Kane hob die Hand. „Die Besprechung mit Pops wird vermutlich länger dauern. Er erwartet, dass Miss Dalton zum Dinner bleibt. Ich habe vorsorglich bereits mit Dora gesprochen."

„Aber ich habe Regina zuerst gefragt", protestierte Luke.

Ohne Regina auch nur anzusehen, sagte Kane: „Ich glaube

nicht, dass Miss Dalton für ein paar Garnelen eine dicke Provision aufs Spiel setzen wird." Er wartete die Antwort seines Cousins gar nicht erst ab, sondern schaltete und fuhr an.

Luke trat hastig vom Wagen zurück. „Ich hoffe, dass wenigstens du zu meiner Party kommst!"

„Ich bin doch noch jedes Mal gekommen, nicht wahr?" rief Kane. Er steckte den Kopf aus dem Wagenfenster, um seinem Cousin noch einmal zuzunicken und fuhr los.

Die Arme vor der Brust verschränkt, blickte Regina starr geradeaus durch die Windschutzscheibe. In eisigem Ton sagte sie zu ihm: „Ich wäre durchaus in der Lage gewesen, Luke meine Antwort selbst zu geben."

„Wollten Sie denn mit ihm in das Fischrestaurant gehen?"

Sie dachte nicht daran, ihm hierauf zu antworten. Die Genugtuung gönnte sie ihm nicht. „Ich kann meine Entscheidungen allein treffen. Ich brauche Sie nicht dazu."

„Dann möchten Sie vielleicht umkehren?" gab er zurück. „Damit Sie Luke selber sagen können, dass Sie zwar nicht vorhätten, mit ihm essen zu gehen, ihm dies jedoch persönlich mitteilen wollten, damit er sieht, dass Sie in der Lage sind, Ihre eigenen Entscheidungen zu treffen."

„Machen Sie sich nicht lächerlich!" fauchte sie.

„Sie sollten wenigstens etwas Anerkennung zeigen, nachdem ich die Dreckarbeit für Sie erledigt habe."

Der Mann war echt unmöglich. „Bilden Sie sich tatsächlich ein, Sie hätten mir geholfen?"

Er wandte den Kopf, um sie einen Moment prüfend zu betrachten. Dann sagte er schroff: „Gilt Ihre Abneigung nur mir oder Männern im Allgemeinen?"

„Weder noch", gab sie spitz zurück.

„Man könnte aber den Eindruck gewinnen."

„Wie meinen Sie das?" Die Worte kamen ihr zwar leicht über die Lippen, doch es gelang ihr nicht, seinem Blick standzuhalten.

„Meine Gesellschaft ist Ihnen unangenehm. Sie wollen nicht berührt werden. Sie schrecken zurück, wenn man Ihnen zu nahe kommt. Da fragt man sich doch, was das zu bedeuten hat."

Das Thema, das er da anschnitt, war ihr unangenehm. Sie musste ihn irgendwie davon ablenken. Außerdem sollte sie das Alleinsein mit ihm dazu nutzen, ihren Job zu erledigen. Jetzt konnte sie noch versuchen, ihn auszuhorchen. Wenn sie sein Haus erst einmal erreicht hatten, war sie womöglich gezwungen, es sich endgültig mit ihm zu verscherzen.

„Wozu versuchen Sie, mein Verhalten zu analysieren?" fragte sie ruhig. „Ich bin doch völlig uninteressant für Sie. Ehrlich gesagt überrascht es mich, dass Sie Ihre Zeit mit mir verschwenden. Aber vielleicht sind Sie ja so zuversichtlich, was Ihren wichtigen Fall angeht, dass Zeit für Sie keine Rolle spielt."

Mit zusammengekniffenen Augen blickte er sie an. „Wie kommen Sie darauf, dass es ein wichtiger Fall ist?"

„Zum einen spricht jeder davon. Und dann war da Ihre sonderbare Reaktion, als Sie dachten, ich hätte etwas damit zu tun. Also, worum handelt es sich? Geht es um langweiligen Rechtskram, oder ist es etwas Aufregenderes?"

„Das dürfte Sie kaum interessieren."

Es ärgerte Regina, dass er sie mit dieser ausweichenden Antwort abzuspeisen versuchte. „Über irgendetwas müssen wir ja reden."

„Ich rede lieber über andere Dinge. Zum Beispiel über Sie. Wie kommt es, dass Sie nicht verheiratet sind?"

Dass die Unterhaltung eine solche Wendung nahm, war nicht

der Sinn der Sache gewesen. Aber eine Antwort musste sie ihm schließlich geben. „Wer sagt denn, dass ich nicht verheiratet bin?"

„Sie tragen keinen Ring."

Er hatte sie schon einmal darauf angesprochen, dass sie keine Ringe trug. Sie hatte es ganz vergessen. Hastig sagte sie: „Heutzutage steckt sich nicht mehr jede verheiratete Frau einen Ehering an den Finger. Genauso ziehen manche Frauen es inzwischen vor, ihren Mädchennamen beizubehalten."

„Sprechen Sie von sich?" fragte Kane. „Oder versuchen Sie eine direkte Antwort zu umgehen?"

Regina errötete bis unter die Haarwurzeln. Vage und ausweichend auf Fragen zu reagieren war ihr zur zweiten Natur geworden. Es handelte sich um einen Schutzmechanismus, der ihr eine Vielzahl von Anwendungsmöglichkeiten bot. Sie log nur dann, wenn sie gar keinen anderen Ausweg sah. Ansonsten führte sie die Leute dahin, wo sie sie haben wollte, schmückte die Wahrheit hier und da etwas aus, um sich selbst interessanter zu machen oder normaler oder unauffälliger, je nachdem, wie es die Situation erforderte. Nur wenige Leute merkten etwas davon oder kümmerten sich darum. Sie hätte sich denken können, dass dieser Mann zu den wenigen gehörte, denen es auffiel.

„Nein", sagte sie direkt, „ich bin nicht verheiratet."

„Aber Sie versuchten den Eindruck zu erwecken."

„Spielt das eine Rolle?" gab sie schnippisch zurück.

„Nein." Seine Stimme klang ausdruckslos. „Gerade deshalb macht es ja keinen Sinn. Aber was soll's, vergessen Sie die Frage."

Das wollte sie gern tun. Und sie vergaß sie tatsächlich in dem Moment, als Kane langsamer fuhr, in eine Einfahrt einbog und sie das Haus an deren Ende sah.

Es war ein Traum, ein neoklassizistischer Tempel, rechteckig, ganz in Weiß, mit zwei Stockwerken und überdachte Veranden bildenden Säulengängen, die sich ums ganze Haus herumzogen. Der Umfang der Säulen war so gewaltig, dass ein Mann sie nicht hätte umfassen können. Sie erstreckten sich bis unter das mit Moos bewachsene alte Schieferdach. Die Stufen, die zur vorderen Veranda hinaufführten, waren anmutig geschwungen. Von alten Eichen beschattet, strahlte die Villa eine majestätische Ruhe aus. Regina kannte derartige Bilder nur aus Zeitschriften oder Filmen über den alten Süden. Jetzt fragte sie sich, ob diese Aura von Anmut und einladender Gastlichkeit nur in ihrer Einbildung existierte oder ob sie Wirklichkeit war. Wie auch immer, sie fand sie auf jeden Fall beeindruckend.

„Kommen Sie einen Moment mit herein", forderte Kane sie auf, als er vorm Eingang anhielt und die Wagentür öffnete, um auszusteigen. „Ich bin sicher, ich kann eine Tasse Kaffee für Sie auftreiben."

Regina lehnte sich tiefer in ihren Sitz zurück. „Nein, vielen Dank", sagte sie steif.

„Es kann ein paar Minuten dauern, und im Haus wartet es sich angenehmer als hier draußen im Auto."

„Nein", wiederholte sie fest.

Ein Lächeln zuckte um seine Mundwinkel. Amüsiert schüttelte er den Kopf. „Ich habe nicht vor, Sie zu verführen, falls Sie das glauben. Es ist schon lange nicht mehr vorgekommen, dass ich eine Frau aufs Parkett geworfen und es mit ihr getrieben habe."

„Das freut mich zu hören", erwiderte Regina scharf. Weil das belustigte Blitzen in seinen Augen sie irritierte, wandte sie den Kopf ab. „Ich warte trotzdem lieber hier draußen."

„Wie Sie wollen."

Regina fuhr zusammen, als er mit lautem Knall die Tür hinter sich zuschlug. Dann zuckte sie die Schultern. Sollte er doch wütend auf sie sein, was kümmerte sie das. Jedenfalls war sie nicht auf seinen Trick hereingefallen. Dass er ins Haus eilte wie jemand, der tatsächlich etwas vergessen hatte, änderte nichts an der Sache. Seufzend legte sie den Kopf an die Kopfstütze ihres Sitzes zurück.

Das Bild, das sich ihr bei seinen Worten aufdrängte, ließ sie nicht mehr los. Sie sah ihn vor sich, wie er eine Frau auf glänzendes Parkett mit teuren Teppichen hinunterzog und sich über sie beugte, wie er ...

Ein leises Klopfen am Wagenfenster riss sie aus ihrer Träumerei. Ruckartig setzte sie sich auf. Eine ältere Frau mit grau meliertem Haar stand neben dem Auto. Regina ließ das Fenster herunter.

„Guten Morgen, meine Liebe. Ich bin Vivian Benedict, Kanes Tante. Er sagte mir, dass Sie hier draußen warten. Möchten Sie nicht auf eine Tasse Kaffee oder Tee hereinkommen? Dazu gibt es Feigenkuchen, warm aus dem Ofen."

„Oh, ich glaube nicht ..."

„Unsinn! Um diese Zeit kann jeder einen kleinen Imbiss vertragen." Die Frau öffnete die Wagentür. Dabei schwatzte sie drauflos wie jemand, der gern redete. „Ich habe gehört, Sie interessieren sich für den alten Schmuck von Kanes Großmutter. Ich kann Ihnen viel erzählen über die einzelnen Stücke – wo sie herkamen, wem sie einmal gehörten – ich weiß mehr darüber als Mr. Lewis. Seine Frau, Miss Mary Sue, war eine gute Freundin meiner Mutter, und Kanes Mutter Donna und ich spielten schon als Kinder zusammen, lange bevor wir Schwägerinnen wurden. Manchmal erlaubte uns Miss Mary Sue, ihre Juwelen anzulegen, natürlich nur, wenn sie dabei war. Kommen Sie jetzt. Und sagen Sie nicht Nein. Das lasse ich nämlich nicht gelten."

Es war unmöglich, dem liebenswerten, beharrlichen Drängen zu widerstehen. Regina wollte es gar nicht erst versuchen. Das Haus mit seiner Pracht und seiner Erhabenheit faszinierte sie. Kanes Tante war ebenso charmant wie geschwätzig. Regina wusste, sie brauchte keine Angst zu haben, dass Kane sie im Wohnzimmer oder sonstwo überwältigte, solange sich die ältere Frau im Haus aufhielt.

Sie hatte ihn wirklich falsch eingeschätzt, wie falsch, das ahnte er hoffentlich nicht. Nachdem er jedoch seine Tante hinausgeschickt hatte, musste er ziemlich genau wissen, was in ihr vorging. Warum war er so nett zu ihr? Handelte es sich um die berühmte Gastfreundschaft der Südstaatler, von der alle schwärmten, oder steckte etwas anderes dahinter? Was versuchte er mit seiner Nettigkeit und seinen Fragen zu erreichen? Welches Ziel verfolgte er, wenn er doch keine Ahnung hatte, wer sie in Wirklichkeit war und was sie in Turn-Coupe wollte?

Zumindest hoffte sie, dass er keine Ahnung hatte.

Ich sollte gar nicht hier sein, dachte sie, während sie die Treppen zur Haustür hinaufstieg und die lang gestreckte Eingangshalle betrat, die sich durch das gesamte Erdgeschoss bis zu einer Flügeltür am anderen Ende des Hauses zog. Sie hätte in Turn-Coupe sein sollen und sich bei Lewis Crompton einschmeicheln, anstatt mit seinem Enkelsohn durch die Gegend zu fahren. Es war dumm von ihr gewesen, sich ablenken zu lassen. Und noch dümmer war es, dass sie sich eingebildet hatte, sie könnte einem Rechtsanwalt Informationen entlocken.

Woher wollte sie wissen, dass Kane ihr nichts vorgemacht hatte, als er ihr den Tagesablauf seines Großvaters schilderte? Womöglich fragte sich der alte Herr, wo sie blieb und weshalb sie sich heute früh nicht bei ihm gemeldet hatte. Sie sollte darauf bestehen, dass Kane sie schnurstracks zum Motel zurückbrachte. Und von dort aus sollte sie sofort Crompton anrufen. Ja, genau das würde sie tun. Sobald sich die Gelegenheit dazu bot.

Nachdem sie diesen Plan gefasst hatte, ging es Regina besser. Sie vermochte sich sogar etwas zu entspannen, als ihre Gastgeberin sie in den hinteren Teil des Hauses in einen hellen Frühstücksraum direkt neben der Küche führte. Der Feigenkuchen war köstlich, der Teller, auf dem er serviert wurde, aus hauchdünnem Porzellan, die Serviette daneben aus gestärktem Damast, die Gabel, die man ihr reichte, aus schwerem Silber. Gegen ihren Willen war Regina beeindruckt.

„Es ist sehr liebenswürdig von Ihnen, mich zu bewirten", sagte sie, „aber ich dachte, Kane wollte nur schnell etwas holen und dann gleich zurückkommen."

„Schmeckt Ihnen der Kuchen? Das Rezept dafür habe ich gerade für das ‚Southern Living Magazine' entwickelt."

„Kriegen Sie Geld dafür?" wollte Regina wissen.

„Oh nein, es ist nur so ein Hobby von mir, um mich zu beschäftigen. Meine Taille wäre vermutlich besser in Form, wenn ich mir ein anderes ausgesucht hätte. Was Kane angeht, so müssen Sie ihm verzeihen, meine Liebe. Er musste einige Leute zurückrufen. Er hat so viel zu tun in letzter Zeit." Vivian Benedict holte auch für sich ein Stück Kuchen und eine Tasse Kaffee aus der Küche und setzte sich damit zu Regina an den Tisch.

Regina beobachtete sie einen Moment. Kanes Tante mochte ein wenig füllig sein, doch sie hatte schöne Augen und feine Gesichtszüge. Man sah ihr an, dass sie kein Problem mit ihrer Figur hatte. Sie trug ein weites Kleid aus graublauem Baumwolljersey, das denselben Farbton hatte wie ihre Augen. Das Lächeln, mit dem sie Reginas Blick erwiderte, war offen und heiter und ein klein wenig belustigt.

„Es ... es war sehr nett, dass Sie sich meiner erbarmt haben", sagte Regina, auf ihren Teller herabblickend. Sie nahm ihre Gabel, um ein Stück von ihrem Kuchen abzustechen.

„Eigentlich", erwiderte Vivian Benedict, „hatte ich einen Hintergedanken dabei. Oder vielleicht sollte ich ehrlich sein und zugeben, dass es ganz vulgäre Neugier war. Ich habe nämlich heute früh mit Mr. Lewis gesprochen, und er hat mir von dem gestrigen Vorfall mit dem alten Sarg erzählt."

„Oh." Reginas Mund war plötzlich zu trocken, um den warmen, saftigen Bissen Kuchen herunterzuschlucken, den sie sich gerade in den Mund geschoben hatte.

Vivian Benedict lächelte verschmitzt. „Ich habe Kane natürlich nicht verraten, dass ich davon weiß."

Regina blickte sie fragend an.

„Warum nicht? Weil ich sehen wollte, ob er es mir von sich aus erzählt. Ich dachte mir, seine Erklärung müsse höchst amüsant sein."

„Das ist Ansichtssache", bemerkte Regina.

„Dann finden Sie es also nicht komisch", sagte Vivian. „Vielleicht habe ich die Situation missverstanden."

„Es war einfach nur peinlich."

„Oh. Ja, jetzt kann ich mir eher ein Bild davon machen. Und wie ich Kane kenne, hat er Ihnen die Sache gewiss nicht einfacher gemacht."

Regina verzichtete darauf, den Sachverhalt klarzustellen. Stattdessen murmelte sie nur etwas Vages.

Die ältere Frau lachte. Ihre Augen blitzten belustigt. „Ich mag

Kane großgezogen haben, aber ich mache mir keine Illusionen über ihn. Er ist ein Halunke, genauso ein Schurke wie sein Vater und sein Onkel John, mein verstorbener Mann. Ich hatte alle Hände voll zu tun mit dem Jungen, nachdem seine Eltern getötet wurden, das kann ich Ihnen sagen."

„Getötet?"

„Sie sind ertrunken, beim Tiefseefischen vor Grand Isle. Kane, der damals zehn Jahre alt war, blieb an diesem Wochenende mit mir zu Hause, weil er sich gerade von den Masern erholte. Wir wohnten nämlich alle zusammen in diesem monströsen Haus hier, seine Eltern und John und ich. Nach dem Unfall übernahmen wir es, für Kane zu sorgen, und für mich war der Junge ein Geschenk des Himmels, denn mein John und ich hatten keine Kinder."

„Er kann sich glücklich schätzen, dass er Sie hatte", sagte Regina und dachte dabei an ihre eigene bittere Erfahrung als Waise.

„Das mag ja sein, aber jetzt verstehen Sie vielleicht, warum ihm der Rest der Familie, insbesondere sein Großvater, so wichtig ist. Und warum er sie beschützen will."

„Ja", meinte Regina, „mir gegenüber war er zweifellos sehr misstrauisch."

Vivian Benedict seufzte. „Ich fürchte, er traut den Frauen nicht, es sei denn, sie sind mit ihm verwandt. Er war vor einigen Jahren mit einem Mädchen aus dem Ort verlobt, einer blonden Schönheitskönigin. Sie hieß Francie und hatte nichts als Flausen im Kopf. Model wollte sie werden oder gar nach Hollywood gehen. Ihre Mutter hatte ihr diesen Floh ins Ohr gesetzt. Jedenfalls ging sie vorzeitig vom College ab und nahm in New Orleans einen Job in einem TV-Studio an. Ein paar Wochen später rief sie Kane an, um ihm zu sagen, dass sie eine mit fürchterlichen

Schmerzen verbundene ektopische Schwangerschaft habe, die eine sofortige Notoperation erfordere. Sie hätte ihren Job verloren und keine Krankenversicherung, und ihre Mutter würde ihr die fünftausend Dollar für die Operation nicht geben, weil, wie sie meinte, Kane für die Sache verantwortlich sei. Kane hatte sich gerade als Anwalt selbstständig gemacht und brauchte jeden Cent. Trotzdem fuhr er sofort mit dem Geld nach New Orleans. Er wollte dableiben, bis die Operation überstanden war, aber Francie schickte ihn weg. Ihre Mutter würde mit ihr ins Krankenhaus kommen und sei verständlicherweise nicht gut auf ihn zu sprechen. Später rief sie ihn noch einmal an und erklärte, es hätte Komplikationen gegeben und sie brauche noch einmal zehntausend Dollar." Vivian Benedict blickte Regina an. Langsam schüttelte sie den Kopf. „Ich nehme an, Sie können sich denken, worauf die Sache hinausläuft?"

„Es war alles eine Lüge." Reginas Stimme klang gepresst.

„Genau. Als Kane darauf bestand, sich mit dem Krankenhaus in Verbindung zu setzen, wollte Francie ihm nicht sagen, in welchem Hospital sie gelegen hatte und wie ihr Arzt hieß. Erst als Kane davon sprach, eine Klage gegen den Scharlatan, der sie behandelte, in die Wege zu leiten, flog der Schwindel auf. Es hatte nie eine Schwangerschaft gegeben. Mit dem Geld wollte sich Francie einen Trip nach Los Angeles finanzieren."

„Unglaublich."

„Kane hat kaum darüber gesprochen. Aber die Sache hat ihn hart getroffen. Er liebte Francie, oder er bildete es sich jedenfalls ein. Er hatte ihr einen Ring und ein Eheversprechen gegeben und hatte fest vor, sie zu heiraten, sobald sie dazu bereit war. Familie und Kinder haben ihm schon immer sehr viel bedeutet. Etwas so Persönliches und Intimes wie eine Schwangerschaft dazu zu benutzen, Geld aus ihm herauszuholen ... nun, danach war er nicht mehr derselbe. Seine Haltung Frauen gegenüber hat sich geändert."

„Ist es nicht unfair, allen Frauen die Schuld an dem zu geben, was eine einzige ihm angetan hat?"

Vivian zuckte die Schultern. „Die meisten Männer würden so reagieren."

„Selbst ein Mann, den die Frauen Zuckerrohr nennen?"

Während sie das sagte, wurde Regina klar, dass sich ihr eigenes Verhalten gar nicht so sehr von Kanes Haltung unterschied. Misstraute nicht auch sie allen Männern auf Grund der schlechten Erfahrung, die sie mit einem einzigen gemacht hatte? Merkwürdig, dass sie es bisher nie unter diesem Gesichtspunkt sah. Wobei Gemeinsamkeiten mit Kane das Letzte waren, woran sie interessiert war.

„Sie denken, es muss Zeiten gegeben haben, wo es umgekehrt war?" fragte Vivian. „Oh, Kane war ein Schlingel, sicher, und er liebte die Frauen. Aber er war nie herzlos oder unbedacht. Als Francie ihm von der Schwangerschaft erzählte, hatte er zunächst Zweifel, weil er immer darauf geachtet hatte, dass dieser Fall nicht eintritt."

„Bloß nicht die Kontrolle verlieren", murmelte Regina.

Vivian musterte sie einen Moment mit forschendem Blick. „Ich sehe, mit Ihnen wird er alle Hände voll zu tun haben."

„Kaum", erwiderte Regina trocken. „So lange werde ich nicht hier sein."

„Das bleibt abzuwarten", meinte Kanes Tante lächelnd.

Regina schwieg. Auf diese Bemerkung wusste sie nichts zu erwidern. Sie aß ihren Kuchen auf, versicherte ihrer Gastgeberin noch einmal, dass er köstlich geschmeckt habe, und schob ihren

Teller beiseite. Vivian stand auf, um ihnen Kaffee nachzuschenken. Dann setzte sie sich wieder an den Tisch. Regina wischte bedächtig einen Kaffeetropfen von ihrer Untertasse, ehe sie das Thema wechselte und Vivian bat, ihr von den Crompton-Juwelen zu erzählen.

„Was wissen Sie über den Schmuck? Die Kollektion interessiert mich sehr, da sich einige wirklich exquisite Stücke darunter befinden."

„Die meisten sind viktorianisch, weil Miss Mary Sue diesen Stil liebte. Mr. Lewis spricht immer von der Kollektion seiner Frau, dabei hat er ihr über die Jahre – immerhin waren sie vierzig Jahre verheiratet – das meiste geschenkt. Sie pflegten die Antiquitätenläden zu durchstöbern, als man diese Stücke noch überall finden konnte und sich kaum jemand dafür interessierte. Seine Frau liebte es, sich zurechtzumachen, und sie und Mr. Lewis fuhren oft nach New Orleans in die Oper oder zu Konzerten. Sie trug ihren Schmuck oft, so dass er für Mr. Lewis eine bleibende Erinnerung an die Vergangenheit darstellt."

„Ich frage mich, warum er ihn verkaufen will", bemerkte Regina vorsichtig.

„Kane glaubt, dass es etwas mit dem Prozess zu tun hat. Es könnte aber auch bedeuten, dass Mr. Lewis sich von der Vergangenheit löst, weil er nach all den Jahren eine ernsthafte Bindung mit seiner Freundin Miss Elise anstrebt."

An diesem Punkt erkannte Regina ihre Chance, ein Thema anzuschneiden, das von größerem Interesse für sie war. „Offenbar gibt es Cromptons Bestattungsinstitut schon sehr lange."

„Meinen Sie, wegen des alten Sarges in Mr. Lewis' Salon?" Die ältere Frau lachte kurz auf. „Ich hätte zu gern Mr. Lewis' Gesicht gesehen, als er den Deckel öffnete und Sie beide im Sarg

73

fand. Er sagt immer, er lässt ihn für den Notfall dort stehen, falls er ihn einmal brauchen sollte. Aber ich glaube nicht, dass ihm eine derartige Zweckentfremdung dabei vorschwebte."

„Das will ich nicht hoffen", sagte Regina. „Ich kenne Lewis Crompton zwar kaum, aber ich kann mir gut vorstellen, dass er so etwas sagt."

„Allerdings. Schwarzer Humor gehört sozusagen zu seinem Beruf."

„Vermutlich braucht man ihn als eine Art Ventil."

Vivian Benedict nickte zustimmend. „In Zeiten der Trauer zeigt sich der Mensch nicht unbedingt von seiner besten Seite. Was glauben Sie, was Mr. Lewis Ihnen alles erzählen könnte, wenn er jemals so indiskret wäre! Wie oft sah ich ihn den Kopf schütteln über Familien, die sich beim Ausrichten des Begräbnisses wegen der banalsten Dinge in die Haare kriegten. Und der schlimmste Zank entsteht natürlich immer wieder, wenn es ums Bezahlen oder ans Erben geht."

„Ja, wegen materieller Dinge zerstreiten sich viele Leute", stimmte Regina ihr zu, während sie den Satz in ihrer Kaffeetasse schwenkte.

„Das kann man wohl sagen. Da ist zum Beispiel die Geschichte von der Witwe Landry, die mit einem alten Geizhals verheiratet war. Nach seinem Begräbnis suchte sie überall nach dem Geld, das er jahrelang beiseite gelegt hatte, konnte es jedoch nicht finden. Also ließ sie ihn wieder ausbuddeln – und da war es, ins Futter seines Anzugs eingenäht."

„Er wollte es mitnehmen." Regina lachte, während sie das sagte. Die Geschichte war einfach zu komisch.

„Und es wäre ihm beinahe gelungen. Obwohl ich sagen muss, dass ich unter diesen Umständen das Geld nicht angerührt hätte."

„Ich auch nicht." Regina rümpfte die Nase. Dabei schüttelte sie den Kopf, dass ihr das lockige rote Haar ums Gesicht flog.

„Ihr klingt ja wie zwei Leichenschänder", bemerkte Kane, der in diesem Moment den Raum betrat und auf die Kaffeekanne zusteuerte. Er ließ den Blick sekundenlang auf Reginas Haar ruhen, ehe er fortfuhr: „Bei dir wundert es mich kaum, Tante Vivian. So etwas bleibt nicht aus, wenn man mit der Verwandtschaft eines Leichenbestatters zusammenlebt. Aber bei Regina überrascht es mich."

„Regina ist sehr höflich und besitzt einen ausgeprägten Sinn für Situationskomik", entgegnete Vivian, während sie den Blick ihres Neffen liebevoll-amüsiert erwiderte. „Ganz im Gegensatz zu jemandem, den wir beide kennen."

„Du findest also auch, dass meine Persönlichkeit einer Veränderung bedarf?" gab Kane lachend zurück. „Das dürfte ein weiterer Punkt sein, wo ihr beiden Frauen euch einig sein könnt."

Seine Tante lachte, und das fröhliche Geplänkel setzte sich fort, bis er und Regina das Haus verließen. Es bot sich keine Gelegenheit mehr, weitere Fragen zu stellen. Regina hatte fast den Eindruck, dass Kane es mit Bedacht so eingerichtet hatte. Aber das hätte bedeutet, dass er wusste, was sie vorhatte, und das war ausgeschlossen.

Oder vielleicht doch nicht?

5. KAPITEL

Pops ist wirklich ein gerissener alter Fuchs, dachte Kane, nachdem sein Großvater sich kategorisch geweigert hatte, sein allmorgendliches Ritual für Regina zu ändern. Und jetzt machte er sich auch noch für den Rest des Tages rar. Als Kane ihn vorhin anrief, um den Termin mit Regina zu bestätigen, sagte man ihm, sein Großvater habe keine Zeit. Auch das geplante Dinner war abgesagt. Pops hatte einen Anruf von einem alten Freund erhalten, der mit ihm über die Begräbnisvorbereitungen für einen Bruder sprechen wollte, der irgendwo in einem anderen Staat verschieden war.

Kane zweifelte nicht daran, dass Pops diesen Anruf erhalten hatte. Aber er fragte sich, ob es notwendig war, den Termin mit Regina abzusagen, um einem Freund einen Gefallen zu tun. Möglicherweise war er der Überzeugung, dass für Reginas Unterhaltung gesorgt sei, und hatte deshalb beschlossen, erst einmal die traurige Aufgabe, seinen Freund zu beraten, hinter sich zu bringen. Wahrscheinlicher jedoch war, dass andere Gründe dahintersteckten.

Pops konnten Zweifel daran gekommen sein, ob er den Schmuck tatsächlich verkaufen sollte, weshalb er die Taxierung erst einmal hinauszuschieben versuchte. Es war aber auch möglich, dass er seinen Enkel verkuppeln wollte. Kane wusste, sein Großvater war der Ansicht, er arbeite zu viel und gönne sich nicht genügend Zerstreuung. Wobei Pops in diesem Fall unter Zerstreuung die Gesellschaft einer gewissen rothaarigen Lady verstand. Wie auch immer, das Verhalten seines Großvaters gab Kane zu denken.

Regina zeigte keine Neigung, ihr längeres Beisammensein in irgendeiner Form auszunutzen. Während des Mittagessens, das sie in einem Restaurant einnahmen, war sie nett und freundlich, aber nicht mehr. Sie schien größeres Interesse an seiner Anwaltskanzlei und an dem Fall zu haben, mit dem er gerade beschäftigt war, als an seiner Person. Als er ihr mitteilen musste, dass sein

Großvater den Termin mit ihr erneut verschoben hatte, bat sie ihn sofort, sie zum Motel zurückzufahren.

Ihr Verhalten schmeichelte ihm nicht gerade. Er war es von den Frauen gewohnt, dass sie zumindest so taten, als suchten sie seine Gesellschaft. Es war höchst ungewohnt für ihn, dass sich die Sache plötzlich umgekehrt verhielt. Nicht, dass er ein persönliches Interesse an Regina gehabt hätte. Sicher, er war empfänglich für ihre Ausstrahlung, aber das hatte nichts zu bedeuten, außer dass er zu lange keine Frau mehr gehabt hatte. Es war interessant, mal wieder gewisse Regungen zu verspüren, aber auch beunruhigend.

Regina hatte auch Luke gefallen, aber sein Cousin mochte alle Frauen, ob sie dick oder dünn, alt oder jung waren. Es gab kaum eine Nacht, wo er nicht mit irgendeinem weiblichen Wesen unterwegs war. Kane hatte keine Ahnung, wie Luke es schaffte, sie alle auseinander zu halten. Er vermutete, dass sich hinter dem Verhalten seines Cousins Probleme verbargen, vor denen er davonzulaufen versuchte. Doch er hatte Luke nie darauf angesprochen. Denn Kane hatte selber genug Probleme.

Es erschien ihm unwahrscheinlich, dass Luke sich ernsthaft für Regina interessierte. Zumindest würde sein Cousin ihr keine Avancen machen, ohne sich nicht vorher vergewissert zu haben, dass Kane keinen Anspruch auf sie erhob. Es gab Zeiten, da hatten Luke und er um alles, inklusive Frauen, gewetteifert. Aber diese Zeiten waren schon lange vorbei. Jetzt taten sie nur noch so, als gäbe es einen Wettstreit.

Kane bemerkte den burgunderroten Ford Taurus, der gegenüber vom Motel auf der Straße parkte, nachdem er Regina an ihre Zimmertür begleitet hatte und zu seinem Wagen zurückging. Er konnte nichts Ungewöhnliches an dem Typ, der hinterm Steuer saß und die Zeitung las, entdecken. Trotzdem runzelte er nachdenklich die Stirn.

Der Mann war ein Fremder, der sich keiner der ortsansässigen Familien zuordnen ließ. Turn-Coupe war schon immer ein sehr abgelegener Ort gewesen, wo man untereinander zu heiraten pflegte. Infolgedessen konnte man an der Ähnlichkeit recht genau erkennen, wer zu welcher Familiengruppe gehörte. Hinzu kam, dass in Turn-Coupe die Leute selten in Autos herumsaßen und Zeitung lasen. Es sei denn, jemand wartete mal vor irgendeinem Geschäft.

Wenn der Mann eine heimliche Verabredung im Motel hatte, dann sollte man doch annehmen, er würde in einem der Zimmer warten, und nicht auf der Straße, wo jeder ihn sehen konnte. Dass er nicht zu merken schien, wie sehr er auffiel, ließ die Schlussfolgerung zu, dass es sich um einen Fremden handelte, der mit den Besonderheiten einer Kleinstadt nicht vertraut war.

Was hatte der Mann in Turn-Coupe zu suchen?

Kane machte kehrt, um anstatt zu seinem Wagen zur Rezeption des Motels zu gehen, wo Betsy, die Füße auf eine geöffnete Schreibtischschublade gelegt, in der einen Hand ein dickes Buch, in der anderen einen angebissenen Apfel, von ihrem April-Halstead-Liebesroman aufsah. Kane deutete mit dem Daumen auf den Ford Taurus auf der anderen Straßenseite. „Ist der Typ da drüben zufällig bei dir eingetragen?"

Betsy beugte sich etwas vor, warf einen Blick aus dem Fenster, sah den Mann und schnaubte verächtlich. „Keine Spur. Er kreuzte heute Mittag im Restaurant auf, bestellte sich das billigste Gericht auf der Karte und fragte mir ein Loch in den Bauch. Als er ging, nahm er eine Zeitung mit, die jemand liegen gelassen hatte. Seitdem sitzt er dort drüben im Auto."

„Was wollte er wissen?" An den Schalter gelehnt, wartete Kane auf ihre Antwort.

„Alles Mögliche. Ob es hier Industrie gibt, Jobs, Kneipen und so weiter. Er fragte mich, wie viele Gäste ich habe und was für eine Art Motel ich hier führe. Er nahm wohl an, es würde sich um ein Stundenhotel handeln, aber ich sagte ihm, etwas so Einträgliches sei es leider nicht." Sie grinste. „Dann wollte er wissen, ob ich irgendeine interessante Person bei mir wohnen habe."

„Und? Hast du es ihm gesagt?"

Betsy legte ihr Buch weg und warf das Kerngehäuse ihres Apfels in einen Abfalleimer. „Ich bin doch nicht von gestern, Süßer. Nein, natürlich habe ich ihm nichts gesagt. Aber soll ich dir sagen, was ich denke?"

Kane blickte sie fragend an.

„Ich glaube, er ist irgendein Privatdetektiv."

„Bist du sicher, du hast nicht zu viele Krimis gelesen?"

Betsy ignorierte seine Bemerkung. „Wenn du mich fragst, dann sieht er ganz danach aus. Er könnte hinter irgendeinem Kerl her sein, der mit seiner Frau durchgebrannt ist. Oder hinter einem Daddy, der das Weite gesucht hat."

Ihr zweifelnder Gesichtsausdruck entging ihm nicht. „Aber du hältst es nicht für sehr wahrscheinlich?"

„Es tut sich doch etwas viel Interessanteres hier, oder?"

„Du glaubst, er hat etwas mit dem Prozess zu tun?"

„Das könnte ich mir vorstellen." Gespannt blickte sie ihn an.

„Aber aus welchem Grund sollte er sich nach deinen Gästen erkundigen? Hinter wem ist er her?" Kane hatte so seine eigenen Vermutungen, aber es konnte nicht schaden, sich ihre anzuhören.

„Da bin ich überfragt. Zurzeit wohnen bei mir nur ein Ehepaar, das seine Tochter besucht, ein paar Bauarbeiter, ein Vertreter und deine Regina Dalton."

„Sie ist nicht meine Regina", entgegnete er knapp.

„Pech gehabt." Betsy lächelte ihn mutwillig an. „Aber du musst zugeben, sie ist der Typ, auf den die Männer fliegen. Oder könnte es vielleicht sein, dass dieser Kerl da draußen ihr Freund, vielleicht sogar ihr Mann ist?"

„Wie kommst du denn auf die Idee?" Es fiel ihm schwer, seine Gelassenheit zu wahren.

„Oh, das war nur so eine Vermutung. Womöglich ist er sogar hinter dir her. Sieh dich vor, Sugar Kane."

„Das werde ich tun", sagte er in ironischem Ton, während er sich zum Gehen wandte. „Vielen Dank, Betsy."

„Gern geschehen." Noch ehe er die Tür hinter sich geschlossen hatte, war sie wieder in ihren Liebesroman vertieft.

Als er vom Parkplatz herunterfuhr, besah sich Kane den Mann mit der Zeitung etwas genauer. Aus der Nähe betrachtet wirkte er ziemlich unangenehm. Er hatte stumpfes graubraunes Haar, einen ungepflegten strähnigen Bart, der seinem Gesicht ein schmutziges Aussehen gab, tief liegende Augen und eine spitze Nase.

Der Mann war Kane auf Anhieb suspekt. Er vermutete, dass es sich bei dem Ford Taurus um einen Mietwagen handelte, prägte sich das Nummernschild aber trotzdem ein. Er kannte jemanden, der ihm innerhalb von Sekunden sagen konnte, auf wen der Wagen gemeldet war.

Melville Brown saß in seinem Büro, als Kane den Kopf zur Tür hereinsteckte. Sein Partner war am Telefon. Den Hörer unters Kinn geklemmt, machte er sich Notizen. Als er Kane sah, verzog er das zimtbraune Gesicht zu einem erfreuten Lächeln, winkte ihn herein und beendete sein Gespräch. Sich auf seinem Stuhl zurücklehnend, faltete er die Hände vorm Bauch. „Ich höre, du warst heute früh sehr beschäftigt", sagte er mit seiner sonoren Stimme. „Beziehungsweise die letzten zwei Tage. Was ist das für eine Geschichte mit diesem Sarg?"

Kane verzog das Gesicht. „Fang bloß nicht davon an." Er ließ sich auf einem Stuhl vor dem Schreibtisch nieder und streckte die langen Beine von sich.

„Ist es so schlimm?"

„Ich habe mich lächerlich gemacht. Aber ich schwöre, diese Regina Dalton führt etwas im Schilde."

„Faule Ausreden", witzelte sein Partner.

Kane warf ihm einen gereizten Blick zu. „Warte nur ab, bis sie uns hereinlegt. Dann wirst du anders reden."

„Glaubst du wirklich, sie hat etwas mit dem Fall zu tun?"

Es war klar, von welchem Fall Melville sprach. Für die beiden gab es zurzeit keinen anderen. „Sie ist aus New York", erwiderte Kane mit finsterer Miene.

„Eine Menge Leute sind aus New York", hielt ihm sein Partner entgegen.

„Aber es ist schon ein seltsamer Zufall. Und außerdem habe ich dieses ungute Gefühl."

„Oh, das ist natürlich etwas anderes. Und von zwingender Logik."

„Sie beunruhigt mich."

Melville enthielt sich eines Kommentars.

Als Kane seinem Blick begegnete, sah er, dass sein Partner sich ein belustigtes Grinsen verkniff. „Es ist nicht, was du denkst."

„Aber nein", meinte Melville nachsichtig. „Gewiss nicht. Und jetzt zum geschäftlichen Teil. Willst du hören, was ich heute aufgedeckt habe?"

„Klar. Schieß los."

„Dieser Berry hat vor einiger Zeit einen Deal mit einer schwarzen Religionsgemeinschaft ausgehandelt. Er kaufte sämtliche Friedhöfe der verschiedenen Kirchen auf und gab Hunderten von schwarzen Mitarbeitern Jobs, indem er sie Begräbnis-Verträge mit seiner Berry Association verkaufen ließ. Wie findest du das?"

„Das klingt zunächst mal ganz vernünftig. Was ist der Haken dabei?"

„Die Verträge gelten nur fürs Begräbnis. Sie beinhalten nicht die üblichen Dienstleistungen wie Einbalsamierung und Aufbahrung in Berrys Bestattungsinstituten. Bei ähnlichen Deals, die er mit weißen Kirchengruppen gemacht hat, stehen diese Dinge hingegen mit im Vertrag."

„Du lieber Himmel!"

„Genau." Melville lächelte grimmig. „Berry verdient sich dick und dämlich an diesen Kirchenleuten, und er zahlt ihnen einen Hungerlohn dafür. Und dann können sie nicht mal seine Bestattungsinstitute benutzen, sondern müssen die arme schwarze Oma im Leichenwagen herumkarren, um sie in einem anderen Begräbnisinstitut aufzubahren. Wenn sie dessen Dienstleistungen dann aus ihrer eigenen Tasche bezahlt haben, dürfen sie die Oma auf einem von Berrys Friedhöfen begraben."

„Das ist ja reine Diskriminierung."

„Er hat wohl nicht damit gerechnet, dass jemand dahinter kommt. Ich bin gespannt, ob seine Anwälte es wagen werden, vor Gericht damit aufzutrumpfen, dass er unzähligen Schwarzen Arbeit beschafft hat."

Der ominöse Unterton in der Stimme seines Partners ließ Kane aufhorchen. „Und du glaubst, dass sie das tun könnten?"

„Es ist durchaus möglich. Ich habe aus verlässlicher Quelle erfahren, dass hauptsächlich Schwarze auf der Geschworenenbank sitzen sollen."

Kane blickte seinen Partner an. Er begriff sofort, was Melville meinte. „Sie wollen dem Prozess einen politischen Anstrich geben – der liberale Norden gegen den konservativen Süden."

„Deinen Großvater wird man als engstirnigen Südstaatler hinstellen, nicht unähnlich dem grausamen Simon Legree aus ‚Onkel Toms Hütte', der sein Monopol in der Begräbnisindustrie behalten will und jeglichen Fortschritt, der uns hier erreichen könnte, zu blockieren versucht. Berry wird als der moderne Reformator dargestellt, der aus dem Nordosten kommt und somit natürlich frei ist von jeglichen Vorurteilen."

„Was für ein Schwindel", sagte Kane verächtlich. „Sie versuchen eine Show abzuziehen."

Melville lächelte dünn. „Für sie sind wir Schwarze hier unten im Süden arme Baumwollpflücker, die von nichts eine Ahnung haben und sich deshalb leicht manipulieren lassen."

„Und? Werden die Herren eine Überraschung erleben?" fragte Kane hoffnungsvoll.

„Das will ich doch meinen."

Sie schwiegen einen Moment. Nach einer Weile sagte Kane: „Hast du Pops Vorschlag zu einem außergerichtlichen Vergleich weitergeleitet?"

Melville nickte. „Ich habe persönlich mit dem Obermacker dieser New Yorker Anwaltskanzlei gesprochen und sämtliche Unterlagen per Eilboten abgeschickt. Man wird uns benachrichtigen, sobald sich Berry zu unserem Angebot geäußert hat."

„Wie war die Reaktion der Gegenpartei, welchen Eindruck hattest du?"

„Man gab sich sehr reserviert und ausweichend. Keine Diskussion, nur ein Dankeschön und Auf Wiederhören. Wenn du mich fragst, dann nehmen die unser Angebot nie im Leben an."

„Berry bleibt nicht viel Zeit für seine Entscheidung, nicht, wenn schon in knapp einer Woche mit der Auswahl der Geschworenen begonnen wird."

„Das stimmt."

Kane runzelte nachdenklich die Stirn. „Willst du diese Aufgabe übernehmen?"

„Die Geschworenen auswählen? Du glaubst, es macht sich besser in den Medien, wenn ich derjenige bin, der gegen zu viele schwarze Gesichter auf der Geschworenenbank Einspruch erhebt?"

„Ich glaube", entgegnete Kane, „dass du eine gute Menschenkenntnis besitzt. Ich glaube außerdem, dass Schwarze auf der Geschworenenbank nicht unbedingt von Nachteil wären, wenn du mit dieser Überraschung herausrückst, von der du gesprochen hast."

„Dass Berry sich an den schwarzen Kirchen bereichert? Da könntest du Recht haben. Aber die Verhandlung wird vor dem Bezirksgericht stattfinden, nicht in Turn-Coupe. Die schwarze Gemeinde hier kennt Mr. Lewis. Das ist in Baton Rouge nicht der Fall."

„Glaubst du, wir können das Risiko eingehen?"

Melville nickte entschlossen. „Es wird mir ein Vergnügen sein, dafür zu sorgen, dass es funktioniert."

Sie tauschten einen Blick gegenseitigen Verständnisses aus. Die beiden hatten während des Jurastudiums ihre Studentenbude miteinander geteilt und später, nach dem Staatsexamen, zusammen eine Kanzlei eröffnet. Viele hatten den Kopf geschüttelt, als sie ein renoviertes altes Herrenhaus am Gerichtsplatz bezogen. Doch die zwei hatten die skeptisch erhobenen Brauen der Leute ignoriert und jeden Fall angenommen, der sich ihnen bot, bis man sich nach einer Weile an sie gewöhnt hatte. Mit der Zeit kamen mehr und mehr Leute zu ihnen, und inzwischen hatten sie so viele Mandanten, dass sie voll ausgelastet waren.

Kane strich sich mit der Hand übers Gesicht und seufzte dann tief auf. „Weißt du, in unserem Beruf ist es mir derartig zur Gewohnheit geworden, alles zu hinterfragen, überall Winkelzüge zu vermuten, dass ich automatisch jedem irgendwelche bösen Absichten unterstelle. Würdest du meinen, ich habe die Fähigkeit verloren, den Unterschied zwischen einem Schwindler und einer Person, die nur ihren Job tut, zu erkennen?"

Melville rollte mit den Augen. „Sprichst du von diesem Haufen New Yorker Winkeladvokaten?"

„Du Schlaumeier", gab Kane gutmütig zurück. „Ich spreche von Regina Dalton, das weißt du ganz genau."

„Yankee-Frau hat dir so den Kopf verdreht, dass dein Urteilsvermögen futsch ist? Wolltest du das damit sagen?"

Kane zuckte die Schultern. „Ich kann nicht glauben, was mein Instinkt mir sagt. Oder ich will es nicht glauben. Sie erscheint mir nicht wie der Typ, der einen alten Mann hereinlegt."

„Klingt recht kompliziert."

„Das ist es auch. Sie ist kompliziert. Sie kann dir etwas sagen, und du siehst in ihren Augen das genaue Gegenteil."

Melville schüttelte den Kopf. „Oh, Mann, die Dame muss ich kennen lernen."

„Tu dir keinen Zwang an. Aber ich werde schon mit ihr fertig, so oder so."

„Da bist du dir sicher, was?"

Kane strafte ihn mit einem vorwurfsvollen Blick.

„Okay, dann habe ich also richtig geraten." Das belustigte Blitzen in Melvilles Augen wich einem nachdenklichen Ausdruck. „Ich bin gespannt, wie die Sache ausgeht."

„Ich auch", antwortete Kane. „Ich auch."

Regina stand am Rand des Fensters und schob vorsichtig den Vorhang etwas beiseite, um hinausspähen zu können. Der Wagen war noch da. Unverändert stand er gegenüber dem Motel auf der anderen Straßenseite. In ihren Schläfen pochte ein dumpfer Schmerz. Es war schlimm genug, dass sie den ganzen Tag Sugar Kane Benedicts hinterhältige Fragen und Bemerkungen abwehren musste. Jetzt kam auch noch diese Komplikation hinzu. Die hatte sie weiß Gott nicht gebraucht.

Ihr erster Gedanke war, dass Kane sie beobachten ließ. Im nächsten Moment jedoch verwarf sie diesen Verdacht. Erstens hatte sie ihm keinen Anlass zu der Vermutung gegeben, dass es notwendig sei. Zweitens erschien er ihr zu offen und ehrlich für derartige Praktiken. Und drittens hatte er ihr bewiesen, dass er, wenn er hinter etwas her war, selbst dafür sorgte, dass er es bekam.

So wie in ihrem Fall. Kane war hinter ihr her. Das war der Grund, weshalb er ihr so viel Aufmerksamkeit schenkte. Der Verdacht kam ihr schon, als er heute früh aufkreuzte. Und nach den Stunden, die sie miteinander verbracht hatten, wusste sie es mit Sicherheit.

Wenn Kane den Mann dort drüben nicht postiert hatte, wer

dann? Lewis Crompton vielleicht? Es erschien ihr unwahrscheinlich, aber sie hatte schon komischere Dinge erlebt. Natürlich konnte dieser Kerl in dem Auto auch jemand anderem hinterherschnüffeln, einer untreuen Freundin vielleicht oder einer Ehefrau, die ihn betrog. Er konnte auch ein Drogendealer sein.

Und noch eine Möglichkeit gab es.

Regina trat vom Fenster weg und ging zum Nachttisch, wo das Telefon stand. Nachdem sie sich aufs Bett gesetzt hatte, holte sie tief Luft, schloss die Augen und berührte den Anhänger an ihrem Hals, damit er ihr Glück brachte. Dann nahm sie den Hörer ab und wählte.

Es klingelte einige Male am anderen Ende, dann wurde abgenommen. „Bei Gervis Berry. Wen darf ich bitte melden?" fragte der Bodyguard ihres Cousins.

„Ich bins, Michael, Regina. Ich will mit ihm reden."

„Gut. Er hat schon auf deinen Anruf gewartet."

Es klickte in der Leitung, und die Klänge eines Mozart-Konzerts ließen sich vernehmen. Regina hörte nur mit halbem Ohr hin. Es sah Gervis ähnlich, Musik in seine Telefonanlage einzuspielen, die ihm überhaupt nicht lag, um so einen kulturellen Hintergrund vorzutäuschen, den er insgeheim verabscheute. Während sie ungeduldig wartete, sah sie genau vor sich, wie Michael durch die Räume des riesigen Apartments auf der zweiundsiebzigsten Straße ging und an die Tür von Gervis' Arbeitszimmer klopfte.

Im Stillen begann sie von zehn ausgehend rückwärts zu zählen, wobei sie eine Wette mit sich selber abschloss, bei welcher Zahl ihr Cousin sich bequemen würde, den Anruf entgegenzunehmen. Bei zehn oder neun auf keinen Fall, weil er sie ja beeindrucken, ihr zeigen musste, was für ein beschäftigter Mann er

war. Genauso wenig würde er bei acht oder sieben den Hörer abnehmen, denn er wollte sie unruhig machen, damit er die Oberhand behielt. Auch bei sechs oder fünf würde er sich nicht melden, denn er liebte es, Leute warten zu lassen. Bei vier würde er
das Telefon nicht anrühren, weil er gern für sich in Anspruch
nahm, sich beherrschen zu können. Doch er würde antworten,
ehe sie bei eins angelangt war, weil er es nicht ertrug, auf das, was
er haben wollte, zu warten.

Fünf, vier, drei ...

„Gina, Baby, was gibts Neues? Was tut sich da unten?"

Wusste ich's doch! dachte Regina. Er nahm genau in dem Moment ab, den sie vorausgesehen hatte. „Nicht viel", sagte sie, um
einen beiläufigen Ton bemüht. „Ich habe mich mit Mr. Crompton
in Verbindung gesetzt und einen Termin mit ihm vereinbart, um
seinen Schmuck zu schätzen."

„Vergiss den verdammten Schmuck. Ich will wissen, was du
herausgefunden hast."

„Ich hatte keine Zeit, um ..."

„Dann nimm dir die Zeit! Ich kann schließlich nicht das ganze
Jahr warten. Komm endlich in die Gänge. Was glaubst du, weshalb du dort unten bist?"

„Das habe ich mich auch schon gefragt", entgegnete sie gepresst. „Gervis, du hast doch nicht jemanden beauftragt, hinter
mir herzuschnüffeln, oder?"

„Was war das eben?"

„Irgendein Idiot liegt vor diesem Motel auf der Lauer. Ich
habe den Verdacht, dass er mir nachspioniert."

Daraufhin herrschte am anderen Ende der Leitung erst einmal
Schweigen.

„Mein Gott, Gina", sagte ihr Cousin schließlich ungläubig

und offenbar zutiefst verletzt, „du glaubst doch wohl nicht, ich könnte etwas damit zu tun haben?"

„Ich weiß es nicht. Deshalb habe ich dich ja gefragt."

„Ich vertraue niemandem so wie dir, das weißt du doch. Der Mann ist bestimmt harmlos, ein Reporter vielleicht oder so was."

„Na gut." Regina atmete tief ein und langsam wieder aus. „Ich sehe vermutlich schon Gespenster. Stell dir vor, was passiert ist." Mit wenigen Worten erzählte sie ihm, wie sie mit Kane Benedict in dem alten Sarg eingeschlossen war.

„Das ist ja unglaublich", sagte Gervis zornig. „Was sind das da unten für Leute?"

„Sehr intelligente, denen es nichts ausmacht, ein wenig über die Stränge zu schlagen", antwortete sie. „Sie sind außerdem sehr vorsichtig, vor allem Kane Benedict."

„Gina, Baby, diesen Kerl steckst du doch in die Tasche."

Zumindest schien Gervis zu glauben, dass er Kane Benedict in die Tasche stecken konnte. Regina wusste, ihr Cousin erwartete von seinen Anwälten, dass sie die Gegenpartei fertig machten, sie unter ihren Füßen zertraten wie einen lästigen Kakerlak. Und sie hatte genauso gedacht, ehe sie nach Turn-Coupe kam. Jetzt war sie sich indes nicht mehr so sicher.

„Du wirst die Situation überdenken müssen", riet sie ihm.

„Wieso? Was soll das heißen?" Seine Worte klangen scharf. Gervis entging nicht viel, selbst wenn das gute Leben, das er inzwischen führen konnte, ihn ein wenig verweichlichen ließ.

„Cromptons Enkel hat mich nicht aus Spaß an der Freude in einen Sarg eingesperrt, auch wenn er es hinterher als dummen Streich abzutun versuchte", sagte sie und hörte selbst, wie angespannt ihre Stimme dabei klang. „Er hat einen Verdacht. Er traut mir nicht."

89

„Aber warum sollte er einen Verdacht haben?"

„Weil er kein dummer Hinterwäldler ohne Grips und Fantasie ist, was du dir übrigens gut merken solltest. Weil es sich zu gut fügte, dass ich gerade jetzt bei seinem Großvater aufkreuzte, und weil er mich dabei ertappte, wie ich den alten Mann etwas zu nett anlächelte, während wir uns den Schmuck besahen. Ich weiß es auch nicht, Gervis. Mir gefiel die Sache von Anfang an nicht, und jetzt gefällt sie mir immer weniger."

„Du stehst noch unter dem Schock, das ist alles. Glaub mir, es fällt dir leichter, wenn du dich erst einmal daran gewöhnt hast."

„Ich will mich aber nicht daran gewöhnen!" rief Regina. „Hätte ich gewusst, was da auf mich zukommt, hätte ich niemals zugestimmt. Was hast du dir überhaupt dabei gedacht, als du dieses Ansinnen an mich stelltest?"

„Du hast die Empfehlungsschreiben, Baby, und du bist ein Naturtalent. Niemand eignet sich besser für den Job."

„Das mag ja sein. Aber mich ohne jegliche Vorbereitung hier herunterzuschicken war kriminell. Du hättest mich zumindest vor Cromptons Enkel warnen können!"

„Wer konnte denn schon wissen, dass er ein Verrückter ist? Und überhaupt, glaubst du, ich wollte dich dort hinschicken? Ich mag dich, Kleines. Dein Wohlergehen ist mir wichtig. Aber es gab niemanden, der die Sache übernehmen konnte, vor allem niemanden, zu dem ich solches Vertrauen haben kann wie zu dir."

Die Worte klangen aufrichtig und ermutigten Regina deshalb, ihre Zweifel auszusprechen. „Ich bin nicht sicher, ob ich weitermachen kann. Ich würde wirklich lieber nach Hause kommen."

„Du darfst mich jetzt nicht im Stich lassen, Baby. Wir haben sie schon in die Enge getrieben. Sie haben uns einen Vergleich angeboten."

Regina atmete erleichtert auf. „Wirst du ihn annehmen?"

„Ich werde mich hüten. Sie gehen in die Knie. Sie wissen, dass sie nicht gewinnen können. Jetzt brauche ich nur noch die Hand auszustrecken, und dann kann ich mir alles nehmen."

„Du verstehst diese Leute nicht, Gervis. Dieser Vergleich könnte eine Art Friedensangebot sein. Schlägst du es aus, wirst du es noch bereuen."

„Jetzt bist du also plötzlich Expertin, was sie Männer aus dem Süden angeht? Was genau ist in diesem Sarg passiert, Baby?"

„Hör mir doch einmal zu, Gervis. Im Gegensatz zu dir habe ich Lewis Crompton und Kane Benedict kennen gelernt. Ich habe mit ihnen gesprochen, sie in Aktion erlebt. Sie spielen keine Spielchen. Sie werden auch nicht den Kopf einziehen und davonlaufen. Dieser Kampf findet auf ihrem Territorium statt, vor einem Richter und Geschworenen, die ihnen vertraut sind, von deren Mentalität du jedoch keine ..."

„Ja, ja", unterbrach ihr Cousin sie ungeduldig, „das haben wir bedacht."

„Ich versuche dir nur zu sagen ..."

„Lass es lieber bleiben. Ich höre dir sowieso nicht zu. Du sollst dort unten einen Job erledigen. Du hast dich dazu bereit erklärt, und jetzt will ich Ergebnisse haben."

„Gervis, bitte ..."

Seine Stimme wurde ein klein wenig weicher. „Du bist mir einiges schuldig, Gina. Du weißt, dass du in meiner Schuld stehst."

Wie vorauszusehen, brachten seine Worte wieder die alten unangenehmen Schuldgefühle zurück. Sie trafen Regina so sehr, dass sie regelrecht zusammenzuckte. „Du bist mehr als großzügig zu mir gewesen, hast mehr für ich getan, als ich dir je zurückgeben kann, das weiß ich sehr wohl, Gervis. Aber diese Sache ist etwas anderes."

„Du und ich gegen den Rest der Welt, Gina. Wir sind Familie. Wir halten zusammen. Wir helfen einander. So ist es immer gewesen, und so soll es bleiben."

Die Worte weckten tausend Erinnerungen, jede einzelne davon irgendwie mit Dankbarkeit und flüchtiger Zuneigung verknüpft. Gervis und sie Zuckerwatte schleckend auf einer Wiese im Central Park liegend. Gervis und sie im Kino, auf der Spitze des Empire State Building, bei einem Footballspiel im Shea-Stadium, am Strand auf Fire Island. All die seltenen glücklichen Momente ihrer Kindheit hatte sie Gervis zu verdanken. Später, nachdem diese schreckliche Geschichte mit diesem Schuft Thomas passierte, hatte er ihre Hand gehalten und ihr zur Seite gestanden. Und auch im Krankenhaus war er für sie da gewesen. Er war immer für sie da, so wie sie für ihn da sein sollte.

Die Kehle wurde ihr eng, als sie sagte: „Ich weiß, Gervis. Ich bin mir bloß nicht sicher, ob ich dieser Aufgabe gewachsen bin."

„Du wirst es schon schaffen, Baby. Nach dem, was du mir erzählt hast, ist der Enkelsohn des alten Mannes hinter dir her. Sein Verhalten verrät Interesse, nicht Misstrauen. Du solltest mal darüber nachdenken, wie du dir dieses Interesse zu Nutze machen könntest."

Aus seinem gönnerhaften Ton war eine Spur von Ungeduld herauszuhören. Regina spürte, dass er auflegen wollte. „Sein Interesse spielt keine Rolle, solange er kein Vertrauen zu mir hat", sagte sie verzweifelt. „Er ist misstrauisch. Er glaubt, dass ich etwas im Schilde führe."

Das Lachen ihres Cousins klang unangenehm. „Dann wirst du eben dafür sorgen müssen, dass sich das ändert, nicht wahr?

Das dürfte doch nicht allzu schwierig sein. Du kannst ihn ebenso um den Finger wickeln wie den alten Mann."

„Ich sagte dir doch …"

„Ich weiß, was du gesagt hast, Baby." Die Stimme ihres Cousins klang hart. „Ich habe jedes einzelne Wort verstanden. Aber ich glaube nicht, dass du dich wirklich bemühst. Du gehst zu zögernd an die Sache ran, Gina, und das ist nicht gut. Für mich geht es bei diesem Prozess um Millionen, ist dir das klar? Ich habe keine Zeit für Ausflüchte. Ich kann nicht hier herumsitzen und warten, während du die Hände ringst und dir um alles Mögliche Gedanken machst, bloß nicht um meine Probleme. Für mich kommt es darauf an, dass du diesen Job erledigst, und zwar schleunigst."

Er hatte ja Recht, sie durfte nicht nur an sich selber denken. „Ich werde mein Bestes tun", versprach sie ihm. „Aber ich brauche Zeit, um das Vertrauen der Leute zu gewinnen."

„Ich habe keine Zeit, Baby. Vielleicht solltest du dich auf Benedict konzentrieren, wenn er dir sowieso schon hinterherläuft. Finde heraus, welche Strategie er sich für den Prozess zurechtgelegt, ob er irgendwelche Tricks in der Hinterhand hat. Ich will jede Einzelheit erfahren, die du ihm entlocken kannst. Jedes Wort, das du aufschnappst, wirst du an mich weitergeben, hast du mich verstanden? Aber vor allem will ich wissen, ob der Alte irgendwelchen Dreck am Stecken hat, ob es dunkle Geheimnisse in seinem Leben gibt, die er selbst seiner Mama vorenthalten hätte. Du wirst diese Dinge für mich herausfinden, sonst …"

„Sonst … was, Gervis?" Regina umklammerte den Hörer so fest, dass ihre Finger taub wurden.

Doch die einzige Antwort, die sie erhielt, war das Freizeichen.

Dudley Slater beobachtete, wie im Motelzimmer das Licht ausging. Er gähnte und streckte sich, versuchte seine verkrampfte Rückenmuskulatur zu lockern. Er wurde allmählich zu alt für diesen Mist. Ein schönes weiches Bett, danach sehnte er sich jetzt. Und dieser Rotschopf müsste darin liegen. Die Kleine war bestimmt eine Wildkatze. Er überlegte, welche Farbe ihre Brustspitzen haben mochten. Und ob sie unten ebenso rot war wie auf dem Kopf. Was hätte er darum gegeben, es herauszufinden! Eigentlich wäre es gar nicht so schwierig. Er hatte heute schon einmal ihr Türschloss geknackt, und niemandem war es aufgefallen. Höchstens zehn Sekunden würde er dazu brauchen, es noch einmal zu tun und sich an die Kleine heranzumachen.

Aber das Risiko konnte er nicht eingehen. Er durfte sie nicht erschrecken. Er brauchte Regina Dalton noch für andere, wichtigere Dinge. Sie war seine Fahrkarte zu einem besseren Leben. Sein jetziges kümmerliches Dasein hatte er nämlich bis oben hin satt. Er hatte es satt, im Auto zu leben, und er hatte es satt, sich für ein paar Dollar von Typen wie diesem Berry herumkommandieren zu lassen. Diesmal sollte die Kleine die Arbeit für ihn erledigen. Sie sollte die Story für ihn ausschnüffeln. Sie hatte schließlich einen Deckmantel, er nicht.

Mann, diesmal würde es klappen. Diesmal würde er das dicke Geld einstreichen. Und dann würde er nach Florida gehen und die Puppen tanzen lassen. Vielleicht würde er sogar mit diesem Roman anfangen, den er schon seit Jahren im Hinterkopf hatte.

Dieser Berry war eine harte Nuss. Es würde nicht leicht sein, ihm Bares zu entlocken. Aber Dudley Slater war auch nicht gerade auf den Kopf gefallen, oh nein. Es würde ihm höchstes Ver-

94

gnügen bereiten, diesen selbstsüchtigen Hurensohn um ein Bündel Knete zu erleichtern. Er musste allerdings vorsichtig sein. Dudley kratzte sich am Bart. Bei der Geschichte konnte er sich keine Schnitzer leisten. Er hatte nämlich keine Lust, sich den Rest seines Lebens vor Killern vorsehen zu müssen. Berry hatte Verbindungen zur Mafia, da war er ganz sicher. Und sollte er keine haben, dann nur deshalb nicht, weil die Cosa Nostra den arroganten Bastard genauso wenig ausstehen konnte.

Dudley stöhnte, während er eine bequemere Position auf seinem Sitz zu finden versuchte. Dabei stieß er einen deftigen Fluch aus. Sein Rücken war wirklich im Eimer. Er musste etwas unternehmen, in jeder Hinsicht. Die rothaarige Hexe hatte ihn gemustert, ehe sie vorhin in ihr Zimmer ging. Und dem Kerl in dem Pick-up-Truck war er auch aufgefallen. Das war eben die Schwierigkeit in einem Kaff wie diesem. Man konnte sich nicht unauffällig ins Straßenbild einfügen.

Sein Magen knurrte vor Hunger. Der Hamburger, den er mittags gegessen hatte, hielt nicht lange vor. Ein saftiges Steak mit einer Backkartoffel, das hätte er jetzt gebraucht. Aber denkste. Mehr als Junk Food war nicht drin. Zeitmäßig. Er konnte es nicht riskieren, dass ihm etwas entging.

Er beugte sich vor, um den Müll auf dem Boden, die Bonbonpapiere und diversen leeren Beutel, nach etwas Essbarem zu durchsuchen. Dabei stieß er auf ein Tütchen Erdnüsse. Das musste reichen. Der Kaffee in seiner Thermosflasche war lauwarm. Aber besser lauwarmer Kaffee als gar keiner.

Er musste zusehen, dass die Dinge endlich in Gang kamen. Denn erstens hatte er dieses Spiel satt, und zweitens rückte der Prozess immer näher. Er selbst würde aus den Leuten hier kaum etwas herausholen können. Bestimmt verhielten sie sich genauso wie diese Zicke, der das Motel gehörte. Aber das machte nichts, denn dafür war schließlich die bezaubernde Regina Dalton zuständig. Wenn sie nur ihren niedlichen kleinen Arsch mal in Bewegung setzten würde. Er wusste genau, wie er sie auf Trab bringen könnte. Aber he, bloß nichts überstürzen. Immer hübsch der Reihe nach.

Wie wär's, wenn er ihr ein wenig dabei half, sich an diesen Anwalt heranzumachen? Keine schlechte Idee. Er schob sich eine Hand voll gesalzener Erdnüsse in den Mund und kippte ein paar Schlucke lauwarmen Kaffee hinterher. Mit vollem Mund kauend, die Augen zusammengekniffen, starrte er durch die Windschutzscheibe.

Und dann hielt er plötzlich inne.

Wäre es nicht wirkungsvoller, er würde zuschlagen, ehe Regina Dalton zum Zuge kam? Ihr einfach zuvorkommen? Das könnte Berry durchaus gefallen. Kein Kläger, kein Prozess, nicht wahr? Richtig!

Ja, so ließe es sich machen. Genau. Dudley legte sich immer gern ein oder zwei Pläne für den Notfall zurecht. Wenn einer nicht funktionierte, dann funktionierte eben der andere.

6. KAPITEL

Regina hatte eigentlich erwartet, Kane bei seinem Großvater anzutreffen, als sie am nächsten Morgen nach Hallowed Ground kam. Denn tauchte er nicht immer in ihrer Nähe auf, wenn sie auch nur irgendeinen Schritt tat? Doch Lewis Crompton war allein. Die große gelbe Katze neben sich auf dem Fußboden, saß er in einem sonnigen Raum, wo es appetitlich nach

Kaffee, Schinken, Eiern und warmen Brötchen duftete, beim Frühstück.

Mr. Lewis erhob sich, als Regina von der Haushälterin in den Raum geführt wurde. Es war Regina peinlich, ihn beim Frühstück zu stören, doch als sie sich für ihren unangemeldeten Besuch zu entschuldigen begann, ging er mit einer wegwerfenden Handbewegung darüber hinweg. Und dann bestand er darauf, dass sie mit ihm zusammen frühstückte. Regina hatte keinen Hunger, nahm jedoch eine Tasse Kaffee an, weil sie befürchtete, dass Mr. Lewis sonst nicht weiteressen würde. Die Haushälterin brachte eine zweite Tasse und schenkte ihr heißen Kaffee ein, während Mr. Lewis ihr einen Stuhl zurechtrückte.

Die Haushälterin war kaum gegangen, da räusperte sich Regina, um einen sorgsam formulierten Versuch zu unternehmen, etwas über Lewis Crompton herauszufinden, was Gervis von Nutzen sein könnte. Doch Mr. Lewis kam ihr zuvor.

„Ich hörte, dass Kane Sie gestern zum See hinausgefahren hat", sagte er. „Wie hat er Ihnen gefallen?"

„Ich fand ihn wunderschön. Und so friedlich", antwortete sie. „Ich habe noch nie etwas Vergleichbares gesehen. Aber worüber ich mit Ihnen sprechen wollte ..."

„Und Sie haben auch Luke kennen gelernt, wie ich mir sagen ließ. Sie sollten wirklich zu seinem Fest gehen, meine Liebe. Keiner kann Feste feiern so wie er. Dieser Junge besitzt eine umwerfende Vitalität. Es würde Ihnen sicher gefallen auf seiner Party."

„Ganz bestimmt. Aber wegen des Schmucks, Mr. Crompton ..."

Der alte Herr machte eine wegwerfende Geste mit dem silbernen Messer, das er in der Hand hielt, ehe er ein Brötchen damit durchschnitt. Er gab eine Scheibe Schinken dazwischen und legte es auf einen Teller, den er Regina hinschob. „Vivian erzählte mir, sie hätte mit Ihnen über den Schmuck gesprochen. Sie war ganz hingerissen von Ihnen. Schwärmte von Ihrem Lächeln und natürlich von Ihrem Haar."

Regina schob den Teller mit dem Brötchen zu ihm zurück. „Mr. Crompton", sagte sie ungeduldig, „wenn Sie die Kollektion Ihrer Frau nicht verkaufen wollen, brauchen Sie es mir nur zu sagen."

Er betrachtete sie eine ganze Weile. Ein verständnisvoller Ausdruck lag in seinem Gesicht. Schließlich legte er sein Messer weg und seufzte tief auf. „Das ist es ja gerade, meine Liebe. Ich weiß nicht, ob ich den Schmuck verkaufen oder ob ich ihn behalten soll."

„Weil Sie wieder heiraten wollen?"

Überrascht setzte er sich auf seinem Stuhl zurück. „Wer hat Ihnen das wohl erzählt? Kane war es bestimmt nicht. Es muss Vivian gewesen sein."

Regina ging auf seine Frage nicht ein. „Sind Sie sicher, die Frau, der Ihr Interesse gilt, würde den Schmuck haben wollen?" gab sie ihm zu bedenken. „Manche Leute ziehen es vor, nicht an einen anderen Ehepartner erinnert zu werden."

„Da haben Sie Recht." Er seufzte. „Aber in diesem Fall ist nicht Miss Elise das Problem, sondern Kane."

„Kane?"

„Ich hätte mir niemals träumen lassen, er könnte etwas dagegen einwenden. Aber jetzt hat er mir Vorwürfe gemacht, und ich möchte mich zumindest versichern, dass es nicht nur sein Stolz ist, der da aus ihm spricht. Es wäre ja immerhin möglich, dass er eine Frau kennen gelernt hat, die er gern heiraten möchte. Da müsste ich ihm doch die Möglichkeit lassen, ihr den

Plunder seiner Großmutter zu vermachen, sollte das sein Wunsch sein."

Plunder! Das war wohl die unzutreffendste Beschreibung, die sie je gehört hatte. „Ich verstehe, was Sie meinen", sagte sie mit aller ihr zur Verfügung stehender Geduld. „Aber rechnen Sie wirklich ernsthaft mit dieser Möglichkeit?"

„Ich weiß es nicht, darum geht es ja. Es ist gewiss eine Zumutung, wenn ich Sie bitte, sich noch ein wenig zu gedulden. Sie haben mit Sicherheit andere Dinge zu tun, als hier herumzusitzen und darauf zu warten, dass ein alter Mann seine Entscheidung trifft. Aber Sie würden mir einen großen Gefallen tun, wenn Sie mir etwas Zeit ließen, damit ich herausfinden kann, worum es Kane geht."

Sein Vorschlag kam ihr wie gerufen. Er war einfach perfekt – so perfekt, dass sie sofort Verdacht schöpfte. Forschend betrachtete Regina sein zerfurchtes Gesicht. Doch sie fand keine Spur von List oder Tücke. Wärme und freundliche Verbindlichkeit, mehr vermochte sie nicht aus seinen Zügen herauszulesen. Was bedeutete, dass der alte Herr entweder absolut offen und ehrlich war oder sich meisterhaft zu verstellen verstand.

Wie auch immer, sie konnte es sich nicht leisten, seine Bitte abzulehnen. Fast freute sie sich, dass sie einen Vorwand hatte, noch ein wenig zu bleiben. Natürlich nur, weil ihre Aufgabe dadurch erleichtert wurde.

Sie blickte auf ihre Kaffeetasse herunter. „Ich könnte es schon einrichten, noch etwas länger hierzubleiben."

„Gut", sagte der alte Herr zufrieden. „Ich freue mich, dass wir diesen Punkt geklärt haben."

„Andererseits", fuhr Regina zögernd fort, den Blick noch immer auf ihre Kaffeetasse gesenkt, „wenn ich nun schon einmal hier bin und sowieso nichts Besseres vorhabe, könnte ich mir die einzelnen Schmuckstücke ansehen und Ihnen den Schätzwert schriftlich geben. Sie könnten das Papier aufbewahren und mich in New York anrufen, wenn Sie Ihre Entscheidung getroffen haben."

Noch während sie ihm diesen Vorschlag machte, fragte sie sich, was um Himmels willen in sie gefahren war. Wenn Gervis wüsste, dass sie die Chance verspielte, sich länger in Turn-Coupe aufhalten zu können, würde ihn der Schlag treffen. Sie konnte sich diesen Anfall von Fairness, dem dieser Vorschlag entsprang, selbst nicht erklären. Doch irgendwie hoffte sie fast, Mr. Lewis würde ihr Angebot annehmen, damit sie seine Gastfreundschaft nicht länger missbrauchen musste.

„Aber, aber", sagte er und schob ihr den Teller mit dem Brötchen wieder hin, „warum denn solche Eile? Sie werden noch ein Magengeschwür bekommen, wenn Sie nicht aufpassen. Probieren Sie dieses Brötchen, und dann erzählen Sie mir, worüber Sie sich noch so mit Vivian unterhalten haben."

Regina hatte wirklich nicht vorgehabt, das Brötchen zu essen. Doch während sie dem alten Herrn von ihrem Besuch bei Kanes Tante berichtete, tupfte sie abwesend ein paar Krümel vom Teller auf und leckte sie sich vom Finger. Dann brach sie ein kleines Stück Kruste von dem Brötchen ab und steckte es zusammen mit dem schmalen Streifen Schinken, der daran hing, in den Mund. Und ehe sie sich's versah, hatte sie das ganze Brötchen verputzt.

„Mir scheint, Sie wussten gar nicht, wie hungrig Sie waren", bemerkte Mr. Lewis, während er ein zweites Brötchen durchschnitt und den Schinken zu sich heranzog. „Ihr jungen Leute mit eurem Saft und eurem Müsli wisst überhaupt nicht mehr, was gutes Essen ist. Hier ein Bissen, dort ein Snack und zwischendurch hastig einen Schnellimbiss. Ihr könnt nicht mehr genießen, nehmt euch nicht mehr die Zeit für eine ruhige Unterhaltung. Und dann wundert ihr euch, warum ihr ständig müde seid." Er schüttelte den Kopf, als er ihr das Brötchen reichte. „Es ist wirklich ein Jammer."

So ganz Unrecht hatte er nicht. Regina lehnte sich auf ihrem Stuhl zurück und trank einen Schluck Kaffee aus der hauchdünnen Porzellantasse. Es war unglaublich still in dem Frühstückszimmer. Kein Verkehrslärm oder irgendwelche anderen Geräusche moderner Technik drangen in das alte Haus auf dem Hügel. Nur das Vogelgezwitscher aus dem Garten war zu hören.

„Ich glaube, ich könnte mich an Ihren Lebensrhythmus gewöhnen", meinte sie lächelnd. „Er ist so geruhsam."

„Es passiert eben nicht viel bei uns – normalerweise nicht."

Er meint bestimmt den Prozess, dachte Regina, ein Thema, mit dem sie sich plötzlich überhaupt nicht mehr befassen mochte. Stattdessen fragte sie: „Wie lange leben Sie schon hier – oder ist das eine dumme Frage?"

„Nur eine unausgesprochene Frage ist dumm, so sagt man wenigstens. Aber um Ihre Frage zu beantworten: Ich lebe hier schon mein ganzes Leben lang. Mein Urgroßvater kam um 1830 aus North Carolina hier nach Louisiana. Er und seine Frau und ein Haufen Kinder zogen zusammen mit sechs anderen Familien in Ochsenkarren in den Süden herunter. Unterwegs blieben sie ein paar Jahre in Alabama hängen, wo einige der älteren Kinder heirateten. Irgendwann ließen sie die jungen Paare dort zurück und zogen weiter. Auf diese Art und Weise haben sich die Cromptons über den ganzen Süden zerstreut."

„Waren die Benedicts eine der Familien aus dem Treck?"

Er schüttelte den Kopf. „Sie waren schon hier, als meine Vorfahren sich in der Gegend niederließen. Niemand weiß genau, seit wann sie am See siedelten, aber es liegt sehr lange zurück."

„Sprechen Sie von dem indianischen Zweig der Familie? Liegt es so lange zurück?"

„Wie? Oh, nur Lukes Sippe hat indianische Vorfahren, aber die anderen waren auch schon hier. Es soll da vier Brüder gegeben haben, die sich um 1700 herum sehr hastig aus England davonmachten. Die überstürzte Abreise hatte etwas mit dem Tod des widerwärtigen Ehemannes einer der Schwestern zu tun. Ein paar Jahre versuchten sie sich als Piraten, ehe sie schließlich in New Orleans landeten. Weil ihnen die strenge spanische Regierung, die dort an der Macht war, nicht behagte, zogen sie sich ins Landesinnere zurück und ließen sich irgendwann hier nieder."

„Faszinierend." Regina beugte sich vor, um sich das zweite Schinkenbrötchen zu nehmen. Dann hielt sie plötzlich inne. Mit geneigtem Kopf sah sie den alten Herrn an. „Es sei denn, Sie haben mich auf den Arm genommen?"

Seine Augen blitzten. „Würde ich das tun?"

„Bestimmt."

„Ja, da mögen Sie Recht haben", gab er freimütig zu. „Aber nicht diesmal."

Regina glaubte ihm. „Und wie ging es weiter?" wollte sie wissen. „Wie ist es den Benedicts gelungen, zu überleben und sich fortzupflanzen?"

„Der älteste Bruder nahm irgendwo in der Karibik eine Schottin zur Frau. Sie war ein ebensolcher Rotschopf wie Sie. Ihr Haar soll so feurig gewesen sein wie ihr Temperament. Kane entstammt diesem Familienzweig. Der Nächste heiratete eine Indianerin, die ihn vermutlich an den See geführt hat. Der dritte kidnappte eine Spanierin, die sich ganz gern von ihm entführen ließ, und der Jüngste nahm eine Französin zur Frau, die er in den Wäldern umherirrend gefunden hatte."

„Und wenn sie nicht gestorben sind, dann leben sie noch heute", beendete Regina die Geschichte, wobei sich ihr ironischer Ton vor allem gegen die romantischen Bilder richtete, die ihr bei der Erzählung des alten Herrn vor Augen standen.

„So ungefähr. Immerhin lebten sie alle recht lange und hatten große Familien. Oh, auch bei ihnen gab es Geheimnisse und Tragödien, wie zum Beispiel Krankheit und frühe Todesfälle. Aber die Sippe überlebte und brachte es zu Wohlstand. Jetzt sind die Wälder voller Benedicts."

„Ja, es hat den Anschein." Regina hielt inne, um sich Kaffee nachzuschenken und dann Mr. Lewis' Tasse aufzufüllen. „Was sind das für Geheimnisse, die Sie erwähnten?"

Ein Lächeln zuckte um seine Mundwinkel. Es schien ihn zu amüsieren, dass ausgerechnet die Familiengeheimnisse sie interessierten. „Das Übliche halt: ungeklärte Vaterschaften oder Todesfälle, missratene Söhne, Töchter, die Männer zum Duell anstifteten, vergrabene Familienschätze."

Da sie selbst keine Verwandtschaft hatte, faszinierten Regina die Familiengeschichten anderer Leute. Hinzu kam, dass es über ihre Vorfahren, Immigranten aus Irland und Deutschland, wenig Aufregendes zu berichten gab. Ein so alteingesessener und weit verzweigter Clan wie der, dem Kane angehörte, überstieg ihr Vorstellungsvermögen. „Die Benedicts müssen eine interessante Familie sein", bemerkte sie.

Mr. Lewis schürzte die Lippen. „Ja, das könnte man sagen. Die meisten von ihnen sind furchtbar stolz und ebenso empfindlich. Es heißt, dass sie sich nicht scheuen, das Gesetz selbst in die Hand zu nehmen. Aber sie waren immer gute, rechtschaffene Menschen. Sie finden keine besseren in diesem Staat, das kann ich Ihnen versichern. Ich bin stolz darauf, mit ihnen verwandt zu sein."

„Insbesondere mit einem von ihnen?" fragte Regina scherzhaft.

„Ich bin für meinen Enkel eingenommen, das will ich gern zugeben. Aber ich habe auch allen Grund dazu. Kane hat wegen meiner Klage jeden anderen Fall in seiner Praxis zurückgestellt. Seine ganze Energie gilt dem Kampf, diesen Prozess zu gewinnen. Er mag aufbrausend und ungeduldig sein, und mitunter mögen seine Manieren zu wünschen übrig lassen. Aber es wäre jammerschade, sich durch diese Dinge den Blick auf den großartigen Mann verstellen zu lassen, der er im Innern ist."

Er versuchte, Kane vor ihr zu rechtfertigen. Warum tat er das? Glaubte er, die Bekanntschaft zwischen seinem Enkel und ihr kam unter ungünstigen Vorzeichen zu Stande? Versuchte er wiedergutzumachen, was Kane sich ihr gegenüber geleistet hatte? Oder redete er ihm das Wort, weil er das Gefühl hatte, sein Enkel könnte ein Interesse an ihr haben?

Sie gab ihm keine Antwort, und nachdem beide einen Moment geschwiegen hatten, versuchte sie das Thema zu wechseln, indem sie ihn fragte, ob das Geschirr, von dem sie aßen, antik sei. Ihr Gastgeber begann gerade bereitwillig zu erzählen, wie seine Frau es sich vor dem Krieg als Hochzeitsgeschirr ausgesucht habe, als die Haushälterin an der Tür erschien.

„Mr. Kane ist gerade gekommen", verkündete sie.

„Was Sie nicht sagen, Dora." Mr. Lewis hob die Brauen, als er die Haushälterin ansah. „Das ist ja heute früh wie ein Feiertag. Dann sollten Sie wohl die Brötchen noch einmal aufwärmen. Das heißt, falls Regina und ich welche übrig gelassen haben."

Regina spürte, dass eine wortlose Kommunikation zwischen den beiden stattfand, eine stumme Übereinstimmung. Man merkte deutlich, dass sich ihre Beziehung über lange Jahre hinweg eingespielt hatte. Dora, ein große, grobknochige Schwarze mit indianischem Einschlag, schien ein wesentlicher Bestandteil des Haushalts zu sein. Regina sah ihr dabei zu, wie sie ein drittes Gedeck aus der Kredenz nahm und es auf den Tisch stellte. Die Haushälterin zu beobachten war besser, als sich den Kopf darüber zu zerbrechen, weshalb Kane nicht verschwinden konnte und sie ihre Arbeit tun ließ.

Sekunden später stand er unter der Tür. Trotz seines höflichen Grußes schien die Temperatur im Raum um etliche Grad zu fallen. Regina spürte, wie sich ihr der Magen zusammenkrampfte. Ihre Reaktion mochte zum Teil mit Achtsamkeit zu tun haben. Hauptsächlich jedoch war es die ganz normale Reaktion einer Frau auf einen gut aussehenden Mann. Das Polohemd spannte sich über seinen breiten Schultern, und man sah ihm an, dass er sich gerade geduscht und rasiert hatte. Regina fand es höchst beunruhigend, dass seine männliche Ausstrahlung sie dermaßen aus dem Gleichgewicht zu bringen vermochte.

„Hast du schon gefrühstückt?" fragte ihn sein Großvater.

„Ich habe keinen Hunger", erklärte Kane, zog sich jedoch den Stuhl bei dem Gedeck zurück, das Dora gerade für ihn aufgelegt hatte. Er wartete, bis sie ihm Kaffee eingeschenkt und das schmutzige Geschirr abgeräumt hatte, ehe er sich setzte.

„Miss Regina behauptete auch, keinen Hunger zu haben. Mir scheint, es handelt sich um etwas Ansteckendes." Mr. Lewis verzog keine Miene, während er das sagte. Doch seine Augen blitzten.

„Um Miss Regina zu sprechen, bin ich hergekommen." Ironie lag in der Art und Weise, wie Kane die respektvolle Anrede, die sein Großvater benutzt hatte, wiederholte. Dabei blickte er ihr zum ersten Mal voll ins Gesicht.

„Ja?" Regina merkte selbst, wie aufgesetzt ihr Lächeln wirkte.

„Ich würde gern erfahren, was Sie mit dem berüchtigten Reporter Dudley Slater zu tun haben."

Ihre Reaktion auf seinen anklagenden Ton war spontan und instinktiv. „Ich weiß nicht, wovon Sie reden."

„Sie haben noch nie von ihm gehört?"

„Ich fürchte, nein. Wie kommen Sie darauf, ich könnte ihn kennen?"

„Nun, weil er zum Beispiel vor Ihrem Motelzimmer Posten bezogen hat."

Er sprach von dem Mann im Auto, der auch ihr bereits unangenehm aufgefallen war. Mit einer Kopfbewegung warf sie ihr Haar zurück. „Tatsächlich?"

Kane zog zwei zusammengefaltete Papiere aus der Brusttasche seines Polohemdes, faltete sie auseinander und schob sie über den Tisch zu ihr hin. „Das ist er. Mitsamt seinem Strafregister."

Regina warf einen Blick auf die gefaxten Seiten. Die eine zeigte das etwas unscharfe Foto eines Mannes mit hagerem Gesicht, spitzer Nase und schmalen, tief liegenden Augen. Nachdem sie es einen Moment betrachtet hatte, sah sie zu Kane auf. Sein Blick schien sie zu durchbohren. Regina zwinkerte. Was ein Fehler war, wie ihr gleich darauf klar wurde. Um Haltung bemüht, sagte sie: „Ich habe diesen Mann gegenüber vom Motel in seinem Auto sitzen sehen. Aber er könnte an jeder x-beliebigen Person interessiert sein."

„Sicher könnte er das. Doch vermutlich ist er es nicht." Kanes Worte klangen schroff, obwohl seine Aufmerksamkeit einen Moment dem Sonnenfleck galt, der auf ihrem Haar tanzte.

„Wollen Sie damit sagen, er ist meinetwegen da?"

Seine Augen wurden schmal angesichts ihres spöttischen Tons. „Ja, der Gedanke kam mir."

Lewis Crompton räusperte sich laut und vernehmlich, als wolle er seinen Enkelsohn tadeln für dessen vorwurfsvollen Ton. „Woher weißt du, wer dieser Mann ist?" erkundigte er sich.

„Ich habe mir gestern seine Autonummer aufgeschrieben und Roan gebeten, den Fahrzeughalter zu ermitteln. Wie ich bereits vermutete, handelte es sich um einen Mietwagen. Slater mietete ihn am Flughafen in Baton Rouge. Das Strafregister des Mannes liest sich wie ein Roman – Einbruch, Körperverletzung, tätliche Beleidigung und jede Menge Verkehrsdelikte."

Einbruch? dachte Regina erschrocken, oh nein! Während sie die beiden Männer beobachtete, überlegte sie, ob einer von ihnen den Schnüffler auf sie angesetzt haben konnte. Wenn ja, dann wusste zumindest der andere nichts davon. Doch eigentlich glaubte sie nicht, dass sie etwas damit zu tun hatten. Weder Mr. Lewis' Besorgnis noch Kanes grimmige Entschlossenheit, der Sache auf den Grund zu gehen, hielt sie für gespielt.

„Wer ist Roan?" fragte sie knapp. „Und was hat er mit der Geschichte zu tun?"

„Sheriff Roan Benedict", erklärte Mr. Lewis ihr in höflichen Worten, „verkörpert das Gesetz hier in unserem Pfarrbezirk." Und an Kane gewandt, fuhr er fort: „Warum sollte dieser Slater sich mit Miss Regina befassen? Warum ist er nicht hinter mir her? Oder hinter dir?"

Der Blick, mit dem Kane Regina ansah, war hart. „Das versuche ich ja gerade herauszufinden."

„Vielleicht hält er mich für eine Kronzeugin", gab sie herausfordernd zurück.

„Schon möglich", meinte Kane und nickte kurz mit dem Kopf. „Die Frage ist nur, für wen: den Kläger oder den Beklagten."

Verärgert über sein ständiges Misstrauen, runzelte Regina die Stirn. „Wie kommen Sie bloß zu solchen Unterstellungen?"

„Ich unterstelle Ihnen gar nichts. Aber ich warte darauf, dass Sie mir vielleicht etwas erzählen wollen."

Seine Willenskraft wirkte wie ein Magnet. Sekundenlang hatte Regina das Bedürfnis, ihm alles zu sagen, was er wissen wollte. Der Impuls beruhte zum Teil auf der Angst, er könne sie durchschauen, aber vor allem auch auf dem Wunsch, seine Anerkennung zu erringen. Sie konnte in diesem Moment lebhaft nachempfinden, wie es sein musste, diesem Mann im Zeugenstand Rede und Antwort zu stehen, und sie bedauerte jeden, der je in diese Situation kam.

Nervös strich sie sich mit der Zunge über die Lippen. „Es tut mir Leid", sagte sie, „aber ich kann Ihnen nicht helfen."

Er glaubte ihr nicht, das sah sie ihm deutlich an. Aber was hätte sie tun sollen? Sie fühlte sich unbehaglich. Zum einen war ihr die Situation unerträglich, zum anderen empfand sie eine innere Unruhe wegen dieses Reporters. Irgendwie hatte sie das Gefühl, sie müsse in ihr Motel zurück und nachsehen, ob alle ihre Sachen noch an Ort und Stelle waren.

Sie schob ihren Stuhl zurück und stand auf. „Ich danke Ihnen für das Frühstück." Nur mit Mühe rang sie sich ein Lächeln für ihren Gastgeber ab. „Ich bin sicher, Sie haben geschäftliche Dinge mit Ihrem Enkel zu besprechen, deshalb lasse ich Sie jetzt allein. Vielleicht rufen Sie mich an, wenn Sie Ihre Entscheidung getroffen haben?"

„Das werde ich tun." Mr. Lewis erhob sich und ergriff ihre ausgestreckte Hand. „Es war mir ein Vergnügen."

Seine Worte taten ihr gut, wenn sie sich auch fragte, ob es sich nur um eine höfliche Floskel handelte. „Mir auch", sagte sie und meinte es ehrlich. Dann wandte sie sich an Kane – gezwungenermaßen, denn viel lieber wäre sie einfach gegangen, ohne ihn zu beachten. Aber das wäre nach dem herzlichen Abschied von seinem Großvater zu krass gewesen.

Doch noch ehe sie etwas sagen konnte, sprach er. „Ich werde Sie hinausbegleiten."

Sie hätte kaum etwas dagegen einwenden können, ohne nicht erneut sein Misstrauen zu wecken. „Wenn Sie möchten."

Er bedeutete ihr, vorauszugehen und folgte ihr dann aus dem Raum. Es machte sie nervös, dass er hinter ihr war. Seine Nähe verwirrte sie so sehr, dass es ihr schwer fiel, sich natürlich und ungezwungen zu bewegen. Als sie auf die vordere Veranda hinaustraten, sagte er: „Sie tragen kein Schmuckköfferchen. Daraus schließe ich, dass Sie die Kollektion noch nicht haben."

„Ihr Großvater hat beschlossen, Ihnen die Entscheidung zu überlassen, ob der Schmuck nicht lieber in der Familie bleiben soll."

„Oh ja?" Seine Stimme klang erfreut. Nachdem er die Tür hinter ihnen zugemacht hatte, ging er mit ihr über die Veranda und die Stufen hinunter.

„Das war jedenfalls mein Eindruck. Ich denke, er wird demnächst mit Ihnen darüber reden, denn er bat mich, noch ein paar Tage hier zu bleiben."

Kane blickte starr geradeaus. „Dieser listige alte Fuchs", murmelte er.

„Wie bitte?" Regina warf ihm einen schnellen Seitenblick zu.

„Nichts. Dann dürften Sie ja doch am Wochenende für Lukes Party zur Verfügung stehen."

„Es sieht so aus." Ihr Ton klang nicht eben ermutigend.

„Ich kann Sie begleiten, falls Sie gehen wollen. Ehe Sie Nein sagen, lassen Sie mich hinzufügen, dass es mir lediglich darum geht, ein guter Gastgeber zu sein. Sie müssen wegen Pops hier herumhängen. Das Mindeste, was wir tun können, ist, Sie ein wenig zu unterhalten."

„Das wäre wirklich sehr aufmerksam von Ihnen", entgegnete sie, „wenn es wahr wäre."

Er blieb stehen. „Wollen Sie mich als Lügner bezeichnen?"

„Rechtsanwälte sind nicht unbedingt für ihre Ethik bekannt. Der Wahrheit nachhelfen, so nennt man das Spiel doch, nicht wahr?"

„Nicht bei mir."

Sie warf ihm einen zynischen Blick zu. „Natürlich nicht."

„Ich meine es ernst. Ich ziehe die Wahrheit als Waffe vor."

„Und ich soll Ihnen glauben, während Sie jedes Wort aus meinem Mund in Frage stellen?"

Sein Blick war hart. „Da besteht schließlich ein gewisser Unterschied."

Regina starrte ihn an. Da nahm er für sich in Anspruch, stets nur wahrheitsgetreue Fakten anzugeben, sprach ihr aber diese Tugend ab.

Ihr Gesicht wurde rot vor Wut. „Das ist doch die Höhe!" rief sie aus.

„Soll das heißen, Sie gehen nicht mit mir zu Lukes Party?"

„Ich kann selber hinfinden, vielen Dank." Sie strafte ihn mit einem vernichtenden Blick und marschierte zu ihrem Mietwagen.

„Wie Sie wollen."

Sie wusste, dass es kindisch war, aber sie musste einfach das letzte Wort behalten. „Genau", gab sie trotzig über die Schulter zurück.

Er erwiderte nichts darauf. Erst als sie die Wagentür öffnete, sagte er leise: „Regina?"

Sie hielt inne. Weil sie einen Anflug von Besorgnis aus seiner Stimme herauszuhören glaubte, drehte sie sich zu ihm um.

„Nehmen Sie sich vor Slater in Acht. Er hält sich nicht an die Spielregeln."

Das hatte sie bereits vermutet. Umso mehr ärgerte es sie, dass Kane noch immer annahm, sie hätte etwas mit diesem Kerl zu tun. Mit verächtlichem Blick sah sie ihn an. „Aber Sie halten sich daran, was?"

„Immer."

Komisch, sie war fast gewillt, ihm zu glauben. Den Blick von ihm abwendend, stieg sie in ihr Auto und schlug die Tür zu. Der laute Knall war ihr eine Genugtuung. Aber trotz allem – das letzte Wort hatte sie nicht gehabt.

Ihre Hände zitterten, als sie zum Motel zurückfuhr. Es war ihr ein Rätsel, weshalb sie sich derartig von Kane Benedict aus dem Gleichgewicht bringen ließ. Ihre Abwehrmechanismen funktionierten doch sonst so gut. Sie war eine erwachsene Frau, kein Teenager, dessen Gefühlsleben von Hormonen und romantischen Tagträumen bestimmt wurde. Sie hatte in ihrem Leben genug attraktive Männer kennen gelernt, und mehr als einmal hatte sie jene in ihre Schranken verwiesen, die annahmen, rotes Haar sei gleichzusetzen mit Leidenschaftlichkeit, oder die ihr Desinteresse als Herausforderung verstanden. Keiner von ihnen vermochte die Mauer ihrer Gleichgültigkeit zu durchdringen.

Kane war der erste Mann, bei dem es sich anders verhielt, auf den sie nicht mit Gleichgültigkeit reagierte. Schon bei der ersten Begegnung hatte er ihren Schutzwall durchbrochen, sie überrumpelt, noch ehe sie sich auf seinen Angriff vorbereiten konnte. Jetzt fühlte sie sich ihm ausgeliefert und in einer Art und Weise emotional verwundbar wie schon seit Jahren nicht mehr. Und das beunruhigte und verwirrte sie.

In ihrem Motelzimmer fand sie zum Glück alles so vor, wie sie es verlassen hatte. Nichts fehlte, alles wirkte unberührt. Falls Slater sich Zugang zu ihrem Zimmer verschafft hatte, dann beherrschte er sein Metier in der Tat sehr gut. Nicht, dass es etwas gegeben hätte, das für ihn oder irgendeine andere Person von Interesse gewesen wäre. Aber allein die Vorstellung, jemand könnte in ihrem Zimmer herumgeschnüffelt haben, brachte sie in Rage.

Was sie jedoch mehr als alles andere störte, war der Verdacht, ihr Cousin könnte nicht aufrichtig zu ihr gewesen sein. Deshalb beschloss sie, der Sache unverzüglich auf den Grund zu gehen.

Jetzt, am Vormittag, musste Gervis in seinem Büro sein. Doch als Regina gleich darauf dort anrief, sagte ihr die Sekretärin, er sei zu Hause. Beunruhigt wählte Regina die Nummer des Apartments.

„Gina, Baby, ich hoffe, du hast gute Nachrichten", sagte er. Seine Stimme klang hart. „Ich könnte sie nämlich gebrauchen."

„Ich rufe an, weil ich wissen will, was du dir da wieder geleistet hast. Was bildest du dir eigentlich ein?"

„Ich? Was soll ich mir geleistet haben? Ich leiste mir gar nichts mehr, weil ich viel zu sehr mit diesem Prozess beschäftigt bin. Wobei du mir eigentlich helfen solltest. Warum verschwendest du meine Zeit, wenn du mir nichts zu berichten hast?"

Regina ließ sich von seinem gereizten Ton nicht einschüchtern. „Ich will wissen, warum du mich belogen hast, warum du mir nichts von diesem Dudley Slater sagtest, als ich dich nach dem Mann fragte."

„Baby, Baby, für was hältst du mich?"

„Frag mich nicht, sonst könnte ich in Versuchung kommen, es dir zu sagen", erwiderte sie, alarmiert angesichts seines abrupten Übergangs zu einem schmeichelnden Ton. „Du sagtest, du hättest nichts mit dem Mann zu tun, der mich beobachtet. Aber du wusstest, dass er ein Reporter ist. Wie kommt das?"

„Das war nur so eine Vermutung von mir. Hör zu, Gina ..."

„Nein, jetzt hörst du mir einmal zu. Ich weiß, dass du solche Praktiken bei anderen Leuten anwendest, aber ich hätte mir niemals träumen lassen, dass du sie bei mir versuchst. Warum, Gervis? Das ist alles, was ich wissen will. Warum?"

Er schwieg einen Moment. Dann fragte er: „Sie haben also herausgefunden, dass er ein Reporter ist? Ist ihm jemand dort unten auf die Schliche gekommen?"

„Ja, das könnte man sagen", erwiderte Regina nicht ohne Ironie.

Seine einzige Antwort waren ein paar unschöne Kommentare über die Mentalität des Reporters, Bemerkungen, die Regina einfallslos und geradezu vulgär fand. Noch vor kurzer Zeit fiel es ihr kaum auf, wenn Gervis sich in dieser Art und Weise ausdrückte. Dass es sie jetzt unangenehm berührte, lag vermutlich daran, dass sie solche ordinäre Ausdrucksweise in den letzten Tagen nicht gehört hatte.

113

„Was soll der Unsinn, Gervis?" unterbrach sie ihn. „Vertraust du mir nicht?"

„Das hat damit nichts zu tun, Schätzchen. Aber du bist nicht unbedingt ein Profi, verstehst du? Ich dachte, ich sollte dir vielleicht jemanden zur Seite stellen."

„Einen miesen kleinen Reporter hattest du mir als Hilfe zugedacht, einen Schmierfink mit einem Gesicht wie ein Wiesel und einem meterlangen Strafregister? Du tickst wohl nicht richtig!"

„Okay, ich war mir nicht sicher, ob du das Zeug dazu hast, den Job durchzuziehen. Klar, du kannst mit Leuten umgehen, und jeder mag dich, was ich von mir nicht behaupten kann. Aber lassen wir das. Du hast selbst gesagt, die Sache liegt dir nicht. Du hältst dich für sehr stark, aber du verstehst es nicht, auf dich aufzupassen. Ich habe schließlich ein Recht darauf, um dich besorgt zu sein, nicht wahr?"

„Wenn du wirklich besorgt um mich wärst", erwiderte Regina, während ein schmerzliches Gefühl sie durchzuckte, „dann wäre ich jetzt nicht hier. Ich will, dass du diesen Slater zurückpfeifst."

Gervis gab einen gequälten Seufzer von sich. „Das kann ich nicht."

Tapfer bemühte sie sich um einen ruhigen Ton. „Kannst du es nicht, oder willst du es nicht?"

„Ich habe den Mann nicht an der Leine. Er ist Journalist, und er wittert eine Story."

„Journalist! Er steht noch eine Stufe unter dem Paparazzo. Er ist ein Widerling!"

„Wie dem auch sei, er hat jedenfalls seinen eigenen Deal mit seiner Zeitung ausgehandelt, der mit mir und mit dem, was er für mich herausfinden soll, nichts zu tun hat."

Regina dachte einen Moment nach. „Soll das heißen ...“

„Was, Baby?“

Sie gab ihm keine Antwort. Denn schlagartig konzentrierte sie sich auf etwas anderes, auf ein Geräusch, das sie schon die ganze Zeit im Hintergrund wahrgenommen hatte. Plötzlich wusste sie, wo es herkam. Im Wohnzimmer lief der Fernseher. Und jetzt, wo sie genau hinhörte, erkannte sie sogar, was gespielt wurde. Tausendmal hatte sie den Soundtrack des Zeichentrickfilms gehört.

Ihr Cousin hasste Zeichentrickfilme.

„Gervis“, sagte sie mit gepresster Stimme, „wen hast du da zu Besuch?“

„Gina, Baby, es sollte eine Überraschung sein.“

„Ist Stephan da?“

„Nur für ein paar Tage.“

„Du hast ihn aus der Schule genommen?“ Sie konnte nichts dazu, dass ihre Stimme immer lauter wurde.

„Gina, Baby, reg dich doch nicht auf.“

Je schärfer ihre eigenen Worte klangen, desto sanfter, ja geradezu ölig wurde die Stimme ihres Cousins. „Was machst du mit ihm?“ fragte sie in panischer Angst.

„Ihm hat seine Mama gefehlt. Deshalb habe ich ihn hergeholt. Mach doch nicht so ein Theater.“

„Theater nennst du das? Ich mache mir Sorgen um ihn. Er braucht seine Medizin, und zwar regelmäßig. Du weißt, dass er Michael nicht mag und sich weder von ihm noch von dir seine Medizin geben lässt.“

„Keine Angst, ich habe alles bedacht. Sogar eine Krankenschwester habe ich für ihn eingestellt.“

„Warum?“ Die Angst schnürte ihr fast die Kehle zu. „Weshalb hast du das getan?“

„Für dich habe ich es getan. Und für Stephan. Was hast du denn gedacht?"

„Ich will mit ihm sprechen."

„Ich halte das für keine gute Idee. Damit würdest du ihn nur unnötig aufregen. Vielleicht das nächste Mal, wenn du mir etwas zu berichten hast."

Der Ton, in dem er das sagte, gefiel ihr überhaupt nicht. „Was willst du von mir?" fragte sie ihn rundheraus.

„Gina, Baby", erwiderte er mit sanftem Tadel, „du weißt doch, was ich will."

„Ich bin nicht dein Baby!" schrie sie in den Hörer. „Ich verlange, dass du meinen Sohn zurückbringst, wo er hingehört."

„Sicher, sicher, ich verspreche es dir. Sobald du deinen Job dort unten erledigt hast."

Das Atmen fiel ihr schwer. Angestrengt versuchte sie nachzudenken. „Ich kann keine Wunder vollbringen, Gervis. Ich kann keine Geheimnisse finden, die es nicht gibt, oder krumme Geschäfte aufdecken, wenn keine stattgefunden haben."

„Du wirst doch irgendetwas tun können, verdammt noch mal! Wie läuft die Sache mit Benedict? Kannst du ihn bearbeiten?"

„Ihn bearbeiten? Wie meinst du das?"

„Sprich mit ihm, mach ihn an, geh mit ihm ins Bett, besorg es ihm. Verdammt, Gina, du bist eine Frau. Dir wird schon etwas einfallen."

Heißes Erschrecken durchzuckte sie. „Das kann ich doch nicht tun!"

„Klar kannst du es tun! Ich habe das Angebot des Alten abgelehnt, und jetzt haben sie den Einsatz erhöht und sprechen von Schadenersatzforderungen in Millionenhöhe. Wenn sie den Prozess gewinnen, kann ich einpacken. Dann bin ich bankrott. Ich will Informationen. Was du tun musst, um sie dir zu beschaffen, interessiert mich nicht."

„Aber du weißt doch, warum es nicht geht. Du kennst mein Problem." Gervis war der Einzige, der Bescheid wusste, der einzige Mensch, der ihr in dieser schrecklichen Zeit zur Seite gestanden hatte. Wie konnte ausgerechnet er etwas Derartiges von ihr verlangen?

„Ich weiß, dass du dich all die Jahre dahinter versteckt hast. Du musst endlich mal darüber hinwegkommen."

„Aber was ist, wenn ..."

„Wenn, wenn ... Genau genommen tue ich dir einen Gefallen, Gina, indem ich dich mit der Sache konfrontiere. Viele Leute haben Pech im Leben. Aber sie lassen sich nicht davon unterkriegen. Sie rappeln sich auf und machen weiter. Und genau das wirst du jetzt tun. Lass dir was einfallen. Lass deine Reize spielen. Ihr Frauen habt doch so eure Tricks. Verdammt, mir ist es scheißegal, wie du es machst, aber mach es endlich. Wir haben noch eine Woche Zeit, etwas auszugraben und uns zu überlegen, wie wir es benutzen können. Entweder du spurst, oder du wirst es bereuen."

„Du würdest doch Stephan nichts antun, Gervis? Nein, das könntest du nicht!"

„Es wäre nicht nötig, wenn du mich endlich ein wenig unterstützen würdest, nicht wahr? Außerdem müsste ich ihm bloß erzählen, was für ein Bastard sein Vater war und dass seine Mama seinetwegen fast gestorben wäre. Wir könnten uns darüber unterhalten, wie schlimm es ist, dass das Gesetz Mädchen, die selbst noch Kinder sind, dazu zwingt, Babys auszutragen, die ihnen bei einer Vergewaltigung gemacht wurden. Vor allem Babys mit Problemen. Glaubst du, es wird ihm gefallen, das zu hören, Gina?"

„Wie kannst du so etwas tun? Wie kannst du auch nur daran denken?" schrie Regina mit tränenerstickter Stimme. „Stephan ist wie dein eigener Sohn. Wir sind Familie!"

„Familien halten zusammen, Gina. Ich habe dich um deine Hilfe gebeten, aber ich höre nur Ausflüchte von dir."

„Ich sagte dir doch, ich will es versuchen."

„Und ich sage dir, ich bin ein verzweifelter Mann. Vielleicht glaubst du mir jetzt. Vielleicht bist du auch verzweifelt und wirst endlich etwas unternehmen. Was meinst du, Gina? Schaffst du es jetzt, etwas aufzutreiben, womit ich was anfangen kann?"

Ehe sie antworten konnte, wurde am anderen Ende der Hörer auf die Gabel geknallt. Einen Moment saß sie regungslos da und starrte ins Leere. Dann ließ sie den Hörer auf die Gabel fallen, schlug die Hände vors Gesicht und brach in Tränen aus.

Stephan war ihr Ein und Alles. Ihr ganzes Leben drehte sich nur um ihn. Er war so jung, so lieb, so wehrlos. Wie konnte irgendjemand ihm etwas zu Leide tun? Allein bei der Vorstellung krampfte sich ihr das Herz zusammen.

Gervis hatte seine Drohung doch sicher nicht ernst gemeint? Er wollte ihr bestimmt nur Angst machen. Er war immer so lieb zu Stephan gewesen, von Anfang an. Nach Stephans Geburt hatte er ein Kindermädchen für ihn eingestellt und später seine Tests und die Sonderschule finanziert. Ohne Gervis hätte sie es damals nicht geschafft.

Sie schuldete ihrem Cousin so viel. Und hatte sie nicht schon immer auf eine Gelegenheit gewartet, auch ihm einmal einen Gefallen zu tun? Jetzt bot sich ihr die Möglichkeit dazu. Gervis hatte sie vor dieser Reise nach Turn-Coupe nie um etwas gebeten. Dies war die erste Gefälligkeit, die er von ihr verlangte. Wäre sie ihm nicht zu Dank verpflichtet, wäre sie jetzt gar nicht hier.

Aber Gervis hatte sich in den letzten Monaten verändert. So, wie er sich zurzeit benahm, kannte sie ihn kaum. Es musste die Sorge um sein Geschäft sein, die diese Veränderung bewirkte, die Angst, alles zu verlieren, was er sich so hart erarbeitet hatte.

Ein Straßenkind aus Brooklyn, hatte er praktisch mit nichts angefangen. Sein Vater war kurz nach seiner Geburt gestorben, und seine Mutter hatte es nie geschafft, etwas aus ihrem Leben zu machen. Trinken und Modezeitschriften durchblättern, damit brachte sie ihre Tage zu. Von der Sozialhilfe abhängig, träumte sie davon, es eines Tages zu Reichtum zu bringen, in der Lotterie oder bei einem Preisausschreiben zu gewinnen. Als gute Mutter konnte man sie nicht bezeichnen. Ihr Leben wurde von ihren Tagträumen und ihren Depressionen bestimmt. Dass sie Regina nach dem Tod ihrer Mutter bei sich aufnahm, verriet zwar Gefühl, aber keinerlei Vernunft, selbst wenn Reginas Mutter ihre beste Freundin gewesen war. Die Sache war ohnehin nicht von Dauer gewesen. Knapp fünf Jahre später, Regina war gerade fünfzehn geworden, starb Gervis' Mutter an einer Überdosis verschreibungspflichtiger Tabletten.

Danach blieb Regina nur noch Gervis. Sie waren allein, und sie waren aufeinander angewiesen. Genau daran erinnerte er sie jetzt. Er brauchte sie, und sie durfte ihn nicht im Stich lassen.

Sollte er Stephan etwas zu Leide tun, würde sie ihm nie vergeben. Und er selbst würde es sich genauso wenig verzeihen. Dieser Meinung wäre sie jedenfalls noch vor wenigen Tagen gewesen.

Jetzt hielt sie es für möglich, dass sie sich täuschte.

Schließlich hätte sie sich niemals träumen lassen, dass Gervis sie bitten könnte, die Spionin für ihn zu spielen. Und dass er von ihr verlangen könnte, mit seinem schlimmsten Feind ins Bett zu steigen, war das Allerletzte, womit sie gerechnet hätte.

7. KAPITEL

Regina kam es vor, als würden tausend Augen sie beobachten, als sie am Samstagabend die Stufen zur Villa Chemin-à-Haut hinaufstieg. Das Grundstück wimmelte nur so von Leuten. Gäste gingen in der Abenddämmerung unter den Bäumen spazieren, unterhielten sich in kleineren Grüppchen auf der vorderen Veranda, standen auf dem Gang beisammen und in dem großen offenen Salon mit seinen hohen Flügeltüren. Es schienen alle Altersgruppen vertreten zu sein. Kinder, die sie schmerzlich an Stephan erinnerten, tollten auf dem Rasen herum. Eine Gruppe Teenager saß auf den Verandastufen, und einige ältere Paare hatten es sich in Schaukelstühlen bequem gemacht. Sie alle genossen die Kühle des Abends, die Musik der Cajun-Band, die auf der hinteren Veranda spielte, das reichlich vorhandene Essen, die Getränke und die angenehme Gesellschaft.

Schon nach wenigen Minuten musste sich Regina eingestehen, dass die neugierigen Blicke, denen sie sich ausgesetzt fühlte, nur in ihrer Einbildung existierten. Einige Leute nickten ihr freundlich zu, andere lächelten sie an, aber sie stand keinesfalls im Mittelpunkt der Aufmerksamkeit. Und wenn die Gesichter um sie herum forschendes Interesse ausdrückten, dann durfte sie darin nichts Ungewöhnliches sehen, denn schließlich war sie eine Fremde, die ganz offensichtlich nicht dazugehörte.

Sie war ein Eindringling, aber das war nichts Neues für sie. Sie kannte gar keine andere Rolle als die des Außenseiters. Nie hatte sie dazugehört, egal wo. Nie hatte sie ein eigenes Zuhause gehabt. Doch es konnte ihr eigentlich egal sein, wenn sie auch in diesem Kreis als Außenstehende galt. Sie war schließlich nicht hier, um ein Teil der Gemeinde oder dieser Familie zu werden.

Ihre Rationalisierung half Regina leider nicht weiter. Sie war nach wie vor ein Nervenbündel. Am liebsten hätte sie kehrtgemacht und wäre davongerannt wie ein verängstigtes Kaninchen. Sie konnte es nicht tun. Es ging einfach nicht. Es war ganz und gar unmöglich, was Gervis da von ihr verlangte.

Noch nie hatte sie es bewusst darauf angelegt, die Aufmerksamkeit eines Mannes auf sich zu ziehen. Nicht einmal in der High School hatte sie es versucht. Allein die Vorstellung war ihr peinlich. Jetzt bildete sie sich ein, jeder müsse ihr ansehen, was sie vorhatte.

Nicht, dass sie sich als Femme fatale zurechtgemacht hätte. Das war nicht ihr Stil. Sie besaß keine engen Satinkleider mit tiefen Ausschnitten, neckische Spitzenblusen oder ähnlichen Firlefanz. Und was sie als Reisegarderobe eingepackt hatte, ließ sich nicht einmal im Entferntesten als verführerisch bezeichnen. Ein schwarzer Kostümrock mit cremefarbenem Seidentop und breitem Gürtel, den sie etwas enger zusammengezurrt hatte, mussten deshalb als Party-Outfit genügen. Sie hatte sich jedoch dazu durchgerungen, ihr Haar offen zu tragen und es nicht wie gewohnt mit Spangen zurückzustecken.

Sie hatte außerdem im letzten Moment ihre farbigen Kontaktlinsen gegen farblose ausgetauscht und kam sich jetzt nackt und seltsam verwundbar vor ohne den türkisen Vorhang zwischen sich und der Welt. Ursprünglich als Experiment gedacht, war es ihr irgendwie zur Gewohnheit geworden, diese farbigen Linsen zu tragen. Aber sie versteckte sich nicht dahinter, wie Kane ihr unterstellt hatte. Doch wenn sie ihm mit braunen Augen besser gefiel, warum nicht? Er war schließlich derjenige, dem sie es recht machen musste – wie auch immer.

Sie sah Luke sofort. Auf der Veranda bewegte er sich zwischen seinen Gästen. Er sah blendend aus in engen schwarzen Jeans und weißem Hemd. An seinem Arm hing ein blondes Mädchen, das ständig kicherte. Er schien sie zu necken, nur um sie kichern zu hören.

Kanes Großvater unterhielt sich auf der hinteren Veranda mit einem Schwarzen im Nadelstreifenanzug, der, wie Regina vermutete, Kanes Partner war. Sie wollte schon zu den beiden hingehen, entschied sich jedoch dagegen, als sie sah, dass sich ihnen bereits andere Freunde näherten. Auf keinen Fall wollte sie den Eindruck erwecken, sie suche irgendwo Zuflucht.

Aber wenn Mr. Lewis da war, dann musste auch Kane irgendwo sein. Regina blickte sich in der Menge um und entdeckte ihn gleich darauf in der Gesellschaft einer schlanken Frau mit langem braunen Haar, in dem goldene Strähnen schimmerten. In einer Ecke des Salons ins Gespräch vertieft, schienen die beiden alles um sie herum vergessen zu haben.

Kane hatte den Ellbogen über seiner Gesprächspartnerin an die Wand gestützt. Er sah lässig-attraktiv aus in Jeans und blauem Baumwollhemd. Die Hände auf dem Rücken, lehnte die Frau an der Wand und sah mit ernstem, nachdenklichem Blick zu ihm auf. Es war Kane anzusehen, dass er sich völlig auf sie konzentrierte. Die Frau trug ein pflaumenfarbenes Seidenkleid, das locker ihre Figur umspielte. Sie besaß eine bezaubernde Anmut und wirkte unglaublich elegant. Noch nie hatte Regina jemanden gesehen, der den legendären Südstaaten-Charme so unverfälscht ausstrahlte.

Die Frau war ihr weit überlegen. Wie eine graue Maus kam sie sich dagegen vor. Der Abend ließ sich ja gut an. Zu allem Übel schaute in eben diesem Moment auch noch Kane in ihre Richtung. Ein nachdenklicher Ausdruck lag in seinen dunkelblauen Augen. Sekundenlang hielt er ihren Blick fest. Dann nickte er und hob die Brauen, als sei er überrascht, sie zu sehen. Regina spürte, wie sie rot wurde. Trotzig hob sie das Kinn. Hatte sie etwa behauptet, sie würde nicht zu der Party kommen? Nein, sie hatte nur gesagt, dass sie auf seine Begleitung verzichten konnte.

Er erschien ihr so selbstsicher, wie er da stand. Groß und breitschultrig und unglaublich attraktiv mit seinem glänzenden dunklen Haar, den hohen Wangenknochen und dem kantigen Kinn, schien er ein Mann zu sein, der sich seiner Persönlichkeit bewusst war. Er wirkte wie solides Establishment, und doch hieß es von ihm, er sei unberechenbar, nicht ganz gezähmt. Wie bei seinem Cousin schien auch bei ihm das Erbe seiner rauen freibeuterischen Vorfahren voll durchzuschlagen. Wie sollte sie diesem Mann nahe kommen, wenn er nichts und niemanden brauchte? Wo sollte sie anfangen? Und vor allem: Was sollte sie tun, wenn ihre Bemühungen Erfolg hatten?

Sie wusste nicht, ob sie in der Lage war, es mit kalter Berechnung auf körperliche Intimität mit diesem Mann anzulegen. Allein der Gedanke erfüllte sie mit Grausen. Andererseits brauchte sie Kane Benedict nur anzusehen, und eine pulsierende Wärme durchflutete sie. Wenn sie daran dachte, wie er sie geküsst hatte, als sie zusammen in diesem Sarg lagen, spürte sie noch jetzt ein Prickeln auf den Lippen. Sie konnte nicht vergessen, wie es sich anfühlte, als er den Arm um sie legte, als seine Hände sie berührten. Die Erinnerung daran löste ein seltsames Sehnen in ihr aus. Sie hatte Geborgenheit empfunden in seinen Armen, selbst wenn sie vor der Bedrohung, die er in diesem Moment für sie darstellte, zurückgeschreckt war.

Eine laue Brise wehte durch die geöffneten Flügeltüren herein. Wind war aufgekommen. Er ließ die Zipfel des Tischtuchs flattern und das Geschirr auf der Anrichte leise klirren. Regina war froh über den Luftzug, der ihr heißes Gesicht kühlte.

Konnte Gervis Recht haben? War sie in der Lage, ihre Aversion gegen die Berührung eines Mannes zu überwinden? Sie wusste es nicht. Sie hatte nicht die leiseste Ahnung. In der vergangenen Nacht hatte sie wach gelegen und an Kane gedacht. Dabei hatte sie sich vorzustellen versucht, wie es sein würde, wenn sie sich näher kämen. Die Vorstellung war beängstigend, aber nicht ohne Faszination gewesen. Zweifellos übte Kane eine gewisse Anziehungskraft auf sie aus. Er ließ sie nicht kalt, so wie alle anderen Männer. Wäre die Situation anders gewesen und sie hätten sich ganz normal und in Ruhe kennen gelernt, hätte es vielleicht mit ihnen funktionieren können. Aber die Zeit dazu war nicht vorhanden.

Sie musste es versuchen. Und wenn sie den Punkt erreichte, wo es sich nicht mehr vermeiden ließ, mit Kane zu schlafen, würde sie ihm eben etwas vorspielen. Oder vielleicht die Augen schließen und an etwas anderes denken, vielleicht an jene exquisiten viktorianischen Schmuckstücke, die von Ladys getragen wurden, die genauso wenig für Sex zu begeistern waren wie sie. Antiker Schmuck hatte schon immer eine beruhigende Wirkung auf sie gehabt und sie alles Unangenehme vergessen lassen.

„Sie sind also doch hier. Ich fürchtete schon, Sie würden nicht kommen."

Die tiefe Männerstimme hinter ihr, direkt an ihrem Ohr, ließ sie zusammenfahren. Erschrocken wirbelte sie herum. Mit weit aufgerissenen Augen blickte sie Luke an. Dabei klopfte ihr das Herz bis zum Hals.

„Gemach, gemach, schöne Lady." Beruhigend legte er ihr die Hand auf den Arm. „Ich wollte Sie nicht erschrecken."

Regina zwang sich zu einem Lächeln. Dabei fragte sie sich, ob man ihr wohl ansah, dass sie sich ertappt vorkam. „Ich glaube, ich bin ein wenig nervös", bekannte sie.

„Dazu besteht keine Veranlassung. Sie sind doch hier unter Freunden." Luke legte ihr den Arm um die Taille. „Kommen Sie, ich werde Sie herumführen und Sie den Leuten vorstellen. Dann fühlen Sie sich gleich wie zu Hause."

Das klang wunderbar, zu schön, um wahr zu sein. Luke versuchte es ihr leicht zu machen, das musste Regina ihm lassen. Und er war der perfekte Gastgeber. Er ging von einer Gruppe zur anderen, schüttelte Hände, flachste mit den Männern und überschüttete die Damen mit Schmeicheleien und Komplimenten. Und jedes Mal sorgte er dafür, dass Regina wie selbstverständlich mit einbezogen wurde. Hin und wieder, wenn es ihm notwendig erschien, erklärte er mit wenigen Worten, was sie nach Turn-Coupe geführt hatte.

Es war alles längst nicht so schlimm, wie Regina befürchtet hatte. Als Luke dann noch im Vorbeigehen ein Glas Wein von der Bar auf der hinteren Veranda nahm und es ihr in die Hand drückte, fiel es ihr nicht mehr schwer, die Leute freundlich anzulächeln, ihnen zuzunicken und mit ihnen ein paar Worte über das Essen oder das Wetter zu wechseln.

Trotzdem machte sie sich nichts vor. Schon nach den ersten paar Minuten hatte sie sich mit der traurigen Gewissheit abgefunden, dass sie immer eine Fremde in dieser Gruppe bleiben würde. Niemals würde sie richtig dazugehören. Zu sehr unterschied sie sich von diesen Leuten. Ihr Akzent, ihre Kleidung, ihre Einstellung, alles war anders. Und noch etwas stand zwischen ihnen: der

Grund, weshalb sie hier war. Ein paar Stunden würde man sie vielleicht akzeptieren, aber nicht länger. Niemals.

Als sie einen Moment allein mit Luke beisammenstand, sagte er zu ihr: „Ich habe gesehen, dass Sie ohne Kane gekommen sind. Wieso hat er Sie nicht begleitet?"

„Wir kennen uns doch kaum. Warum sollte er sich die Mühe machen, mich zu begleiten?"

„Ja, warum wohl?" Lukes dunkle Augen blitzten belustigt. „Es sieht mir ganz danach aus, als hätte er sich bei Ihnen unbeliebt gemacht."

„Ich weiß nicht, ob ich es so ausdrücken würde", sagte Regina vorsichtig. Ihre Finger, die das Weinglas hielten, waren eiskalt. Ein Windstoß fegte durch die geöffneten Türen, und in der Ferne konnte sie ein dumpfes Grollen hören, das wie Donner klang.

„Vor ein paar Tagen knurrte er wie ein Hund, dem man den Knochen wegnehmen will, und heute Abend hält er Abstand zu Ihnen. Das muss doch einen Grund haben."

Regina trank einen Schluck Wein. „Vielleicht habe ich mich unbeliebt gemacht", gab sie scherzhaft zurück.

„Na, das können wir aber nicht dulden." Lachend schüttelte er den Kopf – und zog sie im nächsten Moment mit sich fort.

„Nein, warten Sie!" rief Regina, als sie merkte, dass er die Ecke ansteuerte, wo Kane und seine Freundin sich noch immer unterhielten. Sie versuchte sich loszureißen, doch es war zu spät. Luke winkte dem Paar bereits zu, das ihnen daraufhin entgegenkam.

„Ihr zwei kennt euch ja schon", sagte er an Kane und sie gewandt. „Das bezaubernde Wesen an seiner Seite, Regina, ist April Halstead, unsere Schriftstellerin vom See. Sie schreibt Liebesromane. Wer Kummer hat, kann sich bei ihr Rat holen. Auskunft in

Sachen Liebe zu geben, ist sozusagen ihre Nebenbeschäftigung. Sie berät jeden, nur mich nicht."

„Als ob du auf diesem Gebiet Rat nötig hättest", gab April zurück, wobei ein gewisser Unterton in ihrer melodischen Stimme lag.

„Du würdest dich wundern", erwiderte Luke lakonisch.

Es gab da irgendetwas zwischen den beiden, das spürte Regina deutlich. Der Eindruck verstärkte sich noch, als sie beobachtete, wie April die Hand auf Lukes Arm legte und ihn beiseite zog, um ihm mit leiser Stimme eine Frage zu stellen. Doch dann richtete Kane das Wort an sie, und alles andere war vergessen.

„Sie sind ja doch gekommen."

„Habe ich gesagt, dass ich nicht komme?" Sie sah zu ihm auf. Es fiel ihr schwer, seinem abschätzenden Blick standzuhalten. Und diesen Mann sollte sie bezirzen? Unmöglich.

„Wie gefällt es Ihnen?"

„Gut. Es ist wirklich ein ‚Open House', mit all den geöffneten Fenstern und Türen, nicht wahr?"

„Eine Woche später, und es wäre zu heiß ohne Klimaanlage. Aber jetzt ist es noch erträglich." Er trank einen Schluck Wein. Dabei betrachtete er sie über den Rand seines Glases.

„Ich habe es vorhin donnern hören. Glauben Sie, dass wir Regen kriegen?" Es war einfallslos, auf ein so banales Thema wie das Wetter zurückzugreifen, aber etwas anderes fiel ihr nicht ein.

„Höchstens einen kurzen Schauer. Um diese Jahreszeit verziehen sich die Regenwolken immer sehr schnell wieder. Das ist einer der vielen Vorteile, die das Leben im tiefen Süden bietet."

„Ist das hier tiefer Süden? Irgendwie habe ich seit meiner Ankunft die Orientierung verloren."

„Noch etwas tiefer, und Sie sind im Golf von Mexiko."

Es war höflicher Small Talk, den sie da trieben. Wie zwei Fremde, die sich noch nie begegnet sind, dachte Regina verzweifelt. Das konnte doch gar nicht funktionieren. Was sollte sie bloß tun? Er würde bestimmt misstrauisch werden, wenn sie sich plötzlich so benahm, als könne sie nicht abwarten, mit ihm ins Bett zu gehen.

Sie schaffte es nicht, niemals. Es war ausgeschlossen. Manche Frauen brauchten nur einen attraktiven Mann zu sehen, um sofort zu planen, wie sie ihn verführen konnten. Es gefiel ihnen, die Initiative zu ergreifen und bei der erstbesten Gelegenheit die Hüllen fallen zu lassen. Aber sie gehörte nicht zu dieser Sorte von Frauen. Sie war anders. Und im Moment war sie sich nicht einmal sicher, ob sie froh darüber sein oder es bedauern sollte.

Sich umblickend, sagte sie: „Sind Luke und Sie wirklich mit all diesen Leuten hier verwandt?"

„Mit den meisten. Nicht, dass ich ein Verwandtschaftsverhältnis mit den verdächtigeren Subjekten, wie zum Beispiel dem Typ, der gerade hinter Ihnen steht, beanspruchen möchte."

Während er sprach, blickte er über ihre Schulter. Das amüsierte Blitzen, das dabei in seinen Augen lag, veranlasste Regina dazu, sich umzudrehen. Niemand musste ihr sagen, dass es sich bei dem Neuankömmling um einen weiteren Cousin handelte. Sein Haar mochte einige Schattierungen heller sein, aber die Ähnlichkeit war trotzdem unverkennbar. Er trug eine hellbraune Uniform mit einem unauffälligen silbernen Stern an der Brusttasche des im Western-Stil geschnittenen Jacketts. Regina registrierte das Symbol seines Amtes mit zunehmender Nervosität. „Sie müssen Sheriff Benedict sein", sagte sie und hielt ihm die Hand hin.

„Nennen Sie mich Roan, Ma'am, und ich will über den schlechten Umgang hinwegsehen, den Sie pflegen." Dabei lächelte er seine beiden Cousins mutwillig an. Nachdem er April zugenickt und schwungvoll seinen Stetson abgenommen hatte, ergriff er Reginas ausgestreckte Hand. „Sie sind vermutlich die Lady, die bei Mr. Lewis zu Besuch ist."

„Ja, so ungefähr." Regina mochte seinen Südstaaten-Akzent, der noch gedehnter war als Kanes Aussprache. Und auch der Ausdruck in seinen grauen Augen gefiel ihr. Sie spürte, dass dies ein Mann war, auf den man sich verlassen konnte, ein Mann, der die besten Voraussetzungen für sein Amt als Sheriff mitbrachte. Gleichzeitig lag aber auch eine gewisse Härte in seinen Zügen, die verriet, dass es unklug wäre, ihm in die Quere zu kommen. Sie hoffte inständig, dass sie nicht eines Tages die Probe aufs Exempel würde machen müssen.

„Haben Sie irgendwelche Schwierigkeiten mit diesem Reporter, der da vor Ihrem Motel herumlungert?" fragte er sie, während er ihre Hand losließ.

„Nein, bis jetzt nicht", erwiderte Regina mit einem schnellen Seitenblick auf Kane.

„Worum geht es?" fragte Luke.

„Das erkläre ich dir später", sagte Kane.

Seine zwei Cousins ignorierend, hielt Roan Benedict den Blick auf Regina geheftet. „Sollten Sie Probleme mit ihm haben, sagen Sie mir Bescheid. Sie können sich jederzeit an mich wenden."

Seine Besorgnis tat ihr gut. „Das werde ich tun", versprach sie ihm.

Der Sheriff lächelte sie noch einmal an und wandte sich dann an Luke. „Es tut mir Leid, dass ich euch den Damen abspenstig machen muss, aber hättet ihr vielleicht ein paar Minuten Zeit?"

„Klar." Luke sah sich nach einem Tisch um, wo er sein Glas

abstellen konnte. Fragend blickte er seinen Cousin an. „Gehen wir?"

Kane nickte zustimmend, und nachdem sich alle drei bei Regina und April entschuldigt hatten, entfernten sie sich. Regina war nicht sehr glücklich darüber. Die Gelegenheit war so günstig gewesen. Jetzt musste sie erneut eine Möglichkeit finden, sich Kane zu nähern.

„Männer ...", sagte April Halstead kopfschüttelnd, während sie dem Trio nachsah.

Regina konnte ihr nur zustimmen. Dieser plötzliche Aufbruch war wirklich sehr mysteriös. Während auch sie die drei Männer beobachtete, musste sie zugeben, dass sie ein tolles Bild boten mit ihren breiten Schultern, den schmalen Hüften und dem elastischen Gang. Das flaue Gefühl, das sich in ihrer Magengrube ausbreitete, erschien ihr fast wie eine Warnung.

Mit gepresster Stimme sagte sie: „Sie wissen wohl auch nicht, was die drei vorhaben?"

April lachte. „Ich nehme an, es geht um die Vorbereitungen für das Feuerwerk."

„Wirklich?" Regina konnte nur hoffen, dass die Frau Recht hatte. Irgendwie hatte sie nämlich befürchtet, die Besprechung der drei Cousins könnte etwas mit ihr zu tun haben.

„Luke nimmt dieses Feuerwerk furchtbar ernst. Er scheut keine Mühe dafür. Die zwei anderen legen zwar nicht denselben kindlichen Eifer an den Tag, aber sie müssen trotzdem mithelfen. Und als Sheriff fühlt sich Roan natürlich dafür verantwortlich, dass niemand verletzt wird. Was Luke da jedes Jahr in die Luft jagt, würde ausreichen, um einen kleineren Krieg anzuzetteln. Einmal hat er sogar Leuchtspurgeschosse abgefeuert."

„Mit einem richtigen Gewehr?"

„Ja. Es ist doch bekannt, wie die Männer hier im Süden in ihre Waffen vernarrt sind. Jeder hat ein oder zwei oder ein Dutzend Schießeisen."

„Aber sie tragen doch keine Waffen bei sich?" Regina blickte sich unsicher um.

„Aber nein", erwiderte April lachend. „Nur Roan trägt eine Waffe, und als Sheriff darf er das."

Regina gefiel Aprils angenehme, natürliche Art. Die Schriftstellerin besaß eine innere Wärme, die deutlich in ihrer Stimme zum Ausdruck kam. Es war schwer, sich ihrer Ausstrahlung, ihrer stillen, anmutigen Schönheit zu entziehen. Ihre leuchtenden bernsteinfarbenen Augen verrieten wache Intelligenz, die beurteilte, aber nicht verurteilte. Regina musste sie einfach sympathisch finden, ob sie wollte oder nicht.

„Sie sind wohl keine Benedict?" erkundigte sie sich.

„Nein, zum Glück nicht", meinte April lächelnd. „Ich habe die unverzeihliche Sünde begangen, in Benedict'sches Hoheitsgebiet einzudringen, als ich mir ein altes Haus im Kolonialstil unten am See kaufte."

„Und wieso sind Sie froh, nicht zu den Benedicts zu gehören?"

„Ich könnte keine Zeile in Ruhe zu Papier bringen, wenn ich diesem Clan angehören würde. Wenn einer ein Problem hat, ist die ganze Sippe involviert, und wenn die Sippe ein Problem hat, trägt jeder Einzelne daran. Das mag seine Vorzüge haben, da man niemals einen Kampf allein ausfechten muss. Es bedeutet aber auch endlose Diskussionen und Palaver im Familienkreis über dies und das und jenes, und dass man nie allein eine Entscheidung treffen kann."

Was April da sagte, klang wunderbar, so wunderbar, dass Regina einen seltsamen Schmerz in der Brust spürte. „Sie müssen ja schon einige Zeit hier leben, wenn Sie die Familie so gut kennen?"

„Ich bin in Turn-Coupe geboren, habe später jedoch ein paar Jahre woanders gelebt. Inzwischen wohne ich schon wieder seit einer Weile hier."

Die Antwort erschien Regina etwas vage. Zumindest enthielt die knappe Auskunft keine Anhaltspunkte, die eine weitere Erörterung des Themas gerechtfertigt hätten. Um das Gespräch in Gang zu halten fragte sie: „Wie sind Sie dazu gekommen, Liebesromane zu schreiben?"

„Ich habe schon immer gern romantische Geschichten gelesen, also beschloss ich eines Tages, selbst eine zu schreiben. Angefangen habe ich mit einem historischen Roman, und auch heute schreibe ich noch hin und wieder einen. Aber hauptsächlich widme ich mich modernen Frauenromanen."

„Was verstehen Sie darunter?" wollte Regina wissen.

„Romane, die alle Themen berühren, die im Leben einer modernen Frau relevant sind", erklärte April.

„Sie schreiben moderne Storys, leben aber in einem alten Haus?"

April lachte. „Ich bin eben eine romantische Seele. Mir gefällt die Vorstellung, ich könnte einmal in einer anderen Epoche gelebt haben, als Kerzenlicht und lange Gewänder gang und gäbe waren."

„Sprechen Sie von Reinkarnation?"

„Es ist eine faszinierende Vorstellung, finden Sie nicht?"

Schon wieder eine ausweichende Antwort, höflich zwar und in keiner Weise konfrontierend, aber effektiv. Ich sollte bei ihr Unterricht nehmen, dachte Regina. Oder besser noch sollte sie April nach Informationen für Gervis aushorchen, anstatt ihre eigene Neugier zu befriedigen. „Ich könnte mir vorstellen, dass die Leute mit allen möglichen Geschichten, mit Legenden und Familiengeheimnissen zu Ihnen kommen", fing sie an.

„Manchmal." Der wissende Ausdruck in Aprils klaren bernsteinfarbenen Augen war ein wenig beunruhigend.

„Benutzen Sie jemals eine von diesen Geschichten?"

„Selten. Wahrheit soll ja noch unwahrscheinlicher sein als Dichtung, aber Dichtung ist sehr viel sicherer in diesen prozesssüchtigen Zeiten, wo jeder jeden verklagt."

Regina musste lächeln über Aprils drolligen Gesichtsausdruck. „Da mögen Sie Recht haben", pflichtete sie ihr bei.

April betrachtete sie noch immer mit diesem forschenden Blick. „Spielen Sie auf etwas Bestimmtes an?"

„Nein, eigentlich nicht. Ich dachte nur an Kanes Großvater. Wenn das Bestattungsinstitut schon so lange in seiner Familie ist, muss es doch eine Menge Geschichten geben über Dinge, die sich dort in der Vergangenheit zugetragen haben."

„Wenn es sie gibt, dann wird kein Mensch sie je erfahren. Mr. Lewis erzählt zwar gern von den alten Zeiten, aber es käme ihm nie in den Sinn, über seine Freunde und Nachbarn zu tratschen."

„Da mögen Sie Recht haben", sagte Regina nachdenklich.

„Und trotzdem fragen Sie sich, ob es nicht doch irgendwelche Geschichten gibt, nicht wahr? Mir geht es genauso. Nur einmal ist mir etwas zu Ohren gekommen. Es handelte sich um eine Frau, die Selbstmord begangen hatte. Als man ihr den Ehering abnahm, stellte sich heraus, dass die Initialen darin nicht die ihres Mannes waren. Nun, aus dieser Geschichte könnte ich eine Story machen, wenn ich es wagen würde."

„Was hält Sie davon ab?"

April legte den Kopf schief, so dass ihr das braune Haar wie ein schimmernder Vorhang über die Schulter fiel. „Kane würde es nicht wollen."

„Kane?" fragte Regina erstaunt. „Was geht ihn das an?"

April lachte. „Sehr viel. Er lässt nichts auf seinen Großvater kommen. Er beschützt ihn, vor allem jetzt."

„Ja", meinte Regina, „es ist wirklich rührend, wie er sich um den alten Herrn kümmert, richtig ..."

„Lieb? Ja, das ist typisch für Sugar Kane." Aprils Blick wurde weich, während sie das sagte.

„Sie sind schon die zweite Person, die ihn so nennt", bemerkte Regina trocken, der eigentlich ein anderes Wort auf der Zunge gelegen hatte, als April sie unterbrach.

„Aber ich war die Erste, die ihn so nannte. Ich gab ihm diesen Spitznamen, als wir noch in die High School gingen."

„Tatsächlich?" fragte Regina interessiert.

April hob mit einer resignierten Geste die Schultern. „Kane war schon als Junge ein toller Typ. Er pflegte mit seinem Onkel auf dem Grundstück am See zu arbeiten, das der Familie gehörte. Sie bauten Sojabohnen, Baumwolle und ein wenig Zuckerrohr an, von dem sie im Herbst Sirup machten. Muskulös und braun gebrannt von der Feldarbeit, bot er einen Anblick, bei dem eine Frau schwach werden konnte. Was ihm jedoch überhaupt nicht aufzufallen schien. Er und Luke heckten ständig irgendwelche Streiche aus, und meistens zogen sie Roan mit hinein. Bis sie die Mädchen entdeckten – oder die Mädchen sie. Da verwandelten sie sich in Rebellen. Sie waren die beliebtesten Jungs im Ort. Es gab im weiten Umkreis kein Mädchen, das nicht für sie schwärmte."

Regina konnte es sich lebhaft vorstellen. „Erzählen Sie weiter", forderte sie April auf, als diese einen Moment schwieg.

„Sie waren außergewöhnlich, die drei. Sie haben niemals ein

Mädchen überrumpelt, nahmen aber gern, was ihnen angeboten wurde. Und niemals sprachen sie hinterher darüber. Kein Sterbenswort war aus ihnen herauszukriegen. Sie sagten nie etwas, was sie nicht meinten, gaben kein Versprechen, das sie nicht halten konnten. Vor allem Kane hatte einen echt ritterlichen Zug."

„Und wie kam er nun zu seinem Spitznamen?" unterbrach Regina Aprils Redefluss.

„Ach so, ja. Also, in unserer Klasse gab es ein Mädchen, die Tochter eines Bankers. Die Arme war fast einsachtzig groß, hatte Raffzähne und Haare wie Putzwolle. Kein Junge ging je mit ihr aus. Nie hatte sie einen Freund. Ihr Vater versuchte ihr zu helfen, indem er für einen Tanzstundenball den Sohn eines Freundes als Partner für sie anheuerte. Der Junge ging zwar mit ihr zu dem Ball, ließ sie dann jedoch einfach an der Wand sitzen, während er sich amüsierte. Natürlich wusste jeder Bescheid, und nicht wenige machten sich darüber lustig. Das Mädchen war den Tränen nahe. Bis Kane vortrat und sie auf die Tanzfläche führte. Zu dem langsamsten, romantischsten Song tanzte er mit ihr, wie der Prinz mit Cinderella. Das Mädchen war hingerissen."

„Und was sagte seine Partnerin dazu?" fragte Regina mit erhobenen Brauen.

April lachte ihr warmes Lachen. „Das war ich, und es störte mich nicht im Geringsten, weil ich nämlich gerade mit Luke tanzte. Aber ich beobachtete die beiden, Kane und die Tochter des Bankers. Dabei sagte ich zu Luke: ‚Ist das nicht lieb von Kane? Er ist wirklich süß wie Zucker, findest du nicht auch?' Das genügte Luke, um Sugar Kane daraus zu machen, womit Kane seinen Spitznamen weg hatte."

„Fand Luke die Sache etwa komisch?" fragte Regina vorwurfsvoll, der Kanes ritterliches Verhalten imponierte. Die wenigen Male, wo sie einen edlen Ritter hätte gebrauchen können, war nie einer zur Stelle gewesen.

„Den Spitznamen fand er komisch – und wunderbar zutreffend." April lächelte versonnen bei der Erinnerung an jenen Abend. „Und er wusste, dass Kane sich darüber ärgern würde. Was Kane auch prompt tat. Es bringt ihn noch heute auf die Palme, wenn man ihn so nennt. Sie müssen Luke kennen, um die Geschichte zu verstehen. Auf seine Art ist er ein ebenso komplexer Typ wie Kane."

„Sie scheinen große Stücke auf die beiden zu halten." Regina starrte etwas zu angestrengt in ihr Weinglas.

„Ja, das kann man sagen. Immerhin sind wir zusammen aufgewachsen, haben zusammen die Gegend unsicher gemacht."

Regina wurde die Kehle eng, während sie April zuhörte. Sie empfand fast so etwas wie Neid. Wie wunderbar musste es gewesen sein, eine Jugend zu haben, wie April sie schilderte. Was hätte sie darum gegeben, solche Freiheit zu genießen, einem so engen Freundeskreis anzugehören. „Aber Sie haben keinen von ihnen geheiratet", bemerkte sie.

Etwas wehmütig schüttelte April den Kopf. „Francie kam und nahm Kane aus dem Rennen. Und dann hatte Luke einen Unfall. Und was mich angeht, nun, ich war einfach dumm. Aber das ist alles schon so lange her, dass es keinen Sinn hat, sich den Kopf darüber zu zerbrechen."

„Sie sagten, diese Francie nahm Kane aus dem Rennen. Wie meinten Sie das?"

„Dass er sich mit ihr verlobt hat. Dieses Mädchen war vielleicht ein Feger." April betrachtete Regina einen Moment mit forschendem Blick. „Ich sollte es wahrscheinlich nicht erwähnen, aber Sie sind die erste Frau, an der Kane seit dieser unglückseligen Geschichte Interesse zeigt."

„Ich glaube, da täuschen Sie sich. Wir kennen uns kaum." Regina ärgerte sich über ihre Worte, kaum dass sie sie ausgesprochen hatte. Was war nur mit ihr los? Wieso stolperte sie immer wieder über ihre Aufrichtigkeit? Lag es an den guten Beispielen, die sie ständig vor Augen hatte?

„Da habe ich aber von Vivian Benedict etwas anderes gehört."

Das Blitzen in Aprils Augen ließ darauf schließen, dass sie die Geschichte mit dem Sarg gehört hatte. Weil ihr kaum danach zu Mute war, irgendwelche Einzelheiten erklären zu müssen, bemerkte Regina hastig: „Vivian erzählte mir auch von Francie und was sie Kane angetan hat."

„Ach, wirklich? Das ist ja interessant", sagte April. „Demnach bin ich nicht die Einzige, die dankbar ist, dass Kane endlich mal aufwacht und seine Nase aus diesen Rechtsbüchern nimmt, in denen er sich ständig vergräbt. Dann kennen Sie also die Geschichte mit der vorgetäuschten Schwangerschaft?"

„Offenbar war die Möglichkeit durchaus gegeben, dass seine Verlobte ein Kind von ihm erwartete", meinte Regina.

„Nun, das denke ich schon. Aber einem Mann zu sagen, dass er sein Kind verliert – vor allem einem Mann wie Kane, dem Familie so wichtig ist – und im selben Atemzug Geld von ihm zu verlangen, finden Sie das nicht herzlos?"

Regina legte die Hand auf den Bernsteinanhänger an ihrem Hals. „Ja, natürlich, herzlos und unglaublich dumm. Die Frau hätte wissen müssen, dass Kane besorgt genug sein würde, um die Sache nicht auf sich beruhen zu lassen. Dass er sich erkundigen würde, ob sie alles gut überstanden hatte."

„Sehen Sie", rief April triumphierend, „ich wusste, Sie sind eine besondere Frau! Sie haben Kane gerade erst kennen gelernt, aber seine Persönlichkeit bereits besser erfasst als Francie, die ihn so lange gekannt hatte. Sie sehen seine Qualitäten."

„Was ich sehe", erwiderte Regina trocken, „sind seine Zähigkeit und eine eiserne Entschlossenheit, alles bis zum bitteren Ende durchzuführen."

April runzelte die Stirn, konnte jedoch nichts erwidern, weil sie in diesem Moment von einer Pseudo-Schriftstellerin angesprochen wurde.

Sich selbst überlassen, blickte Regina sich unter den Gästen um. Dabei sah sie, dass Lewis Crompton noch immer auf der hinteren Veranda Hof hielt. Da sie das Gefühl hatte, bei dem Gespräch der beiden Frauen im Weg zu sein, und weil sie inzwischen nicht mehr befürchten musste, dass es so aussah, als steuere sie einen sicheren Hafen an, ging sie zielstrebig auf das Grüppchen um den alten Herrn zu.

Kanes Großvater sah sie kommen. Mit einer weit ausholenden Handbewegung hieß er sie in seinem Kreis willkommen. Regina war ihm dankbar für die galante Geste.

Eine ältere Dame stand an seiner Seite, eine schlanke Frau mit aufrechter Haltung, einer Haut wie Magnolienblüten und silbrigem Haar, das in weichen Wellen ihr Gesicht umrahmte. Als Mr. Lewis sie ihr als Elise Pickhart vorstellte, wusste Regina, dass dies die Lady sein musste, mit der er jeden Dienstag zum Lunch ausging.

Es faszinierte sie, das ältere Paar zu beobachten. Die harmonische Übereinstimmung zwischen den beiden hätte vermuten lassen, dass sie ein altes Ehepaar waren. Regina fragte sich, warum sie nicht längst geheiratet hatten. Nicht, dass es sie etwas anging. Sich über die Leute in Turn-Coupe den Kopf zu zerbrechen hin-

138

derte sie bloß daran, ihre Aufgabe zu erledigen. Und Gefühle konnte sie sich schon gar nicht leisten.

Doch als sie so dastand und Lewis Crompton beobachtete, als sie sah, welche Zuneigung seine Freunde ihm entgegenbrachten, überkamen sie tiefe Schuldgefühle. Zweifellos war dieser Mann ein herzensguter Mensch, den man einfach gern haben musste. Und sie hatte ihn gern, sehr gern sogar. Er war ihr gegenüber immer freundlich und hilfsbereit gewesen. Und sie missbrauchte seine Güte, indem sie ihn belog und betrog, indem sie seine Vergangenheit nach Skandalen und Geheimnissen auszuschnüffeln versuchte, um ihn dann vor aller Öffentlichkeit bloßzustellen.

Sie hasste und verachtete sich dafür.

Ihre Selbstverachtung wurde nur noch übertroffen von der Angst, dass sich kein dunkler Fleck auf Lewis Cromptons weißer Weste finden ließ, dass es keine Schande gab in seinem unbescholtenen Leben, keine Geheimnisse, die sie enthüllen konnte. Was um Himmels willen sollte sie dann tun?

8. KAPITEL

Vom See zurückgekehrt, wo er geholfen hatte, die Feuerwerkskörper aufzubauen, beobachtete Kane, wie ständig wechselnde Emotionen über Reginas ausdrucksvolles Gesicht huschten, und fragte sich, worüber sie wohl gerade nachdachte. Etwas musste sie gestört haben, denn zuvor hatte sie noch gelächelt, als würde sie sich über etwas freuen. Kane konnte keinen Anlass für ihren plötzlichen Stimmungsumschwung erkennen. Sie war mit seinem Großvater zusammen, und ein Gespräch mit Pops verlief stets angenehm und entgleiste garantiert nicht in unerwünschte Bahnen.

Sie behauptete sich recht gut im Kreis seiner Freunde und Verwandten, das musste er ihr lassen. Vor allem mit April schien sie sich erstaunlich gut zu verstehen. Es konnte einem Mann zu denken geben, wie die beiden vorhin die Köpfe zusammengesteckt hatten. Er hätte zu gern gewusst, was es zwischen ihnen zu besprechen gab.

Regina warf ihm einen Blick zu und sah dann hastig wieder weg. In diesem kurzen Moment glaubte Kane regelrechte Angst in ihren Augen zu erkennen. Er stieß einen leisen Fluch aus. Sie bemühte sich zwar um ein forsches Auftreten, aber sobald er in ihre Nähe kam, wurde sie unruhig. Dass sie auf andere Leute, andere Männer, nicht so reagierte, machte ihm zu schaffen. Er war es nicht gewohnt, sich wie irgendein Unhold vorzukommen, der den Frauen Angst einjagte.

Okay, er hatte sie in den Arm genommen und sie gegen ihren Willen fest gehalten. Er hatte sie in einem Sarg geküsst. Er hatte ihr zugesetzt, ihr Fragen gestellt. Aber er glaubte einen guten Grund dafür zu haben. Er hatte sich verkalkuliert, okay. Das war dumm von ihm gewesen, aber es war kein Verbrechen. Schließlich hatte er ihr nichts zu Leide getan. Und entschuldigt hatte er sich auch. Warum machte ihm die Sache dann so sehr zu schaffen? Und warum grübelte er immer wieder darüber nach, ob es der Sarg oder sein Kuss gewesen war, worüber sich Regina an jenem ersten Tag so aufgeregt hatte. Die Frage beschäftigte ihn dermaßen, dass er sich in die fixe Idee verrannte, Letzteres noch einmal auszuprobieren, nur um sich Gewissheit zu verschaffen.

Gewissheit? Ging es ihm wirklich nur darum? Oder wollte er es noch einmal versuchen, weil er ihren weichen Mund nicht vergessen konnte? Ihre korallenroten Lippen erinnerten ihn an eine reife, saftige Frucht. Er brauchte sie nur anzusehen, und er vermochte sein Begehren kaum zu zügeln.

Er fragte sich, ob sie eine Ahnung davon hatte, was sie ihm antat. Und ob sie ihm nur deshalb auswich, weil sie wusste, dass sie ihn mit diesem Verhalten aus dem Gleichgewicht brachte.

Andererseits erschien sie ihm heute Abend etwas zugänglicher. Er hätte gern gewusst, was der Grund dafür war. Und noch mehr interessierte ihn, wie weit ihr Entgegenkommen reichen würde. Er musste es herausfinden, er konnte dem Drang nicht widerstehen. Ehe er sich anders entscheiden konnte, ging er zu ihr hin.

„Na, haben Sie noch nicht genug vom Benedict-Clan?" fragte er und beugte sich dabei so nahe zu ihr hin, dass er ihren zarten weiblichen Duft einatmen konnte.

„Wie meinen Sie das?" Sie blickte ihn nicht an. Stattdessen trat sie nervös einen Schritt von ihm weg.

„Ich habe mir sagen lassen, dass wir recht überwältigend sein können, wenn wir in größeren Mengen auftreten."

„Ich fühle mich sehr wohl hier", erwiderte Regina. „Es macht mir Spaß, die Leute zu beobachten, vor allem die Kinder."

Sie schien es aufrichtig zu meinen, was Kane überraschte. Die Benedict-Gören benahmen sich zwar ganz manierlich, strotzten jedoch vor Energie. Wenn sie nicht herumrannten wie die Wilden oder kopfüber am Treppengeländer hingen, vermutete jeder sofort, dass sie krank waren. „Ich denke, Sie können trotzdem ein wenig Abwechslung gebrauchen", bemerkte er. „Haben Sie das Haus und den Garten schon gesehen? Wenn nicht, bin ich gern bereit, einen Rundgang mit Ihnen zu machen."

„Nein, ich habe noch nichts gesehen." Erst jetzt blickte Regina zu ihm auf.

„Oh, Sie haben Ihre Kontaktlinsen nicht an", entfuhr es Kane. Vor lauter Überraschung sprach er, ohne nachzudenken, was sonst gewiss nicht seine Art war. Es kam ihm vor, als hätte sie zwei Schutzschilde harter seegrüner Plastik entfernt, die der Außenwelt den Blick auf das, was sich dahinter verbarg, verwehrt hatten. Nachdem er sie im Motel einmal kurz ohne ihre Kontaktlinsen gesehen hatte, fiel ihm erst jetzt so richtig auf, wie verblüffend die Veränderung war – und wie sehr sie ihn berührte.

„Meine Augen vertragen sie im Moment nicht so gut", sagte sie. „Es muss an der hohen Luftfeuchtigkeit liegen."

„Mir gefallen Sie ohne die Dinger", sagte er.

Das Lächeln, das sie ihm daraufhin schenkte, gefiel ihm noch besser. Es war das erste Mal, dass sie ihm solche Wärme entgegenbrachte. Er brauchte keine weitere Ermutigung, und das war gut so, denn mehr durfte er sich mit Sicherheit nicht erhoffen.

Kane entschuldigte sich bei den Umstehenden, nahm Regina das Weinglas aus der Hand und stellte es weg. Dann fasste er sie bei der Hand und führte sie ins Haus.

Man sah sofort, dass es sich um ein altes historisches Gebäude handelte. Die schweren Seidenvorhänge im Wohnzimmer waren verblichen, jedoch erstaunlich gut erhalten. Der Fußboden bestand aus unregelmäßig breiten Holzbohlen, und in den meisten Räumen wiesen die Wände noch den ursprünglichen Gipsverputz auf. Selbst die Einrichtung bestand noch weitgehend aus den originalen, wenn auch recht wackligen Möbelstücken.

Der alte Pumpenschwengel in der Zisterne hinter dem Haus funktionierte noch, und auch der überdachte Verbindungsgang zwischen dem Esszimmer und der alten Außenküche war gut erhalten. Ein Pfad führte zum See herunter, wo ein von wildem Wein und Glyzinen umrankter Pavillon stand.

Sie waren gerade vor dem Pavillon stehen geblieben, als Kane die ersten Regentropfen spürte. Schnell zog er Regina mit sich in das Teehäuschen hinein. Sie folgte ihm zwar ohne Widerspruch, blieb jedoch bei der Tür stehen.

Es war inzwischen dunkel geworden. Vom Haus klang ein langsamer Blues zu ihnen herüber. In die Musik mischten sich die Geräusche der Sommernacht: das Seufzen des Windes in den Bäumen, das Zirpen der Grillen und das laute Quaken der Frösche. Nur schwach waren durch die dichten Blätter der Kletterpflanzen die Lichter des Hauses zu sehen. Mit leisem Rascheln blies der Wind ein einzelnes Blatt über den Holzboden. Vom See her hörte man das Klatschen der Wellen und den verlorenen Ruf eines Wasservogels.

Einen Moment stand Kane einfach nur da und nahm die Kühle der Nacht in sich auf. Wenn er tief genug einatmete, konnte er das zarte Parfüm riechen, dessen Duft in dem kupferroten Haar der Frau hing, die neben ihm stand. Eigentlich hätte er sich gegen die Verlockung wehren sollen. Aber er versuchte es nicht einmal. Er besaß in diesem Moment nicht die Willenskraft dazu.

„Wollen wir tanzen?" Näher zu ihr hintretend, bot er ihr seinen Arm. Sie blickte ihn einen Moment an. Dann streckte sie ihm die Hand hin.

Kane zog sie an sich. Perfekt, dachte er. Sie passten zusammen, als seien sie füreinander geschaffen. Kane war so überwältigt, dass er sekundenlang das Denken vergaß. Sein Urteilsvermögen war sowieso schon beeinträchtigt. Schwere Regentropfen fielen auf das Dach des Teehäuschens. Die feuchte Luft war warm.

Regina schluckte. „Die Party ist sehr schön", sagte sie steif.

143

„Ja." Seine Stimme klang weich. Ihre offensichtliche Nervosität rührte und belustigte ihn. Er atmete tief ein. Dabei versuchte er, Ordnung in sein Denken zu bringen. „Ich hatte den Eindruck, dass Sie sich gut mit April verstanden", bemerkte er.

„Ja, man kann sich wunderbar mit ihr unterhalten. Sie ist nett und natürlich. Aber eigentlich waren alle so unglaublich offen und freundlich zu mir, dass ich ... zutiefst beeindruckt bin."

„Hat Ihnen jemand zu viele persönliche Fragen gestellt?" erkundigte er sich scherzhaft.

„Oh, das wollte ich damit nicht sagen. Ich wundere mich nur über die Offenheit der Leute. Haben sie denn keine Angst, man könnte sie ausnutzen?"

„Wer sollte das tun?"

„Ich weiß es nicht. Irgendjemand, wer auch immer."

„Sie halten sie für naiv, haben Sie das gemeint?"

„Ja, so ungefähr", gestand Regina zögernd.

„Da täuschen Sie sich. Die Leute hier wissen sehr wohl, dass es in dieser Welt genug Menschen mit bösen Absichten gibt. Sie gehen jedoch zunächst einmal davon aus, dass jeder ehrlich ist. Sollte aber jemand ihr Vertrauen enttäuschen, dann räumen sie demjenigen kaum eine zweite Chance ein."

„Ist das auch Ihre Philosophie?" fragte Regina, während sie sich im Takt der Musik wiegten.

„Ja ... bis zu einem gewissen Punkt jedenfalls."

„Bis zu einem gewissen Punkt? Soll das heißen, Sie sind nur halb so vertrauensselig wie die meisten? Oder weniger bereit zu verzeihen?"

Kane dachte einen Moment über ihre Frage nach. Es war möglich, dass sie Recht hatte. Aber als Anwalt ging er automatisch in die Offensive. „Ich dachte, das sei Ihre Rolle?"

„Wieso?" Ihr Gesichtsausdruck war kaum zu erkennen in der Dunkelheit. „Wie meinen Sie das?"

„Dass Sie mir noch immer die Sache mit dem Sarg nachtragen."

„Aber nicht im Geringsten."

„Nein?" fragte er. Seine Stimme klang rauh. Er zog sie enger an sich. „Dann haben Sie mir auch dies nicht verübelt?"

Ein Zittern lief durch ihren Körper, als er seinen Mund auf ihre Lippen legte. Er vermochte nicht zu sagen, ob es auf Wonne oder Abwehr zurückzuführen war. Und er zerbrach sich auch nicht weiter den Kopf darüber, weil er sich in ihrer Wärme und dem süßen Geschmack ihres Mundes verlor. Und während dieser Kuss sie zu einer perfekten Einheit verschmelzen ließ, war es ihm, als hätte er endlich nach Hause gefunden.

Sein Kuss wurde leidenschaftlicher. Es erregte ihn ungemein, ihre Zunge an seiner zu spüren. Längst wurde sein Handeln von Gefühlen und Instinkt bestimmt. Immer enger presste er sie an sich. Er konnte nicht genug von ihr bekommen, nicht, solange all diese Kleider sie voneinander trennten. Er würde ihr erst dann nahe genug sein, wenn sie irgendwo allein beieinander liegen konnten und er in ihr war, wenn sie seine Härte in ihrem warmen weichen Schoß aufnahm.

Ganz unvermittelt stöhnte Regina verzweifelt auf. Kane zuckte zusammen. Der klagende Ton traf ihn wie ein Schwall kalten Wassers. Abrupt ließ er sie los. Während er tief Luft holte, trat er ein paar Schritte zurück, bis er mit dem Rücken an den gegenüberliegenden Türrahmen stieß. Die Fäuste geballt, lehnte er sich dagegen. Er brauchte einen Moment, bis er sich so weit gefangen hatte, dass er sprechen konnte.

„Sie haben es mir doch verübelt."

„Ich war nur überrascht."

Ihre Stimme klang atemlos und ein wenig zittrig. Einen Moment versuchte sich Kane einen Reim darauf zu machen. Dann schüttelte er den Kopf. „Nein. Oder zumindest ist das nicht alles. Was ich wissen möchte ist, warum Sie mit mir hier herunter gekommen sind, wenn Ihnen meine Gesellschaft so unangenehm ist?"

„Sie ist mir nicht unangenehm. Sie verstehen nicht, worum es geht." Die Arme schützend vor der Brust verschränkt, wandte sie sich von ihm ab.

„Ich kann Ihnen nicht glauben", sagte er nach kurzem Überlegen. „Nein, natürlich nicht. Weil Ihr Denken schablonenhaft ist. Für Sie gibt es nur Ja oder Nein, richtig oder falsch, nicht wahr? Sie wurden in ein so privilegiertes Leben hineingeboren, dass Sie keine Ahnung haben von den Komplikationen, die anderen Leuten das Leben schwer machen, von den Schwierigkeiten, mit denen sie sich herumschlagen müssen, den Dingen, die sie bewegen."

„Und was hat Sie gerade bewegt?" fragte er, nur allzu gewillt, sich überzeugen zu lassen.

Sie wandte den Kopf, um ihn anzusehen. Ehe sie jedoch etwas sagen konnte, gab es unten am Seeufer eine Explosion, und im nächsten Moment leuchtete gleißend helles Licht am Nachthimmel auf. Von krachenden Böllern begleitet, explodierte das Licht in roten, blauen und goldenen Kaskaden, die langsam verglühten und schließlich wie Sternschnuppen in den See hinabfielen. Roan hatte Lukes Feuerwerk gezündet, ehe der Regen die Raketen aufweichen konnte. In ihrem Licht vermochte Kane den Schmerz in Reginas Augen zu sehen, die abgrundtiefe Verzweiflung.

Erschrocken ging er zu ihr hin. Leise flüsterte er ihren Namen.

„Nein!" rief sie mit tränenerstickter Stimme, wandte sich von ihm ab und rannte aus dem Pavillon hinaus und durch den Regen zum Haus zurück.

Kanes erster Impuls war, ihr zu folgen. Doch weil er fürchtete, damit alles nur noch schlimmer zu machen, hielt er sich zurück. Wenigstens wusste er jetzt, dass es nicht allein der Sarg gewesen war, dem ihre Abscheu gegolten hatte. Leise fluchend lehnte er sich an eine der Säulen des Teehäuschens.

„Haben Sie Ihr Fingerspitzengefühl verloren, Herr Anwalt?" Luke trat aus der Dunkelheit hervor. Vom Eingang des Pavillons aus beobachtete er, wie eine weitere Feuerwerksrakete am schwarzen Nachthimmel zu einer glitzernden Kaskade explodierte. Dann drehte er sich um und wandte sich Kane zu.

„Wer sagt denn, dass ich es jemals besaß?" gab Kane missmutig zurück.

„Du konntest mit Frauen umgehen, jedenfalls gut genug, um sie nicht in die Flucht zu schlagen."

Der tadelnde Ton seines Cousins gefiel Kane nicht. „Woher willst du das wissen?"

„Ich weiß zumindest, dass du eine Frau nicht behandeln kannst, als würde sie im Zeugenstand stehen. Und dass du dich nicht aufspielen solltest, als seist du Staatsanwalt, Richter und alle zwölf Geschworenen in einer Person."

„Das Problem lag woanders", erwiderte Kane knapp. „Solange wir auf Kriegsfuß miteinander standen, hatte Regina keine Schwierigkeiten."

Luke schwieg einen Moment. Als er wieder sprach, lag Belustigung in seinem Ton. „Sie war also nicht begeistert über den Waffenstillstand? Und von deinen Annäherungsversuchen hielt sie auch nicht viel?"

Kane zuckte mürrisch die Schultern. „So ungefähr."

„Es ist ein hübscher alter Brauch, es im Teehäuschen miteinander zu treiben. Aber du musst aus der Übung gekommen sein."

„Offensichtlich."

Luke legte den Kopf in den Nacken, um einer weiteren Rakete nachzusehen, die zischend in die Höhe schoss und sich wie ein buntes Blumenbouquet am Himmel entfaltete. „Sie geht dir unter die Haut, was?"

Kane blickte ihn finster an. „Hast du nichts Besseres zu tun, als dich in meine Privatangelegenheiten einzumischen – dich zum Beispiel um dein Feuerwerk zu kümmern?"

„Das läuft auch ohne mich. Es ist alles unter Kontrolle", gab Luke zurück. „Weißt du", sagte er gleich darauf, „ich könnte dir den Rang ablaufen."

„Es handelt sich hier nicht um einen sportlichen Wettkampf." In Kanes Stimme lag eine deutliche Warnung.

Luke schüttelte den Kopf. „Aber sicher, Kane, um den ältesten der Welt. Du hast nur vor einer Weile den Mut verloren und bist ausgeschieden. Aber das bedeutet nicht, dass kein anderer mehr im Rennen ist."

„Ich meine es ernst", beharrte Kane. „Regina ist nicht ..."

„Was?" fragte Luke.

„Ich weiß es ja selber nicht." Kane ballte die Fäuste, während er nach Worten suchte, um eine Situation zu beschreiben, die er selbst nicht ganz verstand. „Mir scheint, sie hat irgendetwas, worüber sie hinwegkommen muss. Sie braucht Zeit."

„Zeit und Geduld? Ich habe beides", erklärte Luke.

Kane konnte sich kaum noch beherrschen. „Lass Sie in Ruhe, Luke", brachte er mit zusammengebissenen Zähnen hervor. „Ich meine es ernst."

„Du solltest dich mal hören, Mann. Bist du sicher, dein Interesse beschränkt sich aufs Geschäftliche?"

„Ich weiß, wo mein Interesse liegt. Ich frage mich nur, was dich antreibt."

„Purer Übermut, was sonst?" erwiderte sein Cousin mit trockenem Humor.

Kane schüttelte den Kopf. Dabei musste er gegen das Verlangen ankämpfen, seinen Anspruch anzumelden. „Ernsthaft, was hat dein Verhalten zu bedeuten?"

„Vielleicht mache ich mir Sorgen um dich", meinte Luke, während er sich abwandte und, ohne auf den feinen Sprühregen zu achten, gemütlich zum Haus zurückschlenderte.

„Bist du sicher, dein Interesse gilt nicht Regina?" rief Kane ihm hinterher.

„Wer weiß? Es ist möglich, muss aber nicht sein."

Kane gab es auf. Es hatte sowieso keinen Sinn. Luke war wie eine Naturgewalt, schwer zu durchschauen und nicht aufzuhalten, wenn er sich etwas in den Kopf gesetzt hatte. Aber seine Instinkte waren gut, verdammt gut, das musste man ihm lassen.

Während er das Feuerwerk beobachtete, ließ sich Kane noch einmal die Dinge, die sein Cousin gesagt hatte, durch den Kopf gehen. Einige Äußerungen tat er als unwichtig ab, andere merkte er sich für die Zukunft, und die Anspielungen versuchte er zu analysieren. Doch es half ihm wenig. Als die letzten Raketen verpufft waren und ihr prächtiges Farbenspiel sich aufgelöst hatte, war er der Wahrheit keinen Schritt näher gekommen.

Er ging zum Haus zurück, wo bereits Aufbruchstimmung

herrschte. Pops und Miss Elise waren unter den ersten Gästen, die die Party verließen. Kane begleitete sie mit einem großen Regenschirm zu ihrem Wagen und kehrte dann ins Haus zurück, um mit Roan, Luke und einigen Freunden ein Bier zu trinken und sich über Eishockey und Football zu unterhalten. Sie hatten jeder schon zwei Flaschen intus und ihre dritte angebrochen, als Roans Pager zu piepsen begann. Der Sheriff erhob sich, nahm sein Handy aus der Tasche und trat auf die Veranda hinaus. Drinnen ging derweil das Gespräch ohne ihn weiter.

Es dauerte nicht lange, da kam Roan wieder zurück. Kane blickte auf, sah seinen Gesichtsausdruck und wusste sofort, dass etwas passiert sein musste. Er war bereits aufgesprungen, noch ehe Roan ihn mit einer Kopfbewegung dazu auffordern konnte. Schnell stellte er sein Bier ab und folgte seinem Cousin nach draußen.

„Es tut mir Leid", sagte Roan, während er ihm die Hand auf die Schulter legte. „Es handelt sich um Pops. Er hatte einen Unfall."

Kane blieb fast das Herz stehen vor Schreck. „Ist er ..."

„Er lebt, das ist alles, was ich weiß. Komm, wir nehmen meinen Streifenwagen. Dann sind wir in fünf Minuten dort."

„Ich möchte lieber mit meinem Wagen fahren", meinte Kane. „Du fährst voraus und hältst mir den Weg frei, und ich folge dir."

„Okay."

Als Kane und Roan am Unfallort ankamen, sahen sie zunächst nur die grellen Blinklichter eines anderen Polizeiautos. Der Krankenwagen war noch nicht eingetroffen. Den Kopf in Miss Elises Schoß gebettet, lag Pops auf dem nassen Boden. Miss Elise hielt mit der einen Hand einen traurigen, zerdrückten Regenschirm über ihn, mit der anderen strich sie ihm beruhigend über die Wange. Während Roan zu seinem Kollegen hinging, eilte Kane zu seinem Großvater und kniete sich neben ihn auf den Boden.

„Pops", sagte er mit gepresster Stimme, „ich bin bei dir."

Lewis Crompton öffnete die Augen. Verwirrung lag in seinem Blick, aber auch Zorn. Seine Stimme klang kläglich und beängstigend schwach. „Der verdammte Narr hat mich von der Straße abgedrängt."

Von Erleichterung, Trauer und Wut gepackt, wurde Kane die Kehle eng. Roan hatte ihm versichert, dass Pops lebte. Aber Kane musste sich erst mit eigenen Augen davon überzeugen, ehe er es glauben konnte. Die Blutflecken auf dem weißen Haar seines Großvaters, sein schlaff daliegender Arm, gefielen ihm nicht. Er atmete auf, als er in der Ferne die Sirene des Krankenwagens hörte.

Noch immer war ihm die Kehle wie zugeschnürt. Er musste sich ein paar Mal räuspern, ehe er sprechen konnte. „Wer war es, Pops? Wer hat es getan?"

„Ich weiß es nicht." Sein Großvater verzog das Gesicht und presste die Hand auf die Rippen. „Es ging alles so schnell."

Um ihm das Sprechen zu ersparen, übernahm Miss Elise das Wort. „Der Wagen war plötzlich hinter uns und setzte zum Überholen an. Wir wurden zwar von den Scheinwerfern geblendet, aber soweit ich es sehen konnte, hatte das Auto eine dunkle Farbe. Und ich glaube, es war ein neueres Modell. Man kann ja heutzutage einen Wagen kaum mehr von dem anderen unterscheiden. Es tut mir Leid, dass ich nicht mehr dazu sagen kann, aber ..." Mit einem müden Kopfschütteln brach sie ab.

Kane betrachtete sie besorgt. „Sind Sie unverletzt?"

Sie nickte. „Lewis hat den Wagen herumgerissen, so dass er mit der Fahrerseite gegen die Bäume prallte. Er hat mich gerettet."

„Unsinn", widersprach der alte Herr. „Sie hat mich gerettet. Sie hat mich daran erinnert, meinen Sicherheitsgurt anzulegen."

„Das stimmt doch gar nicht", sagte Miss Elise.

Mit einer matten Gebärde nahm Lewis Crompton ihre Hand. „Ich weiß es besser."

Kane fand es beruhigend, dass die beiden zu diesem kleinen Wortgefecht in der Lage waren. Bedeutete es doch, dass es ihnen nicht allzu schlecht gehen konnte. Sie waren beide angeschlagen und würden ihre Kratzer und Blutergüsse noch eine Weile spüren, aber es hätte schlimmer sein können, viel schlimmer.

Der Krankenwagen kam angerast. Mit quietschenden Reifen hielt er an. Fahrer und Sanitäter sprangen heraus und eilten auf sie zu. Minuten später wurden Pops und Miss Elise mit Blaulicht ins Krankenhaus gefahren. Roan und Kane rasten in ihren Autos hinterher.

Die nächsten drei Stunden hatten etwas Unwirkliches. Es gab Perioden, wo die Zeit quälend langsam verstrich und welche, wo sie zu verfliegen schien. Der Bericht, den sie schließlich nach der Warterei erhielten, war ganz passabel. Pops hatte einen gebrochenen Arm und ein paar gebrochene Rippen sowie verschiedene Prellungen und Schürfwunden. Man wollte ihn zwar zur Beobachtung im Krankenhaus behalten, aber falls nicht noch irgendein unvorhergesehenes Problem auftauchte, würde er sich relativ schnell wieder erholen.

Miss Elise wurde mit einigen Pflastern verarztet und dann entlassen. Sie bat zwar darum, bei Lewis bleiben zu dürfen, aber der alte Herr wollte davon nichts wissen. Nur um ihn nicht unnötig aufzuregen, fügte sie sich schließlich seinem Wunsch und ließ sich von Kane nach Hause fahren.

Als sie ihr Haus am Stadtrand erreicht hatten und Kane aussteigen wollte, um ihr die Wagentür zu öffnen, legte sie ihm die Hand auf den Arm. „Warten Sie", sagte sie mit zitternder Stimme.

„Was ist?" Die Art und Weise, wie sie ihn im grünlichen Licht des Armaturenbretts ansah, der bange Blick, mit dem sie seine Züge erforschte, verhieß nichts Gutes. Er spürte, wie sein Puls sich beschleunigte.

„Ich muss Ihnen etwas sagen. Ich weiß, ich hätte es Roan sagen sollen, damit er es in sein Protokoll aufnimmt, aber ich war mir nicht sicher ..."

„Hat es mit dem Unfall zu tun?" fragte er drängend.

Sie senkte den Kopf. „Es war alles so verworren. Ich konnte keinen klaren Gedanken fassen, solange ich nicht wusste, dass Lewis keine ernsthaften Verletzungen erlitten hatte." Sie hielt inne. Hart presste sie die Lippen zusammen.

Kane umschloss ihre kalten Finger, die noch immer auf seinem Arm lagen. „Sagen Sie mir, was Sie wissen, Miss Elise. Jede Information kann uns weiterhelfen."

Die alte Dame holte tief Luft. „Das erste Mal versuchte uns dieser Wagen an der alten Kiesgrube abzudrängen. Sie wissen, welche Stelle ich meine, nicht wahr?"

Kane nickte grimmig. Die Kiesgrube war ein tiefes Loch, das zurückgeblieben war, nachdem man Sand und Geröll für Straßenarbeiten ausgehoben hatte. Und in Louisiana füllte sich jedes Loch im Boden unweigerlich mit Wasser. Fast zehn Meter tief, war die Kiesgrube eine Falle, die schon etliche Todesopfer gefordert hatte. Wäre ihr Wagen in die Kiesgrube gestürzt, hätten Pops und Miss Elise keine Überlebenschance gehabt.

„Lewis hat das Steuer herumgerissen, sonst wären wir durch die Leitplanke gekracht. Beim zweiten Mal schaffte er es nicht, auf der Straße zu bleiben. Und dann ..." Sie schlug die freie Hand vor den Mund. Mit weit aufgerissenen Augen blickte sie starr geradeaus.

„Was passierte dann? Sagen Sie es mir."

„Ich war so zittrig, als ich mich aus dem Gurt zu befreien versuchte, um nach Lewis zu schauen. Und der Regen nahm einem die Sicht. Aber als wir da im Straßengraben lagen, sah ich, dass der Mann in dem anderen Wagen gestoppt hatte. Und dann stieß er zurück, um direkt über uns anzuhalten. Erst dachte ich, er wollte uns helfen. Er stieg aus und kam auf uns zu. Ich dachte ... aber es war so dunkel, ich sah eigentlich nur die Rücklichter seines Wagens. Und ich war so verwirrt und machte mir solche Sorgen um Lewis, weil er unmittelbar nach dem Aufprall einige Minuten lang das Bewusstsein verloren hatte."

„Miss Elise, bitte, was wollten Sie mir sagen?" Kanes Stimme klang rauh vor Ungeduld.

Sie drehte ihre Hand in seiner um und umklammerte seine Finger. „Er hatte eine Pistole, Kane. Ich bin mir ganz sicher. Und ich weiß auch, dass er vorhatte, uns zu ..."

„Denken Sie nicht daran", unterbrach er sie. „Sagen Sie mir, was dann geschah."

Sie schüttelte den Kopf, als wolle sie einen bösen Traum vertreiben. „Dann kam ein Lastwagen über den Hügel, und der Mann rannte zu seinem Auto zurück und brauste los, als sei der Teufel hinter ihm her."

„Können Sie ihn beschreiben?"

„Ich weiß es nicht. Es war so dunkel."

„War er klein, groß, dick, dünn, weiß oder schwarz? Trug er eine Mütze?" fragte Kane eindringlich. „Können Sie sich an irgendetwas erinnern? An irgendeine Einzelheit?"

Sie zwinkerte verwirrt. Dann sagte sie: „Er war weder sonderlich groß noch klein, eher mittelgroß und dünn. Ich glaube nicht, dass er ein Schwarzer war, aber ich kann mich natürlich auch täuschen. Er trug eine Skimütze und hatte etwas über dem Gesicht – es könnte ein Nylonstrumpf gewesen sein."

„Wunderbar, Miss Elise." Kane lächelte sie an, während er ihre kalte Hand zwischen seinen Händen wärmte. „Sie haben Ihre Sache gut gemacht."

„Oh, ich bin ja so froh, dass ich es Ihnen erzählt habe." Die alte Dame seufzte erleichtert. „Jetzt kann ich vielleicht besser schlafen."

Kane konnte es ihr nur wünschen. Im Gegensatz zu Miss Elise würde er selber nämlich in der nächsten Zeit nur wenig Schlaf finden, da war er ziemlich sicher. Der Mann, den sie beschrieben hatte, kam ihm bekannt vor. Die Beschreibung konnte durchaus auf Dudley Slater zutreffen.

Es gab eine Person, die vielleicht mehr wusste. Diese Person war Regina Dalton.

Er könnte sie freundlich um Auskunft bitten. Wenn er damit keinen Erfolg hatte – was er befürchtete –, würde ihm nichts anderes übrig bleiben, als die Wahrheit mit anderen Mitteln aus ihr herauszuholen. Er wusste auch schon ungefähr, wie er es anstellen könnte. Es mochte keine feine Methode sein, aber sie war mit Sicherheit wirkungsvoll. Er brauchte Regina nur an einen einsamen Ort zu bringen, wo sie nicht wieder vor ihm davonlaufen konnte.

Er kannte einen Platz, der ideal dafür war.

Das Dumme war bloß, dass auch er dann keine Möglichkeit zum Davonlaufen haben würde. Er wusste nicht, inwieweit er sich selber trauen konnte, wenn er mit Regina zusammen war.

Wie lange ihm all die nüchternen, sachlichen Gründe seines Tuns gegenwärtig bleiben würden.

Was er vorhatte, war zweifellos gefährlich. Wenn er etwas falsch machte, konnte der Schuss nach hinten losgehen. Deshalb fragte er sich, weshalb er so wild darauf war, sich auf die Herausforderung einzulassen.

9. KAPITEL

Regina wachte erst am späten Vormittag auf, was kein Wunder war, nachdem sie die halbe Nacht schlaflos im Bett gelegen hatte, ehe sie endlich eingenickt war. Die Sirenen, die sie einige Male hörte, hatten sie beunruhigt, zumal es so klang, als würden Polizei- und Krankenwagen zum See hinausfahren. Die Straßen waren nass, und sie hatte sich Gedanken gemacht um all die Leute, die auf Lukes Party gewesen waren.

Doch was sie wirklich um den Schlaf gebracht hatte, das war der Aufruhr in ihrem Innern. Selbst jetzt, nachdem sie aufgewacht war, konnte sie nur benommen daliegen und an die Decke starren. Kanes Kuss hatte sie nicht abgestoßen, sondern vielmehr Impulse in ihr ausgelöst, die sie bisher nur aus ihren Träumen kannte. Seine festen Lippen, sein harter Körper, seine behutsame Zärtlichkeit waren eine Offenbarung für sie gewesen. Der Geschmack seiner Lippen hatte sie berauscht wie Champagner, bis sie im siebten Himmel zu schweben glaubte und die Konsequenzen ihres Tuns mit euphorischer Sorglosigkeit verdrängte – oder sie sich gar herbeisehnte.

Erst als Kane sie plötzlich enger an sich zog, so eng, dass es kein Entkommen mehr zu geben schien, war ihr mit einem Mal bewusst geworden, was sie tat. Und schlagartig überfiel sie wieder die alte Panik, der Fluchtgedanke, auf den sie blindlings reagierte.

Aber in dem Moment, als Kane sie losließ, kam sie sich so allein und verlassen vor, dass sie sich verzweifelt in seine Arme zurücksehnte. Selbst jetzt würde sie gern mit ihm zusammenliegen. Nicht, um sich mit ihm zu lieben. Ihr ging es einfach nur um die Sicherheit, um die Wärme und Zuneigung, die er seiner Familie, den Menschen, die er liebte, entgegenbrachte. Gleichzeitig wusste sie, dass ihr Wunsch illusorisch war. Es würde ihr niemals vergönnt sein, in Kane Benedicts Nähe Sicherheit zu empfinden.

Selbst wenn sie ihre Ängste vor körperlicher Intimität überwand, selbst wenn Lewis Cromptons Enkelsohn und sie sich leidenschaftlich ineinander verlieben sollten, würde sie sich nur Kummer damit einhandeln. Denn sobald Kane von ihrer Verbindung zu Gervis Berry erfuhr, würde er sie verachten. Dann wäre es aus zwischen ihnen. Und sollte sie entgegen aller Erwartungen doch noch Dinge über seinen Großvater herausfinden, die Gervis dabei helfen konnten, den Prozess zu gewinnen, dann würde Kane ihr diesen Vertrauensbruch niemals verzeihen. Ein Mann wie er konnte die Gründe, die hinter ihrem Verhalten standen, nicht nachvollziehen. Er würde niemals verstehen, dass Dankbarkeit und Loyalität den Verrat nicht nur möglich, sondern unumgänglich gemacht hatten.

Kane fühlte sich durch ihre Zurückweisung verletzt. Sie hatte es ihm angesehen. Zwar hatte nur sein männlicher Stolz gelitten, aber sie bedauerte es trotzdem. Weil sie ihn mit ihrem Verhalten auch verärgert hatte, woraus sich ein weiteres Problem für sie ergab. Wie, um Himmels willen, sollte sie sich ihm danach noch einmal nähern, wie die Intimität schaffen, von der Gervis gesprochen hatte? Und selbst wenn es ihr gelingen sollte, wie konnte sie verhindern, dass die Situation sich wiederholte?

Ganz einfach, sie durfte sich nicht wiederholen. Jedenfalls nicht, wenn es nach Gervis ging.

Würde sie es schaffen, ihre Zweifel und Ängste zu überwinden und einem Mann zu vertrauen? Konnte sie es Gervis und Stephan zuliebe tun? Angenommen, es gelang ihr tatsächlich, Kane das nötige Vertrauen entgegenzubringen, wie sollte sie dann damit fertig werden, wenn er sich von ihr abwandte, sobald die Wahrheit ans Licht kam?

Er wurde schon einmal von einer Frau hintergangen. Wie würde er reagieren, wenn es ihm ein zweites Mal widerfuhr? Was würde sie ihm damit antun? Wollte sie es wirklich herausfinden?

Schritte auf dem Gang vor ihrem Zimmer ließen sie aufhorchen. Sekunden später wurde an ihre Tür geklopft. Regina richtete sich im Bett auf. Kane! war ihr erster Gedanke. Sie war noch nicht bereit, ihm gegenüberzutreten, hatte keine Ahnung, wie sie sich verhalten, was sie zu ihm sagen sollte.

Wieder klopfte es. Regina schlug die Bettdecke zurück, zog sich ihren Morgenrock über und ging zur Tür. Vorsichtig spähte sie durch den Spion.

Betsy North stand draußen. Regina schloss die Augen. Langsam atmete sie aus. Dann öffnete sie die Tür.

„Tut mir Leid, Sie zu stören", sagte sie Motelbesitzerin, eine Hand auf die üppige Hüfte gelegt. „Ich weiß, Sie haben zu tun, sonst würden Sie nicht hier drinnen herumhocken. Aber ich dachte, Sie sollten vielleicht erfahren, was mit Mr. Lewis passierte."

Betsy platzte geradezu vor Mitteilungsbedürfnis. Es war ihr

anzusehen, dass sie die Neuigkeit nicht schnell genug loswerden konnte. Dabei lag jedoch ein grimmiger Ausdruck in ihren Zügen, der Regina alarmierte. „Was ist passiert?" fragte sie.

„Mr. Lewis und Miss Elise hatten gestern Nacht einen Autounfall. Jemand hat sie von der Straße abgedrängt."

„Oh nein!" Regina legte die Hand auf ihren Bernsteinanhänger. Unter ihren kalten Fingern konnte sie seine Wärme spüren.

„Der Bastard hat nicht einmal angehalten. Es würde mich nicht wundern, wenn er den Unfall mit Absicht herbeigeführt hätte." Betsys Lippen wurden schmal vor Zorn und Verachtung.

„Sind Sie ..." Regina konnte nicht weitersprechen. Sie vermochte dieses fürchterliche, endgültige Wort einfach nicht über die Lippen zu bringen.

„Es geht ihnen gut. Miss Elise wurde gleich wieder aus dem Krankenhaus entlassen, aber Mr. Lewis musste noch dableiben." Und dann zählte Betsy seine Verletzungen auf.

Regina wurden die Knie weich, so froh war sie, dass Mr. Lewis lebte. Sie wagte gar nicht daran zu denken, dass der alte Herr womöglich wegen ihr und ihrem Tun hätte getötet werden können. „Sie glauben doch nicht, der Unfall könnte in irgendeinem Zusammenhang mit dem Prozess stehen?" fragte sie zögernd.

„Es sieht mir ganz danach aus."

„Könnte es nicht sein, dass der Fahrer betrunken war? Oder dass der Regen ihm die Sicht nahm?" wandte Regina ein.

Betsy schüttelte den Kopf. „Er mag nicht mehr der Jüngste sein, aber Mr. Lewis ist noch immer ein guter Autofahrer. Er verliert nicht so leicht die Nerven. Wenn er sagt, dass ihn der Mann mit Absicht von der Straße abgedrängt hatte, dann glaube ich ihm das. Außerdem ist es doch wirklich ein seltsamer Zufall."

„Was soll das heißen?"

Regina wusste natürlich, was Betsy damit meinte, aber sie wollte trotzdem ihre Erklärung hören.

„Es war Mr. Lewis, der Klage gegen diese Berry Association einreichte. Er ist nicht nur der Kläger, sondern auch der Kronzeuge der Anklage. Niemand kennt den Hintergrund der Anklagepunkte oder das Geschäft selbst besser als er. Ohne Mr. Lewis gäbe es keinen Prozess. Denken Sie doch einmal darüber nach."

„Aber Sie sagten neulich, Kane sei die treibende Kraft bei der ganzen Geschichte. Er würde doch die Klage bestimmt nicht fallen lassen, wenn seinem Großvater etwas zustieße?"

„Wer weiß? Es hinge wohl davon ab, was er gegen diesen Berry ins Feld führen kann. Ich frage mich, ob dieser Schuft sich nicht überlegte, dass der Versuch, Mr. Lewis auszuschalten, das Risiko wert ist."

„Das klingt ja wie ein Krimi", protestierte Regina.

„Ja, vielleicht hat er sich da die Anregung dazu geholt", meinte Betsy düster.

Regina überlief es eisekalt. Bemüht, sich ihre Bestürzung nicht anmerken zu lassen, fragte sie: „Haben Sie Mr. Lewis gesehen?"

„Noch nicht. Ich will ihn heute Abend besuchen, wenn mich mein Manager hier ablöst. Aber ich habe im Krankenhaus angerufen und mit der Stationsschwester gesprochen. Sie hat mir alles genau berichtet, weil sie nämlich ..."

„Eine Benedict ist?" kam Regina ihr zuvor, ehe Betsy ihren Satz beenden konnte.

„Sie ist mit einem Benedict verheiratet", erwiderte Betsy und lächelte flüchtig, ehe sie jene umfassende Beschreibung des Unfalls weitergab, die sie von der Stationsschwester erhielt, die wiederum den Tathergang von dem Polizisten erfahren hatte.

Während Regina ihr zuhörte, musste sie gegen den Impuls ankämpfen, sofort zum Hospital zu fahren, um sich mit eigenen Augen zu überzeugen, dass alles in Ordnung war. Sie hätte dem Impuls vielleicht nachgegeben, wenn ihr nicht plötzlich Zweifel gekommen wären. Zum einen war sie nicht erpicht darauf, Kane zu begegnen, zum anderen fürchtete sie, es könnte ihm nicht recht sein, wenn sie sich als Fremde in dieser Krisensituation dazwischendrängte.

Als Betsy einen Moment schwieg, fragte sie: „Und man hat der Fahrer des anderen Wagens bisher nicht identifizieren können?"

„Nein. Kane ist ganz schön sauer darüber. Wenn er herausfindet, wer der Kerl war, dann ist die Hölle los, das kann ich Ihnen sagen."

„Ja, das glaube ich auch."

„Er wird nicht eher ruhen, bis er ihn gefunden hat. Und ich hoffe, dass er ihn findet, denn wenn sie keinen Schutzengel gehabt hätten, dann wären Mr. Lewis und Miss Elise jetzt nicht mehr am Leben. Ich könnte den Kerl selbst mit bloßen Händen erwürgen."

Regina nickte zustimmend. Dabei warf sie einen Blick an Betsy vorbei zur anderen Straßenseite hinüber, wo Dudley Slaters Auto zwei Tage lang geparkt hatte. Jetzt war es weg. Und auch gestern Abend, als sie ins Motel zurückkam, hatte der Wagen nicht da gestanden.

Sich umwendend, folgte Betsy ihrem Blick. „Ist Ihnen auch aufgefallen, dass der Kerl nicht mehr da ist? Ich denke, es kann nicht schaden, Kane darüber zu informieren, dass er sich verzogen hat."

Regina blickte die Motelbesitzerin an. „Ich könnte mir vorstellen, dass er es weiß."

Betsy nickte. „Da haben Sie wahrscheinlich Recht. Kane entgeht kaum etwas."

„Das wird mir allmählich klar", bemerkte Regina in düsterem Ton.

„Nun, dann will ich Sie jetzt nicht länger aufhalten." Betsy wandte sich zum Gehen. „Ich wollte Ihnen nur Bescheid sagen, dass Mr. Lewis in den nächsten Tagen verhindert ist, damit Sie gegebenenfalls umdisponieren können."

„Ja, vielen Dank", erwiderte Regina und fügte noch ein paar verbindliche Worte hinzu, ehe sie die Tür schloss. Sie spürte, dass die Motelbesitzerin enttäuscht war über ihre zurückhaltende Reaktion. Aber sie konnte es nicht ändern. Ihr war im Moment nicht nach oberflächlichem Geplauder zu Mute.

Unruhig lief sie im Zimmer auf und ab. Während sie nervös die Hände rang, dachte sie fieberhaft nach. Hatte Slater Mr. Lewis von der Straße abgedrängt? Wenn ja, wer mochte den Anschlag ausgeheckt haben? Konnte Gervis dahinter stecken? Würde er so weit gehen?

Sie hatte immer gewusst, dass es gewisse Praktiken in seinem Geschäft gab, über die er nicht redete. Obwohl sie ihm dabei half, seine persönlichen Computerdateien zu führen, und ihm geduldig zuhörte, wenn er sich bei ihr aussprach, hatte sie seine Privatsphäre stets respektiert und ihm nie Fragen gestellt. Doch das hielt sie nicht davon ab, sich ihre Gedanken zu machen oder gewisse Fakten und Zahlen zu registrieren, bis sie schließlich viel genauer über Gervis' Unternehmen Bescheid wusste, als er ahnte.

Jetzt wünschte sie sich, sie hätte noch besser aufgepasst. Denn mit einem Mal war es außerordentlich wichtig für sie geworden, abschätzen zu können, wie weit Gervis gehen würde. Wenn er einen alten Mann aus dem Weg räumen konnte, nur weil er in einem Gerichtsverfahren sein Gegner war, dann würde er sich vermutlich nichts dabei denken, einem kleinen Jungen seelischen Schaden zuzufügen.

Gervis' Drohung, ob sie ernst gemeint war oder nicht, hatte sie zutiefst erschüttert. Sie hatte an den Grundfesten ihres Lebens in New York gerüttelt. Was sollte sie ohne Gervis anfangen? Ohne ihn wären Stephan und sie mutterseelenallein. Sie hätten keinen Menschen auf der Welt, der sich um sie kümmern würde, niemanden, der um ihr Wohl besorgt wäre.

Regina war so durcheinander, dass sie sich zu nichts aufraffen konnte. Schließlich nahm sie eine heiße Dusche und zog sich ein T-Shirt und lange Hosen an. Dann führte sie einige Telefongespräche, um sich nach Versteigerungen und Ausstellungen von antikem Schmuck zu erkundigen, an denen sie in den kommenden zwei Monaten teilnehmen wollte. Anschließend blätterte sie in dem Auktionskatalog, den sie mitgebracht hatte, wobei sie sich Notizen über den Wert einzelner Stücke machte.

Als die Schwüle im Raum unerträglich wurde, stellte sie die Klimaanlage an und blieb eine ganze Weile mit geschlossenen Augen davor stehen. Nach einem schnellen Lunch, den sie lustlos verzehrte, sah sie sich ein altes Fred-Astaire-Musical im Fernsehen an. Die Handlung war an den Haaren herbeigezogen und dumm, und nicht einmal die Musik konnte ihr gefallen. Mitten im Film stellte sie den Fernseher wieder ab.

Als sie ihre innere Unruhe nicht mehr aushielt, rief sie im Krankenhaus an, wo man ihr jedoch keine Auskunft über Mr. Lewis' Befinden geben wollte, was sie darauf zurückführte, dass die Presse das Krankenhaus wahrscheinlich mit Anrufen bombardierte. Als man ihr vorschlug, sie mit Mr. Lewis' Zimmer zu verbinden, hängte sie abrupt auf. Es hätte ihr gerade noch gefehlt, dass Kane den Anruf entgegennahm.

Sie überlegte kurz, ob sie Mr. Lewis' Haushälterin Dora anrufen und sie um Auskunft bitten sollte, verwarf dann jedoch die Idee. Luke fiel ihr ein. Von ihm konnte sie vermutlich noch am ehesten etwas erfahren. Er stand Mr. Lewis nicht so nahe wie Kane, aber sie war ziemlich sicher, dass er über alles informiert war.

Das Telefon in Chemin-à-Haut klingelte und klingelte. Doch niemand, schon gar nicht etwas so Fortschrittliches wie ein Anrufbeantworter, nahm ab. Regina beschloss, es später am Abend noch einmal zu versuchen.

Die Sonne ging schon unter, als ihr die Idee kam, sich etwas zu lesen zu besorgen, vielleicht ein paar Zeitschriften oder einen von Aprils Romanen, falls sie einen auftreiben konnte. Sie bürstete ihr Haar, trug ein wenig Lipgloss auf, nahm ihre Schlüssel und ging zur Tür. Sie hatte sie kaum geöffnet, da sah sie das Auto.

Slater war wieder da. Er parkte auf demselben Fleck gegenüber vom Motel. Weil sie den ganzen Tag die Vorhänge zugezogen hatte und die Klimaanlage ziemlich laut ratterte, hatte sie seinen Wagen weder gehört noch gesehen.

Regina kniff die Lippen zusammen. Verärgert runzelte sie die Stirn. Sie konnte dem Drang, etwas zu unternehmen, sich konkrete Antworten zu beschaffen, nicht widerstehen. Ohne weitere Überlegung marschierte sie auf den Wagen zu.

Der Abend war unerträglich schwül. Feuchtheiße Luft stieg vom Straßenpflaster auf. Regina spürte, wie ihre Haut von einem feinen Schweißfilm überzogen wurde. Vom Motelrestaurant wehte der Geruch von Backhühnchen herüber und vermischte sich mit dem Duft der wilden Heckenkirschen, die sich an einem Elektrizitätsmast am Straßenrand emporrankten. Irgendwo bellte ein Hund.

Der Mann im Auto beobachtete, wie sie auf ihn zuging. Sie war nur noch wenige Schritte von ihm entfernt, da spuckte er aus dem Fenster. Regina begriff die Warnung und blieb stehen.

„Was haben Sie hier zu suchen?" fragte sie ihn rundheraus.

Der Mann verzog die Lippen. „Was wollen Sie von mir? Ich sitze in meinem Auto. Ist das etwa verboten?"

„Ich weiß genau, wer und was Sie sind oder zu sein vorgeben." Während sie sprach, trat Regina einen Schritt zurück. Der saure Geruch von Schweiß, abgestandenem Bier und kaltem Zigarettenrauch war so widerwärtig, dass einem übel werden konnte.

„Oh ja? Lesen Sie meine Artikel?"

„Nach Möglichkeit nicht. Wenn Sie tatsächlich Reporter sind, dann sollten Sie doch wohl im Krankenhaus sein, oder?"

„Sie haben ein vorlautes Mundwerk, Lady, wissen Sie das?"

„Ich weiß, dass Sie Ihre Anweisungen von Gervis Berry beziehen. Was ich gern erfahren würde, ist, wie viel von dem, was Sie hier treiben, auf seine direkte Anordnung hin geschieht, und was Sie auf eigene Faust unternehmen."

„Der Deal ist ganz einfach, Süße. Ich hänge hier herum, führe meine Anweisungen aus und warte, dass eine Story für mich dabei abfällt. Und sollte ich zufällig über dieselbe Sache stolpern, auf die Sie aus sind, dann kriege ich einen Bonus und bin ein gemachter Mann."

„Worauf bin ich aus?"

„Auf das Geheimnis, den Schlüssel, die Information, die den Fall, den diese Hinterwäldler, diese Winkeladvokaten hier zusammenrühren, endgültig platzen lässt."

„Und diese Information versuchten Sie sich gestern Nacht zu beschaffen. Deshalb war Ihr Wagen plötzlich verschwunden." Ganz bewusst legte Regina einen misstrauischen Ton in ihre Worte.

Der Mann kniff die Augen zusammen. „Na und?"

Ein paar Autos fuhren vorbei. Regina wartete, bis sie sicher war, dass Slater sie verstehen konnte, ehe sie weitersprach. „Sie sind nicht zufällig zum See hinausgefahren, um Gervis' Gewinnchancen zu erhöhen?"

„Wie kommen Sie denn auf die Idee?"

Regina sprach unbeirrt weiter. „Und danach sind Sie erst einmal abgetaucht, bis Sie herausgefunden hatten, ob Lewis Crompton sich wieder erholt."

Der Reporter betrachtete sie einen Moment und hob dann pikiert die Brauen. „Sie sehen das alles ganz falsch."

„Das glaube ich kaum. Also, was ist? Hat Gervis Ihnen die Anweisung gegeben, es zu tun?"

„Ich schwöre Ihnen, ich habe keine Ahnung, wovon Sie reden."

„Oh doch, Sie wissen genau, was ich meine", entgegnete Regina grimmig. „Niemand außer Ihnen könnte es getan haben."

Während er sie mit zusammengekniffenen Augen betrachtete, zog er eine Packung Zigaretten und ein billiges Plastikfeuerzeug aus der Brusttasche seines Hemdes.

Als er sich die Zigarette anzündete, konnte Regina im aufflackernden Schein der Flamme abgrundtiefen Hass in seinen Augen flackern sehen.

„Vielleicht sollten Sie sich lieber an Berry wenden", sagte er, absichtlich den Rauch in ihre Richtung blasend. „Und wenn Sie schon dabei sind, können Sie ihn gleich fragen, ob er zufrieden ist mit der Lösung, die ich mir für sein kleines Problem ausgedacht habe."

Sie hatte also Recht gehabt. Mit Entsetzen erkannte sie, in welcher Zwickmühle sie steckte. Obwohl sie wusste, dass Slater den Anschlag auf Kanes Großvater verübt hatte, konnte sie nicht das Geringste gegen ihn unternehmen.

Unwillkürlich wich sie einen Schritt zurück. „Gervis weiß nichts davon?" fragte sie mit gepresster Stimme. „Hat er Ihnen gesagt, Sie sollen Mr. Lewis aus dem Weg räumen?"

„Er hat mir nicht gesagt, dass ich es lassen soll."

„Was glauben Sie, wie er es finden wird, dass Sie ihn in einen Mordversuch verwickelt haben?"

„Das dürfte ihn kaum stören."

Regina sträubten sich die Haare vor Entsetzen. Es war durchaus möglich, dass dieser Kerl Recht hatte und es Gervis wirklich nichts ausmachte. Inzwischen traute sie ihrem Cousin fast zu, dass er wie ein Mafiaboss irgendjemanden anheuerte, um seinen Gegner aus dem Weg zu räumen.

„Es dürfte Sie beide gewaltig stören, wenn Kane Benedict dahinter kommt", sagte sie. „Ich kann Ihnen nur raten, den Mann nicht zu unterschätzen. Oder seinen Cousin, den Sheriff."

Slater gab ein raues Lachen von sich, hustete und spuckte aus dem Wagenfenster. Dann sagte er zynisch: „Ich werde an Ihre Warnung denken, wenn ich dem Boss Bericht erstatte. Vielleicht interessiert es ihn, wie gut Sie sich jetzt auch mit dem Sheriff verstehen."

„Es wird Ihnen zweifellos großes Vergnügen bereiten, ihm das zu unterbreiten", sagte Regina bitter. Sie hatte bereits befürchtet, dass er Gervis über jeden Schritt, den sie tat, informierte. Jetzt sah sie ihre Vermutung bestätigt.

167

„Man hat mich hergeschickt, um einen Job zu erledigen. Das tue ich, so gut ich kann."

„Und wo hören Sie auf, können Sie mir das sagen? Wo ist die Grenze? Wie weit werden Sie noch gehen?"

„Ich höre auf, wenn die Sache erledigt ist, und ich gehe so weit, wie ich gehen muss." Er schnaubte verächtlich. „Sie brauchen gar nicht so überheblich zu tun. Wenn Sie mich fragen, dann sind Sie kein bisschen besser."

Er hatte Recht. So abscheulich es war, ließ es sich dennoch nicht abstreiten. „Ich habe meine Gründe", sagte sie gepresst.

„Haben wir die nicht alle?" gab er zynisch zurück.

„Meine gehen Sie jedenfalls nichts an." Regina straffte die Schultern. Langsam atmete sie aus. Dabei versuchte sie das hässliche Schuldbewusstsein abzuschütteln. „Sie werden hier nicht gebraucht. Ich kann mich allein um die Dinge kümmern."

„Sie meinen um Kane Benedict? Die Frage ist nur, kümmern Sie sich um ihn oder er sich um Sie?"

Sie errötete angesichts der Anspielung. „Wie meinen Sie das?"

„Genauso, wie Sie es aufgefasst haben", gab er zurück. „Benedict sieht gut aus und ist reich, und er ist scharf auf Sie. Und Sie haben ihn gestern Abend ja auch nicht unbedingt zurückgestoßen. Jedenfalls nicht gleich."

„Woher wissen Sie das?"

„Sie haben nicht bemerkt, wie ich draußen herumschlich, was? Vielleicht bin ich ein besserer Spitzel, als Sie dachten."

Bei seinem höhnischen Ton spürte Regina Übelkeit in sich aufsteigen. „Warum?" fragte sie. „Welchen Grund könnten Sie haben, mir zu folgen?"

„Ich dachte, es könnte vielleicht interessant werden, und ich habe mich nicht getäuscht. Es war wie im Kino. Sehr unterhaltsam, wie Sie sich an Benedict rangeschmissen haben. Aber dann kamen mir doch Bedenken. Vielleicht sollte jemand auf Sie aufpassen. Sonst könnte es passieren, dass Sie zum Feind überlaufen."

„Das ist absolut lächerlich!"

„Da dürfte Berry aber anderer Meinung sein."

„Gervis kennt mich. Er weiß, dass ich zu ihm halte, dass ich ihm niemals in den Rücken fallen würde. Außerdem ..." Sie unterbrach sich. Sie war nicht gewillt, diesem Widerling etwas zu erzählen, das er gegen sie verwenden konnte.

„Außerdem ist da der Junge, mit dem er Sie erpressen kann, nicht wahr?"

Regina erwiderte nichts, sondern hob bloß das Kinn.

„Jetzt wundern Sie sich, was? Ja, ich weiß alles. Das gehört zu meinem Job."

Wieder kam ein Auto.

„Mein Sohn", sagte Regina, nachdem es vorbeigefahren war, „hat nichts mit all dem zu tun."

„Mag sein. Trotzdem werde ich ein Auge auf Sie haben. Übrigens, wie wär's, wenn wir zwei zusammenarbeiten würden?"

Der Ausdruck in seinen Augen ekelte sie an. Sein Blick war so eindeutig, dass sie sich richtig besudelt vorkam. „Niemals!" schleuderte sie ihm entgegen.

„Okay", knurrte er. „Dann legen Sie sich nicht noch einmal mit mir an. Ich suche den Dreck, der diesem Bastard Berry helfen kann, seinen Prozess zu gewinnen. Und der Deal verhilft auch mir zu dem, was ich brauche. Wenn Sie mir dabei in die Quere kommen, werde ich Sie rücksichtslos niedertrampeln."

„Tatsächlich?" sagte sie, seinem Blick standhaltend.

„Und ob." Etwas Animalisches lag in seinen Zügen, als er sie

169

wie aus dem Innern einer Höhle aus seinem Wagen heraus anstarrte.

Regina wandte sich ab. Nachdem sie sich mit einem schnellen Blick vergewissert hatte, dass kein Auto kam, überquerte sie die Straße. Dabei spürte sie geradezu Slaters bohrenden Blick in ihrem Rücken. Aufatmend erreichte sie ihre Zimmertür, schloss sie auf und verriegelte sie, kaum dass sie drinnen war, von innen. Um Luft ringend, als hätte sie einen Marathonlauf hinter sich, lehnte sie sich mit geschlossenen Augen dagegen.

Es mochte ein Fehler gewesen sein, Slaters Vorschlag so brüsk zurückzuweisen. Sie hatte seinen Stolz verletzt und ihn sich damit womöglich zum Feind gemacht. Aber sie konnte es nicht ändern. Der Mann war ihr so zuwider, dass sie nicht einmal so tun konnte, als würde sie mit ihm kooperieren.

Sie musste etwas unternehmen. Aber was?

Sie könnte Gervis anrufen, doch was hätte ihr das genützt? Er hatte ihr ja bereits gesagt, dass er keine Kontrolle über Slater hatte – falls er ihn überhaupt kontrollieren wollte.

Die zweite Möglichkeit war, sich Kane anzuvertrauen. Aber das hieße, sich seiner Gnade auszuliefern. Und wer garantierte ihr, dass er gnädig sein würde? Und dass er zu verstehen bereit war, aus welchem Grund sie in die Sache verwickelt wurde?

Sich an Roan Benedict zu wenden war auch keine Alternative. Wenn sie das tat, würde der ganze Schwindel auffliegen. Sie wagte sich nicht auszumalen, was dann passierte. Gervis würde verrückt werden, durchdrehen, zu allem fähig sein.

Und Stephan war ihm schutzlos ausgeliefert. Stephan, ihr Sohn.

Nein, es war ausgeschlossen, den Sheriff zu Rate zu ziehen. Damit blieb ihr nur eine Möglichkeit. Sie musste etwas finden, was Gervis vor Gericht gegen Mr. Lewis verwenden konnte. Sie musste es finden, ehe Slater einen neuen Plan aushecken konnte. Sie musste ihm zuvorkommen. Wenn ihr das gelang, war die Gefahr gebannt.

Somit blieb Kane die eine Person, an die sie sich halten musste. Nur über ihn konnte sie die Dinge in Erfahrung bringen, auf die Gervis wartete. Sie legte die Hand auf den Anhänger an ihrem Hals. Fest umschlossen ihre Finger den Bernstein. Würde sie es schaffen? Besaß sie den Mut dazu? Und den notwendigen Sex-Appeal? Und die Unverfrorenheit? Noch wusste sie es nicht. Aber sie würde es sehr bald herausfinden. Sie hatte gar keine andere Wahl.

Sie musste Gervis' Anweisung befolgen, und zwar so schnell wie möglich – morgen, übermorgen, sobald sich die Gelegenheit dazu bot. Sie musste mit Kane schlafen, um ihm näher zu kommen, um so intim mit ihm zu werden, dass sie in Erfahrung bringen konnte, was er wusste.

10. KAPITEL

Es war Betsy, die Regina zwei Tage später von der geplanten Willkommensparty für Mr. Lewis erzählte. Daraufhin nahm Regina all ihren Mut zusammen und rief Luke an, um sich nach dem Befinden des Patienten zu erkundigen und dann beiläufig die Party zu erwähnen. Sie hasste es, Kanes Cousin hinters Licht zu führen, aber die daraus resultierende Einladung war wichtig für sie, denn sie stellte den ersten Schritt in ihrem Angriffsplan dar.

Nicht, dass die Zusammenkunft als eine größere Affäre gedacht war. Nur ein paar Freunde und Nachbarn würden sich einfinden, um Mr. Lewis willkommen zu heißen, wenn er aus dem Hospital kam. Man würde sich in Kanes Haus, The Haven, versammeln, wo Mr. Lewis zunächst einmal einquartiert werden sollte, damit Vivian Benedict und Kane sich um ihn kümmern konnten und darauf achteten, dass der Patient sich an die verordnete Bettruhe hielt.

Kane und sein Großvater waren noch nicht da, als Regina und Luke in The Haven ankamen. Sie gesellten sich zu den übrigen Gästen, die auf der schattigen Veranda beisammensaßen und sich unterhielten. Die Stimmung war gedämpft. Nur hin und wieder wurde gelacht. Man war froh, dass Mr. Lewis glimpflich davongekommen war, aber der Schreck saß allen noch in den Gliedern.

Besondere Aufmerksamkeit brachte man Miss Elise entgegen, die blass und still in einem Rattansessel saß. Obwohl sie nicht viel sagte, schien sie sich wohl zu fühlen, und mehr als einmal versuchte sie aufzustehen, um in der Küche mitzuhelfen. Aber davon wollte Kanes Tante nichts wissen. Jedes Mal schob sie Miss Elise wieder in ihren Sessel zurück. Vivian Benedict schien in ihrer Rolle als Gastgeberin aufzugehen. Zwischen Küche und Veranda hin und her eilend, überwachte sie höchstpersönlich die Anordnung der Torten und Kuchen, die einige Frauen zusätzlich zu den von ihr gebackenen Leckereien mitgebracht hatten. Die einzige Person, die ihr helfen durfte, war Mr. Lewis' Haushälterin Dora.

Unter den Gästen war auch April Halstead, die anmutig und schick aussah in einem sonnengelben Baumwollkleid mit zitronengelben Ohrringen. Betsy, die kurz nach Regina kam, trug ausnahmsweise mal gedeckte Farben und hielt sich auch mit ihren Bemerkungen ziemlich zurück. Ein oder zwei Leute kamen Regina von Lukes Party her bekannt vor, aber sie konnte sich nicht an ihre Namen erinnern. Roan Benedict hingegen erkannte sie sofort, selbst wenn er nicht seinen Sheriffstern getragen hätte. Sie nickte ihm zu und rang sich ein Lächeln ab. Mehr Zeit, ihn zu begrüßen, blieb ihr zum Glück nicht, weil in diesem Moment jemand verkündete, dass Kane mit Mr. Lewis eingetroffen sei.

Regina blieb im Hintergrund, als sich alle bei der breiten Treppe und auf dem gepflasterten Weg davor aufstellten. Wieder einmal fühlte sie sich als Außenseiterin. Sie gehörte nicht zu der Gruppe, und es erschien ihr nicht richtig, sich dazwischenzudrängen. Hinzu kam ihre Unsicherheit, was Kane betraf. Wie würde er reagieren, wenn er sie hier sah?

Er entdeckte sie sofort. Während er seinem Großvater die Stufen zur Veranda hinaufhalf, trafen sich ihre Blicke. Sekundenlang lag ein grübelnder Ausdruck in seinen Augen. Und dann lächelte er plötzlich.

Es erschien Regina wie ein Geschenk des Himmels, dass Kane ihr keine Feindseligkeit entgegenbrachte. Ihr Herz klopfte schneller. Vor lauter Freude hielt sie den Atem an. Erst jetzt merkte sie, wie angespannt sie gewesen war, wie besorgt, sie könnte jegliche Chance bei ihm verspielt haben. Jetzt schöpfte sie wieder Hoffnung, und sie wusste, dass sich diese neue Zuversicht in ihrem zögernden Lächeln widerspiegelte.

Noch auf der Treppe wurde Mr. Lewis umarmt, und jeder wollte ihm die Hand drücken – die gesunde natürlich. Er nickte allen zu, lächelte, witzelte über seine Fahrkünste und die jungen Krankenschwestern im Hospital und wie sehr ihm Miss Elise gefehlt habe.

Miss Elise wartete an der Tür auf ihn. Sie begrüßte ihn mit einem Kuss, ehe sie ihm ins Haus folgte, wo Berge von Kuchen aufgetragen und Wein und Kaffee dazu serviert wurden. Nachdem sich alle bedient hatten, brachte Luke einen Toast aus, und man trank auf die Gesundheit des Ehrengastes und auf sein Glück, das ihn vor schlimmeren Verletzungen bewahrt hatte.

Danach hob Mr. Lewis sein Glas, um anzudeuten, dass er ein paar Worte erwidern wollte. „Meine guten Freunde, meine großartigen Nachbarn, meine lieben Familienangehörigen, ich danke euch allen. Für diesen Empfang lohnt es sich zu leben, das versichere ich euch." Die Lachfältchen um seine Augen vertieften sich, als er launig hinzufügte: „Gegen nichts in der Welt hätte ich ihn eintauschen mögen, vor allem nicht gegen eine längere Ruhepause in dieser Holzkiste, die in meinem Salon steht."

Alle lachten. Der alte Herr wartete, bis es wieder still geworden war, ehe er fortfuhr.

„Nachdem ihr alle hier versammelt seid, möchte ich die Gelegenheit wahrnehmen und etwas bekannt geben, worauf einige von euch schon lange gewartet haben. Miss Elise mag es nicht zugeben, aber dieser Unfall hat sie so geschockt, dass sie sich nicht mehr von mir nach Hause fahren lässt. Deshalb hat sie den Entschluss gefasst, bei mir einzuziehen."

„Aber Lewis ..." protestierte Miss Elise errötend.

„Stimmt es etwa nicht?" fragte er. Seine Augen blitzten, als er ihr den Gipsarm um die Schultern legte.

„Nein, das weißt du ganz genau", erwiderte sie tadelnd, jedoch nicht ohne Koketterie.

„Oh ja, richtig." Er tat so, als ginge ihm plötzlich ein Licht auf, ehe er aufsah und strahlend in die Runde blickte. „Wir werden natürlich erst heiraten."

Im Chor gratulierte man dem Paar, und dann redeten alle durcheinander, und die Kuchenplatten leerten sich mit erstaunlicher Geschwindigkeit. Doch schon bald, noch ehe Mr. Lewis sichtbar zu ermatten begann, erklärten die Gäste einer nach dem anderen, dass es Zeit zum Gehen sei. Daraufhin wurden wieder Hände geschüttelt, man umarmte sich, und es folgte ein allgemeiner Aufbruch.

Miss Elise war eine der Letzten, die ging. Sie gab ihrem frisch Verlobten einen zarten Kuss und ließ sich dann von Roan nach Hause fahren. Regina und Luke blieben zurück, weil Kane seinen Cousin gebeten hatte, ihm dabei zu helfen, den Patienten in sein Schlafzimmer im ersten Stock zu bringen. Während die beiden Männer und Tante Vivian den alten Herrn zur Treppe führten, begann Regina Tassen, Teller und Gläser zusammenzuräumen.

„Lassen Sie das Zeug stehen, Liebes", sagte Tante Vivian über die Schulter. „Das mache ich später."

Kane, der seinem Großvater gerade die dritte Stufe hinaufgeholfen hatte, blieb stehen und blickte zu Regina hinab. „Aber Sie gehen doch noch nicht, oder?"

„Ich kann erst gehen, wenn Luke so weit ist", erwiderte sie, ungeschickt einen Stapel Tassen und Untertassen balancierend.

„Ich habe sie hergefahren", erklärte Luke, der den Patienten von der anderen Seite stützte.

Kane warf seinem Cousin einen schnellen Blick zu. Man sah ihm an, dass er nicht erfreut war über die Auskunft. An Regina gewandt, sagte er: „Ich bin gleich wieder da."

Es klang fast wie eine Drohung, was Regina jedoch zu ignorieren versuchte. Dass Mr. Lewis ihr zuwinkte, ehe er langsam mit seinen Begleitern die Treppe weiter hinaufstieg, machte ihr Mut.

Tante Vivian kam als Erste wieder zurück. Das warme Lächeln, mit dem sie Regina ansah, ließ sie um Jahre jünger wirken.

175

„Ich habe Mr. Lewis den Jungs überlassen. Ich denke, das wird ihm angenehmer sein. Möchten Sie noch Kaffee?"

Regina lehnte das Angebot dankend ab. „Glauben Sie, er wird sich wieder völlig erholen?"

„Aber sicher. Noch ein paar Tage Bettruhe, und er ist wieder ganz der Alte. Bis auf den Arm natürlich, der braucht eine Weile, um zu heilen. Mr. Lewis hat Glück gehabt."

„Ja", sagte Regina und war froh, dass Kanes Tante nicht wusste, wie viel Glück der alte Herr gehabt hatte.

„Er ist ein zäher alter Bursche. Manchmal denke ich, er ist widerstandsfähiger als wir alle." Vivian lachte leise. Mit einer Handbewegung bedeutete sie Regina, sich auf die Couch zu setzen, um sich dann seufzend neben ihr niederzulassen. „Er bezieht seine Kraft aus all den guten Werken, die er tut, aus der Freude, die es ihm bereitet, anderen Menschen über schwere Zeiten hinwegzuhelfen. Dass Miss Elise hätte verletzt sein können, machte ihm nach dem Unfall am meisten zu schaffen."

„Er scheint ein bemerkenswerter Mann zu sein", sagte Regina.

„Allerdings, und zwar in jeder Hinsicht. Sie würden staunen, was er sich so alles geleistet hat. Er redet immer gern davon, wie wild Kane als Junge war. Aber ich kann Ihnen versichern, dass diese Wildheit nicht allein ein Erbteil der Benedicts ist."

Es widerstrebte Regina, die Geschwätzigkeit von Kanes Tante für ihre Zwecke auszunützen, aber die Gelegenheit war zu günstig. Sie musste sie einfach wahrnehmen. „Das kann ich mir kaum vorstellen", sagte sie. „Mr. Lewis wirkt auf mich wie der perfekte Gentleman."

„Ich gebe zu, es fällt schwer, sich ihn anders vorzustellen. Aber er war ein ziemlicher Frauenheld, ehe er Mary Sue heiratete.

Es gibt da so einige Geschichten über ihn. Zum Beispiel sollen er und sein Vater in den frühen dreißiger Jahren dabei geholfen haben, einen Mord zu vertuschen."

„Tatsächlich?" sagte Regina überrascht. „Und jeder weiß davon?"

„Oh nein! Ich habe nur davon gehört, weil die Familie meines Mannes damit zu tun hatte."

„Die Benedicts." Regina erwähnte den Namen nur, um sicherzugehen, dass sie die Story richtig mitbekam.

„Genau. Ich bin nicht über alle Einzelheiten informiert, aber so viel ich weiß, hat irgendein Kerl einer Benedict-Frau nachgestellt. Es machte ihn verrückt, dass sie nichts von ihm wissen wollte, und eines Abends hat er ihr aufgelauert. Als man sie fand, war sie halb tot. Die Benedict-Männer stellten dem Angreifer nach – so wurden diese Dinge damals geregelt. Er schoss, als er sie kommen sah. Bei dem folgenden Feuergefecht wurde er getötet. Am nächsten Tag, so heißt es, brachte Cromptons Bestattungsinstitut bei dem Begräbnis der alten Oma Murphy zwei Särge übereinander in einem Grab unter. Sollten die Murphys die arme Seele jemals exhumieren, wären sie mit Sicherheit schockiert, wenn sie sähen, mit wem die Oma all die Jahre geschlafen hat."

Regina musste lächeln über Vivians drolligen Gesichtsausdruck. So tragisch der Vorfall sein mochte, lag er doch schon so lange zurück, dass er bloß noch eine ferne Legende war. Würde die Geschichte, die sie gerade gehört hatte, Mr. Lewis selbst, und nicht seinen Vater betreffen, hätte Gervis vielleicht etwas damit anfangen können. Aber so war sie leider nicht zu gebrauchen.

„Es ist bestimmt ein verantwortungsvoller Beruf, so ein Beerdigungsinstitut zu führen", sagte sie vorsichtig.

„Oh ja", meinte Tante Vivian. „Die Leute haben die merk-würdigsten Wünsche."

„Wieso?"

„Einige wollen mitsamt ihrem Schmuck, andere mit Familien-fotos begraben werden. Eine Witwe verlangte, dass man ihr die Totenmaske ihres Mannes mit in den Sarg legte. Und dann war da der Mann mit dem Pharao-Komplex, der seine Katze mit ins Jen-seits nehmen wollte. Da Mr. Lewis als Katzenliebhaber es niemals über sich gebracht hätte, das arme Tier zu töten, ließ er diesen Wunsch einfach unter den Tisch fallen."

„Das kann ich gut verstehen", meinte Regina.

„Einen anderen, sehr ungewöhnlichen letzten Wunsch jedoch erfüllte er, weil er ihn tief berührte. Eine Frau aus Turn-Coupe hatte einen Streit mit ihrem Liebsten, worauf sie ihm davonlief und den falschen Mann heiratete. Sie war ihm ihr Leben lang eine gute Ehefrau. Aber als sie Krebs bekam und wusste, dass sie nicht mehr lange zu leben hatte, bat sie Mr. Lewis, sie an der Seite des Mannes zu begraben, den sie nie aufgehört hatte zu lieben, ihren Liebsten, der ein Jahr vor ihr gestorben war. Als die Zeit kam, er-klärte Mr. Lewis, sie habe auf einem geschlossenen Sarg bei der Trauerfeier bestanden, beförderte einen leeren Sarg in die vorge-sehene Gruft und bettete die Frau neben ihrem Geliebten zur ewigen Ruhe."

„Und die Familie ist nie dahinter gekommen?" fragte Regi-na gespannt. Die Story war interessant, selbst wenn sich damit nicht viel anfangen ließ. Oder vielleicht doch? Konnten Gervis' Anwälte die Geschichte vielleicht so verdrehen, dass sich ein Fall von arglistiger Täuschung oder Betrug daraus konstruieren ließ?

„Nein, so viel ich weiß, nicht. Ich bin sicher, es hätte Folgen gehabt, wäre die Sache ans Licht gekommen. Aber jetzt sehen Sie vielleicht, mit was für einem großartigen Menschen Sie es zu tun haben?" Mit geneigtem Kopf blickte Vivian sie an.

Oh ja, das hatte Regina längst gemerkt. Mr. Lewis war viel zu gutherzig und zuvorkommend. Es war ihr eine grässliche Vorstellung, Verrat an ihm begehen zu müssen. Und fast noch mehr machte es ihr zu schaffen, dass sie auch seinem Enkel, der ihm so ähnlich war, damit schaden würde. Vorausgesetzt natürlich, das Geheimnis, das sie gerade erfahren hatte, würde ihrem Cousin für sein Vorhaben genügen. Was sie für sehr fraglich hielt.

Hinter ihnen kam Kane leise die Treppe herunter. „Luke bleibt bei Pops, bis er eingeschlafen ist, was nicht allzu lange dauern dürfte", sagte er zu seiner Tante. „Du bist doch auch ziemlich erschöpft. Warum legst du dich nicht hin, während ich mit Regina noch einen Spaziergang zum See herunter mache?"

Vivian Benedict blickte ihren Neffen prüfend an. Offenbar sah sie etwas in seinen Zügen, das Regina entging, denn sie widersprach seinem Vorschlag nicht. Freundlich dankte sie Regina, dass sie gekommen war, und meinte, man sähe sich ja dann bei ihrem nächsten Besuch. Dann zog sie sich zurück.

Kane bedeutete Regina, in die große Eingangshalle hinauszugehen, die zu den hohen Flügeltüren im hinteren Teil des Hauses führte, um dann neben ihr herzugehen, als sie die angedeutete Richtung einschlug. Als er die Tür für sie aufhielt, berührte sie aus Versehen mit der Schulter seine Brust. Unwillkürlich zuckte sie zusammen. Sie war so angespannt, dass ihre Nerven zu vibrieren schienen. Ihr ganzer Arm prickelte bei der Berührung, und fast wäre sie zurückgewichen. Unter den gegebenen Umständen konnte sie seinen Wunsch nach einem Gespräch unter vier Augen kaum ablehnen. Sie war sogar dankbar, dass es ihr erspart blieb, das Zusammentreffen selbst herbeizuführen. Trotzdem fragte sie sich beunruhigt, was er wohl von ihr wollte.

„Sie wohnen also auch am See?" fragte sie, um das angespannte Schweigen zwischen ihnen zu brechen.

„Nicht so unmittelbar wie Luke", erwiderte er. „Mein Urgroßvater, der dieses Haus baute, wollte lieber näher an der Straße sein und das Hinterland für den Zuckerrohranbau nutzen."

„Irgendjemand, ich glaube, es war April, erzählte mir, Sie hätten als Teenager auf den Feldern gearbeitet."

„Ich nehme an, das war nicht alles, was sie Ihnen erzählte."

Regina warf ihm einen schnellen Seitenblick zu. „Nein, sie erwähnte auch die Geschichte mit dem Spitznamen."

Er schüttelte verärgert den Kopf und vergrub die Hände in den Hosentaschen.

Regina betrachtete seinen verschlossenen Gesichtsausdruck. „Mir scheint, Sie sind nicht besonders glücklich über diesen Namen", bemerkte sie.

„Wenn April endlich aufhören würde, überall herumzuerzählen, wie sie ihn mir verpasste, bestünde zumindest die Chance, dass er irgendwann in Vergessenheit gerät."

„Ich finde ihn interessant, echt cool", erklärte Regina.

„Cool ...", wiederholte er in gequältem Ton.

„Und so anschaulich", fügte sie hinzu, wobei sie sich nur mühsam ein Lächeln verkniff.

„Woher wollen Sie das wissen?" Sie hatten einen kiesbestreuten Weg erreicht, der sich an einigen kleineren Nebengebäuden vorbeischlängelte und zwischen den Bäumen hindurch zum Wasser hinunterführte. Kane blieb stehen, um Regina vorausgehen zu lassen.

180

„Das war nur so eine Vermutung." Während sie an ihm vor-beiging, nahm sie flüchtig seine unbewegte Miene wahr.

„Sie hätten sich nicht mehr täuschen können", erwiderte er mit Nachdruck.

Regina suchte krampfhaft nach irgendeiner Antwort, doch ihr fiel nichts ein. Einen Moment folgten sie schweigend dem Weg. Sie kamen an den Nebengebäuden vorbei, die Kane ihr als altes Räucherhaus, einen Traktorschuppen und eine Scheune be-schrieb. Als sie ein kleines Waldstück erreichten und im kühlen Schatten der Bäume weitergingen, fragte sie schließlich: „Warum führen Sie mich hierher? Bezwecken Sie etwas Bestimmtes da-mit?"

„Oh ja", sagte er.

„Und was, wenn ich fragen darf?"

„Bewegung, Entspannung, Zeitvertreib – Sie dürfen sich aus-suchen, was Ihnen am besten gefällt."

Sie glaubte ihm nicht. Zumal etwas in seinem Ton sie aufhor-chen ließ – etwas, das wie ein Anflug von Bedauern klang. Unsi-cher geworden, öffnete sie den Mund, um eine Erklärung von ihm zu verlangen, als sie plötzlich hörte, wie beim Haus ein Wagen angelassen wurde. Sie blieb stehen. „Ist das nicht Lukes Jeep?"

„Nur keine Panik", sagte er, während er neben sie trat. Ruhig blickte er sie an. „Ich sagte Luke, dass ich es übernehmen würde, Sie zum Motel zurückzufahren."

„Ach, tatsächlich? Das war aber nett von Ihnen, nett und an-maßend."

„Nicht wahr?" gab er gelassen zurück.

„Sie hätten mich wenigstens fragen können."

In seinen Augen lag ein mutwilliges Blitzen, als er sie ansah und gleich darauf weiterging. Über die Schulter sagte er: „Und das Risiko eingehen, dass Sie mir eine Abfuhr erteilen? Nie und nimmer."

„Das ist doch wohl ..." Sie war so verärgert, so wütend, dass sie keine Worte fand.

„Chauvinistisch, ungehörig, roh und ungehobelt?" schlug Kane ihr ein paar Worte zur Auswahl vor.

„So ungefähr."

„Okay, tun Sie sich keinen Zwang an. Sie brauchen keine Rücksicht auf meine Gefühle zu nehmen."

Regina starrte ihm nach. Ihr erster Impuls war, sich zu weigern, auch nur einen Schritt weiterzugehen. Doch was hätte sie damit gewonnen?

„Ich werde mich hüten, auf irgendetwas Rücksicht zu nehmen", erklärte sie und stürmte hinter ihm her. „Was sind Sie bloß für ein Typ? Mag sein, dass Sie Frauen kennen, die sich von Ihrem Macho-Gehabe beeindrucken lassen, aber ich habe nichts dafür übrig. Ich möchte jetzt in mein Motel zurück, falls Sie nichts dagegen haben."

„Aber ich habe etwas dagegen."

Kane blieb erst stehen, als sie das Seeufer erreichten, das hier genauso aussah wie an jener Stelle, wo Regina bei ihrem ersten Ausflug zum See den Fischreiher auffliegen sah. Der einzige Unterschied bestand in dem stabilen überdachten Anlegeplatz, der, auf Pfählen ruhend, wie ein Haus aufs Wasser hinausgebaut war. Vier Fischerboote, alle mit Außenbordmotoren ausgerüstet, waren daran vertäut, zwei leichtere aus Aluminium, zwei größere aus glasfaserverstärktem Kunststoff.

„Ich habe gesagt, ich möchte zum Motel zurück", erklärte Regina, als Kane sich zu ihr umdrehte. Verärgerung und eine unterschwellige Angst, dass ihr Plan, wieder eine Annäherung zwischen ihnen herbeizuführen, zu gut funktionieren könnte, hatten ihre Angriffslust geweckt. „Wenn Sie mich nicht hinfahren, werde ich eben allein hinfinden."

„Das glaube ich kaum."

„Oh doch, ich werde es Ihnen beweisen." Damit drehte sie sich auf dem Absatz um und eilte davon.

Er bewegte sich so geräuschlos, dass sie ihn nicht kommen hörte, so schnell, dass ihr keine Zeit zum Reagieren blieb. Im einen Moment marschierte sie los, im nächsten packte er sie mit seinen harten Armen und hob sie hoch, wirbelte mit ihr herum, so dass ihr fast schwindelig wurde, und trug sie zum Anlegeplatz zurück.

In den ersten Schrecksekunden war Regina wie erstarrt. Doch dann begann sie sich zu wehren, wand sich in seinen Armen und stemmte sich gegen seine Brust. Aber es half ihr nichts. Kane dachte nicht daran, seinen eisernen Griff zu lockern. Die Planken des Docks knarrten unter seinen Schritten, als er mit grimmiger Miene, die Lippen zu einer schmalen Linie zusammengekniffen, zielstrebig zum Ende des Steges ging, wo die Boote lagen. An der äußersten Kante blieb er stehen.

Als sie unter sich nur noch Wasser sah, stellte Regina den Kampf ein. Kane lockerte seinen Griff ein wenig. Sie reagierte darauf, indem sie sich ängstlich an seinem Hemdkragen festklammerte.

„Keine Angst, ich werde Sie nicht ins Wasser werfen, obwohl die Idee mich reizen könnte", sagte er schroff. „Aber wir werden eine kleine Bootstour unternehmen. Ich darf vielleicht eine Warnung vorausschicken: Wenn Sie nicht wollen, dass wir kentern, sollten Sie Ihre Gegenwehr einstellen."

„Was haben Sie vor?" Es war ihr peinlich, dass ihre Stimme so

183

rau klang. Und noch peinlicher war ihr das Zittern, das durch ihren Körper lief. Um ihn nicht ansehen zu müssen, hielt sie den Blick starr aufs Wasser gerichtet.

Kane schwieg einen Moment. „Das werden Sie schon sehen", sagte er dann knapp.

Er wandte sich um und ging mit ihr zum größten der vier Boote. Vorsichtig setzte er sie auf dem Steg ab. Während er mit hartem Griff ihren Arm fest hielt, sprang er ins Boot und hob sie dann herüber, um sie auf die mittlere Sitzbank zu verfrachten. Das niedrige Boot schwankte so gefährlich, dass Regina sich mit beiden Händen an der Seitenwand festklammerte. Kane nutzte diesen Moment, um die Leinen zu lösen und sich vom Steg abzustoßen. Mit zwei Schritten war er im Heck, um den Motor anzuwerfen. Und dann fuhren sie los, glitten übers Wasser, unter den tief hängenden Zweigen der Zypressen hindurch auf einen der Kanäle des Sees.

Regina überlegte kurz, ob sie schreien sollte, verwarf dann aber den Gedanken. Es wäre eine unnötige Anstrengung gewesen, weil ja doch niemand in der Nähe war, der sie hören konnte. Sie hätte über Bord springen und ans Ufer zurückschwimmen können. Aber die Entfernung nahm mit jeder Sekunde zu, und sie war keine besonders ausdauernde Schwimmerin. Außerdem schreckten sie die vielen Baumstümpfe ab, die aus dem Wasser herausragten. Und wer sagte ihr, dass Kane nicht umdrehen und sie ins Boot zurückzerren würde? Sekundenlang musste sie gegen den verrückten Impuls ankämpfen, aufzuspringen und ihn in den See zu stoßen. Weil sie jedoch befürchtete, dass sie bei einem solchen Manöver ebenfalls im Wasser landen würde, nahm sie lieber Abstand von der Idee. Still blieb sie sitzen und versuchte sich damit zu beruhigen, dass Kane sie in keiner Weise bedroht hatte.

Vermutlich nahm er sie nur auf diese Spritztour mit, um sich wieder einmal als Macho aufzuspielen.

Eines aber wusste sie inzwischen mit Sicherheit. Kane Benedict war doch anders als sein Großvater. Im Gegensatz zu dem alten Herrn konnte man ihn kaum als Gentleman bezeichnen.

„Wohin bringen Sie mich?" Sie presste die Hände auf den gepolsterten Sitz, damit Kane nicht merkte, wie sehr sie zitterten.

Wieder beschied er sie nur mit einem knappen: „Das werden Sie schon sehen", und konzentrierte sich ansonsten darauf, das Boot durch einen weiteren Kanal zu steuern, der sich vor ihnen auftat.

„Finden Sie nicht, ich habe ein Recht darauf, es zu erfahren?" beharrte Regina.

Er sah sie an. Sein Blick war unergründlich. „Soll ich Ihnen etwa die Überraschung verderben?"

Sein gleichmütiger Ton hätte sie eigentlich beruhigen sollen. Stattdessen machte das tiefe Timbre in seiner Stimme ihr Angst. „Ich mag keine Überraschungen", gab sie mühsam beherrscht zurück.

„Nein?" Er kniff die Augen zusammen und blickte dann wieder geradeaus. „Ich dachte doch."

Was wollte er damit sagen? Und was mochte das für eine Überraschung sein, von der er sprach? Wollte er ihr wirklich nur etwas zeigen, oder hatte er etwas anderes vor? Unsicher rutschte sie an die Kante ihres Sitzes. Sie traute ihm eigentlich nichts Böses zu. Andererseits war da die Sache mit dem Sarg. Und hatte sie sich nicht schon einmal in einem Mann getäuscht, damals, vor so vielen Jahren?

Aus Angst, naiv und dumm zu erscheinen, hatte sie sich nicht dagegen gewehrt, dass man sie an einen Ort brachte, wo sie nicht hingehen wollte. Und jetzt wollte sie nicht hysterisch wirken. Komisch, wie wenig sie sich verändert hatte.

Der See lag ruhig da. Nur hin und wieder kräuselte ein Windhauch seine Oberfläche, oder ein Wasservogel hinterließ eine pfeilförmige Spur in ihr. Im dunklen Wasser spiegelte sich der Himmel, auf den die immer tiefer am Horizont versinkende Sonne ihr feuriges Farbenspiel malte. Die hohen Zypressen am Seeufer streckten dem Himmel in einer flehenden Gebärde ihre flachen Zweige entgegen. Regina blickte sich um. Tief durchatmend, versuchte sie die Ruhe zu bewahren. Aber es gelang ihr nicht.

Sie waren ganz allein hier draußen auf dem See. Zwar sah sie einige Fischer, die in ihren Booten am Ufer entlangtuckerten und Barsche fingen, und einmal preschte ein Rennboot mit einer gewaltigen Kielwelle an ihnen vorbei. Ein weiteres Fischerboot kreuzte ihren Weg, um in irgendeinem anderen Kanal zu verschwinden.

Immer tiefer steuerte Kane das Boot in den aus einem Labyrinth von Kanälen bestehenden See hinein. Anfangs versuchte Regina sich die verschiedenen Abzweigungen zu merken. Aber bald verlor sie jegliche Orientierung, weil sie alle gleich aussahen. Die Bootsfahrt wurde zu einem endlosen Einerlei aus Bäumen und Wasser, Sumpfgras, treibenden Wasserlinsen und Teppichen von Sumpfblumen. Irgendwann wurden die überhängenden Zweige wieder dichter, was Kane jedoch nicht zu stören schien. Das Boot geschickt darunter hindurchsteuernd, folgte er dem gewundenen Wasserweg wie einem vertrauten Pfad. Ein paar Mal passierten sie seltsame Pfahlbauten, die als menschliche Behausung zu klein, als Nistkästen jedoch viel zu groß waren. Regina vermutete, dass es sich um eine Art Hochstand für die Entenjagd handelte, denn sie hatte auf Lukes Party gehört, wie sich die Männer darüber unterhielten.

Kurz nachdem sie an dem ersten Hochstand vorbeigekommen waren, steuerte Kane einen Pfahlbau an, der größer war als die anderen. Er manövrierte das Boot an den Stelzen vorbei direkt darunter und stellte den Motor ab. Mit wenigen geübten Handgriffen vertäute er das Boot am Fuß einer Leiter, die zu einer Art Falltür über ihren Köpfen führte. Sich aufrichtend, stieß er die Tür auf und klappte sie nach innen zurück.

„Da wären wir", sagte er und trat zur Seite. „Klettern Sie hinauf. Ich halte das Boot fest."

Reginas erster Impuls war, sich zu weigern. Doch das hatte ihr bisher nichts eingebracht, und sie ahnte, dass es ihr auch jetzt nichts nützen würde. Zwar kniff sie unwillig die Lippen zusammen, aber sie erhob sich ohne Widerspruch und erklomm vorsichtig die erste Sprosse. Hinter ihr schwang sich Kane auf die Leiter. Weil er ihr viel zu dicht auf den Fersen war, kletterte sie schneller. Sie hatte den Raum kaum erreicht und sich aufgerichtet, da stieg Kane durch die Luke. Mit einem Knall schlug er die Falltür hinter sich zu. Dann richtete er sich auf und drehte sich zu Regina um.

Im Zwielicht des Raumes erschienen ihr seine Züge maskenhaft starr. Sekundenlang spürte Regina die alte Panik in sich aufsteigen. Wieder einmal war sie mit diesem Mann in einer Holzkiste eingesperrt, wenn auch diesmal in einer etwas geräumigeren. Um sie herum war nichts als Wasser und Sumpf. Die Sonne ging bereits unter. Bald würde es dunkel sein, und sie saß hier in der Falle, allein und verlassen und ohne jede Möglichkeit, sich gegen die Bedrohung zu verteidigen, der sie sich ausgeliefert hatte.

187

Sie schluckte den Angstschrei herunter, ehe er ihr über die Lippen kommen konnte. Verzweifelt versuchte sie sich auf ihre Umgebung zu konzentrieren, auf das raue Holz der Wände, auf den Luftzug, der ihr übers Gesicht strich, auf das leise Klatschen, mit dem das Wasser an die Pfähle und das Boot schlug. Um sich zu beruhigen atmete sie ein paar Mal tief ein und aus.

Als sie sich etwas genauer im Raum umsah, bemerkte sie, dass er eigentlich gar nicht so klein war. In einer Ecke stand eine Metallkiste, daneben ein Gerät, das aussah wie ein Gasöfchen. Drei der Seitenwände waren in der Mitte mit Scharnieren versehen. Regina vermutete, dass sie bei der Entenjagd heruntergeklappt wurden, damit man aus allen Richtungen auf die Vögel zielen konnte. Interessant fand sie, dass der Raum nicht völlig überdacht war, dass man in der einen Hälfte den offenen Himmel über sich hatte, während die andere Zuflucht vor schlechtem Wetter bot.

All ihren Mut zusammennehmend, begegnete sie Kanes Blick. „Ist das die Überraschung?" fragte sie gepresst, weil ihr die Stimme kaum gehorchen wollte.

„Sozusagen."

„Nun, ich habe alles gesehen. Wir können wieder zurückfahren." Als sie auf die Falltür zutreten wollte, verstellte Kane ihr den Weg. Seine Schultern erschienen ihr doppelt so breit wie sonst, als er sich mit gespreizten Beinen über dem Ausgang, dem einzigen Fluchtweg, aufpflanzte. „Nicht so eilig", sagte er.

Regina blieb stehen. Sie zog es vor, ihm nicht zu nahe zu kommen, ihn nicht zu berühren. Sein harter Ton machte ihr Angst. Sie spürte, wie sie Herzklopfen bekam. Nervös strich sie sich mit der Zunge über die Lippen. „Haben Sie noch mehr Überraschungen auf Lager?"

„Aber ja." Er legte die Hände auf die Hüften. Keinen Zentimeter rührte er sich vom Fleck.

„Nun?"

„Jetzt werden wir miteinander reden."

„Ich mag mich täuschen, aber ich dachte, wir hätten miteinander geredet."

„Diesmal bestimme ich das Thema", erklärte er mit Nachdruck.

Regina trat an die Wand zurück, lehnte sich dagegen und verschränkte die Arme vor der Brust. Betend, dass ihre Stimme nicht zittern möge, sagte sie: „Das hört sich ja interessant an."

„Allerdings. Lassen Sie uns mit der Frage beginnen, was Sie vor drei Tagen mit Slater draußen vorm Motel zu besprechen hatten."

Sie zögerte einen Moment zu lange mit ihrer Antwort, aber sie versuchte es trotzdem. „Ich weiß nicht, wovon Sie reden."

„Oh doch, ich denke schon, dass Sie es wissen. Sie wurden nämlich beobachtet."

Regina spürte, wie ihr Schweißperlen auf die Stirn traten. „Derjenige, der Ihnen das sagte, muss sich getäuscht haben."

„Das glaube ich kaum."

Betsy, dachte Regina entmutigt. Betsy muss es gewesen sein. Sie hätte eigentlich damit rechnen müssen, dass eine so naseweise Person wie die Motelbesitzerin sie beobachten würde. Und wäre sie nicht so aufgebracht gewesen, hätte sie gewiss daran gedacht. „Wenn Sie es unbedingt wissen wollen", sagte sie geistesgegenwärtig, „ging der Typ mir allmählich auf die Nerven. Deshalb beschloss ich herauszufinden, warum er mir hinterherspioniert."

„Und? Hat er es Ihnen gesagt?"

Sein skeptischer Blick ärgerte sie. Doch sie konnte ihm

schlecht erklären, dass Slater eine Konkurrentin in ihr sah. „Ich denke, ich konnte ihn davon überzeugen, dass es ihm nichts bringt, mich zu beobachten."

„Sie lügen", sagte Kane ruhig.

„Nein, ich ..."

„Doch", unterbrach er sie. Er trat einen Schritt auf sie zu, dann noch einen. „Sie haben die ganze Zeit gelogen. Aber ich weiß, wie ich die Wahrheit aus Ihnen heraushole, hier und jetzt, ein für alle Mal."

Er kam ihr zu nahe, viel zu nahe. Sie versuchte ihm auszuweichen, doch er streckte die Hand aus, packte ihren Arm und hielt sie fest, um dann so dicht vor ihr stehen zu bleiben, dass er mit dem Oberkörper ihre Brüste berührte. Als Regina sich wegzudrehen versuchte, stützte er die Hände rechts und links von ihrem Kopf an der Wand ab und beugte sich langsam vor, bis seine Wange ihre streifte und sein warmer Atem über ihre Lippen strich.

„Nicht!"

„Nicht, was?" flüsterte er. „Soll ich Sie nicht berühren? Oder soll ich nicht damit rechnen, dass Sie mir geben, was ich von Ihnen will?"

Seine Nähe faszinierte und ängstigte sie gleichermaßen. Sie wollte gelassen bleiben, doch es gelang ihr nicht. Die Ironie ihrer Situation traf sie wie ein Schlag. Da hatte sie Sex als Mittel zum Zweck einsetzen wollen, und jetzt erschien es ihr, als hätte Kane genau dasselbe vor. Und das Schlimmste daran war, dass er im Gegensatz zu ihr wie ein Experte dabei vorging. Mit einem Unterschied. Nicht ihre Schwäche für seine Verführungskünste wollte er sich zu Nutze machen, sondern ihre Angst davor, ihren Horror vor Intimität in engen, abgeschlossenen Räumen.

Er kam ihr noch näher, strich mit den Lippen über ihre Wange und atmete dabei tief ein, als wolle er ihren Duft in sich aufnehmen. Überwältigt von seiner Nähe, von der Kraft und der Hitze seines Körpers, vergaß Regina ihren Widerstand. Sinnliche Wahrnehmungen setzten ihre Instinkte außer Kraft. Bis Kane sich plötzlich enger an sie presste und sie den harten Druck seines Verlangens spürte.

Die Panik überfiel sie schlagartig. Die Arme hochreißend, rammte sie ihm die Ellbogen in die Rippen. Dann stieß sie ihn von sich weg. Völlig unvorbereitet auf den Angriff, taumelte er einen Schritt zurück. Regina nützte den günstigen Moment, um zur Falltür zu hechten. Sie bückte sich gerade nach dem Griff, da bekam Kane sie zu fassen. Jetzt war sie es, die taumelte. Im nächsten Augenblick verlor sie das Gleichgewicht und stürzte mit einem Schrei zu Boden.

Und dann war Kane über ihr und presste sie mit seinem Gewicht so hart auf den Boden, dass ihr fast die Luft wegblieb. Noch ehe sie wusste, wie ihr geschah, wurde sie auf den Rücken gedreht. Sein Knie über ihre Beine schiebend, packte Kane ihre Handgelenke und hielt sie rechts und links von ihrem Kopf fest.

Mit geschlossenen Augen lag Regina da. Verzweifelt konzentrierte sie sich aufs Atmen. Das Blut rauschte ihr in den Ohren. Wie ein Echo ihres eigenen spürte sie Kanes harten, schnellen Herzschlag. Immer wieder bäumte sie sich in panischer Angst unter ihm auf, wand sich unter seinem Gewicht und versuchte ihn von sich abzuwerfen.

Schließlich beugte Kane den Kopf, bis seine Lippen ihren Mund berührten. „Okay", sagte er mit aufreizender Ruhe, „wo waren wir stehen geblieben?"

11. KAPITEL

„Nicht", flüsterte Regina.

„Warum nicht? Nennen Sie mir einen Grund", erwiderte Kane leise. Mit jeder Silbe, die er sprach, berührten seine Lippen ihren Mund und schienen dabei jedes Mal einen winzigen elektrischen Schlag auszulösen.

„Anstand?" Sie hätte schwören können, dass er ihn besaß. Und so appellierte sie verzweifelt daran.

Sie spürte sein Zögern. Doch dann schüttelte er den Kopf. „Ich muss die Wahrheit erfahren, und ich sehe keine andere Möglichkeit, sie Ihnen zu entlocken. Versuchen Sie es noch einmal."

„Sie wissen nicht, was ... was Sie mir antun."

Sein Lachen klang rau. „Wenn es vergleichbar ist mit dem, was Sie mir antun, dann dürfte es seine Wirkung nicht verfehlen."

Die Schwingungen seiner sonoren Stimme vibrierten in Zonen ihres Körpers, die durch den engen Kontakt ohnehin schon unter Hochspannung standen. „Ich weiß nichts!" rief sie mit erstickter Stimme.

„Irgendwie fällt es mir schwer, das zu glauben."

Regina versuchte die kalten Schauder zu unterdrücken, die ihr über den Rücken liefen, die Dunkelheit zurückzudrängen, die sie zu überwältigen drohte. Aber sie wusste schon vorher, es würde ihr nicht gelingen. „Lassen Sie mich los", stieß sie hervor. „Wir können ... im Stehen reden."

„Das versuchte ich bereits, und es hat nichts gebracht. Deshalb probiere ich es jetzt im Liegen."

Der viel sagende Unterton jagte ihr nur noch mehr Angst ein. „Bitte, Sie müssen mich ..."

„Je schneller Sie mir antworten, desto eher lasse ich Sie los. Sie können damit anfangen, indem Sie mir erzählen, was Sie in Wirklichkeit nach Turn-Coupe geführt hat."

„Sie wissen, weshalb ich hier bin."

Er schüttelte langsam den Kopf. „Ich weiß, welchen Grund Sie angegeben haben", erwiderte er, um sich gleich darauf über sie zu beugen und spielerisch mit der Zunge über ihre Lippen zu streichen. „Aber ich weiß nicht, wer Sie geschickt hat."

„Niemand." Ihre Stimme klang heiser. Hastig wandte sie den Kopf ab. „Ich wurde Ihrem Großvater als Expertin für viktorianischen Schmuck empfohlen."

„Sie müssen sich schon etwas Besseres einfallen lassen." Diesmal legte er die Lippen auf ihren Mund und küsste sie.

Regina zitterte vor Verzweiflung. Ihre Lippen prickelten und brannten, und der süße Geschmack seines Mundes ging ihr wie ein starker, berauschender Likör ins Blut. Und dann kam ihr plötzlich ein Gedanke, eine vage Vorstellung, wie sich Kanes Verhalten mit einem Gegenschlag parieren ließ. Die vage Vorstellung verfestigte sich zu einer Idee, die so einleuchtend, so simpel war, dass Regina vor Überraschung den Atem anhielt.

War es nicht ihr Ziel gewesen, sich Kane Benedict zu nähern, um ihn dann nach Informationen für Gervis auszuhorchen? Näher als in diesem Moment konnte sie ihm kaum kommen.

Sie brauchte Selbstbeherrschung, das war die Lösung! Sie musste ihre alten Ängste besiegen, ihre Abwehrhaltung aufgeben, ihre Reaktionen überdenken. Dies war nicht der Mann, der sie missbraucht und verletzt hatte. Und selbst wenn Kane sie fest hielt und sie gegen ihren Willen küsste, lag es ihm fern, ihr wehzutun. Wenn es ihr gelingen würde, die Vergangenheit zu vergessen, wenn sie sich entspannte und die Sache einfach nur als ein

Kräftemessen betrachtete, dann konnte sie ihr sogar etwas nützen.

Es kostete sie Überwindung, aber sie schaffte es. Sie hörte auf, seinem Mund auszuweichen. Sie gestattete es sich sogar, dem Druck seiner Lippen nachzugeben. Verzweifelt konzentrierte sie sich auf diesen warmen, weichen Druck, auf die Berührung seiner Zunge, auf den Geschmack seines Mundes. Und dabei spürte sie, wie sich ganz allmählich ein Sehnen in ihr auszubreiten begann, wie sich eine süße, lustvolle Lethargie über sie legte und die letzten Reste von Angst verdrängte.

Kane hielt überrascht inne. Er murmelte irgendetwas, ließ ihre Handgelenke los und nahm sie in die Arme, um sie erneut voller Zärtlichkeit zu küssen. Und diesmal ging Regina auf die sinnliche Herausforderung seiner Lippen und seiner Zunge ein. Zaghaft erwiderte sie seinen Kuss, staunend begann sie ihrerseits seinen Mund zu erforschen. Und noch mehr erforschte sie – das Versprechen einer weiteren, sehr viel intimeren Vereinigung.

Kane zuckte zusammen. Schlagartig verspannte sich jeder Muskel in seinem Körper. Er hob den Kopf. Die Verachtung in seinem Blick konnte ihrem, ebenso aber auch seinem eigenen Verhalten gelten. „Was ist Ihre Beziehung zu Gervis Berry?" herrschte er sie an. „Wie fühlt man sich, wenn man fast einen Mann auf dem Gewissen hätte, der keiner Menschenseele je etwas zu Leide getan hat?"

„Ich habe nichts damit zu tun!" schrie Regina, geschockt über diesen unerwarteten Angriff. Die Kehle schnürte sich ihr zusammen. Tränen schossen ihr in die Augen, liefen ihr über die Schläfen und versickerten in ihrem Haar.

„Oh doch, das haben Sie", gab Kane in hartem Ton zurück. „Sie haben Slater auf meinen Großvater angesetzt und es geschickt so eingefädelt, dass er Pops nach der Party folgen und diesen Unfall herbeiführen konnte."

Sein Gesicht begann über ihrem zu verschwimmen. Nur noch als dumpfes Dröhnen nahm sie seine Worte wahr, als die alte Panik schlagartig zurückkehrte. Übelkeit stieg in ihr auf. Sie merkte kaum, wie sie stöhnend den Kopf hin und her warf und immer wieder „Nein! Nein!" schrie.

„Doch", beharrte Kane. Wie zufällig strich er über ihre Brustspitze, ehe seine Hand ihre Brust umfasste. „Sie haben es getan. Warum? Ich will wissen, warum."

Als seine Finger ihre Brust berührten, durchzuckte es Regina wie ein Blitzschlag. Von unsagbarer Wut und Panik getrieben, bäumte sie sich unter ihm auf. Mit unvermuteter Kraft entwand sie sich seinen Armen, stieß ihn von sich und rollte sich dabei von ihm weg. Während Kane unsanft auf dem Ellbogen landete, flüchtete sie in die nächste Ecke, wo sie mit zusammengebissenen Zähnen und blitzenden Augen seinen Gegenangriff erwartete.

Kane richtete sich auf und fuhr herum. Ihre Blicke trafen sich. Auch seine Augen schienen Funken zu sprühen vor Zorn. Lauernd wie ein Raubtier, das zum Sprung ansetzt, stand er da.

Und dann, von einem Moment auf den anderen, war seine Angriffslust plötzlich erloschen.

Sekundenlang verharrten beide regungslos. Dann strich sich Kane übers Gesicht, fuhr sich mit gespreizten Fingern durchs Haar bis in den Nacken herunter. Einen Moment schloss er die Augen. Als er sie wieder aufmachte, war von Wut und Entschlossenheit nichts mehr zu sehen. Nur noch Resignation und Selbstverachtung lagen in seinem Blick.

„Nicht", sagte er leise. „Sehen Sie mich nicht so an."

Regina hob das Kinn. Dabei ließ sie ihn keinen Moment aus

den Augen. Verkrampft wie sie war, gelang es ihr nicht, auch nur ein einziges Wort hervorzubringen.

„Was ist mit Ihnen passiert?" Besorgnis war aus seiner leisen Stimme herauszuhören. „Wer hat es getan und wann? Und warum, um Himmels willen, hat Ihnen niemand geholfen, über die Sache hinwegzukommen?"

„Das geht Sie nichts an." Eigentlich hatte sie ihm gar nicht antworten wollen. Die Worte waren ihr wie von selbst herausgerutscht.

„Ich glaube schon, dass es mich etwas angeht", widersprach er ihr. „Immerhin hätte ich mich fast zu etwas hinreißen lassen, was wir beide bereut hätten."

„Es war Ihre Idee", erwiderte sie scharf.

„Wie hätte ich es denn ahnen sollen?" versuchte er sich zu rechtfertigen. „Mir fiel nur auf, dass Sie offensichtlich eine Abneigung gegen ..."

„Sie erkannten eine Schwäche, die Sie für Ihre Zwecke ausnutzen konnten", unterbrach sie ihn. Nachdem sie ein paar Mal tief eingeatmet hatte, merkte sie, wie ihre Angst nachließ.

Er neigte den Kopf. Ihrem Blick ausweichend, sagte er: „Ich dachte, ich sei zu allem fähig, um Pops zu helfen. Aber ich habe mich getäuscht."

Es war ebenso eine Entschuldigung wie eine Erklärung. Regina war sich nicht sicher, ob sie beides akzeptieren wollte. Obwohl ihr vermutlich gar nichts anderes übrig blieb, sollte sie sich noch eine Weile in Turn-Coupe aufhalten. Wenigstens hatte sie Recht gehabt mit ihrer Vermutung, dass Kane zu anständig war, um sie hinterhältig aufs Kreuz zu legen. Aber das hieß nicht, dass sie es ihm deshalb leichter machen musste. Und so schwieg sie.

In diesem Moment der Stille ließ sich plötzlich ein dumpfer

Schlag unter dem Hochstand vernehmen. Noch vor einer Stunde hätte Regina mit dem Geräusch nichts anzufangen gewusst. Jetzt jedoch erkannte sie es sofort. Das Boot war an einen der Pfähle des Hochstands angestoßen. Auf den Schlag folgte ein leises, rhythmisches Platschen, als ob jemand davonrudern würde. Offenbar waren sie nicht allein in diesem entlegenen Sumpfgebiet des Sees.

Diese Erkenntnis wurde Sekunden später durch das Aufjaulen eines Motors und dann ein gleichmäßiges Tuckern bestätigt. Jemand war unter dem Hochstand gewesen, jemand, der es plötzlich sehr eilig hatte, sich davonzumachen.

Mit zwei Schritten war Kane an der nächsten Wand, schob rechts und links einen Schnappriegel zurück und klappte den oberen Teil der Wand herunter. Die Hände auf die rauen Holzkanten gestützt, beugte er sich vor, um suchend aufs Wasser hinauszublicken. Dabei stieß er eine Serie von Flüchen aus.

„Was ist?" fragte Regina.

Er gab ihr keine Antwort. Stattdessen eilte er zur Falltür, hob sie hoch und klappte sie zurück. Durch die Öffnung schwang er sich auf die Leiter und war im nächsten Moment verschwunden. Als Regina ihm zu der Öffnung im Fußboden folgte und hinunterspähte, sah sie, dass er auf einer der unteren Sprossen stand und sich in alle Richtungen umschaute.

Regina kniete sich hin. Durch die Luke blickte sie aufs Wasser hinunter. Als Kane aufsah und sich ihre Blicke trafen, wurde ihr mit einem Mal die Tragweite der Situation klar. „Das Boot", sagte sie bestürzt, „ist es …"

„Weg. Und die Leine hat sich nicht von selbst gelöst."

„Sie meinen, es wurde gestohlen?" Damit zerschlug sich ihre vage Hoffnung, dass jemand ihnen einen Besuch abstatten wollte,

jemand, der sie aus ihrer unangenehmen Lage hätte befreien können. „Aber wer sollte das tun?"

„Ja, wer wohl? Ich dachte, das könnten Sie mir vielleicht
sagen."

Er stieg wieder die Leiter hinauf. Während sie zur Seite trat,
um ihn vorbeizulassen, erwiderte Regina scharf: „Woher soll ich
das wissen? Dies ist schließlich Ihr Territorium."

„Aber Sie sind diejenige mit den seltsamen Freunden." Oben
angekommen, setzte er sich an den Rand der Öffnung und ließ die
Beine herunterbaumeln.

„Ihre Freunde wissen, wie man diesen Hochstand erreicht.
Und Ihre Verwandten."

Ein Blitzen trat in seine Augen, das gleich darauf wieder verschwand. „Nein, sie würden ihn nicht finden, nicht ohne mich.
Und ich habe bestimmt niemanden beauftragt, mir mein Boot zu
entwenden, damit ich hier mit Ihnen allein sein kann. Nichts läge
mir ferner."

„Glauben Sie etwa, ich habe es arrangiert, dass ich hier mit Ihnen festsitze? Wenn Sie sich das einbilden, sind Sie ein noch düm-
merer Hinterwäldler, als ich dachte!"

Er starrte sie einen Moment an und verzog dann die Mundwinkel zu einem grimmigen Lächeln. „Wenigstens haben Sie Ihre
Frechheit wieder gefunden."

„Das bringt mir nichts", murmelte sie und fürchtete im
nächsten Moment, dass die spontane Äußerung ihn zu gewissen
Rückschlüssen veranlassen könnte. Um ihm keine Zeit zum
Nachdenken zu lassen, fragte sie hastig: „Und was machen wir
jetzt?"

„Was schlagen Sie vor?"

„Keine Ahnung", gab sie gereizt zurück. „Außer, dass ich keine Lust habe, hier herumzusitzen und auf die Dunkelheit zu warten."

Er betrachtete sie interessiert, jedoch ohne größere Besorgnis. „Wenn Sie zurückschwimmen wollen, bitte. Tun Sie sich keinen Zwang an. Aber es ist ein weiter Weg."

„Ist das Ihr einziger Vorschlag?"

„Falls Sie nicht auf dem Wasser wandeln können."

Sie wollte ihm gerade eine passende Erwiderung an den Kopf werfen, als sie sein amüsiertes Lächeln bemerkte. „Das macht Ihnen wohl auch noch Spaß, was? Es ist ein abgekartetes Spiel, nicht wahr? Sie glauben, mich auf diese Art und Weise unter Druck setzen zu können."

Sein Lächeln schwand. „Nein", sagte er. „So weit würde ich nicht gehen."

„Sie können mir viel erzählen. Warum sollte ich Ihnen glauben?"

Er blickte sie durchdringend an. „Weil ich es Ihnen sage."

Sie hielt seinem Blick stand, bis ihre Augen vor Anstrengung brannten. Erst dann senkte sie die Wimpern. „Und wie soll es jetzt weitergehen?"

„Wir warten."

„Worauf?" fragte sie ungeduldig. „Auf das Jüngste Gericht?"

„Auf Luke höchstwahrscheinlich. Wenn uns jemand findet, dann er. Niemand kennt den See und die Sümpfe besser. Und keiner außer ihm wird sich denken können, wo wir sind."

„Wollen Sie damit sagen, dass niemand weiß, wo wir sind?" fragte Regina ungläubig. „Weder Ihre Tante noch Ihr Großvater? Nicht einmal Luke?"

„Einen Ausflug wie diesen hängt man nicht an die große Glocke."

199

Ja, wie wahr, dachte sie. Demnach waren sie also wie Schiffbrüchige hier gestrandet. Es war einfach nicht zu fassen. Im Zeitalter drahtloser Kommunikation rund um den Globus saßen sie mitten in einem sumpfigen See fest, ohne Transportmittel und ohne jede Möglichkeit, Hilfe herbeizurufen.

„Es muss doch irgendetwas geben, was wir tun können!"

„Wir können es uns bequem machen", schlug er gleichmütig vor.

„Bequem!" wiederholte sie frustriert, und nicht ohne Misstrauen.

Er warf ihr einen ironischen Blick zu. Dann sprang er auf und schloss die Falltür. Danach ging er zu der Metallkiste, hob den Deckel hoch und entnahm ihr eine Wolldecke, die er Regina zuwarf. Anschließend förderte er noch zwei kleine Dosen Würstchen, eine Büchse Bohnen, Soft Drinks und Kräcker zu Tage. Das Letzte, was er hervorkramte, war eine Camping-Laterne.

„Allzeit bereit, was?" bemerkte Regina zynisch und ohne jegliche Anerkennung.

„Waren Sie bei den Pfadfindern?" erkundigte er sich, wobei ein amüsiertes Lächeln um seine Mundwinkel spielte.

„Kaum", gab sie zurück. „Dafür waren Sie doch mit Sicherheit bei dem Verein, nicht wahr?"

„Klar", sagte er. „Aber erst später, durch Erfahrung, habe ich gelernt, mich auf Notsituationen einzustellen."

„In den Sümpfen? Oder beim Abschlachten von Zugvögeln?"

„Ich jage", sagte er. „Aber dies ist nicht mein Hochstand. Er gehört Pops."

„Doch er steht Ihnen zur Verfügung, und Sie benutzen ihn nach Lust und Laune. Zu dumm, dass Sie kein Gewehr in dieser

Kiste aufbewahren. Sonst hätten Sie uns eine Ente zum Abendessen erlegen können."

„Es ist die falsche Jahreszeit." Über die Schulter warf er ihr einen Blick zu. „Außerdem ist es hier auf dem Wasser zu feucht. Metall würde über Nacht rosten – wenn ich das Risiko eingehen wollte, eine Schusswaffe hier herumliegen zu lassen."

„Es wäre ja schlimm, wenn sie Ihnen geklaut würde, was?" spöttelte Regina.

Er schloss die Metallkiste und drehte sich um. „Reagieren Sie immer so gereizt, wenn die Dinge nicht nach Ihren Vorstellungen laufen?"

Sie hielt seinem Blick einen Moment stand und fixierte dann einen Punkt über seiner linken Schulter. „Nein, nicht immer."

„Sie brauchen keine Angst vor mir zu haben, falls das Ihr Problem ist. Nicht mit der Feuerzange würde ich Sie inzwischen mehr anfassen."

„Was sind Sie doch für ein Gentleman", bemerkte sie bissig.

Kane betrachtete sie einen Moment. „Ich habe nie behauptet, einer zu sein, schon gar nicht unter den gegebenen Umständen."

Er fühlte sich schuldig. Die Erkenntnis überraschte sie. Und noch erstaunlicher war, dass sie keinen Groll gegen ihn hegte. Sie blickte ihn an. „Gehen Sie nicht zu hart mit sich ins Gericht. Es gibt genug Männer, die keine Rücksicht genommen hätten."

„Und Sie kennen oder kannten einen solchen Mann?"

Regina gab ihm keine Antwort. So brauchte sie seine Vermutung weder zu bestätigen noch zurückzuweisen.

Seine Augen wurden schmal. „Machen Sie sich keine Sorgen. Wie ich schon sagte, Sie haben nichts von mir zu befürchten."

Das hätte sie eigentlich beruhigen sollen, jedoch das Gegenteil war der Fall. Denn seine Rücksichtnahme verriet ihr bloß, dass er

201

viel zu viel von dem erkannte, was sie viel zu lange zu verbergen versuchte.

Kane Benedict war ein gefährlicher Mann, nicht allein deshalb, weil er waghalsig und unberechenbar war und weil ihm nichts entging, sondern vor allem wegen seiner Intelligenz. Hinzu kam, dass er die merkwürdigsten Gefühle in ihr auslöste. Zum Beispiel hatte sie einen kurzen, erstaunlichen Moment lang bedauert, keine weitere Gelegenheit zu haben, sich in Selbstbeherrschung gegenüber seinen Zärtlichkeiten zu üben. Es war kaum zu glauben, aber sie konnte nicht leugnen, dass sie gern herausfinden würde, ob sie an einem weniger abgelegenen Ort, in einer weniger gefährlichen Situation seine Umarmung ertragen könnte. Sie musste wirklich verrückt geworden sein.

Kane schien einen Moment zu zögern, ehe er sich abwandte und an der Laterne herumzubasteln begann, wohl um sich zu versichern, dass sie funktionieren würde, wenn gleich die Dunkelheit hereinbrach. Regina sah ihm eine Weile zu und ließ sich dann ein paar Schritte von ihm entfernt auf dem Boden nieder. An die Wand gelehnt, zog sie die Beine unter ihrem langen weiten Rock an und schlang die Arme um die Knie.

Minutenlang schwiegen beide. Als ihr die Stille unbehaglich wurde, warf sie Kane einen Blick zu und räusperte sich. „Wie lange wird es wohl dauern, bis uns jemand findet?"

„Eine ganze Weile", antwortete er, ohne aufzublicken. „Tante Vivian ist es gewohnt, dass ich zu den unmöglichsten Zeiten komme und gehe. Vor Mitternacht wird ihr kaum auffallen, dass etwas nicht stimmt. Falls sie überhaupt aufwacht. Sie war ziemlich erschöpft."

„Glauben Sie nicht, sie wird die Polizei alarmieren oder vielleicht einen Suchtrupp losschicken, wenn sie vermutet, dass etwas

202

passiert sein könnte?" Das Spiel seiner Schulter- und Rückenmuskeln faszinierte sie. Gebannt verfolgte sie jede seiner Bewegungen.

„Sie ist nicht der Typ, der sich immer gleich Sorgen macht. Vielleicht ruft sie irgendwann Luke an, wenn ich nicht auftauche – falls sie nicht schläft. Aber bis dahin können Stunden vergehen. Sie würde sich wahrscheinlich mehr Gedanken machen, wenn sie wüsste, dass Sie mit mir zusammen sind. Aber sie denkt vermutlich, Luke hat Sie zum Motel zurückgebracht."

„Sie vermuten bloß, dass sie das denkt?" fragte Regina ungläubig. „Sie meinen, Sie wissen nicht mit Sicherheit, dass sie es annimmt?"

Er schwieg. Sein Blick war so undurchdringlich wie die Tiefe des Sees. Regina ahnte, dass sein Verhalten einem Eingeständnis gleichkam. Zu mehr würde er sich nicht herablassen. Sie seufzte frustriert und blickte dann wieder weg.

„Entspannen Sie sich", sagte er. „Sie können die Situation nicht ändern, also erfreuen Sie sich an ihr."

„Ich soll mich darüber freuen, dass ich hier mit Ihnen eingesperrt bin? Sie machen wohl Witze!"

Er blickte zum pastellfarbenen Himmel hinauf, der sich wie ein Dach über ihnen wölbte. „Nein", sagte er, „nicht im Geringsten."

Der Ort hatte einen gewissen Reiz, das musste Regina zugeben. Es war so ruhig und friedlich hier draußen. Man hörte nur das leise Klatschen des Wassers, das Rauschen des Windes, vereinzelte Vogelstimmen und das Quaken der Frösche. Wenn sie die Augen schloss, spürte sie regelrecht, wie ein Frieden über sie kam, der, wenn sie es zuließ, dazu führen konnte, dass sie die Situation akzeptierte.

Wozu es freilich nicht kommen durfte, nicht, wenn sie einem Mann wie Kane ausgeliefert war.

Oder vielleicht doch? Seine Nähe erschien ihr inzwischen eher tröstlich als beunruhigend. Seine Bewegungen waren ruhig und zielbewusst, und er versuchte nicht, die Stille mit leerem Geschwätz zu füllen. Ausgeglichen und selbstsicher, kam er ohne die Bestätigung anderer aus. Er hatte es nicht nötig, irgendjemandem etwas zu beweisen, am allerwenigsten sich selber. Wären die Umstände anders gewesen, hätte Regina diese Eigenschaften durchaus zu schätzen gewusst.

„Haben Sie Hunger?" Fragend blickte Kane sie an. „Oder möchten Sie erst nachher etwas essen?"

Nach einem späten Frühstück hatte sie zwar den Lunch ausfallen lassen, jedoch vorhin auf der Party ein großes Stück Kuchen gegessen, so dass sie noch ziemlich satt war. „Mir ist es egal, wann wir essen", erklärte sie deshalb.

„Ich würde sagen, wir sollten jetzt essen, solange wir noch ein wenig Tageslicht haben", erwiderte er.

Er machte eine Dose Würstchen auf und hielt sie ihr hin. Dazu reichte er ihr die Cracker. Regina stand auf und goss die Flüssigkeit aus der Dose in den See. Dann nahm sie ein Würstchen heraus, legte es auf einen Cracker und reichte ihm das Ganze.

Kane war gerade dabei, die zweite Dose zu öffnen. Als Regina es sah, erschien ihr ihre Geste mit einem Mal richtig albern. Sie wusste selbst nicht, was sie sich dabei gedacht hatte. Wie kam sie dazu, den Mann zu füttern, der sie entführt hatte? Vermutlich wollte sie sich revanchieren, weil er so höflich gewesen war, ihr zuerst etwas anzubieten.

Jetzt errötete sie vor Verlegenheit. Sie zuckte die Schultern und wollte gerade ihre Hand zurückziehen, als Kane ihr zuvorkam. Blitzschnell streckte er seine freie Hand aus, um ihr den Cracker und das Würstchen abzunehmen. Dabei berührten sich ihre Finger. Das Prickeln, das der flüchtige Kontakt in ihr auslöste, kam so unerwartet, dass Regina im letzten Moment noch fast das Essen fallen ließ. Hastig trat sie zurück und nahm wieder ihren Platz auf dem Fußboden ein. Schweigend verzehrten sie ihr bescheidenes Mahl. Zwischendurch öffnete Kane einen der Soft Drinks und reichte ihr die Flasche. Weil sie wusste, dass die sanitären Anlagen spartanisch beziehungsweise nicht vorhanden waren, genehmigte sich Regina nur wenige Schlucke des lauwarmen Getränks.

Nachdem sie alles aufgegessen und den Abfall weggeräumt hatten, ging die Dämmerung langsam in Dunkelheit über. Und mit der Dunkelheit vertieften sich auf einmal die sinnlichen Wahrnehmungen. Viel intensiver noch als zuvor erschien Regina plötzlich der erdige Geruch des Zypressenholzes, aus dem der Hochstand gebaut war. Sie nahm den modrigen Geruch faulender Wasserpflanzen wahr, der mit dem Wind zu ihnen hereinwehte. Sie roch die Feuchtigkeit, hörte die Schreie der Nachttiere. Eine Mücke surrte um ihre Köpfe. Sekunden später schlug Kane sich auf den Arm und rieb dann die Hand an seinem Ärmel. In Reginas Augen hatte er ihnen damit einen größeren Dienst erwiesen, als wenn er einen Drachen erschlagen hätte.

Sie kam schon auf seltsame Gedanken. Es musste daran liegen, dass sie so untätig hier herumsaß. Ruhelos versuchte sie eine bequemere Stellung auf dem harten Boden zu finden. Dabei sann sie zum hundertsten Mal über einen Ausweg aus ihrem Dilemma nach.

Kane wandte den Kopf und sah zu ihr herüber. Nur schemenhaft konnte sie sein Gesicht sehen, und schon gar nicht vermochte sie den Ausdruck in seinen Zügen zu erkennen. Seine sonore Stimme schien aus dem Dunkel zu kommen, das zwischen ihnen lag.

„Wollen Sie darüber reden?"

„Worüber?" Sie wusste, was er meinte, wollte aber sicherheitshalber noch einmal nachfragen, falls sie sich getäuscht hatte.

„Was Ihre Abwehr Männern gegenüber ausgelöst hat. Wer hat Ihnen so wehgetan, dass Sie vor jeder Berührung zurückschrecken?"

„Wie kommen Sie darauf, dass ich ..."

„Machen Sie mir nichts vor, okay? Sie brauchen mir nicht zu beweisen, wie stark und unabhängig Sie sind."

Regina schluckte herunter, was sie hatte sagen wollen. „Ich bin nicht stark", entfuhr es ihr. „Das wissen Sie besser als jeder andere ..."

„Als jeder andere Mann? Warum?"

„Weil Sie der Einzige seit langem sind, der es geschafft hat, sich mir zu nähern."

Er stöhnte, als hätte er einen Schlag in die Magengrube erhalten. „Sie verstehen es weiß Gott, einem Mann zu schmeicheln", sagte er voller Ironie. „Man fühlt sich richtig gut, wenn man so etwas hört."

„Es lag nicht in meiner Absicht, irgendwelche Gefühle in Ihnen zu wecken", erwiderte sie.

„Das weiß ich, und das macht die Sache noch schlimmer. Aber ich habe Ihnen eine Frage gestellt."

Seine Anteilnahme war verführerisch. Sie hatte fast den Eindruck, als hätte er ein persönliches Interesse daran, was sie sagte. War dies das Geheimnis, das sich hinter dem Mythos des Südstaaten-Gentleman verbarg? Oder war dieser Zug nur Kane zu Eigen? Wenn ja, dann hatte er Erfolg damit. Er wusste schon so viel von ihr, warum sollte er nicht auch den Rest erfahren? Und reden war auf jeden Fall besser, als wartend herumzusitzen und sich anzuschweigen.

Nachdem der Damm erst einmal gebrochen war, redete sie sich alles von der Seele, erzählte von dem naiven, altklugen Teenager, der sie gewesen war, von der Torheit, eine Schwäche für einen Harvard-Studenten mit einem schnellen Wagen zu entwickeln, von dem widerlichen Geschmack des mit Drogen versetzten Weines, von dem Schmerz und der Demütigung, die sie empfand, als sie merkte, dass sie während ihrer Bewusstlosigkeit missbraucht worden war.

„Haben Sie diesen Harvard-Studenten wenigstens angezeigt?" fragte Kane, als sie geendet hatte.

Sie schüttelte den Kopf. „Sein Vater war ein hohes Tier mit einem Stall voller Anwälte. Außerdem gab es keinen Beweis, außer einigen blauen Flecken und vermutlich Spuren der Droge im Blut. Es hätte sich wohl nachweisen lassen, dass ich entjungfert, aber nicht, dass ich zum Sex gezwungen wurde. Seine Aussage hätte gegen meine gestanden, und eine Nebenwirkung der Droge ist, dass sie Gedächtnislücken hinterlässt. Ich konnte mich nicht erinnern, was geschah oder wo wir waren, wann ich den Wein trank, wer sonst noch dabei war. Ich wusste einfach nichts Konkretes. Nur am Ende musste die Wirkung der Droge nachgelassen haben, denn ich habe diese vage, traumgleiche Erinnerung, dass ich im Dunkeln festgehalten wurde, dass ich mich nicht bewegen konnte, während ..."

„Hören Sie auf", unterbrach er sie. „Ich verstehe schon."

Sie hielt inne. Sie hätte sowieso nicht weiterreden können,

207

weil ihre Kehle plötzlich so eng war, dass sie keinen Ton mehr hervorbringen konnte. Und so saß sie stumm da und starrte mit brennenden Augen in die Dunkelheit, während sie spürte, wie tief in ihr sich etwas löste, als ob eine Barriere zu bröckeln begann, hinter der sie sich viel zu lange verschanzt hatte.

„Dann ist dieser Kerl also ungeschoren davongekommen", bemerkte Kane nach einer Weile. „Was sagte Ihre Familie dazu?"

„Ich habe keine Familie. Zumindest keine ..." Sie unterbrach sich, als ihr klar wurde, dass sie ihm nicht von Gervis erzählen konnte. „Mein Vater verließ uns kurz nach meiner Geburt. Und als ich zehn Jahre alt war, starb meine Mutter. Niemand wollte mir helfen, einen Kampf auszufechten, den ich nicht gewinnen konnte, der mir mehr schaden als nützen würde."

Er wandte den Kopf, um sie anzusehen. „Sie hatten niemanden, der Ihnen beistand? Keinen Menschen, der Ihnen eine Beratungsstelle oder einen Therapeuten vermittelte, damit Sie das Trauma verarbeiten konnten?"

„Ich bin allein damit fertig geworden", antwortete sie ihm. Sie hob das Kinn und blickte zu den Sternen hinauf, die einer nach dem anderen am Nachthimmel über ihnen zu funkeln begannen. Ihre Augen schwammen in Tränen. Doch aus Angst, Kane könnte darauf aufmerksam werden, wagte sie nicht, sie zu trocknen.

„Wirklich? Ich habe den Eindruck, es macht Ihnen noch immer zu schaffen."

„Das ist unwichtig. Für mich zählt nur, dass ich ..." Sie schwieg. War es notwendig, dass sie ihm alles preisgab?

„Was wollten Sie sagen?"

Sie blickte zu ihm herüber. Nur als schwarzen Schatten nahm sie ihn wahr. Mit tränenerstickter Stimme sagte sie: „Dass ich meinen Sohn habe. Stephan."

Stephan, mit seinem strahlenden Lächeln, seinen schiefen Zähnen und seinen warmen, kindlichen Küssen. Stephan, der sie anbetete, der ganz und gar von ihr abhängig war. Stephan, der niemals erfahren durfte, unter welchen Umständen er gezeugt wurde und was für ein verachtungswürdiger Mensch sein Vater war. Stephan, der sie von ganzem Herzen liebte, weil sie der einzige Halt in seiner kleinen unsicheren Welt war. Stephan, für den sie jedes Opfer bringen würde.

„Nicht, Regina." Kanes Stimme klang rau vor Besorgnis, als er durch die Dunkelheit zu ihr herübersah. „Nicht weinen. Es tut mir Leid, wenn ich schmerzliche Erinnerungen in Ihnen geweckt habe."

„Ich weiß", sagte sie schluchzend.

Und sie wusste es tatsächlich. Kane würde ihr niemals absichtlich Schmerz zufügen, und mochte er noch so wütend auf sie sein. Es lag einfach nicht in seiner Natur.

Diese Gewissheit machte ihr Mut, gab ihr Hoffnung und erinnerte sie daran, dass die Zeit gekommen war, ihre Aufgabe auszuführen. Eine günstigere Gelegenheit als diese würde sich ihr kaum bieten. Sie musste es wagen. Für Gervis, weil er ihr keine andere Wahl ließ. Für Stephan, weil er die wichtigste Person in ihrem Leben war. Und unter Umständen sogar für sich selber, wobei die Gründe dafür weder mit Gervis noch mit Stephan zu tun hatten.

Jetzt oder nie.

Ihre Worte waren kaum mehr als ein Flüstern, als sie sich Kane zuwandte. „Wenn ich Sie bitten würde ..."

„Worum?" fragte er eindringlich, als sie innehielt.

„Würden Sie ... mich eine Minute in den Arm nehmen, Kane? Nur in den Arm nehmen, sonst nichts?"

12. KAPITEL

„Wissen Sie, was Sie da von mir verlangen?"

Ein seltsamer Unterton lag in Kanes Stimme. War es nur ungläubiges Erstaunen, oder sollte sein Ton eine Warnung ausdrücken? Regina wünschte, sie hätte sein Gesicht in der Dunkelheit sehen können. Dann hätte sie seine Reaktion gewiss besser abzuschätzen vermocht. Wobei es eigentlich keine Rolle spielte, wie er reagierte.

Sie schluckte hart. „Ich weiß, Sie haben gesagt, Sie würden mich nicht mehr anrühren. Aber ich habe das so aufgefasst, dass Sie nicht mit mir, ich meine, dass wir nicht ..."

„Genau", unterbrach er sie scharf.

„Nun, das will ich ja auch nicht. Aber ich habe manchmal gedacht, wenn mich jemand bloß in den Arm nehmen würde, wäre alles in Ordnung. Verstehen Sie, was ich meine?"

„Ich glaube schon. Aber was ist mit mir?"

„Wieso? Ich weiß nicht, was Sie meinen."

„Sie wissen nicht viel über Männer, nicht wahr?"

Sie strich sich mit der Zunge über die Lippen. „Ich habe wenig Erfahrung. Was sollte ich wissen?"

„Vergessen Sie es", meinte er seufzend. „Okay, ich bin Ihnen etwas schuldig. Kommen Sie her."

Er streckte den Arm nach ihr aus. Sie hatte es so gewollt. Jetzt konnte sie schlecht einen Rückzieher machen. Sie biss die Zähne zusammen und rutschte näher zu ihm hin. Er legte ihr den Arm um die Taille. Worauf sie sofort steif vor Abwehr wurde. Dann, als sie merkte, dass er nicht vorhatte, sie näher an sich zu ziehen, begann sie sich nach und nach zu entspannen.

„Sind Sie okay?" fragte Kane.

„Ja, ich glaube." Es stimmte zwar, was sie da sagte. Aber seltsamerweise lief dabei ein Zittern durch ihren Körper.

„Wenn Sie okay sind, was war das dann eben?"

Regina konnte nicht glauben, dass er ihr Zittern bemerkt hatte. Es war ihr doch selber kaum aufgefallen. Sie hatte nicht geahnt, dass Kane ein solches Gespür für ihre Reaktionen besaß. „Als ich eben Ihre Körperwärme fühlte, merkte ich plötzlich, wie kühl es nach Einbruch der Dunkelheit geworden ist", erklärte sie umständlich.

„Ist Ihnen kalt? Hier." Er griff nach der Decke, die bei der Metalltruhe lag, und legte sie ihr auf den Schoß.

„Nein, kalt ist mir eigentlich nicht. Ich finde die Temperatur ganz angenehm." Regina faltete die schwere Wolldecke halb auseinander und breitete sie neben sich auf dem Boden aus. Dann setzte sie sich darauf. Als sie Kane mit einer Handbewegung aufforderte, zu ihr auf die Decke zu kommen, berührten ihre Fingerspitzen flüchtig seinen Oberschenkel. Selbst wenn sie ihre Hand sofort zurückzog, war ihr jedoch nicht entgangen, wie seine Muskeln sich bei der Berührung verspannten. Er holte tief Luft und rührte sich nicht von der Stelle.

Regina runzelte die Stirn. „Vielleicht war mein Vorschlag doch nicht so gut. Wenn Sie wollen, können wir es auch lassen."

„Keine Angst. Ich werde es überleben."

„Ich möchte Ihnen nichts zumuten, was Sie nicht ..."

„Glauben Sie mir, ich kann es verkraften." Die Worte klangen angespannt. Hölzern rückte er näher und legte wieder den Arm um sie.

Regina beugte sich vor, um zu ihm aufzusehen. Erneut versuchte sie, seinen Gesichtsausdruck zu ergründen. Doch es nützte

211

nichts. Seine Züge waren ausdruckslos. Sie lehnte sich wieder zurück.

Diesmal war sie etwas näher an ihn herangerückt und ruhte jetzt halb an seiner Brust und Schulter. Es erschien ihr nicht ratsam, sich noch einmal zu bewegen, deshalb blieb sie, wo sie war. Während ihre Nervosität allmählich nachließ, lehnte sie sich immer entspannter an ihn, bis sie seinen harten Brustkorb, seine wie gemeißelt wirkenden Brustmuskeln, die festen Bizeps an seinen Armen spüren konnte. Von seiner Wärme durchdrungen, atmete sie tief seinen Duft ein, eine Mischung aus Rasierwasser, Seife und dem Geruch seiner Haut. Dabei merkte sie, wie ein angenehmes Gefühl sich in ihr ausbreitete, das sie nicht so recht definieren konnte.

Und dann wusste sie es plötzlich. Sicherheit – das war es, was sie empfand. Sie fühlte sich sicher in Kane Benedicts Armen. Das Gefühl war ihr so fremd, dass sie es fast nicht erkannt hätte.

Vermittelte er es ihr, oder kam es aus ihr heraus? War es nur Zufall, oder handelte es sich um ein natürliches Phänomen, das die Beziehung zwischen Mann und Frau mit sich brachte? Sie wusste es nicht. Aber die Erkenntnis war schon recht seltsam, nachdem sie noch vor kurzer Zeit nur den einen verzweifelten Wunsch gehabt hatte, Kane zu entkommen.

Sein muskulöser Arm lag hinter ihrem Rücken, seine Hand ruhte locker auf ihrer Taille. Sie spürte den Druck seiner Fingerspitzen, fühlte deutlich die verhaltene Kraft in seiner Berührung. Er hatte lange, aristokratische Finger. Vorhin, als er ihre Brust umfasste, hatte sie mit panischer Angst reagiert. Jetzt fragte sie sich, ob die Angst womöglich ausblieb, wenn sie auf seine Berührung vorbereitet war, darauf wartete.

Er würde passiv bleiben, sie nicht noch einmal berühren, das

212

hatte er ihr versichert. Somit musste sie die Initiative ergreifen. Würde sie es wagen? Und falls sie den Mut dazu aufbrachte, würde sie die Konsequenzen hinnehmen können?

Sie musste es herausfinden. Die Zeit wurde knapp. Ein paar kurze Stunden, möglicherweise nur Minuten, und die Chance war verspielt. Und danach bot sie sich ihr vielleicht nie wieder.

Sie hob den Arm und fuhr sich mit den Fingern durchs Haar, nahm es hoch und ließ es dann wie einen Vorhang über die Schulter fallen, an der sie lehnte. Langsam senkte sie den Arm wieder. Dabei kamen ihre Finger wie zufällig auf die Hand zu liegen, die auf ihrer Taille ruhte. Nach einer Weile begann sie abwesend, als sei sie mit ihren Gedanken ganz woanders, über Kanes Fingerknöchel zu streichen. Als merke sie gar nicht, was sie tat, streichelte sie mit dem Daumen seinen Handrücken.

An seinem Zeigefinger entdeckte sie eine Narbe, die sich bis in die Handfläche hineinzog. Als sie forschend darüber strich, drehte Kane bereitwillig die Hand um, damit Regina dem Verlauf der Narbe folgen konnte. „Was ist denn hier passiert?" erkundigte sie sich in beiläufigem Ton.

„Ein kleiner Unfall mit einem Schneidmesser. Ich säbelte einer Freundin ein Stück Zuckerrohr damit ab, als sie auf den spaßigen Einfall kam, mich zu kitzeln. Sie wollte nur herumalbern. Manche Frauen sind eben so. Oder ich sollte vielleicht sagen, manche Mädchen, denn es ist schon sehr lange her."

Wie ein Stich durchzuckte es Regina bei seinen Worten. Und mit Verwunderung stellte sie fest, dass sie ein wenig Neid empfand. Oder war es gar Eifersucht? „Sind Sie nicht wütend gewesen?"

„Warum? Sie hat mich ja nicht absichtlich verletzt." Er neigte den Kopf, um auf sie herabzusehen.

„Aber es war ihre Schuld."

„Es war meine eigene Schuld. Es wäre nicht passiert, wenn ich vorsichtiger gewesen wäre. Wir haben beide herumgealbert."

„Wer war sie?"

„Das Mädchen? April Halstead."

Regina hatte damit gerechnet, Francies Namen zu hören. Mit gemischten Gefühlen nahm sie es auf, dass April die besagte Freundin gewesen war. „Ich wünschte, ich hätte auch einmal eine solche Beziehung haben können", sagte sie ruhig.

„Wieso? Was für eine Beziehung?"

„Eine freundschaftliche, impulsive, in der man sich gegenseitig aufziehen kann und keiner dem anderen etwas übelnimmt."

Als er ihr antwortete, klang seine Stimme noch eine Nuance tiefer als zuvor. „Sie meinen eine Beziehung, die auf Vertrauen basiert?"

„Vermutlich ja."

„Sie wissen nicht, was Ihnen entgangen ist", bemerkte er.

Die Dunkelheit machte sie mutig. Während sie zu ihm aufsah, sagte sie: „Das wird mir auch langsam klar."

Er blickte auf sie herab, sah ihr erst in die Augen, ehe er den Blick auf ihre Lippen heftete. Wie gebannt saß sie da und wartete darauf, was er tun würde. Er neigte den Kopf. Und richtete sich im nächsten Moment wieder auf.

Er hielt sein Wort. Er würde nur tun, worum sie ihn bat. Von sich aus würde er ihr nicht aus dieser Sackgasse heraushelfen. Das machte die Situation zwar schwieriger für sie, doch irgendwie war sie froh darüber. Es war ein gutes Gefühl, jemandem vertrauen zu können.

Nachdenklich starrte sie in die Dunkelheit. Dabei dachte sie an ihre Kindheit zurück. Nach einer Weile sagte sie so leise, dass ihre Worte kaum zu verstehen waren: „Mir ist noch sehr viel mehr entgangen. Meine Mutter war ständig krank. Ich musste immer bei ihr bleiben und mich um sie kümmern. Ich hatte selten Zeit, mit anderen Kindern zu spielen. Als ich älter wurde, kannte ich keine harmlosen Freundschaften mit unschuldigen Küssen und Händchenhalten, keine schüchternen Flirts. Die Frau, die mich nach dem Tod meiner Mutter bei sich aufnahm, war streng und misstrauisch. Sie ließ es nicht zu, dass ich mich mit Jungs abgab. Und trotzdem bin ich kurz nach ihrem Tod in Schwierigkeiten geraten." Während sie sprach, strich sie mit den Fingerspitzen über Kanes Handfläche, um schließlich ihre Hand auf seine zu legen und ihre Finger mit seinen zu verschränken.

„Regina ..." Er sprach nicht weiter.

„Es macht Ihnen doch nichts aus, meine Hand zu halten? Es ist so dunkel hier. Man sieht nirgendwo ein Licht. Ich bin das nicht gewohnt." Es war keine Lüge. Sie vergaß nur hinzuzufügen, dass die Dunkelheit sie nicht störte. Nichts sehen zu können war im Moment ihre geringste Sorge.

„Ich kann die Laterne anzünden."

Seine Stimme verriet Anspannung. Vielleicht war er doch nicht so ruhig und gelassen, wie er sich nach außen hin gab. Regina hätte es sich gewünscht, denn ihr eigener Puls war inzwischen ziemlich aus dem Takt geraten.

„Ich beschwere mich nicht", sagte sie. „Es könnte mir sogar gefallen, wenn ich mich erst einmal daran gewöhnt habe. Jedenfalls ist der Blick auf die Sterne einzigartig."

Kane legte den Kopf an die Wand zurück und sah zum Himmel auf. „Die Sterne ...", wiederholte mit einem kurzen Auflachen.

215

„Wo ich wohne, kann man sie kaum sehen." Sie wandte den Kopf, betrachtete die schemenhaften Umrisse seines Gesichts und seines Mundes. „Kane?"

„Was ist denn jetzt schon wieder los?"

„Hätten Sie etwas dagegen, wenn ich ..." Sie hielt inne. Wie sollte sie ausdrücken, was sie von ihm wollte? Wie sollte sie die richtigen Worte finden?

Er schloss die Augen. Trotz der Dunkelheit nahm sie die Bewegung wahr. „Sie wollen mich küssen? Wollten Sie das sagen?"

„Woher wissen Sie das?"

„Ich habe es erraten."

„Es soll nur ein Versuch sein, ein Experiment. Es würde Sie doch nicht stören?"

„Warum, zum Teufel, sollte es mich stören?" murmelte er. „Tun Sie sich keinen Zwang an."

Sie lockerte den Griff ihrer Finger, als wolle sie ihm ihre Hand entziehen. „Doch, Sie haben etwas dagegen."

„Ich habe nichts gegen einen Kuss", erwiderte er, ihre Finger fest haltend. „Mich stört, dass es mir verwehrt ist, zu kooperieren. Aber ich werde schon darüber hinwegkommen."

„Sind Sie sicher?"

„Absolut. Ich kann jede Tortur ertragen, die Sie mir zumuten."

Sie rückte ein wenig von ihm ab. „Wenn Sie so denken, lassen wir es lieber."

Er schüttelte langsam den Kopf. „Vergessen Sie, was ich gesagt habe, okay?"

Regina war sich auf einmal nicht mehr sicher, ob ihre Idee so glorreich gewesen war. Es erschien ihr nicht ausgeschlossen, dass Kane ihre List durchschaute oder zumindest irgendetwas ahnte.

Was sollte sie machen, wenn er den Spieß umdrehte? Wie sollte sie sich dann verhalten?

Kaum anders als jetzt, sagte sie sich nach einigem Nachdenken. Die Situation wäre schließlich dieselbe. Somit konnte es ihr egal sein.

Sie richtete sich auf und drehte sich zu Kane hin. Dann zögerte sie. Sie konnte seinen Mund nur erreichen, wenn sie sich auf seinen Schoß setzte, und so weit war sie noch nicht. Mit der Zunge strich sie sich über die trockenen Lippen. „Könnten Sie wohl ... ein wenig helfen?"

Daraufhin rutschte er an der Wand herunter und streckte sich so auf dem Boden aus, dass er halb auf der Decke zu liegen kam. „Na, ist es besser so?" fragte er, während er die Arme hochnahm und die Finger hinter dem Kopf verschränkte.

Ja und Nein, hätte sie ihm am liebsten geantwortet. Während sie ihn verstohlen betrachtete, überlegte sie, ob er sich wohl auf ihre Kosten amüsierte. Bei diesem Mann war alles möglich, das hatte sie inzwischen begriffen.

Vorsichtig ließ sie sich neben ihm nieder. Auf den Ellbogen gestützt, beugte sie sich über ihn. Das Haar fiel ihr ins Gesicht. Mit einer Handbewegung schob sie es zurück. Nervös, die Augen weit offen, senkte sie den Kopf und berührte flüchtig mit den Lippen seinen warmen Mund. Dann zog sie sich hastig wieder zurück, um seine Reaktion zu beobachten.

Er rührte sich nicht, ließ sich nicht anmerken, dass er den Kontakt gespürt hatte, der ein Brennen auf ihren Lippen hinterließ. Die Spannung in ihr löste sich. Die Erleichterung gab ihr Mut für einen neuen Anlauf. Diesmal küsste sie das Grübchen in seinem Kinn und fuhr dann vorsichtig mit der Zungenspitze über seine rauen Bartstoppeln. Kane reagierte nicht. Noch immer lag er unbeweglich da. Regina hauchte eine Reihe zarter Küsse von seinem Kinn bis zu seinen Lippen hinauf und begann dann gründlich seinen Mund zu erforschen.

Kanes Brust hob und senkte sich in immer schnellerem Takt. Der Muskel in seinem Arm, auf dem Regina ruhte, war hart wie Stahl. Aber er hielt die Augen geschlossen und die Hände bei sich. Kühner geworden, ließ Regina ihr Haar herabfallen, das sie die ganze Zeit im Nacken fest gehalten hatte, um mit den Fingerspitzen seinen Mund zu ertasten. Sie schob sich ein wenig höher, strich zart mit den Lippen über seine Augenlider und konzentrierte ihre Aufmerksamkeit dann wieder auf seinen Mund. Zunächst beschränkte sie sich darauf, seine Lippen zu liebkosen und ihren Geschmack in sich aufzunehmen. Als ihr das nicht mehr genügte, probierte sie, ob Kane ihr intimeren Zugang gewährte.

Er gewährte ihn ihr. Er ließ es sich gefallen, dass sie die Zunge zwischen seine Lippen und in seinen Mund schob, verhielt sich jedoch ansonsten passiv. Es faszinierte Regina, die Rolle der Verführerin zu spielen. Es war ein wunderbares Gefühl, und sie reagierte mit tiefen Empfindungen, die sie als Dankbarkeit interpretierte, darauf, dass Kane ihr diese Freiheit, diese Macht, gab. Das Herz hämmerte ihr gegen die Rippen. Ihr Blut schien zu kochen. Sie wollte mehr von ihm, brauchte ihn, so wie sie noch nie jemanden gebraucht hatte. Von einer süßen Mattigkeit erfasst, schmiegte sie sich an ihn, presste ihre Brüste an seinen harten Brustkorb. Sie hätte sich niemals träumen lassen, dass sie diese Sinnlichkeit, diese Wollust in sich hatte. Es war ihr klar, dass sie ein Ziel verfolgte. Doch der Zwang, der ihr Handeln anfangs bestimmte, verblasste angesichts der Dinge, die sie entdeckte – an Kane und auch an sich selbst.

Seine Zunge war warm und verlockend, sein Geschmack

frisch und natürlich, jedoch berauschend wie der Rum, der aus dem Zuckerrohr gewonnen wurde, nach dem Kane seinen Spitznamen erhielt. Zwar bestimmte Regina das Tempo, doch sie musste sich in Acht nehmen, dass Kane ihr nicht zuvorkam, dass er ihre Zunge nicht fest hielt, wenn sie spielerisch über seine Zähne fuhr, nicht seinerseits Vorstöße machte, wenn sie das weiche Innere seines Mundes erforschte.

Schließlich hob sie den Kopf und meinte atemlos: „Sie sollen doch nicht mitmachen."

„Wer sagt das? Ich kann mich nicht erinnern, dass es da eine Abmachung gab." Er hatte die Augenlider halb geschlossen. Seine Stimme klang sinnlich. „Ich habe nur versprochen, dass ich Sie nicht berühren werde. Und außerdem: Ist es nicht einfacher, wenn Sie Hilfe haben?"

„Woher soll ich das wissen? Sie haben doch die ganze Zeit schon mitgeholfen."

„Okay, dann probieren Sie es einmal aus."

Sein überzeugter, herausfordernder Ton ärgerte sie so sehr, dass sie ihr instinktives Misstrauen ignorierte. Während sie sich mit einer Hand auf seiner Brust abstützte, beugte sie sich erneut über ihn.

Diesmal blieben seine Lippen völlig leblos. Er zeigte keine Reaktion, als ihre Zunge seine berührte, über ihre Oberfläche und den unteren Rand seiner Zähne glitt. Aber er war nicht so unbeteiligt, wie er tat. Denn Regina konnte unter ihrer Hand fühlen, wie sein Herz hämmerte. Langsam richtete sie sich wieder auf.

„Ich hatte Recht, nicht wahr?" fragte er sie, und seine Stimme klang seltsam schläfrig dabei.

„Ja, Sie hatten Recht", erwiderte Regina ruhig.

„Der Rest funktioniert genauso."

„Der Rest? Oh, Sie meinen …"

„Ja, ich meine Sex", stimmte er ihr zu.

Mit einer Kopfbewegung warf sie ihr Haar zurück. „Und ich soll Ihnen vertrauen? Nachdem Ihr anfängliches Verhalten so wenig vertrauenerweckend war?"

„Das bleibt Ihnen überlassen", entgegnete er. „Es handelte sich nur um eine Feststellung."

Eine Feststellung, mit der sie sich nicht befassen wollte. So weit war sie noch nicht. Sie musste ihn von dem Thema abbringen. Und das ließ sich am einfachsten bewerkstelligen, indem sie ihn küsste.

Diesmal kooperierte er, und zwar so total und mit solcher Konzentration, dass ihre Sinne überflutet wurden von seiner Inbrunst, von der Fülle der Empfindungen, die auf sie einstürmten. Jegliche Vernunft vergessend, überließ sie sich ganz ihren Instinkten. Längst waren ihre Barrieren gefallen. Widerstandslos akzeptierte sie Kanes zärtliche Offensive.

Der Hochstand mit seinem harten Boden existierte nicht mehr, als sie sich ihren sinnlichen Wahrnehmungen hingab. Und während der Zauber des Augenblicks sie gefangen nahm, breitete sich ein Staunen in ihr aus, eine tiefe Verwunderung über das harmonische Zusammenspiel ihrer Körper.

Bis Kane sich abrupt von ihr löste. Er hob den Arm, packte ihr Handgelenk und nahm ihre Hand von seiner Brust. Als er sprach, klang seine Stimme rau. „Sind Sie sicher, Sie wissen, was Sie tun?"

Erst jetzt merkte Regina, dass ihre Hand auf nackter Haut und einem Teppich weicher Härchen gelegen hatte. Ohne es zu merken, musste sie sein Hemd aufgeknöpft haben. Jetzt fehlte ihr mit einem Mal der Körperkontakt, die warme, feste Muskulatur unter ihrer Hand.

Sie strich sich mit der Zungenspitze über die Lippen. „Ich wusste es nicht", flüsterte sie. „Aber jetzt weiß ich es."

Einen Moment verharrte er regungslos. Dann legte er behutsam, als würde es sich um einen zerbrechlichen Gegenstand handeln, ihre Hand auf die Stelle zurück, wo sie gelegen hatte. „Solange Sie wissen, wer dafür verantwortlich ist, soll es mir recht sein", sagte er, ließ ihre Hand los und entspannte sich wieder.

Sie konnte aufhören oder weitermachen. Die Entscheidung lag bei ihr.

Aber stimmte das überhaupt? War es wirklich ihre Entscheidung, wenn Liebe und Loyalität ihren eigenen Bedürfnissen und Ängsten gegenüberstanden? Die Liebe zu ihrem Sohn, Loyalität gegenüber Gervis, das Bedürfnis, einem anderen Menschen nahe zu sein, die Angst, ihre Chance zu verspielen, wenn sie sich jetzt zurückzog. Wie viel einfacher wäre es gewesen, wenn sie ihre Abwehrhaltung gleich zu Anfang aufgegeben und Kane die Entscheidung überlassen hätte.

Sie dachte zu viel nach. Wenn sie so weitermachte, verließ sie noch vollends der Mut. Und wozu zerbrach sie sich überhaupt den Kopf? Vor wem musste sie sich rechtfertigen, wenn sie hier mit Kane in der Dunkelheit allein war? Niemand sah, was sie taten, niemand wusste davon, und niemanden interessierte es.

Ihre Handfläche auf seiner Brust fühlte sich heiß an. Sie begann sie kreisförmig zu bewegen, wobei sie gleich noch ein paar Hemdknöpfe mehr öffnete, um den V-förmigen Verlauf der krausen Härchen bis zur Taille hinunter verfolgen zu können. Als sie ihre Hand wieder höher schob, entdeckte sie in dem weichen Vlies ein kleines hartes Knöpfchen. Damit hatte sie etwas gefunden, das sie erst einmal beschäftigte. Sie fand es erstaunlich, dass das Knöpfchen ebenso reagierte wie ihre Brustspitzen. Sich tiefer hinunterbeugend, begann sie es mit der Zungenspitze zu umkreisen. Und registrierte mit Befriedigung, wie Kane daraufhin sekundenlang den Atem anhielt.

Seinem Halsgrübchen, seiner Kehle, seiner kantigen Kinnpartie – jeder Einzelheit widmete sie sich mit Hingabe. Sie ließ sich sehr viel Zeit damit. Und Kane trieb sie nicht zur Eile an. Wobei Regina zum ersten Mal klar wurde, dass die sprichwörtliche Ruhe der Südstaatler auch ihre Vorzüge hatte.

Kane bewegte sich ein wenig. Gleich darauf spürte sie, wie er ihre Taille berührte. Zart strich er über ihren Brustkorb und streichelte dann ihren Rücken. Die Geste hatte nichts Forderndes. Sie mochte als Ermutigung gedacht sein, als Anreiz. Jedenfalls erfüllte sie ihren Zweck, denn Regina erhob keinen Widerspruch, als Kane die Finger in ihr Haar schob und zart ihren Nacken massierte, um schließlich ihren Kopf zu sich herunterzuziehen und ihre Lippen zu suchen.

Der Kuss war intensiver als der letzte, und er dauerte viel länger. Irgendwann übernahm Kane die Initiative, tat es jedoch so unauffällig, dass Regina kaum merkte, zu welchem Zeitpunkt sie ihm die Führung überließ.

Mit heißen Lippen strich er über die zarte Haut ihrer Wange und atmete ihren Duft ein, ehe er ihren Hals zu liebkosen begann. Sie spürte seinen warmen Atem durch ihre Bluse, fühlte, wie er über ihre Brüste fächelte, merkte, wie ihre Brustspitzen darauf reagierten. Kane beugte sich tiefer, um mit der Wange über eine der beiden Wölbungen zu streichen. Weiter jedoch ging er nicht. Er begnügte sich damit, sie durch ihre Kleidung hindurch spielerisch zu liebkosen, ohne dabei auch nur ein einziges Mal ihre empfindsamen Brustspitzen zu berühren. Regina schob ihm das Hemd über die Schultern. Von einem unbestimmten Sehnen erfasst, grub sie die Finger in seine harte Muskulatur.

Daraufhin berührte er endlich ihre Brustspitzen, verharrte im nächsten Moment jedoch zögernd, als warte er auf ein Zeichen von ihr. Regina gab ihm ihre Zustimmung, indem sie sich ihm voller Verlangen entgegendrängte. Sie begann vor Lust zu zittern, als er durch den Stoff ihrer Bluse hindurch mit den Lippen ihre feste Brustspitze umschloss.

Und dann packte er sie plötzlich um die Taille und rollte sich mit ihr herum. Als sie unter ihm auf dem harten Boden lag, spürte Regina, wie die alte Panik, die lähmende Erstarrung sie überkam. Verzweifelt krampfte sie die Finger in das Hemd zwischen seinen Schulterblättern. Sie durfte den dunklen Ängsten nicht nachgeben. Sie musste dagegen ankämpfen, sie überwinden, sie besiegen. Sie würde es schaffen. Es blieb ihr keine andere Wahl.

Kane nahm eine Strähne ihres Haars, das wie ein Heiligenschein um ihren Kopf ausgebreitet dalag. Während er sie langsam wieder herunterfallen ließ, beobachtete er, wie sie im Licht der Sterne rötlich glitzerte. „Mein Gott, bist du schön", flüsterte er. „Unglaublich schön."

Schön. Nicht hübsch, niedlich oder süß, sondern schön. Er hatte das einzige Wort gewählt, das wirkliche Perfektion ausdrückte. Es mochte nicht zutreffen, aber plötzlich fand auch Regina sich schön. Zum ersten Mal in ihrem Leben. Schön und begehrenswert.

Sie spürte, wie der verschlungene Knoten ihrer alten Ängste sich aufzulösen begann. Betäubtes Staunen breitete sich in ihr aus. Gleichzeitig empfand sie ein geradezu berauschendes Gefühl der Freiheit. In ihrer Euphorie kam sie sich kühn und verführerisch vor. Plötzlich konnte sie nicht genug bekommen von den Dingen, vor denen sie sich immer gefürchtet hatte. Jetzt sehnte sie sich nach mehr Empfindungen, mehr Offenbarungen, nach einer noch größeren Nähe zu dem Mann, der sie in den Armen hielt.

Vielleicht spürte Kane ihr plötzliches Verlangen, denn er schob die Hand unter ihre Bluse, die ihr aus dem Rock herausgerutscht war. Langsam und vorsichtig, als wolle er ihr die Möglichkeit geben, ihm Einhalt zu gebieten, umfasste er ihre Brust. Regina rührte sich nicht. Erwartungsvoll lag sie da. Da beugte er sich tiefer über sie, um ihr Verlangen mit sinnlichen Zärtlichkeiten zu stillen.

Zitternd vor Lust und Entzücken, gab sich Regina ihrer Erregung hin, diesem Tumult von Gefühlen, der von ihr Besitz ergriff. Sie schob die Finger in Kanes volles weiches Haar, um ihn festzuhalten. Wie war es möglich, dass sie so miteinander harmonierten, wenn sonst nichts zwischen ihnen stimmte? Sie wusste es nicht. Für sie war es ein ebensolches Wunder wie der Sieg über ihre Ängste. Ein Wunder, das sie freudig und voller Staunen akzeptierte.

Um ihm näher zu sein, um seinen harten, heißen Körper besser fühlen zu können, zog sie ihm das Hemd aus und warf es zur Seite. Kane tat dasselbe mit ihrer Bluse und ihrem BH. Ihr Rock und seine Hosen folgten. Die Unterwäsche war das letzte Hindernis, das es zu überwinden galt, ehe sie sich leidenschaftlich in den Armen hielten.

Uneingeschränkt erforschte einer den Körper des anderen. Und als sie schließlich zueinander fanden, als Kane zu ihr kam, behutsam und ganz allmählich in sie eindrang und sie sich ihm öffnete, war es für Regina wie eine Offenbarung. Tränen traten ihr in die Augen und liefen ihr übers Gesicht. Mit beiden Armen hielt sie Kane an sich gedrückt. Von einem Gefühl erfüllt, das Liebe sehr nahe kam, wusste sie, dass, was immer auch geschehen mochte, sie diesen Mann und diesen Moment niemals in ihrem Leben vergessen würde.

Und dann wurden beide von der Erregung erfasst und einer leidenschaftlichen Ekstase. Die Wirklichkeit hörte auf zu existieren, als sie auf den Gipfel höchster Lust hinaufgetragen wurden und miteinander die Erfüllung ihrer Vereinigung fanden.

Lange Zeit lagen sie danach eng umschlungen da. Als sich ihre erhitzten Körper abgekühlt hatten, schlug Kane einen Teil der Decke über sie. Langsam lösten sie sich voneinander. Doch als Regina den Kopf von Kanes Schulter nehmen wollte, hielt er sie zurück. Keiner von ihnen sprach. Regungslos daliegend, starrten sie in die Dunkelheit, jeder mit seinen eigenen Fragen und Zweifeln beschäftigt, die ganz allmählich wieder in den Vordergrund zu treten begannen.

Es war das Surren einer Mücke, das sie schließlich aus ihrem tranceähnlichen Zustand herausriss. Kane ließ das Insekt auf seiner Schulter landen und schlug es tot. Um sich tastend, suchte er anschließend ihre Sachen zusammen. Nachdem er Regina ihre Kleider in die Hand gedrückt hatte, zog er sich schnell an, stand auf, nahm die Laterne und tastete nach den Streichhölzern. Sekunden später flammte Licht auf.

Die plötzliche Helligkeit kam viel zu überraschend. Regina hatte sich zwar den BH schon angezogen, hielt jedoch die Bluse noch in der Hand. Sie zögerte einen Moment und zog sie dann hastig an. Erst dann wagte sie einen Blick in Kanes Richtung. Neben der Laterne auf dem Boden kniend, beobachtete er sie.

Seine Züge waren ernst, seine Lippen zusammengepresst. In seinen dunkelblauen Augen lag Selbstverachtung. Regina glaubte außerdem einen Anflug von Verzweiflung in ihnen wahrzunehmen.

13. KAPITEL

„Ich hätte euch schon eher gefunden, wenn du die verdammte Laterne gleich nach Einbruch der Dunkelheit angezündet hättest."

Kane antwortete seinem Cousin nicht sofort. Während er mit der Laterne auf Luke herableuchtete, hielt er ihm schweigend die Falltür auf. Sein Blick war nachdenklich. „Ich weiß", sagte er schließlich knapp.

Was hätte er sonst erwidern sollen? Es stimmte ja. Es war ihm nichts Neues, was Luke ihm da vorhielt. Er hatte es die ganze Zeit gewusst. Außerdem wäre es sinnlos gewesen, Luke etwas vorzumachen. Zu deutlich sah man Regina und ihm an, was sie getrieben hatten. Ihre Kleider waren zerknautscht, ihre Lippen geschwollen, ihre Gesichter eine Spur zu blass.

In seinem Fischerboot stehend, das am Fuß der Leiter dümpelte, musterte Luke ihn mit scharfem Blick. Dann hob er mokant die Brauen, während ein amüsiertes Lächeln sich auf seinem Gesicht ausbreitete. Als Kane jegliche Reaktion darauf vermissen ließ, wurde sein Grinsen noch breiter. In seine Augen trat ein schalkhaftes Blitzen.

Doch als Kane ihm einen warnenden Blick zuwarf, verkniff er sich seinen Spott und übte sich in Zurückhaltung. Vermutlich wurde ihm klar, dass er mit einer anzüglichen Bemerkung eher Regina als seinen Cousin in Verlegenheit bringen würde.

„Was ist passiert?" fragte er, während er eine Leine um die unterste Sprosse der Leiter schlang. „Hast du vergessen, dein Boot zu vertäuen?"

Mit knappen Worten informierte Kane ihn, wie das Boot abhanden gekommen war. Er war nicht stolz darauf, dass er sich derartig hatte hereinlegen lassen. Wie ein liebestoller Teenager hatte er jede Vorsicht außer Acht gelassen.

„Wer war es?"

„Keine Ahnung." Kane hatte zwar einen Verdacht, aber den wollte er im Moment nicht äußern. Regina brauchte nicht zu wissen, dass er sich zu sehr von ihr ablenken ließ, um zu bemerken, dass ihnen jemand von seinem Haus aus gefolgt war.

„Du hast wohl gedacht, ich sei es gewesen", witzelte Luke.

„Ich muss gestehen, die Idee kam mir."

„Mir wäre sie auch gekommen, wenn ich die Chance erkannt hätte."

„Ich weiß. Und es hätte dir Spaß gemacht. Aber nur so lange, bis ich dich erwischt hätte."

Luke schien seine letzte Bemerkung gar nicht komisch zu finden, was Kane jedoch egal war. Sein Cousin tat gut daran, sich in Acht zu nehmen. Wenn er sich noch mehr spöttische Bemerkungen erlaubte, würde ihm wirklich der Kragen platzen.

Trotzdem war er froh, dass es Luke war, der sie gefunden hatte. Sein Cousin würde ihn zwar mindestens einen Monat lang mit der Geschichte aufziehen, doch Kane wusste, er konnte sich darauf verlassen, dass Luke gegenüber anderen kein Sterbenswörtchen über den Vorfall verlauten ließ.

Die Rettungsaktion ging in Windeseile vonstatten, da keiner von ihnen Lust hatte, sich auch nur eine Minute länger als notwendig auf dem Hochstand aufzuhalten. Kane verstaute die Dinge, die sie benutzt hatten, in der Metallkiste und sammelte dann mit Regina zusammen alles ein, was sie an Abfall hinterlassen hatten. Dann stiegen sie ins Boot, und Luke legte ab.

Die Fahrt zum Haus zurück ging ziemlich schnell. Kane fand die feuchte Luft, den kühlen Fahrtwind angenehm erfrischend. Regina jedoch saß zusammengekauert, die Arme um den Oberkörper geschlungen, da, als würde sie von innen heraus frieren. Kane hätte sich gern erboten, sie schützend in den Arm zu nehmen und sie zu wärmen, doch er war sich nicht sicher, ob sie es zugelassen hätte.

Mein Gott, was war nur in ihn gefahren? Er verstand sich selbst nicht mehr. Er hatte gewiss nicht vorgehabt, die Sache so weit zu treiben. Diese Komplikation war das Letzte, was er im Moment gebrauchen konnte.

Aber Regina war so weich und anschmiegsam gewesen, so unwiderstehlich, und er hatte gedacht ... ja, verdammt, was hatte er sich gedacht? Dass sie ihn brauchte? Dass sie gefangen war in ihrem Trauma, eingeschlossen wie diese verdammte prähistorische Fliege in ihrem Bernsteinanhänger? Dass er der einzige Mann war, der ihre Ängste erkennen und auflösen konnte, der einzige, der sie zu befreien vermochte?

Sankt Kane mit seinem treuen Schwert. Im wahrsten Sinne des Wortes.

Was war er doch für ein Idiot.

Er hatte sich verführen lassen. Die Mischung aus Verlangen und Verletzbarkeit, aus Angst und Kühnheit, die sie eingesetzt hatte, war tödlich gewesen und exakt auf jemanden wie ihn zugeschnitten. Hingerissen von der Show, die sie abzog, hatte er erst gemerkt, was auf ihn zukam, als es längst zu spät war.

Vielleicht war es ihm auch entgangen, weil er seinen eigenen

Plan im Hinterkopf hatte. Jedenfalls hatte er die Situation herbeigeführt und damit kein Recht, sich zu beschweren. Aber warum fühlte er sich dann hintergangen und hereingelegt?

Regina hatte Gefühle in ihm geweckt, daran konnte kein Zweifel bestehen. Irgendwie hatte er sich mit ihr identifiziert, hatte nachempfinden können, wie entwurzelt, wie allein sie sich fühlen musste nach dem Tod ihrer Mutter. Weil er dieselbe Hölle durchgemacht hatte, als seine Eltern ums Leben kamen. Und diese schlimme Erfahrung mit dem Mann, der sie missbraucht hatte, erschien ihm vergleichbar mit Francies hässlichem Vertrauensbruch. Sie hatten beide den falschen Menschen vertraut, waren beide verletzt worden, als man ihren Wunsch nach Liebe, ihr Bedürfnis nach einer Beziehung gegen sie verwendete.

Gab es wirklich eine Übereinstimmung, oder existierte sie nur in seiner Einbildung? Und selbst wenn es sie gab, blieb doch die Frage: Warum er? Warum ausgerechnet jetzt, zu diesem Zeitpunkt? In welchem Maße beruhte Reginas bezaubernde Hingabe auf wahren Gefühlen, und wie viel hatte mit kalter Berechnung zu tun?

Die Fragen begannen ihn zu beschäftigen, kaum dass Regina sich aus seinen Armen gelöst hatte. Und sie würden ihn so lange verfolgen, bis er die Wahrheit herausgefunden hatte.

Ihre anfängliche Zurückhaltung war nicht gespielt gewesen, da ging er jede Wette ein. Was ihm jedoch zu schaffen machte, war die Vorstellung, dass der Rest womöglich vorgetäuscht war – das Verlangen, die Lust, die Ekstase, alles, der ganze Akt. Hatte sie irgendetwas davon wirklich empfunden, oder war sie nur eine sehr gute Schauspielerin, eine abgefeimte Lügnerin?

Das Gesicht in den Fahrtwind haltend, atmete Kane ein paar Mal tief durch. Der Gedanke, dass ihre leidenschaftliche Vereini-

229

gung Regina innerlich kalt gelassen hatte, während in ihm noch die Glut schwelte und er es am liebsten noch einmal getan hätte, war ihm unerträglich.

Sie hatte seine Gefühle gegen ihn benutzt, und er hatte sie gewähren lassen. Wie konnte das passieren, wenn er dasselbe mit ihr vorgehabt hatte? Irgendwie hatte sie es geschafft, dass er sein Ziel aus den Augen verlor, und das gefiel ihm gar nicht. Und was ihm noch weniger gefiel, waren die Gewissensbisse, die er empfand. Als ob er sich ihre Gefühle zu Nutze gemacht hätte. Sie gab ihm Rätsel auf, und das gefiel ihm am allerwenigsten.

Und doch mochte er das Erlebnis nicht missen, um nichts auf der Welt. Sie in den Armen zu halten war eine Offenbarung gewesen – als seien sie füreinander geschaffen. Er hätte Stunden damit zubringen können, ihr vielschichtiges Wesen zu ergründen oder die empfindsamen Stellen ihres Körpers zu entdecken, die er noch nicht berührt hatte. Und noch viel mehr Zeit würde er sich nehmen, um sie in die Geheimnisse der Liebe einzuweihen und sich dabei in ihrem Geschmack und ihrer warmen weichen Weiblichkeit zu verlieren.

Die Sache war noch lange nicht ausgestanden. Wenn Regina Dalton dachte, einmal sei genug gewesen, um ihn abzuschütteln, ihn von ihrer Fährte abzubringen, dann stand ihr eine Überraschung bevor. Sie hatten einander verführt, okay. Jetzt würde sich zeigen, wer die Oberhand behielt.

Er musste außerdem herausfinden, wer sich mit seinem Boot davongemacht und damit die Geschehnisse überhaupt erst in Gang gesetzt hatte. Es bestand die Möglichkeit, dass es nur ein Streich gewesen war, dass jemand sie den Hochstand ansteuern sah und es witzig fand, ihm und der neuen Lady im Dorf einen Schabernack zu spielen. Aber er hielt es für nicht sehr wahrscheinlich. Genauso wenig wie er glaubte, dass Luke etwas damit zu tun hatte.

Er hätte sich zurückhalten sollen mit seinen Anschuldigungen gegenüber seinem Cousin. Aber der See und die Sümpfe waren Lukes Domäne, und es wäre ein Leichtes für ihn gewesen, Kane ein kleines Problem zu bereiten. Nachdem er Regina unter seine Fittiche genommen hatte, mochte Luke beschlossen haben, seinem Cousin eine Lektion zu erteilen, was den Umgang mit Frauen betraf. Vor allem dann, wenn er dort draußen auf dem See mitbekommen hatte, was sich anfangs zwischen Regina und ihm abspielte. Und nicht zuletzt konnte Luke sich gedacht haben, dass Kane seine – wenig ehrbaren – Gründe gehabt haben musste, als er ihm Regina nach der Empfangsparty ausspannte.

Aber nach einigem Nachdenken verwarf Kane diese Theorie. Hätte Luke die Konfrontation zwischen Regina und ihm mitbekommen, wäre er mit Sicherheit eingeschritten, anstatt den Dingen ihren Lauf zu lassen, indem er ihnen das einzige Transportmittel wegnahm.

Blieb also nur noch Dudley Slater. Kane fand die Vorstellung, dieser Kerl könnte Regina und ihm gefolgt sein, widerlich. Aber es wäre durchaus möglich gewesen. Er hätte nur eines der Boote vom Anlegesteg zu nehmen brauchen. Doch was könnte sein Motiv gewesen sein? Diese Frage bereitete Kane am meisten Kopfzerbrechen. Angenommen, Slater wurde von Berry bezahlt, dann machte die Aktion keinen Sinn. Denn was war damit gewonnen, wenn Regina mit ihm, Kane, auf dem See festsaß?

Die ganze Sache ergab nur dann einen Sinn, wenn Slater und Regina zusammenarbeiteten. Wenn Slater wusste, dass Regina genau diese Situation angestrebt hatte. Kane schüttelte grimmig den

Kopf. Der Gedanke war alles andere als angenehm. Konnte seine Theorie stimmen, oder sah er bereits Gespenster?

Die Frage vermochte er sich nicht zu beantworten. Nicht jetzt. Es fiel ihm im Moment noch zu schwer, einen klaren Gedanken zu fassen. Er brauchte Zeit, musste Abstand gewinnen. Es hätte ihn nicht gewundert, wenn Regina genauso dachte. Am besten brachte er sie sofort in ihr Motel zurück. Sie mussten die Sache überschlafen. Und zwar in getrennten Betten.

Es war die richtige Entscheidung, das wusste er. Warum sträubte sich dann aber alles in ihm dagegen?

Am nächsten Morgen traf sich Kane mit Melville auf den Stufen des Gerichtsgebäudes in Baton Rouge, um vor dem Bezirksgericht erste Verhandlungen im Hinblick auf den bevorstehenden Prozess zu führen. Da er sich verspätet hatte, war er in einem Rutsch von seinem Haus bis zur Hauptstadt durchgefahren. Er hatte in der vergangenen Nacht nicht einschlafen können, weil sich seine Gedanken unablässig um Regina drehten. Frustriert war er schließlich um zwei Uhr morgens aufgestanden, hatte nach Pops geschaut und dann einige Stunden gearbeitet. Als er schläfrig wurde, wollte er sich eigentlich nur kurz hinlegen. Aber dann musste ihn die Erschöpfung doch übermannt haben, denn er wachte erst um halb acht wieder auf. Und da die Fahrt zum Gericht in Baton Rouge eine gute Stunde dauerte, hatte er sich natürlich sehr beeilen müssen.

„Wie geht es deinem Großvater?" fragte Melville, als sie zusammen die breiten Stufen zum Gerichtsgebäude hinaufstiegen.

„Pops ist griesgrämig", antwortete Kane. „Er will nach Hause und wieder in seinem eigenen Bett schlafen."

„Er macht deiner Tante das Leben schwer, was?"

„Sie behauptet es, aber ich glaube, sie ist froh, mal mit jemand anderem als mit mir reden zu können." Sein Lächeln schwand, als er den hageren, ungepflegt aussehenden Mann bemerkte, der, eine Zigarette in der Hand, an einer der Säulen des Portikus lehnte. Mit einer Kopfbewegung in seine Richtung deutend, fügte er hinzu: „Mir scheint, die Geier sammeln sich bereits."

Melville nickte. „Das ist unvermeidbar, obwohl ich mir nicht vorstellen kann, was dieser Kerl da sich erhofft. In den letzten zwei Tagen sehe ich ihn dauernd irgendwo in Turn-Coupe herumlungern."

„Er beunruhigt mich", sagte Kane. „Es gefällt mir nicht, dass er sich hier herumtreibt."

„Vermutlich ist er nicht schlimmer als der Rest. Wenn du dir wirklich über etwas Gedanken machen willst, dann kann ich dir ein echtes Problem liefern." Ohne seine Schritte zu verlangsamen, klappte er seinen Aktenkoffer auf und entnahm ihm einen Hefter, den er ihm reichte.

„Was ist das?"

„Ein Dossier über die Lady, die bei deinem Großvater ein und aus geht."

Kane spürte, wie sich ihm das Herz zusammenkrampfte. Einen Moment blickte er seinen Partner stumm an. Weil er befürchtete, dass Slater, der ganz in der Nähe herumlungerte, ihre Unterhaltung verstehen konnte, wählte er seine Worte mit Bedacht. „Du bist dem Problem nachgegangen?"

„Es erschien mir ratsam."

Melville hatte Recht. Die Idee hätte ihm auch kommen müssen, überlegte Kane. Und das wäre sie auch, wenn er sich um seine Arbeit gekümmert hätte, anstatt sich in Regina zu verknallen.

Oder wenn er sich nicht darauf versteift hätte, auf seine Art und Weise mit ihr fertig zu werden.

„Und?" fragte er seinen Partner mit gepresster Stimme.

„Lies es selbst", erwiderte Melville.

Das würde er tun. Er musste es lesen, auch wenn Melvilles Verhalten darauf schließen ließ, dass er nicht glücklich sein würde über die Information. Der Blick, den er Slater zuwarf, als sie an dem dürren Reporter vorbeigingen, war vernichtend, mindestens doppelt so feindselig, wie er noch vor einer Minute gewesen wäre.

Melville, der den Blick gesehen hatte, runzelte die Stirn. Nachdem er die schwere Eingangstür aufgehalten hatte und seinem Partner in das Gebäude gefolgt war, fragte er: „Ist es dir nicht recht, dass ich die Lady ausgecheckt habe?"

„Doch, natürlich. Ich bin bloß nicht wild darauf, über jede Person, die auch nur am Rande mit dem Fall in Berührung kommt, Nachforschungen anzustellen."

„Sind das echte Bedenken? Oder läuft da was zwischen dir und der Lady?"

Kane hütete sich, irgendetwas zuzugeben. „Wie kommst du darauf?" fragte er ausweichend.

„Man sieht dich ziemlich häufig zum Motel fahren. So etwas spricht sich herum. Du warst mit ihr auf Lukes Party, und gestern war sie in deinem Haus."

Kane ging schneller. „Ich habe eben meine eigene Methode, Nachforschungen anzustellen", sagte er über die Schulter.

Mit wenigen Schritten hatte Melville ihn eingeholt. „Konntest du etwas in Erfahrung bringen?"

„Nichts Aufschlußreiches." Das stimmte zwar nicht ganz, aber Kane wollte nicht mehr dazu sagen. Es war ihm einfach nicht danach zu Mute, über die Sache zu sprechen. Melville musste es gemerkt haben, denn er ließ das Thema fallen.

Erst nachdem das Gericht sich zum Lunch zurückzog, zwang sich Kane, den Hefter aufzuschlagen. Die Fakten waren schlimmer, als er befürchtet hatte. Regina Dalton wohnte unter derselben Adresse wie Gervis Berry. Sie bezeichneten sich als Cousin und Cousine, waren jedoch nicht blutsverwandt. Was nur eine Schlussfolgerung zuließ.

Während er auf das vernichtende Beweismaterial hinunterstarrte, wurde Kane von blinder Wut gepackt. Wie konnte das saubere Pärchen sich einbilden, man würde ihm nicht auf die Schliche kommen? Die beiden glaubten wohl, sie hätten es hier mit den letzten Hinterwäldlern zu tun? Berry, der in seinem New Yorker Büro saß, wusste es nicht besser. Aber Regina war vor Ort. Sie hätte eigentlich damit rechnen müssen, dass die Sache früher oder später auffliegen würde.

Wenn er sie in die Finger bekäme, würde er die Wahrheit schon aus ihr herausholen. Am liebsten hätte er die weiteren Verhandlungen seinem Partner überlassen und wäre auf der Stelle nach Turn-Coupe zurückgefahren, um sich die süße Regina vorzuknöpfen.

Aber nein, das wäre zu einfach, zu endgültig gewesen. Besser wäre es, sie beim Lügen zu ertappen und ihr dann das ganze Täuschungsmanöver auf den Kopf zuzusagen. Es gab andere, subtilere Methoden, um Regina ihr Tun bedauern zu lassen, und er wusste auch schon, welche.

Die Vorverhandlungen zogen sich über den ganzen Nachmittag hin. Als die Sitzung schließlich beendet war, fuhren Kane und Melville zu ihrem Büro in Turn-Coupe zurück, um die Entwicklung des Falles durchzusprechen. Es war spät, als Kane schließlich

Feierabend machte und nach Hause fuhr. Als er am Bestattungs-institut vorbeikam, sah er das Auto seiner Tante beim Nebenein-gang parken.

Es bestand natürlich die Möglichkeit, dass Tante Vivian ir-gendetwas für seinen Großvater erledigte, aber Kane bezweifelte es. Wahrscheinlicher war, dass Pops genug davon hatte, als Invali-de das Bett zu hüten, und sich ein Transportmittel geliehen hatte, um in die Stadt zu gelangen. Leise fluchend trat Kane auf die Bremse und bog auf den Parkplatz ein.

Das Erste, was er hörte, als er den Empfangsbereich betrat, war eine vertraute tiefe Stimme, die aus irgendeinem der hinteren Räume kam. Kane hob die Brauen. Fragend blickte er die Frau an der Rezeption an.

Miss Renfrew, die Halbtagskraft, die ihr inzwischen ergrautes Haar seit Jahrzehnten zu demselben Knoten im Nacken zusam-menzwirbelte und die mehr vom Geschäft verstand als jeder an-dere, außer Mr. Lewis selbst, nickte grimmig. „Sie haben richtig gehört. Er ist es. Ich sagte ihm, dass er ins Bett gehört, aber er meinte, er sei es leid, betütert zu werden."

Als sie ausgeredet hatte, hörte Kane eine zweite, hellere Stim-me, die sich deutlich von Pops' tiefem Bariton abhob. „Ist Miss Elise bei ihm?" fragte er.

Miss Renfrew schüttelte den Kopf. „Die junge Frau, die we-gen des Schmucks hier ist. Anscheinend hatte Mr. Lewis einen Termin mit ihr. Sie sind hinten im Ausstellungsraum, falls Sie zu ihnen gehen wollen."

Eine ausgezeichnete Idee, dachte Kane.

Während er nach hinten ging, konnte er die beiden lachen hö-ren. Er biss die Zähne zusammen, so sehr ärgerte es ihn, wie ver-traut sie miteinander umgingen. Sie standen zwischen den aufgeklappten Särgen, die, mit rosa und blauem, weißem und cremefarbenen Satin ausgeschlagen, wie riesige Kinderbetten zur Schau gestellt waren. Sie drehten sich um, als er in den Raum kam. Das Lächeln, das Reginas Gesicht erhellte, hätte ihn normalerweise im siebten Himmel schweben lassen, wäre er nicht felsenfest davon überzeugt gewesen, dass sie ihm etwas vorspielte.

Es widerstrebte ihm zwar, so zu tun, als sei alles in Ordnung, aber es schien ihm im Moment die beste Strategie zu sein. Er wollte Pops weder unnötig aufregen noch ihn dazu zwingen, Partei zu ergreifen.

Reginas Lächeln erwidernd, ging er zu ihnen hin und legte ihnen beiden den Arm um die Schultern. „Wieso bist du nicht im Bett?" fragte er seinen Großvater mit gespieltem Tadel. „Was hast du hier schon wieder zu suchen?"

„Ein Mann muss schließlich seinen Verpflichtungen nachkommen", antwortete Pops. Das verschmitzte Lächeln, das er Regina dabei zuwarf, brachte deutlich zum Ausdruck, wie gut sich die beiden verstanden.

Kane musste sich zusammenreißen, um nicht mit den Zähnen zu knirschen vor lauter Frustration. „Wenigstens hast du angenehme Gesellschaft gehabt", bemerkte er mühsam beherrscht.

„Nicht wahr? Ich habe Regina gerade das Geschäft gezeigt. Dabei hat sie mir von eurem Abenteuer gestern nach der Party erzählt."

Kane blickte Regina an. Es ärgerte ihn, wie mühelos es ihr gelungen war, seinen Großvater aufzuheitern. „Man kann nicht sagen, dass sie mitgenommen aussieht", bemerkte er anzüglich.

„Es geht mir ausgezeichnet", erklärte Regina.

Kane konnte es sich lebhaft vorstellen. „Keine Mückenstiche?"

„Nur ein paar."

Die Art und Weise, wie sie dabei die Lippen verzog – und vor allem, wie sein Körper darauf reagierte -, lenkte Kane sekundenlang ab.

„Ich schlug Regina vor, zum Dinner zu Vivian mitzukommen", sagte Pops. „Als ich losfuhr, hatte Vivian eines ihrer Kochbücher aufgeschlagen und schob gerade einen riesigen Braten in den Ofen. Elise kommt auch herüber. Wenn Regina uns helfen würde, den Braten zu bewältigen, könnte sie uns davor bewahren, tagelang Reste zu essen."

Zweifelnd blickte Regina erst den alten Herrn, dann Kane an. „Ich habe ihn davon zu überzeugen versucht, dass es keine gute Idee ist, Vivian schon wieder eine Fremde zum Essen anzuschleppen", sagte sie.

„Ich bin sicher, es macht ihr nichts aus", erwiderte Kane aus reiner Höflichkeit. Das Arrangement gefiel ihm nicht. Viel lieber wollte er nämlich mit Regina allein sein.

„Nein, ganz bestimmt nicht", stimmte Pops ihm zu. „Vivian liebt es, Gäste zu bewirten."

„Und sie ist eine wunderbare Gastgeberin", sagte Regina. „Aber ich bin mir trotzdem nicht sicher, ob es richtig ist."

Auf diesen Moment hatte Kane gewartet. Geschickt machte er sich ihr Zögern zu Nutze, um in ruhigem Ton einzuwerfen: „Hatten wir nicht eine Pizza-Party für heute Abend vereinbart?"

Sie sah ihn an. Ein fragender Ausdruck lag in ihren haselnussbraunen Augen. Vielsagend erwiderte er ihren Blick. Dabei bemühte er sich, so viel Wärme in seinen Ausdruck zu legen, wie es ihm unter den gegebenen Umständen möglich war. Mit Genugtuung und zugleich einem seltsam schmerzlichen Bedauern beobachtete er, wie ihr die Röte in die Wangen stieg.

Doch noch ehe sie antworten konnte, trat einer der Männer, die für seinen Großvater arbeiteten, an die geöffnete Tür. „Telefon, Mr. Crompton."

„Ich komme gleich", rief Pops über die Schulter. Und an Kane gewandt, sagte er: „Du kümmerst dich inzwischen um Miss Regina, nicht wahr?"

„Ich wüsste nicht, was ich lieber täte", erwiderte Kane.

Er wartete, bis die beiden Männer gegangen und ihre Schritte im vorderen Teil des Bestattungsinstituts verhallt waren. Dann riss er Regina unvermittelt in seine Arme. Als sie überrascht zu ihm aufsah, beugte er sich über sie und presste hart seine Lippen auf ihren Mund. Er wollte sie nur kurz und ohne jede Zärtlichkeit daran erinnern, was sich in der vergangenen Nacht zwischen ihnen abgespielt hatte. Aber sie schmeckte so süß, war so weich und anschmiegsam, dass er sein Vorhaben fast aus den Augen verloren hätte. Nichts wäre einfacher gewesen als zu vergessen, was er tat, und nur noch daran zu denken, was er tun wollte. Jetzt, sofort. Hier in diesem Raum oder dem nächstbesten.

Er hob den Kopf. Langsam lockerte er seine Umarmung. Ihre rosa Lippen glänzten feucht, ihre Pupillen waren groß und dunkel. Die Hände auf seine Brust gelegt, direkt über sein Herz, das hart gegen seinen Brustkorb hämmerte, fragte sie: „Stimmt irgendetwas nicht?"

Fast übermächtig war sein Bedürfnis, ihr zu sagen, was ihn beschäftigte und eine glaubwürdige Erklärung von ihr zu verlangen. Das Einzige, was ihn davon abhielt, war die absolute Gewissheit, dass sie ihm wieder irgendeine Story auftischen würde, um ihn von der Fährte abzubringen.

Und so zwang er sich zu einem sorglosen Lächeln und erwiderte leichthin: „Warum? Wie kommst du darauf?"

„Du erscheinst mir irgendwie … verändert."

„Ich habe den ganzen Tag auf dem Bezirksgericht verbracht und mich mit den Anwälten der Berry Association herumgeschlagen."

Als sei das ihr Stichwort gewesen, lächelte sie mitfühlend. Während sie mit der Fingerspitze über seine seidene Krawatte strich, fragte sie arglos: „Sie sind wohl in der Überzahl?"

„Es waren mindestens acht, und alle trugen sie dieselben Brooks-Brothers-Anzüge und dieselben Schuhe. Man hätte meinen können, sie waren geklont."

„Ich wusste gar nicht, dass der Fall schon vor Gericht verhandelt wird."

„Hat Pops dir nichts davon erzählt? Es sind Vorverhandlungen, Präliminarien. Bis die Sache richtig losgeht, können noch ein paar Tage vergehen."

„Ach so", sagte sie und klang dabei richtig erleichtert.

„Also, was darf es sein? Tante Vivians Braten oder Pizza für zwei aufs Motelzimmer geliefert?"

Ob es beabsichtigt war oder nicht, jedenfalls klangen die letzten Worte recht zweideutig.

„Ich richte mich ganz nach dir."

Sie schlug die Augen nieder, während sie ihm antwortete. Doch Kane hatte das Versprechen gesehen, das in ihnen lag. Es war unfair, aber Reginas verheißungsvolle Antwort wirkte sich sofort auf den empfindsamsten Teil seiner Anatomie aus.

„Ich komme dann gegen halb acht bei dir vorbei", sagte er und ließ sie los, ehe er keinen Einfluss mehr auf den Lauf der Dinge hatte. Ehe er dem Drang nachgab, sie in einen der Särge zu legen und da weiterzumachen, wo er an dem Tag, als sie sich begegneten, aufgehört hatte.

Derselbe Drang, diese Mischung aus Zorn und sexuellem Verlangen, schwelte noch in Kane, als er zwei Stunden später im Motel ankam. Um die Spuren eines anstrengenden Tages zu beseitigen und weil er vermutete, dass dieser Abend in Reginas Bett enden würde, hatte er sich rasiert, geduscht und umgezogen. Er hätte sich schon sehr täuschen müssen, wenn seine Rechnung nicht aufging.

Trotzdem hatte er seine Zweifel. Sein Handeln erschien ihm kaltblütig und berechnend. Die erotische Anziehungskraft zwischen Regina und ihm für seine Zwecke auszunutzen, entsprach kaum seiner Vorstellung von einer perfekten Beziehung. Vielleicht hatte er sich mehr romantische Illusionen bewahrt, als ihm bewusst gewesen war.

Als Regina auf sein Klopfen hin die Tür öffnete, stieg ihm eine appetitliche Duftmischung aus Oregano und Basilikum, Tomaten, Mozzarella und frischem Hefeteig in die Nase, die überlagert wurde von Reginas zart nach Gardenien riechendem Parfüm. Die Pizza, wie er gleich darauf sah, lag auf dem Tisch, der unter dem einzigen Fenster des Raumes stand.

Dass Regina bereits alles bestellt und bezahlt hatte, passte ihm gar nicht. Manche Leute mochten sich nichts dabei denken, aber im Süden galt es als ungeschriebenes Gesetz, dass der Mann das Essen bezahlte, vor allem dann, wenn das Paar eine intime Beziehung miteinander hatte. Nicht, dass es um eine Gegenleistung ging. Nein, es war ganz einfach Usus, und jedes andere Arrangement ging ihm gegen den Strich. Und wenn man ihn deshalb als Chauvinisten bezeichnen wollte, störte ihn das nicht im Geringsten.

Kane ging ins Zimmer hinein, stellte die Keramikschüssel mit dem Dessert ab, das seine Tante beigesteuert hatte, zückte seine

241

Brieftasche und legte einige Geldscheine auf die Konsole, wo der Fernseher stand. Die Summe war ausreichend für eine große Pizza de Luxe und ein dickes Trinkgeld für die Lieferung aufs Zimmer.

„Was machst du da?" fragte Regina, die von der Tür aus sein Tun mit zunehmender Verwirrung beobachtet hatte.

„Ich zahle dir deine ..."

„Raus!" sagte sie und riss die Tür wieder auf. „Verschwinde!"

Im ersten Augenblick war Kane echt verblüfft. Bis er ihren Gesichtsausdruck sah. „Moment, warte mal!"

„Worauf? Dass du dich auszieht? Nein, vielen Dank. Nimm dein Geld und verschwinde."

Bedächtig steckte Kane seine Brieftasche weg. Mit tonloser Stimme sagte er: „Verkaufst du dich nicht etwas zu billig?"

Ihre Augen wurden schmal. „Ich verkaufe mich überhaupt nicht, du mieser ..."

„Umso besser", unterbrach er ihre Tirade, „weil ich nämlich nichts kaufe – abgesehen von der Pizza." Er nahm die Geldscheine, schob sie wie einen Fächer auseinander und hielt sie ihr hin, damit sie sehen konnte, dass die Summe nicht annähernd ausreichte für das, was sie ihm unterstellen wollte.

Daraufhin sagte sie erst einmal gar nichts. Er sah, wie bis auf die Sommersprossen alle Farbe aus ihrem Gesicht wich, und sekundenlang fürchtete er, sie würde in Ohnmacht fallen. Als sie schließlich sprach, kostete jedes Wort sie sichtbare Überwindung. „Du wolltest die Pizza bezahlen?"

„Das hatte ich vor."

Sie schloss die Tür. Einen Moment lehnte sie sich mit geschlossenen Augen dagegen, ehe sie sich ihm wieder zuwandte. „Ich weiß nicht, was ich sagen soll. Ich dachte ..."

„Ich weiß, was du dachtest. Es tut mir Leid, dich enttäuschen zu müssen, aber ob du es glaubst oder nicht, ich habe für Sex ebenso oft bezahlt, wie du ihn verkauft hast." Der Blick, mit dem er sie dabei ansah, sollte seine Worte untermauern. Er wollte ihr außerdem damit zeigen, dass er an ihre Integrität glaubte.

Schweigen breitete sich zwischen ihnen aus. Reginas Züge verrieten Zweifel, als sie forschend sein Gesicht betrachtete. „An jenem ersten Tag in Hallowed Ground schienst du mich für eine Art Callgirl zu halten."

Sie hatte Recht, das ließ sich nicht leugnen. „Ich habe einen Fehler gemacht", sagte er.

„Ja, das hast du."

„Ich meinte es nicht so." Er wollte zu ihr hingehen und sie in die Arme nehmen, fürchtete jedoch, sie könnte ihm seine Reaktion falsch auslegen.

Sie atmete tief aus. „Nein, das hast du vermutlich nicht. Ich bin wohl in diesem Punkt etwas überempfindlich."

Das erschien ihm zwar gewaltig untertrieben, aber er war sicher, sie hatte ihre Gründe dafür. Was ihn überraschte, war, wie sehr ihn diese Gründe interessierten. Und er wunderte sich auch, dass er ihr das Missverständnis nicht weiter nachtrug, sondern ihre Haltung respektierte.

Er verzog die Mundwinkel zu einem Lächeln, als er sie nach einem Moment des Schweigens fragte, ob sie ihn denn tatsächlich hinausgeworfen hätte.

„Ich hätte es versucht." Mit einer Kopfbewegung warf sie ihr Haar zurück. Ihr Blick signalisierte ihm, dass er es bloß nicht wagen sollte, über die Vorstellung zu lachen.

„Gut", sagte er. „Ich mag Frauen, die wissen, was sie wollen." Er meinte es ernst. Wobei er nicht vermutet hätte, etwas Derartiges je zu Regina Dalton zu sagen. Schon gar nicht heute Abend.

Sie beobachtete ihn eine Minute. Noch immer lag ein Schatten über ihrem Gesicht. „Okay", sagte sie schließlich. „Wenn das so ist, dann will ich jetzt Pizza essen."

Es war kaum der Auftakt, den Kane sich für den Abend gewünscht hatte. Die Frage war, ließ sich wenigstens das Ende, so wie es ihm vorschwebte, retten? Er konnte nicht mehr, als es versuchen.

Die Atmosphäre während des Essens war gedämpft, die Unterhaltung höflich und nichts sagend. Kane merkte kaum, was er aß. Er hätte genauso gut Pappe in sich hineinstopfen können. Erst als er die Reste wegtrug und Regina die Folie von der Keramikschüssel mit dem Dessert nahm, lockerte sich die Stimmung zwischen ihnen etwas auf.

„Erdbeeren", sagte Regina staunend, als sie die dicken reifen Früchte sah. Sie beugte sich über sie, um ihr frisches Aroma einzuatmen. „Sind sie vom Markt?"

„Nein, aus Tante Vivians Garten. Sie kocht nicht nur gut, sondern ist auch eine begnadete Gärtnerin."

„Und das ist die Soße dazu?" Regina stellte die Schale, die in der Mitte eine Vertiefung hatte, in der sich die Kokoscreme befand, zwischen sie. Dann setzte sie sich wieder ihm gegenüber an den Tisch.

„Es ist ein Dip, den meine Tante aus Kokoscreme, Frischkäse, Puderzucker und Vanille zusammenrührt. Man taucht die Beeren herein." Um es ihr zu demonstrieren, nahm er eine der Erdbeeren, die für diesen Zweck mit Stil und Blättchen geerntet wurden, tunkte sie in die Creme und hielt sie Regina vor die Lippen.

„Hmm", sagte sie, nachdem sie die Hälfte der dicken Beere abgebissen hatte, „das ist ja köstlich. Ich liebe Erdbeeren."

Kane nickte zustimmend. Dabei versuchte er zu ignorieren, wie ein gewisser Teil seiner Anatomie auf den verführerischen Anblick der roten Frucht zwischen ihren Lippen reagierte. Während er sich vorbeugte, um sich selbst eine Beere zu nehmen, sagte er: „Ist dir eigentlich klar, wie wenig wir voneinander wissen – was unsere Vorlieben und Abneigungen sind, was uns Spaß macht und was nicht? Ganz zu schweigen von den wichtigen Dingen? Zum Beispiel hast du mir kaum etwas von deinem Leben in New York erzählt, außer dass du mit deinem Cousin zusammenwohnst und einen Sohn hast."

„Da gibt es nicht viel zu erzählen. Ich kaufe und verkaufe Schmuck, fahre zu Auktionen und taxiere Kollektionen. Wenn ich zu Hause bin, helfe ich meinem Cousin im Büro." Sie sah ihn nicht an, während sie beiläufig die Schultern zuckte und eine zweite Erdbeere in die Kokoscreme tunkte.

„Und du hast keine weiteren Verwandten? Keine Großeltern?"

„Nein. Meine Mutter behauptete immer, sie sei Waise gewesen, doch ich vermute, ihre Familie wollte nichts mehr mit ihr zu tun haben, nachdem sie von zu Hause fortlief, um meinen Vater zu heiraten. Und was seine Eltern angeht, so leben sie bestimmt noch irgendwo, aber ich habe sie nie gekannt."

Sie hatte keine Familie, niemanden, der sie liebte und um ihr Wohl besorgt war.

Offenbar war sie geübt darin, sich etwas vorzumachen, sich einzureden, dass es ihr egal sei. Aber sie litt darunter, das merkte Kane, als er den Schatten sah, der über ihr Gesicht fiel, den schmerzlichen Ausdruck in ihren Augen. Leider durfte er sich

245

kein Mitgefühl leisten. Derartige Emotionen konnte er in seiner Situation am allerwenigsten gebrauchen.

„Wer hat sich um dich gekümmert, nachdem deine Mutter starb?"

„Eine Tante."

„Aber ich dachte, du hättest keinen Kontakt zu den Verwandten deiner Eltern gehabt?" Sein Ton war neutral. Doch er beobachtete sie scharf.

„Sie war keine richtige Tante, sondern eine Freundin meiner Mutter, eine Frau, die sie kennen lernte, kurz nachdem sie nach New York kam." Regina sprach zögernd, vorsichtig, als würde sie ahnen, was er vorhatte. „Sie sagte, wir sollten so tun, als sei sie meine Tante, um Schwierigkeiten mit dem Jugendamt zu vermeiden. Sie fürchtete, man würde ihr das Sorgerecht absprechen, wenn bekannt würde, dass keine Blutsverwandtschaft vorlag. Ich bezweifle jedoch, dass es jemanden interessiert hätte. Jedenfalls ist es mir so zur Gewohnheit geworden, sie als meine Tante zu bezeichnen, dass ich schon fast selber daran glaube."

„Hast du mir nicht erzählt, diese Frau sei gestorben?"

Regina nickte. Sie ließ den Stiel der Erdbeere, die sie gerade gegessen hatte, auf den Teller fallen und griff nach der nächsten. „Ja", sagte sie mit tonloser Stimme, „knapp sechs Jahre, nachdem sie mich zu sich genommen hatte."

„Und was geschah dann? Du warst doch noch sehr jung, nicht wahr? Wie alt, sagtest du, bist du gewesen, als deine Mutter starb? Zehn?"

„Die Frau hatte einen Sohn, der wie ein Bruder für mich war. Ich bin bei ihm geblieben."

„Dann habt ihr zwei also eine Art Familie gebildet."

„So ungefähr." Regina hielt den Blick auf die Erdbeerblätt-

246

chen geheftet, die sie mit der Fingerspitze um den Tellerrand herumschob.

„Aber eigentlich ist er kein Cousin." Kane wollte akzeptieren, dass sich die Sache so verhielt, wie sie sagte. Was ihn überraschte, war, wie gern er es glauben wollte.

„Du hast ja keine Ahnung, wie schwierig es ist, ein Apartment in New York zu finden. Ich habe mir schon so lange vorgenommen, in eine eigene Wohnung umzuziehen, aber weil ich ständig reisen muss, bin ich nie dazu gekommen." Sie ließ die Blattrosette auf dem Tellerrand liegen. „Jemand wie du, der von einem Familienclan umgeben ist, kann sich ein Leben wie meines vermutlich nur schwer vorstellen."

„Ja, da hast du Recht."

„Wenn man nur so wenige Menschen hat, die einem nahe stehen, klammert man sich natürlich an sie." Während Regina das sagte, blickte sie endlich auf, um ihn anzusehen.

Kane versuchte ihren bedrückten Ton zu überhören. Er wollte sich nicht davon beeinträchtigen lassen. „Ich kann mir vorstellen, wie sehr du an deinem Sohn hängst", bemerkte er ruhig. „Wer kümmert sich um ihn, wenn du unterwegs bist, so wie jetzt?"

„Wegen einer Lernschwäche muss er ein spezielles Internat besuchen. Diese Lernschwäche hat einen negativen Einfluss auf sein Verhalten, er ist frustriert und hyperaktiv und kennt keinerlei Disziplin, was gefährlich ist in einer Stadt wie New York, wo er in den Verkehr hineinlaufen oder sich vom Apartment entfernen könnte. Er nimmt Medikamente, die ihn dämpfen, braucht aber ständige Beaufsichtigung." Mit einer hilflosen Handbewegung brach sie ab. Kane sah Tränen in ihren Augen glänzen, ehe sie den Kopf senkte und den Blick auf die Schüssel mit den Erdbeeren heftete. Sie nahm sich eine Beere und biss hinein, obwohl ihre mechanischen Bewegungen verrieten, dass ihr im Moment gar nicht nach essen zu Mute war.

„Ist der Junge der Grund dafür, weshalb du niemals geheiratet, keine eigene Familie gegründet hast?"

Sie leckte sich abwesend die Kokoscreme vom Finger, ehe sie sich eine Serviette nahm. „Er ist einer der Gründe", antwortete sie. „Die übrigen kennst du ja." Sie blickte auf. Ihr Gesichtsausdruck veränderte sich, wurde verschlossen und abweisend. „Was soll dieses Verhör? Wenn du hergekommen bist, um mir Fragen zu stellen, sollte ich vielleicht einen zweiten Anwalt kommen lassen."

„Das wäre nur dann nötig, wenn du etwas zu verbergen hast", erwiderte Kane, um dann mit banger Spannung auf ihre Antwort zu warten.

Sie zwinkerte. Für den Bruchteil einer Sekunde schien sie zu zögern. Dann lachte sie leise und mit einem Anflug von Ironie. „Ich glaube nicht, dass ich mehr Geheimnisse habe als jeder andere normale Mensch, du zum Beispiel."

Sie war gut, das musste er ihr lassen. Bis jetzt hatte sie sich so weit an die Wahrheit gehalten, dass ihre Geschichte glaubwürdig wirkte, wobei sie die Fakten verschleierte, indem sie sie einfach unter den Tisch fallen ließ. Ja, sie war wirklich gut. Aber er war genauso gut.

Er stützte die Ellbogen auf den Tisch und das Kinn in die Hände. „Das Einzige, was ich verberge, ist meine brennende Neugier, wie du wohl mit Tante Vivians Dip auf dem Mund schmecken magst", erklärte er lächelnd.

„Wahrscheinlich wie Kokosnuss und Erdbeeren", erwiderte sie, wobei ihre Stimme plötzlich ein wenig schwankte.

„Mein Lieblingsgeschmack."

Sie leckte sich die Lippen. „Wirklich?"

Mehr Ermutigung brauchte er nicht. Er stand auf. Um den Tisch herum ging er zu ihr hin, nahm ihre Hand, drehte sie um und presste die Handfläche an die Lippen. Dann, während er sich langsam über sie beugte, legte er ihre Hand in seine Taille, hob mit einem Finger ihr Gesicht ein wenig an und suchte ihre Lippen.

Ihr Geschmack, eine berauschende Mischung verschiedenster Aromen, zerging ihm auf der Zunge. Wie ein geheimnisvolles Elixier breitete er sich in ihm aus und weckte seine Sehnsucht nach mehr, selbst wenn er wusste, dass er niemals genug davon bekommen konnte. Verwirrt von dem Zauber hob er den Kopf und sah dasselbe benommene Staunen in ihren Zügen.

Warum? Warum musste es so wunderbar sein? Warum konnte er diese erstaunliche physische Übereinstimmung nicht bei einer Frau gefunden haben, die ihn liebte, die an dieselben Dinge glaubte wie er, die seine Werte, seine Hoffnungen und Träume verstand? Warum musste er immer solches Pech mit den Frauen haben? Gab es keine anständigen, oder stimmte irgendetwas nicht mit ihm, dass er sich immer zu den falschen hingezogen fühlte?

Die Frage war müßig, und er vergaß sie in dem Moment, als er Regina erneut küsste. Längst schreckte sie nicht mehr vor seiner Berührung zurück, sondern öffnete ihm willig die Lippen und erwiderte hingegeben seinen Kuss. Als sie ein wenig schwankte und sich, um nicht das Gleichgewicht zu verlieren, an seinem Arm fest hielt, brannte die Berührung ihrer Hand wie Feuer auf seiner Haut.

Sein Herz stand in Flammen – und der Rest von ihm sowieso. Er brauchte sie, wie er noch nie in seinem Leben einen anderen

Menschen gebraucht hatte. Entgegen jeder Vernunft wollte er sie mit Liebe überhäufen.

Neben ihrem Stuhl in die Knie gehend, bedeckte er ihr Kinn und ihren Hals mit schnellen kleinen Küssen. Sie trug eine rostfarbene Seidenbluse, die er innerhalb von Sekunden aufgeknöpft hatte. Sie aus dem Rock zu ziehen ging noch schneller.

Ihre Brüste schimmerten milchweiß unter dem pfirsichfarbenen Spitzen-BH, warme weiche Wölbungen, die wie für sie geformt in seine Hände passten. Ihr zarter Geruch stieg ihm wie eine betäubende Droge in den Kopf. Er presste seine heißen Lippen in das Tal zwischen ihnen und streifte ihr dabei die Träger des BHs über die Arme.

Es war zu dunkel gewesen in der vergangenen Nacht, um etwas zu sehen. Jetzt bewegte ihn die Schönheit ihrer Brustspitzen über alle Maßen. Wie zarte, empfindliche Rosenknospen, die jede Berührung zu beschädigen drohte, erschienen sie ihm. Aber seine Lippen prickelten vor Verlangen, sie zu kosten. Unfähig, dem Drang zu widerstehen, neigte er den Kopf und befeuchtete erst die eine, dann die andere mit der Zunge. Der feuchte Schimmer machte sie noch begehrenswerter. Ein Lächeln spielte um seine Mundwinkel, ehe er sie erneut kostete.

Dabei trug er sich die ganze Zeit mit einer Idee, einem äußerst verführerischen Gedanken, den er jetzt in die Tat umzusetzen gedachte. Langsam streckte er den Arm aus, tauchte den Finger in die Kokoscreme und strich sie auf eine der Brustspitzen.

„Was ... machst du da?" Reginas Stimme klang rau.

„Ich creme dich ein", erwiderte er abwesend.

„Warum?"

„Darum", antwortete er und begann die Creme von ihrer

Brust zu lecken. Regina schob die Hand in sein Haar und ließ ihn gewähren.

Wie er sie vom Stuhl auf den Tisch beförderte, blieb beiden ein Rätsel. Aber die Position stellte auf jeden Fall eine Verbesserung dar. Reginas Zweifel waren inzwischen verschwunden. Während sie ihm unter ihren langen Wimpern hervor einen kessen Blick zuwarf, steckte auch sie die Finger in den Kokos-Dip, um ihn dann in kleinen Klecksen auf seiner Brust zu verteilen. Nachdem sie ein paar Tropfen geschickt mit der Zungenspitze aufgefangen hatte, begann sie die Cremetupfer von seiner Brust zu lecken.

Kane genoss es. Er fand ihre scheue Teilnahme an dem erotischen Spiel hinreißend. Während der Druck seiner Hände auf ihren Hüften sie zum Weitermachen ermutigen sollte, schob er mit den Oberschenkeln ihre Beine auseinander und presste sich an sie, um das Verlangen, das in seinen Lenden brannte, zu lindern. Dabei packte ihn ein überwältigender, ursprünglicher Drang, sie schnell und hart zu besitzen und sich dann in ihr zu verlieren, ein leidenschaftlicher Wunsch, zu nehmen und zu geben.

Noch vor wenigen Minuten – oder waren es Ewigkeiten? – hatte er diese Art der Verführung als Mittel zum Zweck betrachtet. Jetzt war sein Motiv hinfällig geworden. Von ihrer Sinnlichkeit verzaubert, war es ihm völlig egal, was sie mit ihm machte und warum sie es machte, solange sie nicht aufhörte damit.

Er war so verrückt nach ihr, dass er jegliche Vernunft außer Acht ließ. Seine Beherrschung reichte nicht aus, um das leidenschaftliche Vorspiel lange durchzuhalten. Er musste ihr noch näher sein. Er musste eins mit ihr werden.

Er kam zu ihr, drang hart und tief in sie ein und bewegte sich dann in einem langsamen Rhythmus, der jeden Muskel in seinem

Körper beanspruchte und seine Seele erschauern ließ. Dabei stellte er immer wieder ihre Reaktion auf die Probe, ihre willige Hingabe, ihre rührenden Bemühungen, seine Leidenschaft zu erwidern. Er konnte einfach nicht aufhören. Für immer und ewig hätte er so in ihr verharren können, körperlich und seelisch zu einer Einheit mit ihr verschmolzen.

Die Realität war unwichtig geworden. Nur noch der elektrisierende Kontakt ihrer beiden Körper zählte. Im Zauber dieses unglaublichen Zusammenspiels, dieser wunderbaren Harmonie verloren, strebte er den einen explosiven Moment an, in dem sie wirklich eins sein würden.

Aber dieser Moment konnte und würde keinen Bestand haben. Und tatsächlich war er viel zu schnell wieder verflogen. Er hinterließ eine Leere in Kane, die noch schlimmer war als zuvor. Allein und verloren fühlte er sich, müde und der Wahrheitssuche überdrüssig.

14. KAPITEL

Das Klingeln des Telefons weckte Regina auf. Benommen im Halbdunkel daliegend, kam sie nur ganz allmählich zu sich. Schon lange nicht mehr hatte sie so tief und fest geschlafen. Es war ein merkwürdiges Gefühl, aus einem derartigen Tiefschlaf aufzutauchen. Und noch merkwürdiger war es, dass sie nackt unter ihrer Decke lag und dass Kane, den sie als warmes Kopfkissen benutzte, sich im selben Zustand befand.

Wieder schrillte das Telefon. Wie ein Messerstich durchzuckte es Regina. Es gab nur eine einzige Person, die sie hier anrufen konnte. Gervis.

252

Kane war wach. Sie spürte, wie sich seine Muskeln unter ihrer Wange anspannten, als er den Kopf hob. Gleich darauf streckte er den Arm nach dem Telefon aus, das auf dem Nachttisch an seiner Seite des Bettes stand.

Regina erschrak. Kerzengerade fuhr sie im Bett hoch. In panischer Angst warf sie sich über ihn und bekam Sekundenbruchteile vor ihm den Hörer zu fassen. Mit atemloser Stimme meldete sie sich.

„Verdammt, was ist da unten los, Gina? Warum höre ich nichts von dir?"

„Sorry", sagte sie hastig, „Sie sind mit dem falschen Zimmer verbunden."

„Was ist das für eine blöde ..." Er hielt inne. „Du hast jemanden bei dir, was? Um diese Zeit? Wie interessant. Ruf mich so schnell wie möglich an, Baby. Ich will eine Erklärung von dir."

„Kein Problem", sagte sie leichthin und hängte auf. Das Herz hämmerte ihr gegen die Rippen. Was für ein Glück, dass sie von ihren vielen Aufenthalten in Hotels her Erfahrung hatte mit falsch durchgestellten Anrufen und deshalb so geistesgegenwärtig reagieren konnte.

Sie warf Kane einen Blick zu. Er beobachtete sie. Sekundenlang war es ihr, als läge ein vorwurfsvoller Ausdruck in seinen Augen. Aber das konnte auch Einbildung sein, weil sie seinen Gesichtsausdruck im Halbdunkel sowieso nur schwer erkennen konnte.

Sie wollte gerade wieder von ihm herunterrutschen, als er sie überraschend festhielt. Hart legte er ihr die Hand aufs Hinterteil. Regina schnappte nach Luft. „Aber ich erdrücke dich ja", protestierte sie.

253

„Ich würde das, was du mit mir machst, etwas anders beschreiben." Während er das sagte, begann er mit kreisförmigen
Bewegungen über die weiche Rundung unter seiner Hand zu
streichen und löste damit seltsame Empfindungen in ihrer Magengrube aus.

Was dabei mit ihm geschah, blieb ihr nicht verborgen. Deutlich genug spürte sie, wie sich seine Härte unter ihrem Bauch ab-
zuzeichnen begann. „Lass mich los", befahl sie.

„Ich denke nicht daran." Sein Griff wurde fester. „Du machst
mich verrückt, weißt du das?"

„Das bildest du dir ein." Sie zappelte und wand sich wie ein
Aal, vermochte sich jedoch nicht aus seinem Griff zu befreien.

„Ich weiß. Das stört mich am meisten daran."

In seiner Stimme lag ein Ton, der ihr nicht gefiel. Sie hörte auf
zu zappeln. „Lass mich los", wiederholte sie, diesmal etwas nach-
drücklicher. „Auf der Stelle."

Mit einer einzigen fließenden Bewegung richtete Kane sich im
Bett auf, warf sie rücklings auf die Matratze und war im nächsten
Moment über ihr. Auf die Ellbogen gestützt, hielt er sie unter sich
fest. Stumm blickte Regina zu der dunklen Silhouette seines Gesichts auf, verblüfft und zugleich voller Entzücken angesichts seines unmissverständlichen Verlangens.

„Fühlst du dich bedrängt?" Hinter seinem liebenswürdigen
Tonfall verbarg sich Härte.

Fühlte sie sich bedrängt? Regina vermochte es nicht zu sagen.
Sie war viel zu erregt, fieberte viel zu ungeduldig seinen Zärtlich-
keiten entgegen – was sie freilich vor ihm zu verbergen versuchte.
„Oh nein, du bedrängst mich nicht", versicherte sie ihm hastig.

„Du verspürst also nicht den Drang, dich in eine Panik-Atta-
cke hineinzusteigern und wie eine Furie auf mich loszugehen?"

Erst jetzt wurde ihr klar, was er meinte. Sie konnte kaum glauben, dass er so deutlich werden musste, ehe sie ihn verstand. Etwas irritiert erwiderte sie: „Wir sind schließlich nicht in einem Sarg eingesperrt."

„Nein, aber es ist dunkel, es gibt keine Barrieren zwischen uns, und du bist in meiner Gewalt. Damit ist die Situation sehr viel gefährlicher als damals." Um ihr zu zeigen, was er meinte, drang er ein wenig in sie ein. „Aber vielleicht hat es dich ja damals genauso wenig gestört wie heute. Vielleicht brauchtest du nur einen Vorwand, um mir zu entkommen."

Trotzig schob sie das Kinn vor. „Oder vielleicht stellst du inzwischen keine Bedrohung mehr für mich dar."

„Falsch", sagte er und schob sich mit einem einzigen Stoß tief in sie hinein. „Falsch", wiederholte er, während er sich zurückzog. „Falsch." Wieder drang er in sie ein. Und so ging es endlos weiter, bis sie sich dem Höhepunkt näherten und Regina meinte, das eine Wort müsse sie bis in ihre Träume hinein verfolgen.

Kane war gegangen, als Regina eine Stunde später aufwachte. Diesmal war es das leise Geräusch, mit dem die Tür geschlossen wurde, das sie aus dem Tiefschlaf auftauchen ließ. Mit geschlossenen Augen lag sie da und lauschte in die Dunkelheit hinein. Nach wenigen Sekunden hörte sie, wie Kane seinen Wagen anließ und davonfuhr.

Es war sicherlich gut gemeint, dass er sie nicht hatte aufwecken wollen. Aber es wäre ihr lieber gewesen, er hätte ihr die Möglichkeit gegeben, sich von ihm zu verabschieden. Denn sie hätte ihm gern ins Gesicht gesehen, ehe er sie verließ.

Aus irgendeinem Grund hatte dieses Zusammensein mit Kane eine innere Unruhe in ihr hinterlassen. Irgendetwas daran kam ihr nicht geheuer vor. Im Nachhinein war sie sicher, dass sich unterschwellig mehr abgespielt hatte, als sie zunächst wahrhaben wollte. Jetzt, während sie so zurückdachte, erschien es ihr, als hätte jedes von Kanes Worten, jede Bewegung eine beunruhigende Botschaft enthalten.

Regina setzte sich im Bett auf. Mit einer müden Geste strich sie sich das Haar aus dem Gesicht. Dabei warf sie einen Blick auf den Reisewecker, der auf dem Nachttisch stand. Kurz nach Mitternacht. Das bedeutete, dass es in New York schon nach eins war. Sie lehnte sich in die Kissen zurück und schloss die Augen.

Sie sollte Gervis zurückrufen. Er war mit Sicherheit noch wach und wartete auf ihren Anruf. Ihr Cousin liebte es, bis zum Morgengrauen aufzubleiben und dann bis mittags auszuschlafen. Es hatte ihm überhaupt nicht gepasst, dass er nach Stephans Geburt diese Gewohnheit ändern musste, weil sich der Schlafrhythmus des Babys nicht damit vereinbaren ließ. Das war denn auch einer der Gründe gewesen, weshalb er nicht so erbaut darüber war, ein Kind im Haus zu haben.

Bei diesem Gedanken trat plötzlich wieder ihre Sorge um Stephan in den Vordergrund. Sie konnte nur hoffen, dass er bei Gervis gut aufgehoben war. Noch nie hatte sie ihren Sohn allein bei ihm zurückgelassen. Auf seine Art mochte Gervis den Jungen. Aber Stephan machte ihn nervös. Es missfiel ihm, dass der Junge so viel Zeit und Aufmerksamkeit in Anspruch nahm. Dabei wirkte es manchmal fast so, als hätte Gervis Angst vor Stephan, als fürchtete er, sich ihm gegenüber falsch zu verhalten.

Plötzlich sehnte sie sich danach, Stephan in den Armen zu halten, seinen mageren kleinen Körper an sich zu drücken, ihn sagen zu hören, dass er sie lieb hatte. Seit Stephan diese Sonderschule besuchte, hatte sie sich solche Gedanken abzugewöhnen versucht. Aber es fiel ihr schwer, unglaublich schwer. Sie hatte sich von Gervis zu dieser Regelung überreden lassen, auf den Experten gehört, den er hinzugezogen hatte, um Stephan zu untersuchen. Und sie hatte sich gefügt, als dieser Mann ihr erklärte, dass Stephan in ein Heim gehöre. Was war ihr anderes übrig geblieben? Schließlich wollte sie das Beste für ihr Kind. Aber Stephan fehlte ihr so sehr. Und irgendwie, tief in ihrem Innern, zweifelte sie daran, dass der Junge eine so intensive Therapie benötigte. Manchmal erschien sie ihr falsch.

So wie dieser Abend falsch gewesen war. Alles erschien ihr falsch: dass sie von Stephan getrennt war, dass sie unter einem listigen Vorwand nach Turn-Coupe gekommen war, dass sie Lewis Crompton hinters Licht geführt hatte, dass sie sich mit Kane einließ, um Informationen aus ihm herauszuholen. Und der allergrößte Fehler war, dass sie Gefühle für einen Mann entwickelt hatte, der sie hassen würde, wenn er erfuhr, wer sie war und was sie getan hatte.

Sie konnte es nicht länger ertragen, es ging einfach nicht mehr. Es wurde Zeit, dass sie dieser Farce ein Ende setzte. Sie musste Gervis sagen, dass sie ihre Mission nicht ausführen konnte.

Würde sie es wagen?

Mit Gervis konnte man dieser Tage kaum reden. Nachdem er sie jahrelang wie seine kleine Schwester behandelt hatte, schienen auf einmal sämtliche freundschaftlichen, familiären Gefühle in diesem Prozess unterzugehen, den er auf Biegen oder Brechen gewinnen wollte. Manchmal fragte sie sich ohnehin, was sie ihm wohl bedeutete, ob er es bequem fand, eine Art Empfangsdame im Haus zu haben oder aber eine lästige Verantwortung in ihr sah, die seine Mutter ihm hinterlassen hatte, einen Teil seines Lebens, an den er sich wohl oder übel hatte gewöhnen müssen.

Wenn Gervis sie fallen ließ, wäre sie mutterseelenallein. Könnte sie die Einsamkeit ertragen, das Wissen, niemanden zu haben, auf den sie sich verlassen konnte, niemanden, der ihr in schwierigen Situationen zur Seite stand? Wäre sie allein gewesen, hätte sie es gewiss gekonnt. Aber sie war nicht sicher, ob sie in der Lage war, ihren Sohn angemessen zu versorgen, ihm die Pflege zu geben, die er brauchte. Und Stephan war derjenige, auf den es am meisten ankam.

Es lief im Endeffekt immer auf dasselbe hinaus. Sie musste tun, was das Beste für ihren Sohn war. Regina seufzte resigniert und griff nach dem Telefonhörer.

Gervis nahm nach dem zweiten Klingeln ab. „Es wird aber langsam Zeit", knurrte er, als er ihre Stimme hörte. „Ich habe mir schon überlegt, ob ich Slater zu dir schicken soll, damit er nachsieht, ob alles in Ordnung ist."

„Das kann nicht dein Ernst sein!"

„Aber ja, verlass dich drauf."

„Wenn du wüsstest, was er für ein Typ ist, würdest du anders denken."

„Ja, ja. Also, was ist da unten los?"

„Nichts. Es gibt nichts Neues. Wie geht es Stephan? Schläft er?"

„Was denn sonst? Soll er etwa die ganze Nacht aufbleiben und warten, dass seine Mami anruft?"

„Musst du in diesem Ton mit mir reden, Gervis?"

„Warum nicht? Ich habe gehört, du treibst es mit diesem Dorf-Anwalt."

„Hast du mir nicht nahe gelegt, dass ich mich mit ihm einlassen soll?"

„Also, konntest du etwas in Erfahrung bringen, oder amüsierst du dich bloß?"

Das brachte das Fass zum Überlaufen. Jetzt hatte sie endgültig genug. „Wenn du weiterhin in diesem Ton mit mir sprichst, hänge ich auf", erklärte sie, jedes einzelne Wort betonend.

„Das würde ich dir nicht raten!" sagte er schnell, wenn auch in einem gemäßigteren Ton.

Regina konnte ihn in heftigen, kurzen Stößen atmen hören, als hätte er Mühe, die Wut zu unterdrücken, von der sie nichts merken sollte. Er musste mit dem Handy am Ohr durch die Wohnung laufen, denn sie hörte deutlich seine Schritte auf dem Parkettfußboden.

„Wie geht es Stephan?" fragte sie noch einmal. „Mag er die Krankenschwester, die du eingestellt hast? Fehlt ihm die Schule nicht? Du hast doch hoffentlich nicht mit ihm über diese Sache gesprochen, oder?"

„Dem Jungen geht es gut. Aber es würde ihm noch besser gehen, wenn seine Mutter endlich ihren Job erledigen würde und zu ihm zurückkäme."

„Ich versuche es ja. Aber ich wünschte, du würdest Stephan wieder in seine Schule zurückbringen. Wenn er noch lange bei dir ist, kriegt er nämlich irgendwann mit, was los ist. Mein Sohn ist hyperaktiv, nicht dumm."

„Er ist außerdem sehr nützlich, Gina, Schätzchen. Ich brauche ihn, damit du spurst."

Die Bedeutung seiner Worte war klar. „Nein, Gervis, du brauchst ihn nicht, ich gebe dir mein Wort", versuchte Regina ihren Cousin zur Vernunft zu bringen. „Es wäre mir lieber, Stephan ist da, wo er hingehört. Ich kann mich nicht auf den Job konzentrieren, solange diese Drohung über meinem Kopf hängt."

„Du wirst es müssen, Baby, denn so ist es nun mal."

„Warum? Du weißt doch, dass du mir vertrauen kannst." Sie hasste den Klang ihrer Stimme. Sie musste sich regelrecht dazu zwingen, in diesem flehenden Ton mit ihm zu sprechen.

„Wirklich? Ich habe mir sagen lassen, dass du gestern die halbe Nacht mit Benedict allein auf irgendeinem See zugebracht hast. Aber habe ich diese interessante Information von dir bezogen? Nein, keinen Mucks höre ich von dir. Von Slater musste ich es erfahren. Ich überlege mir wirklich, ob ich nicht ihm den Job übertragen soll."

„Du könntest ihm keinen größeren Gefallen tun. Darauf spekuliert er schon lange."

„Du magst ihn nicht, was?"

„Er ist ein widerlicher Typ. Ich vermute sogar, dass er ...‘"

„Erledige deinen Job, und du hast nichts mehr mit ihm zu tun." Sarkasmus lag in der Stimme ihres Cousins, als er ihr grob das Wort abschnitt. „Apropos: Bist du sicher, du hast keine Informationen für mich?"

Sie vergaß, was sie ihm antworten wollte, so sehr verunsicherte sie sein misstrauischer Ton. Sollte sie ihm von den vertauschten Särgen erzählen, von den Liebenden, die heimlich nebeneinander begraben wurden? Hätte sie gewusst, er würde sich damit zufrieden geben, hätte sie ihm davon berichtet. Aber sie glaubte nicht, dass es ihm genügte.

Er würde nicht eher ruhen, bis er mehr Einzelheiten erfahren hatte. Nach schmutzigen Details würde er suchen, um dann die Geschichte so zu verdrehen, dass diese hochherzige, mitfühlende Geste gegenüber einer verzweifelten Frau, die einen Fehler gemacht hatte, dieser Akt der Menschlichkeit, plötzlich korrupt und anrüchig erschien.

„Nein", antwortete sie fest, „ich sagte dir doch, es gibt nichts zu berichten."

Sie hatte einen Moment zu lange gezögert. Gervis schwieg eine Sekunde. Dann stieß er einen Fluch aus. „Du lügst, Baby. Du weißt etwas. Du hast bloß Skrupel, damit herauszurücken. Slater hat Recht. Du bist dem Job nicht gewachsen. Nächstens verbrüderst du dich noch mit diesen Typen da unten. Wenn ich nicht aufpasse, wirst du mir mehr schaden als nützen."

Regina hielt den Telefonhörer so fest umklammert, dass ihr die Finger weh taten. „Wie meinst du das?"

„Ich meine, dass du vor Crompton und diesem Enkelsohn alles ausplauderst, was du von mir weißt. Dass du mir eine Falle stellst."

„Du lieber Himmel, Gervis, für was hältst du mich?"

„Du bist eine Frau. Und bei einer Frau kann man nie wissen, was sie tut."

Es war eine ausgesprochen sexistische Bemerkung. Eine Äußerung wie diese hätte Kane niemals von sich gegeben, selbst wenn er vielleicht so dachte, was sie jedoch nicht annahm. Kane mochte chauvinistische Züge haben, denen jedoch, wie ihr plötzlich klar wurde, Rücksichtnahme und Beschützerinstinkte zu Grunde lagen. „Hör zu, Gervis", sagte sie, „ich tue mein Bestes."

„Das glaube ich nicht. Du quasselst bloß. Du machst uns allen etwas vor, mir und diesen Typen. Weil du dir die Hände nicht schmutzig machen willst. Aber so kann es nicht weitergehen. Es wird Zeit, dass ich der Sache ein Ende bereite. Ich will, dass du von dort verschwindest."

261

„Ich soll abreisen? Einfach so?" fragte sie fassungslos.

„Auf der Stelle, Baby. Du fährst sofort zum Flughafen und nimmst die erste Maschine, die du kriegen kannst. Ich will, dass du schnurstracks nach Hause kommst."

„Aber ich kann doch hier nicht alles liegen und stehen lassen."

„Und ob du das kannst, Gina. Sag niemandem, dass du abreist. Setz dich ins Flugzeug, oder du wirst es bereuen."

Dem Befehl folgte ein Klicken. Gervis hatte aufgelegt. Regina ließ den Hörer in den Schoß sinken. Blicklos starrte sie ins Leere. Abreisen, dachte sie betäubt. Jetzt. Sie sollte Kane verlassen, nachdem sie gerade erst begonnen hatte, ihn kennen zu lernen. Mr. Lewis und Miss Elise, Luke, Vivian und Betsy – alle sollte sie verlassen. Der Gedanke machte sie krank. Selbst nach den wenigen Tagen, die sie hier verbracht hatte, fühlte sie sich diesem Ort und seinen Bewohnern bereits verbunden. Sie wollte nicht abreisen.

Aber wie hätte sie bleiben können? Ihre Beziehung zu Kane hatte keine Zukunft, ihre Freundschaft zu all den anderen genauso wenig. Man würde sie verachten, wenn die Wahrheit herauskam. Ihre Fantasien, dass man sie akzeptieren würde, dass sie vielleicht eines Tages dazugehören könnte, waren Wunschdenken, alberne, sinnlose Träume.

Stephan brauchte sie genauso, wie sie ihn brauchte. Seit er das Licht der Welt erblickte, drehte sich ihr ganzes Leben nur um ihn. Sie konnte es nicht zulassen, dass er ihretwegen zu Schaden kam. Er war ihre Familie.

Kane hatte seine Familie, sie hatte ihre. Seine war groß, ihre klein. Aber es waren dieselben Gefühle, die Gervis und sie miteinander verbanden. Gervis mochte kein richtiger Verwandter sein, aber deshalb war ihre Beziehung kaum weniger eng. Er hatte sie beschützt, sie bei sich aufgenommen, sie in die Schule geschickt. Er war für sie dagewesen in jener schrecklichen Nacht, als Stephan gezeugt wurde und später, als ihr Sohn auf die Welt kam. Sie hatte Gervis so viel zu verdanken, und er hatte Recht, wenn er Loyalität von ihr verlangte. Es wäre unentschuldbar gewesen, sie ihm zu verwehren, selbst wenn sie sein Tun nicht gutheißen konnte. Aber warum musste es so schwer für sie sein, so unendlich schwer?

Regina schloss die Augen. Tränen quollen ihr unter den Wimpern hervor. Mit dem Handrücken wischte sie sie weg. Dann warf sie ihr Haar zurück, legte den Hörer auf und knipste das Licht an. Das Telefonbuch lag in der Schublade ihres Nachttisches. Sie schlug das Branchenverzeichnis auf. Nach kurzem Suchen fand sie den Eintrag der verschiedenen Fluggesellschaften. Sie nahm den Hörer wieder ab und wählte.

Regina war weg. Kane konnte es nicht glauben. Sie war verschwunden, ohne ein Wort der Erklärung abgereist. Kein Auf Wiedersehen, kein Adieu. Nichts.

Selbst wenn er geahnt hätte, dass sie ihn verlassen wollte, hätte er nicht erwartet, dass sie sich so verhalten würde. Irgendwie hatte er gedacht, es hätte ihr mehr bedeutet, was sie miteinander erlebt hatten. Und eigentlich glaubte er es noch immer. Er konnte sich nur zwei Gründe für ihre überstürzte Abreise vorstellen: Sie hatte entweder herausgefunden, dass er Bescheid wusste, oder jemand hatte sie gezwungen, Turn-Coupe zu verlassen.

Es konnte natürlich auch einen dritten Grund geben, einen, den er nur ungern in Erwägung zog. Möglicherweise hatte sie Reißaus genommen, weil sie ihm im Bett etwas vorgespielt hatte und es ihr zu viel wurde, weiterhin etwas vorzutäuschen, was nicht vorhanden war.

Kane musste wissen, welcher der Gründe zutraf. Er musste sich Gewissheit verschaffen.

Betsy hatte ihm erzählt, Regina habe beim Nacht-Manager ihre Rechnung bezahlt und sei dann in großer Eile mit ihrem Mietwagen davongefahren. Betsy wusste außerdem zu berichten, dass Dudley Slater sich am Tag zuvor ein Zimmer genommen hatte, jedoch kaum Zeit darin verbrachte. Der Reporter war auch jetzt, als Kane an seine Zimmertür klopfte, nicht da. Aber er saß im Restaurant. Kane marschierte zielstrebig auf seinen Tisch zu und rutschte auf das aufgeplatzte Plastikpolster der Bank ihm gegenüber.

„Machen Sie es sich bequem", bemerkte Slater in schneidendem Ton, während er kurz von seiner Zeitung aufsah. Umständlich faltete er das Blatt einmal um und begann wieder zu lesen.

„Danke, genau das habe ich vor." Kane nahm dem Reporter die Zeitung aus der Hand und legte sie neben sich auf die Bank. „Nachdem wir die Präliminarien hinter uns gebracht haben, können wir vielleicht zur Sache kommen. Was ist mit Regina geschehen?"

Slater betrachtete ihn. Langsam wich der feindselige Ausdruck in seinen hageren Zügen einer gehässigen Schadenfreude. „Hat man Ihnen den Honigtopf weggenommen?"

Die anzügliche Bemerkung machte Kane wütend, aber fürs Erste beherrschte er sich. „So ungefähr. Wissen Sie etwas darüber?"

„Nichts, was ich Ihnen auf die Nase binden würde."

„Ich schlage Ihnen vor", sagte Kane in warnendem Ton, „sich das noch einmal zu überlegen."

„Warum? Was wollen Sie machen? Stehen Sie sich so gut mit dem Sheriff, dass Sie mich in den Knast stecken können? Na und? Ich habe schon in besseren Kaffs als diesem in der Zelle gesessen."

„Es wäre mir eine Genugtuung. Schon allein deshalb würde es sich lohnen."

„Was kümmert mich das?"

„Eine Menge", erwiderte Kane ruhig. „Es wäre Ihnen gewiss nicht lieb, wenn ich Ihnen das Genick bräche."

„Versuchen Sie es nur! Dann werde ich einen hübschen kleinen Artikel über den wild gewordenen Dorf-Advokaten mit mehr Muskel- als Gehirnmasse schreiben, der es törichterweise mit der angesehensten Anwaltskanzlei an der Ostküste aufzunehmen versuchte und dabei kläglich scheiterte. Ich werde Sie der Lächerlichkeit preisgeben."

„Worauf ich Ihnen und Ihrem Blatt noch am selben Tag eine Klage wegen übler Nachrede und Verleumdung an den Hals hängen werde", gab Kane zurück, ohne auch nur die Stimme zu erheben. „So, würden Sie mir jetzt bitte eine Antwort auf meine Frage geben?"

Einen Moment maßen sie sich mit Blicken. Dann zuckte Slater die Schultern. „Sie wollen wissen, wohin Regina Dalton verschwunden ist? Verdammt, Benedict, was glauben Sie wohl, wo sie ist? In New York natürlich, wo eine Klassefrau wie sie hingehört."

Es war nicht die Antwort, die Kane hören wollte. „Warum?"

„Woher soll ich das wissen? Ich nehme an, sie hat sich beschafft, was sie haben wollte. Oder vielleicht wollte ihr Cousin, dass sie ihm das Bett anwärmt, statt die Konkurrenz zu vögeln."

Drohend kniff Kane die Augen zusammen. „Seien Sie vorsichtig, Slater, sonst haben Sie in Ihrem Artikel über mehr zu berichten, als Ihnen lieb sein kann."

„Sie haben mich etwas gefragt, und ich habe Ihnen geantwortet." Slater leckte sich die Lippen. Ein gieriger Ausdruck trat in seine Augen. „Verraten Sie mir etwas, Benedict. War sie gut?"

Kane streckte den Arm aus und packte Slater beim Hemdkragen. Er tat es spontan und ohne nachzudenken. Plötzlich hatte er eine Hand voll schmutzigen Baumwollstoffs in der Faust und drückte ihn so fest zusammen, dass dem schmächtigen kleinen Mann die Luft wegblieb. Dabei war es ihm völlig egal, ob ihn jemand dabei beobachtete.

„Ey", krächzte Slater, „was soll das?"

„Ich habe Ihnen eine zivilisierte Frage gestellt", sagte Kane, jedes einzelne Wort betonend, „und ich erwarte eine zivilisierte Antwort. Andernfalls werden Sie keinen Atemzug mehr tun."

„Berry hat angerufen. Daraufhin ist sie verschwunden. Was wollen Sie noch wissen?" Vergeblich versuchte Slater, Kanes Faust wegzuziehen. Sein Gesicht hatte einen ungesunden violetten Farbton angenommen.

„Warum rief er an? Warum ausgerechnet jetzt?"

Bosheit glitzerte in den Augen des Reporters. „Warum wohl?" brachte er heiser hervor. „Berry hat herausgefunden, was los ist. Es gefiel ihm nicht, dass seine Tussi so viel Spaß bei dem Job hat."

„Woher wissen Sie, dass es ihm nicht gefiel?" Kane ließ den Reporter los und lehnte sich wieder zurück. Dabei musste er den Impuls unterdrücken, sich die Hand abzuwischen, als hätte er etwas Schleimiges angefasst.

„Es ist mein Job, es zu wissen." Slater rieb sich den Hals und schluckte ein paar Mal. Als Kane sich wieder vorbeugte, fügte er hastig hinzu: „Du lieber Himmel, Berry sagte es mir, als ich ihm Bericht erstattete."

„Was haben Sie ihm berichtet?"

„Dass Sie und seine Lady es miteinander getrieben haben. Was sonst?"

„Warum sollte Berry das interessieren, wenn sie so etwas wie eine Cousine für ihn ist?" Wenn der Kerl so stolz darauf war, alles auszuschnüffeln, überlegte Kane, dann sollte er mal zeigen, wie viel er wusste.

„Wer sagt denn, dass sie seine Cousine ist?"

„Die Lady selbst."

„Klar. Dazu kann ich Ihnen nur sagen, dass Berrys Name auf der Geburtsurkunde ihres Sohnes eingetragen ist."

Kane schnappte nach Luft, als hätte man ihm einen Schlag in die Magengrube versetzt. Es war alles Lüge gewesen – Reginas panische Angst vor Sex, die tragische Geschichte von der Vergewaltigung. Und dass sie eine Waise war und von Berrys Mutter aufgenommen wurde, stimmte vermutlich auch nicht.

Reginas Verrat tat ihm unsagbar weh. Er schmerzte mehr, als Kane es sich hätte träumen lassen, mehr noch als das, was Francie ihm angetan hatte. Es war ein Schmerz, den er verdrängen musste, weil er ihn sonst nicht ausgehalten hätte.

„Das wussten Sie nicht, was?" Genugtuung lag in Slaters Ton. „Die Idee, diese Sache zu recherchieren, kam Ihnen wohl nicht? Sehen Sie, da bin ich anders. Solche Dinge spüre ich auf. Eine Story hat immer zwei Seiten, und mit jeder lässt sich Geld machen. Wenn dieser Fall ins Rollen kommt, werden die Medien sich Informationen über Berrys Liebesleben einiges kosten lassen."

Kane schnaubte verächtlich. „Sie würden dem Mann, der Sie bezahlt, in den Rücken fallen?"

267

„Betrachten Sie es als eine Art Rückversicherung. Ich muss mich schützen, falls er nicht genug Knete ausspuckt."

„Erpressung wäre wohl die korrektere Bezeichnung dafür."

„Okay, nennen Sie es Erpressung, wenn Sie wollen. Ich bin kein feiner Pinkel wie Sie, sondern bloß ein armer Schlucker, der sich irgendwie seinen Lebensunterhalt zusammenkratzen muss."

„Was wissen Sie sonst noch über Berry?" fragte Kane vorsichtig.

Slater starrte ihn einen Moment an. Dann lächelte er verschlagen. „Wie wichtig sind Ihnen diese Informationen? Wie reich seid ihr Benedicts?"

Kane wusste, er brauchte nur genügend Geld hinzublättern, und der Kerl würde ihm die Informationen liefern, mit denen er die Berry Association zerschlagen konnte. Zwei Sekunden würde er brauchen, um den Fall vor Gericht durchzuziehen und ein Urteil zu Gunsten seines Großvaters zu erwirken. Zwei Sekunden, um Pops von der Bedrohung zu befreien.

Aber er konnte es nicht. Es ging ihm zu sehr gegen den Strich, sich mit Gesindel wie diesem Reporter auf Geschäfte einzulassen. Und er wusste nur zu gut, dass Lewis Crompton den Fall lieber verlieren würde, als sich auf ein solches Niveau herabzubegeben.

Kane stand auf. „Sorry", sagte er verächtlich, „aber mit solchen Methoden arbeite ich nicht."

„Sie sind sich wohl zu gut dafür, wie?"

Kane gab ihm keine Antwort. Er wandte sich ab. Ohne jede Hast verließ er die Gaststube. Und nicht ein einziges Mal sah er sich dabei um.

Slater schickte ihm eine Serie von Flüchen hinterher. Er ereiferte sich noch, als Kane längst außer Hörweite war.

15. KAPITEL

Die New Yorker, überlegte Regina nach ihrem Besuch in den Südstaaten aus einer völlig neuen Perspektive heraus, konnten ja ganz freundlich sein, wenn sie wollten. Aber meistens hasteten sie aneinander vorbei, ohne ihre Mitmenschen wahrzunehmen, dabei jedoch voller Misstrauen gegen sie. Jeder interessierte sich nur für sich selber, sah nur seine eigenen Probleme und wollte vor allem nur eines: in Ruhe gelassen werden. Die New Yorker redeten zu schnell und kümmerten sich wenig darum, wie das Gesagte bei anderen ankam, oder was andere vielleicht darauf erwidern mochten. Und sie merkten nicht, oder es war ihnen egal, dass ihr Verhalten sie abweisend und egozentrisch wirken ließ.

Regina wunderte sich, dass es ihr nie aufgefallen war. Aber noch seltsamer – und trauriger – erschien es ihr, dass sie vor ihrem Besuch in Turn-Coupe selbst so gewesen war und vermutlich nach ein paar Tagen in der Stadt wieder genauso werden würde.

Fürs Erste jedoch musste sie sich bemühen, die Leute nicht ständig anzulächeln oder zu vertraut mit dem Taxifahrer zu plaudern, der am Flughafen ihr Gepäck in den Kofferraum seines Wagens lud, oder mit dem Portier ihres Apartmenthauses oder dem Liftboy, der ihr die Tür zum Aufzug aufhielt. Das Problem hatte sie jedoch nicht, als sie die Tür zu ihrem Penthouse-Apartment aufschloss. Die freundlichen Worte vergingen ihr ganz von selbst, als sie sich Gervis gegenübersah, der, an der Tür zu seinem Arbeitszimmer stehend, bereits ungeduldig auf sie gewartet hatte.

„Das wird ja langsam Zeit", bemerkte er in sarkastischem Ton.

„Ich musste auf die erste Maschine heute früh warten. Und es gab keinen Direktflug."

„Warum hast du mich nicht angerufen?"

„Erzähl mir bloß nicht, du hättest dir Sorgen um mich gemacht", erwiderte Regina verächtlich.

„Ich habe dich schon vor Stunden zurückerwartet."

„Tatsächlich? Ich hätte etwas schneller mit den Flügeln geschlagen, wenn ich das gewusst hätte."

„Jetzt wirst du wohl auch noch frech, was?" Gervis' Ton klang warnend.

Regina kümmerte sich nicht darum. Sie wandte sich ab und zog ihren Koffer durch den Flur zu ihrem Schlafzimmer. Nachdem sie ihn abgestellt hatte, nahm sie ihre Schultertasche ab, deren Tragriemen sie sich beim Verlassen des Terminals automatisch quer über die Brust gehängt hatte.

„Ich bin noch nicht fertig mit dir", knurrte Gervis, der ihr bis zur Schlafzimmertür gefolgt war. „Wir haben noch einiges zu bereden."

Regina gab ihm keine Antwort. Nachdem sie ihre Schultertasche aufs Bett geworfen hatte, ging sie zur Tür zurück, legte die Hand auf Gervis' massige Brust und stieß ihn beiseite. Es musste die Überraschung gewesen sein, die ihn zurückweichen ließ, überlegte sie flüchtig. Aber wie auch immer, der Grund spielte keine Rolle. Sie wäre durch ihn hindurchgegangen, wenn es hätte sein müssen. Sie ging ein paar Schritte durch den Flur und öffnete die Tür des Nebenzimmers.

Der kleine Junge im Bett blickte von dem Buch auf seinem Schoß auf. Die Nachmittagssonne, die in den Raum flutete, ließ sein braunes Haar rötlich schimmern und sein schmales blasses Gesicht zerbrechlich wie Porzellan wirken. Sein Blick war matt.

Er schien Schwierigkeiten zu haben, die Augen offen zu halten. Als er Regina sah, breitete sich ein glückliches Lächeln auf seinem Gesicht aus.

„Mama!" rief er und begann ungeschickt aus dem Bett zu klettern.

Mit zwei Schritten war Regina bei ihm, ließ sich auf dem Bett nieder und zog ihn an sich. Während sie ihn liebevoll in ihren Armen wiegte und seinen vertrauten Geruch einatmete, murmelte sie leise: „Stephan, mein Kleiner, du hast mir so gefehlt."

„Du mir auch", sagte der Junge mit schwerer Zunge.

„Wie schön, dann wäre das ja geklärt", bemerkte Gervis mit ungeduldigem Spott von der Tür aus. „Können wir jetzt vielleicht reden, Gina?"

Regina ignorierte ihn. Sie schob ihren Sohn ein Stückchen von sich weg, um forschend sein kleines Gesicht zu betrachten. „Wie geht es dir, mein Liebling? Haben dich alle gut behandelt?"

„Ich glaube ja." Stephan sah hastig zu Gervis herüber, zuckte nervös die Schultern und senkte dann den Blick.

Regina krampfte sich der Magen zusammen. Aber sie verzichtete darauf, das Thema eingehender zu erörtern. „Was macht die Schule? Ist alles okay? Hast du Spaß gehabt?"

„Ich ..."

„Was ist, Liebling?"

„Ich wäre lieber bei dir zu Hause."

Regina zog ihn wieder an sich. „Ich wünschte, das wäre möglich, Liebling. Ich wünsche es mir so sehr."

Gervis schnippte ungeduldig mit den Fingern. „Ich warte auf dich, Regina."

Sie warf ihm einen vernichtenden Blick zu. Dann wandte sie sich wieder an ihren Sohn. „Wo ist deine Krankenschwester?"

„Sie hat sich hingelegt", antwortete der Junge langsam, als hätte er Schwierigkeiten, sich zu erinnern. „Ich soll auch einen Mittagsschlaf halten."

„Einen Mittagsschlaf? In deinem Alter ist das nicht mehr notwendig, Stephan." Der Junge war neun Jahre alt und normalerweise viel zu aufgedreht, um am Tag zu schlafen.

„Sie meint aber, dass ich schlafen soll. Und Michael hat es auch gesagt."

Michael war der Hausmann und Bodyguard ihres Cousins. Regina fragte sich unwillkürlich, ob Stephans Krankenschwester ihrem Sohn womöglich mit dem muskelbepackten Exfootballspieler gedroht hatte.

„Wir können auch hier reden, wenn dir das lieber ist." Gervis kam ins Zimmer und pflanzte sich vorm Bett auf. „Vielleicht wäre es sogar besser."

Regina sah zu ihm auf. Entschlossenheit lag in ihren Zügen. „Das glaube ich kaum, Gervis."

„Ich bin es leid, dass du mir dauernd ausweichst, Baby. Ich will wissen, was da unten in Louisiana los war. Ich will wissen, wieso du dich plötzlich gegen mich wendest."

„Nachdem ich weiß, von wem du deine Informationen beziehst, kann ich dir nur sagen, dass du dich schämen solltest, auch nur ein Wort davon zu glauben."

„Soll das heißen, dass es nicht stimmt?"

„Natürlich stimmt es nicht."

Er schnaubte verächtlich. „Wie kommt es dann, dass ich nichts, null, von dir erfahre?"

„Ist es dir mal in den Sinn gekommen, dass es vielleicht nichts zu erfahren gibt, keine schmutzigen Geheimnisse, über die ich dir berichten könnte?"

„Willst du damit sagen, dieser Verein da unten ist so sauber, dass ich es aufgeben soll? Niemals. Entweder du hast dich nicht richtig bemüht, oder du versuchst mir etwas vorzuenthalten."

„Das ist nicht wahr."

„Nein? Slater hat mir erzählt, wie du dich an Benedict herangemacht hast. Warum habe ich nichts davon erfahren? Warum erhielt ich keinen Bericht über eure Unterhaltungen? Oder habt ihr nicht geredet, weil ihr zu sehr mit anderen Dingen beschäftigt wart?"

„Bitte ...", sagte Regina mit einem viel sagenden Blick auf Stephan, der sie beide mit großen ängstlichen Augen beobachtete.

„Mach kein Theater, Gina. Der Junge soll ruhig erfahren, wen er da zur Mutter hat. Wahrscheinlich hast du mir all die Jahre etwas vorgemacht. Diese traurige kleine Geschichte von der Vergewaltigung ist vermutlich frei erfunden. Die hast du dir damals clever ausgedacht."

Regina starrte ihn an. Verärgert runzelte sie die Stirn. „Es ist verrückt, was du da sagst, das weißt du ganz genau."

„Wirklich? Mir scheint, du hast deine Abneigung gegen Sex erstaunlich schnell überwunden. Auch in diesem Punkt hast du mir etwas vorgemacht, was? Wir zwei hätten die ganze Zeit unseren Spaß miteinander haben können, wenn du ehrlich zu mir gewesen wärst."

„Ich weiß gar nicht, wovon du sprichst", protestierte Regina. „Wir sind doch wie Bruder und Schwester."

Er stieß ein raues Lachen aus. „Das glaubst du."

„Du meinst, wir hätten ..." Sie hielt inne, weil sie vor Stephan nicht deutlicher werden mochte.

„Warum nicht? Glaubst du, ich habe mich nicht für dich interessiert? Ich hätte dir nachstellen können oder dich vielleicht sogar heiraten. Aber die Vorstellung, einen kalten Fisch im Ehebett zu haben, hat mich nicht angemacht. Außerdem glaubte ich dir etwas schuldig zu sein nach der Geschichte mit dem Harvard-Typ."

Etwas im Gesichtsausdruck ihres Cousins machte Regina stutzig. „Du warst mir etwas schuldig?"

„Na ja." Gervis zuckte die Schultern. Dabei fixierte er einen Punkt über ihrem Kopf. „Der Typ hat mich gebeten, dass ich dich mit ihm zusammenbringe. Er hat dich irgendwo gesehen, und du hast ihm gefallen. Dieses Date war sozusagen Teil eines Deals. Es ging um Geschäfte zwischen mir und seinem alten Herrn, verstehst du?"

„Nein, Gervis, ich verstehe nicht", sagte Regina langsam. „Obwohl ich mich daran erinnern kann, dass du das Date arrangiert hast. Gehörte die Vergewaltigung auch mit zu dem Deal?"

„Das ist eine unmögliche Frage!"

„Ja, nicht wahr?" Ihre Stimme klang ausdruckslos.

Rote Flecke hatten sich auf seinen Wangen gebildet. Er öffnete den Mund und schloss ihn wieder. Dann zuckte er die Schultern.

„Was hast du dir bloß dabei gedacht?" fragte Regina fassungslos. „Dass es mir nichts ausmachen würde? Dass es keine Rolle spielte?"

Abwehrend hob er die Hände. „Ich habe es nicht gewusst, okay? Die Typen, mit denen der Kerl herumhing, gaben damit an, dass sie Frauen irgendwelche Drogen unterjubelten, um es dann mit ihnen zu treiben, wenn sie nicht bei Bewusstsein waren. Aber, verdammt, das konnte doch ebenso gut dummes Geschwätz gewesen sein. Und wenn alles richtig gelaufen wäre, hättest du dich an nichts erinnert. Woher sollte ich wissen, dass der Kerl die Sache vermasselt, weil er es zu eilig hatte. Oder dass er dir ein Kind macht?"

Regina konnte nichts erwidern, sondern ihn nur sprachlos anstarren. Und diesen Mann hatte sie zu kennen geglaubt! Doch bei allem Schmerz, bei aller Wut und Enttäuschung hatte sie irgendwie das Gefühl, endlich das letzte, lange gesuchte Teil eines Puzzles gefunden zu haben. Unbewusst musste sie diesen Verdacht von Anfang an gehabt haben. Sie hatte ihn damals bloß verdrängt, weil sie Gervis brauchte, weil er der einzige Mensch war, an den sie sich klammern konnte, während sie auf Stephans Geburt wartete.

Gervis zuckte noch einmal die Schultern und trat dann näher an sie heran. Als er sprach, klang seine Stimme hart. „Aber das ist im Moment nicht das Problem. Ich verlange einen genauen Bericht darüber, was zwischen dir und Benedict war. Und ich will keine weiteren Ausflüchte hören, Gina, keine faulen Ausreden. Du stehst in meiner Schuld. Ich habe dich jahrelang versorgt, bin für deine Klamotten aufgekommen, für Stephans Schule, für Krankenhauskosten und tausend andere Dinge. Bis jetzt hast du mir nichts zurückzahlen müssen, weil ich mich von dir für dumm verkaufen ließ. Aber damit ist es jetzt vorbei. Du gibst mir, was ich von dir will, oder du kannst was erleben."

„Du tust meiner Mama nichts!" Die Hände zu Fäusten geballt, wand sich Stephan aus Reginas Armen.

Gervis hatte kaum einen Blick für den Jungen übrig. „Nicht, wenn sie smart ist", knurrte er.

„Ich finde dein Verhalten unglaublich", sagte Regina, während sie ihren Sohn wieder enger an sich zog.

„Soll ich dich vielleicht für immer und alle Zeiten mit Glacéhandschuhen anfassen? Ich wusste ja, dass du in einer Traumwelt lebst, da, wo dieser alte Schmuck herkommt. Ich bin bloß nicht darauf gekommen, dass auch im Kopf etwas nicht stimmt bei dir."

„Ich bin also ein Idiot, weil ich nicht so denke wie du, willst du das damit sagen?" fragte Regina verächtlich, während sie sich vom Bett erhob. „Merkst du nicht, dass du dir widersprichst? Du sagtest, du seist mir etwas schuldig. Aber das gilt offenbar nur so lange, bis du etwas von mir willst. Dann stehe ich plötzlich in deiner Schuld. Demnach sind wir uns jetzt quitt, nicht wahr? Du kannst dir deine Informationen von der Ratte besorgen, die du dir angeheuert hast."

Die fleischigen Lippen zu einer dünnen Linie zusammengepresst, verstellte Gervis ihr den Weg zur Tür. „Okay, ich habe begriffen, dass ich mit der falschen Person rede, aber ich denke, ich kann trotzdem einige Antworten aus dir herausholen." Er blickte auf Stephan herunter, der seiner Mutter gefolgt war. „Sag mal, mein Junge, weißt du eigentlich, wo du herkommst?"

„Nicht!" rief Regina und ging unwillkürlich in Kampfstellung, obwohl ihr die Knie zitterten.

„Ich habe dich gewarnt, aber du willst ja nichts begreifen. Vielleicht muss ich dir zeigen, dass ich es ernst meine." Er wandte sich wieder an Stephan. „Nun, mein Junge?"

„Spar dir die Mühe", sagte Regina verächtlich. „Die Worte, die du benutzt, versteht er sowieso nicht."

„Oh, er versteht sehr gut, nicht wahr, Stevie? Du verstehst alles. Zum Beispiel weißt du, dass du keinen richtigen Daddy hast, oder?"

Stephan zwinkerte ein paar Mal. Verwirrt runzelte er die

Stirn. „Viele Kinder in meiner Schule haben keinen Daddy. Das ist okay."

„Er ist ein helles Kerlchen, siehst du?" Gervis grinste sie an. „Er weiß genau, worum es geht. Bist du sicher, du hast mir nichts zu sagen, ehe ich ihm weitere Einzelheiten erzähle, zum Beispiel, was der Harvard-Typ mit seiner Mama gemacht hat?"

„Du bist ja krank!" schleuderte Regina ihm entgegen, während sie ihren Sohn schützend an sich zog.

Ein hässlicher Ausdruck trat in Gervis' Züge. Ohne den Blick von ihr zu wenden, sagte er zu dem Kind: „Weißt du, wie Babys gemacht werden, mein Junge?"

„Sie wachsen im Bauch von ihrer Mama." Fragend, als suche er eine Bestätigung seiner Worte, sah Stephan zu ihr auf. Regina rang sich ein gequältes Lächeln ab. Sie musste nachdenken, musste etwas finden, womit sie Gervis für eine Weile hinhalten konnte. Aber was?

„Das ist richtig, mein Sohn. Aber hast du eine Ahnung, wie ..."

„Warte!" Stephan mit sich ziehend, trat Regina einen Schritt vor. „Bitte, warte einen Moment. Weißt du nicht, was du tust? Er wird es sowieso nicht ..."

„Es bleibt mir nichts anderes übrig, Regina. Du zwingst mich dazu. Und er wird es sehr gut verstehen, das versichere ich dir. Du hast nämlich Recht, wenn du sagst, der Junge ist nicht dumm. Ihm fehlt überhaupt nichts. Sein Gehirn ist völlig in Ordnung."

„Der seelische Schaden, den du ihm zufügst, könnte ..."

„Hast du nicht gehört, was ich gerade sagte? Der Junge ist völlig normal."

Regina starrte ihren Cousin an. Sie wusste nicht so recht, was er meinte, fürchtete jedoch gleichzeitig, ihn nur allzu gut zu verstehen. Vor Wut und Entsetzen begannen ihre Hände zu zittern. „Normal? Wie meinst du das? Der Arzt sagte doch ... man hat mir immer wieder erklärt, Stephan hätte eine Lernschwäche und sei verhaltensgestört."

„Der Arzt sagte ..." äffte Gervis sie höhnisch nach. „Du brauchst nur den richtigen zu finden, ihm die richtige Summe zu nennen, und er erzählt dir alles, was du hören willst."

„Willst du damit sagen, bei Stephan wurde die falsche Diagnose gestellt?"

„Ich will damit sagen, dass ich die Experten dafür bezahlt habe, dir einzureden, der Junge gehöre in eine Sonderschule. Ich hatte den Lärm und die Unordnung satt, und du hättest ja sonst niemals zugestimmt, ihn wegzugeben. Außerdem hast du viel zu viel Zeit mit ihm verbracht. Und dann hattest du noch deine Arbeit, so dass deine Pflichten hier zu Hause völlig zu kurz kamen. Du hast nie Zeit gehabt, wenn ich meine Ideen mit dir besprechen wollte."

Vorsichtig, als wolle sie ganz sichergehen, dass sie ihn richtig verstanden hatte, sagte sie: „Um deiner eigenen Bequemlichkeit willen hast du meinen Sohn in ein Heim gesteckt?"

„Na endlich hast du es kapiert. Es wurde aber auch langsam Zeit." Gervis strich sich durch das schüttere Haar. „Und mach jetzt bloß kein Affentheater deswegen. Es ist ein Internat, verdammt noch mal. Viele Leute schicken ihre Kinder ins Internat."

„Es ist kein normales Internat. Stephan wurde ein Jahr lang mit Medikamenten vollgestopft wegen deiner Experten!" Als er den Schmerz in der Stimme seiner Mutter hörte, schlang Stephan die Arme um sie und barg das Gesicht an ihrer Seite.

„Na und? Es hat ihm nicht geschadet", entgegnete Gervis gereizt.

Weil ihr Cousin es so wollte, war sie von ihrem Kind getrennt worden. Er hatte ihr Stephan weggenommen und ihn der Obhut von Fremden überlassen. All ihre Proteste, dass ihr Sohn normal sei, wurden mit medizinischer Fachsprache und Statistiken weggewischt. Herablassend hatte man ihr erklärt, keine Mutter wolle es wahrhaben, dass ihr Kind nicht perfekt sei. Sie hatte Verrat an ihrem Sohn begangen, indem sie auf diese Leute hörte, indem sie sich einreden ließ, sie tue das Richtige für Stephan. Ganz umsonst war er wie ein kleiner blasser Zombie gehalten worden. Ganz umsonst.

Regina wurde von einer unsagbaren Wut gepackt. Noch nie in ihrem ganzen Leben war sie so außer sich vor Wut gewesen. Sie hätte Gervis in diesem Moment umbringen können.

Die Stimme wollte ihr kaum gehorchen, als sie sich an ihren Sohn wandte. „Hol deinen Rucksack, Stephan. Pack nur das hinein, was du wirklich brauchst. Alles andere lässt du hier."

Gervis stemmte die Hände in die Hüften. „Wenn du glaubst, du könntest einfach so verschwinden, dann hast du dich getäuscht."

„Wir ziehen aus." Mit einer dumpfen Vorahnung beobachtete sie, wie Stephan zu seinem Schrank rannte, seinen Rucksack herauszog, Jeans und ein paar Hemden hineinstopfte und dann zwischen den Spielzeugen auf seinem Regal herumkramte.

„Das glaube ich kaum." Gehässigkeit glitzerte in Gervis' Augen. „Nicht mit dem Jungen."

„Ich lasse es nicht zu, dass mein Sohn hier bleibt."

„Dein Sohn? Vergisst du da nicht ein paar wichtige Details?"

„Ich glaube nicht."

„Zum einen", sagte er, die Punkte an seinen kurzen dicken Fingern abzählend, „musst du erst einmal an Michael vorbeikommen. Und zweitens gehört der Junge mir."

Regina öffnete den Mund, um ihm zu widersprechen, als es ihr einfiel. Gervis war auf der Geburtsurkunde als Stephans Vater eingetragen. Sie selbst hatte es veranlasst, weil die Krankenschwester, die die Papiere ausgefüllt hatte, darauf bestand, einen Namen auf dem Formular anzugeben. Sie wusste, Gervis würde nichts dagegen haben, und außerdem wollte sie damit verhindern, dass der richtige Vater jemals den Jungen für sich beanspruchen konnte.

Mit der Zungenspitze strich sie sich über die trockenen Lippen. „Du kannst ihn mir doch nicht wegnehmen?"

„Wollen wir wetten?"

Was sie in diesem Moment wollte, war, ihm das schadenfrohe Grinsen, die selbstgefällige Genugtuung aus dem Gesicht schlagen. „Ich werde mich dagegen wehren."

„Tu das, wenn du meinst, du kannst gewinnen."

Wenn du meinst, du kannst gewinnen ...

Glaubte sie es? Konnte sie es? War es möglich?

Gervis war reich, konnte sich die besten Rechtsanwälte leisten und besaß jenen rachsüchtigen Ehrgeiz, der ihn aus jedem Kampf als Sieger hervorgehen ließ. Wenn Stephan bei dem Tauziehen Schaden nahm, würde Gervis ihr die Schuld daran geben, nicht sich selber. Er würde ihr vorhalten, dass sie hätte tun sollen, worum er sie bat, ihm geben, was er verlangte.

Und vielleicht hatte er ja Recht.

Nein, sie konnte nicht gewinnen.

Sie stieß ein Lachen aus, das unsagbaren Schmerz verriet. Sie musste lachen, um nicht laut aufzuschreien. Stephan schien gespürt zu haben, was ihr Lachen bedeutete, denn er wandte sich um und sah sie an. Dann legte er langsam das Spielzeug, das er ausgesucht hatte, aufs Regal zurück und ließ seinen Rucksack zu Boden fallen. Er war wirklich ein kluges Kind.

Regina streckte die Hand nach ihm aus. Sie wartete, bis er an ihrer Seite war, ehe sie sich an Gervis wandte. „Was willst du von mir wissen?"

„Na, das klingt ja schon viel besser." Spöttisch verzog Gervis die Lippen. „Alles will ich wissen, jede Einzelheit, die du über Crompton gehört hast, selbst die unwichtigsten Dinge. Das sollte für den Anfang genügen."

Regina zermarterte sich das Hirn, suchte fieberhaft nach irgendetwas, womit sie Gervis zufrieden stellen konnte. Schließlich fiel ihr etwas ein. „Nun, er hat zum Beispiel einen Sarg in dem Salon seines alten Hauses stehen."

„Gut, gut, da könnten wir vielleicht andeuten, dass der alte Narr nicht ganz richtig im Kopf ist, dass er sich für einen Vampir hält, irgendetwas in der Richtung. Was weißt du sonst noch? Los, sag es mir."

„Er hat eine Freundin, mit der er schon sehr lange liiert ist. Aber erst jetzt hat er sich entschlossen, sie zu heiraten. Ich glaube, er hing sehr an seiner ersten Frau."

„Sie ist tot, nicht wahr? Hat er sich viel auf Friedhöfen herumgetrieben? Fühlt er sich zu Leichen hingezogen? Nein, daraus lässt sich nichts machen. Komm, mach weiter." Mit gerunzelter Stirn dachte er nach. Dabei schnippte er ungeduldig mit den Fingern, um ihr zu bedeuten, dass sie schneller sprechen sollte.

„Sein Enkelsohn Kane ist die wichtigste Person in seinem Leben. Die beiden sind ein starkes Team. Sie werden in diesem Prozess bis zum letzten Atemzug kämpfen, und mit einem Anwalt in der Familie haben sie einen langen Atem. Sie können ewig durchhalten."

Noch während sie das sagte, kam Regina eine Idee. Gervis war nicht der Einzige, der Verbindung zu guten Anwälten hatte. Auch sie kannte einen engagierten Anwalt, einen, der ihr vielleicht helfen würde, wenn sie ihn davon überzeugen konnte, wie wichtig die Sache war.

„Benedict und Brown sind kleine Fische." Gervis lachte höhnisch. „Meine Leute werden den Fußboden mit ihnen aufwischen."

„Da wäre ich mir nicht so sicher."

Er stieß ein raues Lachen aus. „Verdammt, Gina, glaubst du, Benedict kann Wunder vollbringen?"

Glaubte sie es? Sie hielt es für möglich. Kane hatte ihr schon einmal geholfen und würde es vielleicht wieder tun, wenn sie ihm den richtigen Anreiz dafür gab. Die Frage war bloß, was seine Hilfe sie kosten würde.

Was musste man für ein Wunder bezahlen? Was würde Kane als Gegenleistung für das, worum sie ihn bitten wollte, verlangen? Regina hatte keine Ahnung. Aber was immer es sein mochte, sie würde den Preis zahlen müssen.

16. KAPITEL

Am nächsten Morgen wartete Regina, bis Gervis in sein Büro im Berry-Association-Gebäude gefahren war, ehe sie Stephan erklärte, dass sie ihn noch einmal allein lassen müsse. Es fiel ihr unsagbar schwer, und sie verfluchte Gervis dafür, dass er sie in diese Lage gebracht hatte. Aber es war wirklich der einzige Ausweg. Sie war frei, konnte nach Belieben kommen und gehen. Ihr Sohn jedoch stand unter Bewachung.

Der Blick, mit dem der Junge sie ansah, brach ihr fast das Herz. „Geh nicht weg", flüsterte er. „Ich habe Angst, wenn du nicht hier bist."

Einen Moment geriet ihr Entschluss ins Wanken. Sollte sie bleiben? Sollte sie Stephan zuliebe ihren Plan aufgeben und alle Bedingungen, die Gervis stellte, akzeptieren? Aber noch während sie diese Überlegungen anstellte, wurde ihr klar, dass es keinen Sinn hätte. Gervis würde erwarten, dass Stephan wieder in sein Internat zurückkehrte, und das könnte sie nicht ertragen. Außerdem müsste sie ständig Angst davor haben, was Gervis sonst noch alles mit ihrem Sohn anstellen würde.

Sie kniete sich vor den Jungen hin, legte ihm die Hände auf die Schultern und sah ihn eindringlich an. „Ich werde bald wieder zurückkommen", sagte sie, und die Stimme brach ihr vor Traurigkeit dabei. „Und dann hole ich dich ab, und wir zwei gehen weit weg, irgendwohin, wo wir immer zusammen sein können."

Mit großen Augen blickte der Junge sie flehend an. „Aber ich möchte jetzt weg."

Am liebsten hätte Regina ihren Sohn gepackt und wäre mit ihm davongelaufen. Aber sie wusste nur zu gut, dass sie diesem Impuls nicht nachgeben durfte. Michael war in der Küche und machte Brunch für die Krankenschwester, eine vollbusige Blondine, die Stephan umgurrte, wenn Gervis oder Regina in der Nähe waren, den Rest der Zeit jedoch damit verbrachte, Michael schönzutun. Der Hausmann zeigte definitiv Interesse, aber das hielt ihn nicht davon ab, jeden Schritt, den Stephan oder Regina taten, zu überwachen. Regina wusste, er würde sie entweder an der Flucht hindern oder sie verfolgen. Danach würde Gervis noch besser aufpassen, womit ihr Vorhaben, ihm den Jungen wegzunehmen, ernsthaft gefährdet wäre.

„Ich würde dich mitnehmen, wenn ich könnte, Liebling, wirklich. Aber es geht nicht."

„Wirst du lange weg sein?"

Stephan sprach so leise, dass sie ihn kaum verstehen konnte. Das zarte Stimmchen erinnerte sie an all die schmerzlichen Abschiede, wenn sie den Jungen in seiner Schule zurücklassen musste und ihr die Tränen übers Gesicht liefen, während sie sich damit zu beruhigen versuchte, dass es zu seinem Besten war. So wie jetzt.

„Nein, es wird nicht lange dauern", sagte sie mit erstickter Stimme. „Keine Sekunde länger als notwendig, das verspreche ich dir."

Ernst schaute Stephan sie an. In seinen braunen Augen lag ein rührendes Vertrauen. „Ehrenwort?"

„Ehrenwort", flüsterte sie, zog ihn an sich und hielt ihn ganz fest. Der Junge schlang seine dünnen Ärmchen um ihren Hals, und sie wiegte ihn zärtlich in ihren Armen. Dann ließ sie ihn los und verließ hastig das Zimmer und die Wohnung, solange sie noch die Kraft dazu besaß.

In Turn-Coupe angekommen, fuhr Regina zum Motel und bat um dasselbe Zimmer, in dem sie vorher gewohnt hatte. Betsy gab sich ziemlich reserviert, als sie ihr das Anmeldeformular hinschob. Einen Moment stand sie stumm da und beobachtete, wie Regina das Formular ausfüllte. Schließlich sagte sie: „Kane drehte schier durch, als Sie plötzlich verschwunden waren."

„Oh ja?" bemerkte Regina. Ihr gleichmütiger Ton täuschte.

Sie sah nicht auf, fieberte jedoch ungeduldig jedem weiteren Wort der Motelbesitzerin entgegen.

„Er wollte schon die Polizei benachrichtigen, weil er fürchtete, man hätte Sie gekidnappt. Bis er dann von mir erfuhr, dass Sie abgereist waren. Ich musste ihm das Zimmer zeigen, damit er sich selbst davon überzeugen konnte. Und auch dann wollte er es noch nicht glauben. Er kapierte es erst, als er herausfand, dass Sie einen Flug nach New York gebucht hatten."

„Er hat die Fluggesellschaften angerufen?" Regina hätte niemals gedacht, dass Kane so weit gehen würde.

Betsy nahm das Anmeldeformular und die Kreditkarte entgegen, die Regina ihr hinschob. „Ich habe es für ihn gemacht, während er dort auf demselben Fleck stand, wo Sie jetzt stehen. Er war nicht glücklich über die Auskunft, das kann ich Ihnen sagen. Ich möchte nicht in Ihrer Haut stecken, wenn er herausfindet, dass Sie zurück sind."

„War er verärgert?"

„Er war außer sich, Schätzchen. Wie kommt es, dass Sie einfach verschwunden sind, ohne ihm Bescheid zu sagen?"

„Ich ... habe nicht damit gerechnet, dass er es bemerken würde. Schließlich war ich nicht einmal vierundzwanzig Stunden weg." Es stimmte nicht ganz, was sie da sagte. Denn eigentlich hatte sie nicht vorgehabt, zurückzukommen. Weil sie wusste, dass Kane früher oder später, auf jeden Fall aber während der Gerichtsverhandlung, von ihrer Verbindung zu Gervis erfahren würde. Und dann hätte es für ihn sowieso keine Rolle mehr gespielt, wohin sie verschwunden war.

„Sie müssen noch einiges lernen über die Männer hier im Süden", bemerkte Betsy trocken. „Möchten Sie, dass ich Kane anrufe und ihm sage, dass Sie zurück sind?"

Oh Gott, nur das nicht, dachte Regina, die es bei dem Gedanken mit der Angst zu tun bekam. Zumal sie Betsy ansehen konnte, wie erpicht sie darauf war, Kane die Nachricht zu überbringen. Hastig sagte sie: „Ich werde ihn gleich selbst von meinem Zimmer aus anrufen."

Natürlich rief sie Kane nicht an. Erst einmal brauchte sie Zeit zum Nachdenken. Nach all dem, was sie von Betsy erfahren hatte, musste sie sich genau überlegen, was sie Kane sagen wollte. Wenn er tatsächlich so wütend auf sie war, durfte sie keinesfalls mit der Tür ins Haus fallen. Sie musste all ihren Mut zusammennehmen und dann einen günstigen Augenblick abwarten, um ihr Anliegen vorzubringen. Sie durfte keinen Fehler machen. Alles hing davon ab, dass Kane ihr zuhörte, ihr half. Sie wusste nicht, was sie machen sollte, wenn er sich weigerte.

Als eine knappe Stunde später an ihre Zimmertür geklopft wurde, war sie sicher, dass Betsy nicht auf sie gehört und Kane trotzdem angerufen hatte. Worauf er offenbar auf dem schnellsten Weg zum Motel gekommen war. Bemüht, sich ihre plötzliche Aufregung nicht anmerken zu lassen, ging Regina zur Tür und öffnete.

Es war Slater, der draußen stand. Er wirkte etwas sauberer als beim letzten Mal, als sie ihn gesehen hatte, aber der Unterschied war nicht sehr groß. Seine Hosen waren zerknautscht, und sein Hemd sah aus, als hätte er es selbst ausgewaschen und feucht wieder angezogen. Die Hände in die Hosentaschen gesteckt, lehnte er am Türrahmen.

„Da, schau her, wen haben wir denn hier?" Das Lächeln, mit dem er sie ansah, war zynisch.

„Was wollen Sie?" fragte Regina und machte sich im Stillen

die größten Vorwürfe. Wie dumm von ihr, dass sie nicht durch den Spion geschaut hatte, ehe sie die Tür aufriss.

„Berry wollte wissen, wann Sie hier aufkreuzen. Deshalb bin ich mal eben vorbeigekommen, um nachzusehen."

„Wie schön", erwiderte Regina mit kalter Verachtung. „Dann können Sie ihm ja jetzt sagen, dass er sich keine Gedanken mehr zu machen braucht."

Sie wollte die Tür schließen, doch Slater schob seinen Fuß dazwischen. „Nicht so schnell. Ich bin wegen Berry herübergekommen, aber ich bleibe meinetwegen."

Etwas in seinem Ausdruck ließ einen Alarm in ihr schrillen. Geistesgegenwärtig warf sie sich mit der Schulter gegen die Tür. Slater stieß einen Fluch aus. Blitzschnell schob er seinen Arm durch den Türspalt und benutzte ihn als Hebel, um die Tür wieder aufzustemmen. Zurückstolpernd, hätte Regina fast das Gleichgewicht verloren. Slater stürmte ins Zimmer und stieß mit dem Fuß die Tür hinter sich zu.

„Was soll das?" fragte Regina, nachdem sie das Gleichgewicht wiedergewonnen hatte. „Was wollen Sie von mir?" Dabei wich sie unwillkürlich ein paar Schritte vor ihm zurück.

Slater grinste triumphierend. Abschätzend betrachtete er sie von Kopf bis Fuß, ließ gierig seinen Blick über ihr mit Schildpattspangen zurückgestecktes Haar und die Kurven ihres Körpers unter der Baumwollbluse und dem dazu passenden Rock in mattem Altgold wandern. „Ich dachte, ich sollte Ihnen vielleicht sagen, dass Sie Ihre Zeit hier verschwenden. Weil ich bereits alles Wissenswerte herausgefunden habe."

„Das kann ja nicht viel sein", erwiderte Regina, die mit äußerster Wachsamkeit auf die Situation reagierte. Ich muss ihn ablenken, dachte sie. Solange er redet, kann nichts passieren. Diese

Strategie predigten schließlich sämtliche Handbücher über Selbstverteidigung.

„Nicht viel, aber es genügt. Es sieht so aus, als hätte der alte Mann ein paar Leichen ins falsche Grab gepackt. Und zwar mit Absicht. So etwas kann man ihm doch nicht durchgehen lassen, oder?"

„Wie haben Sie das ..." Verärgert über ihre voreilige Reaktion kniff Regina die Lippen zusammen. Sie hätte diesem Kerl nicht zeigen sollen, dass auch ihr die Sache zu Ohren gekommen war.

„Sie brauchen nur dem richtigen Typ ein paar Biere auszugeben, zum Beispiel diesem alten Kauz, der da in Cromptons Laden arbeitet, und schon erfahren Sie alles, was Sie wissen wollen."

„Klatsch", bemerkte Regina verächtlich. „Gervis will Informationen, die sich beweisen lassen. Es würde mich wundern, wenn er Ihnen etwas dafür zahlt."

„Sie haben seine Nummer, nicht wahr? Er hat mir weniger als die Hälfte von dem geboten, was er mir zuerst versprach."

Dann wusste Gervis also Bescheid. Sie hatte ihm die Information vorenthalten, trotz aller widrigen Umstände nichts darüber verlauten lassen. Und es hatte sie mit äußerster Genugtuung erfüllt, seine Pläne zu durchkreuzen. Nur um jetzt erfahren zu müssen, dass alles umsonst gewesen war. „Was Sie da in Erfahrung gebracht haben, wird Lewis Crompton kaum schaden können", sagte sie.

„Ja, Berry war derselben Meinung, wenn er sich auch weniger höflich ausdrückte. Aber er wird die Geschichte so verdrehen, dass er etwas daraus machen kann. Infolgedessen sehe ich nicht ein, mit welchem Recht er mir mein Honorar vorenthält. Weshalb ich mich an Sie halten werde." Slater leckte sich die Lippen. Dabei ruhte sein Blick auf den prallen Rundungen ihrer Brüste.

Regina verschränkte die Arme vor der Brust. „Ich kann mir nur schwer vorstellen, was Sie sich von mir erhoffen."

„Mit Berry selbst kann ich mich nicht anlegen. Er hat zu viele Verbindungen. Aber Sie sind seine Hauptfrau, die er sich in seiner Wohnung hält – wenigstens bis jetzt. Hat er Sie auf Benedict angesetzt, oder war das Ihre Idee?"

„Das geht Sie nichts an."

„Ihr Fehler, Schätzchen. Ich habe Sie im Auge behalten wegen Berry. Und es gefiel mir, was ich sah. Ich denke, wir würden ein gutes Team abgeben, Sie mit Ihrem Aussehen und ich mit dem Know-how."

„Ich möchte wissen, woher Sie die Frechheit nehmen, mir so etwas vorzuschlagen."

„Wollen Sie damit sagen, mein Angebot interessiert Sie nicht?"

„Genau." Regina gab sich keine Mühe, ihren Abscheu zu verbergen.

„Wenn Sie keinen Partner bei dem Deal wollen, dann möchten Sie vielleicht die Differenz begleichen, die Berry mir schuldet."

Regina musterte ihn mit geringschätzigem Blick. „Warum sollte ich das tun?"

„Warum nicht?" gab er zurück. „Habe ich Ihnen neulich nicht auch geholfen, damit Sie es mit Benedict treiben konnten? Das sollte Ihnen doch etwas wert sein."

„Also Sie haben das Boot genommen? Das dachte ich mir fast. Obwohl es mir schleierhaft ist, weshalb Sie sich die Mühe machten."

„Irgendetwas musste ich ja tun. Den alten Crompton kann ich nicht mehr anrühren, das wäre zu gefährlich. Da dachte ich, Sie sind mir vielleicht dankbar, wenn ich die Sache für Sie richte, damit Sie endlich was aus Benedict herausholen können. Ich dachte, Sie würden merken, was für ein gutes Team wir zwei abgeben. Aber ich hätte es besser wissen sollen."

„Wie kommen Sie darauf, dass Kane Benedict mir etwas erzählt haben könnte?"

Slater hob die knochigen Schultern. „Es erschien mir logisch, nachdem Sie Hals über Kopf von hier verschwunden sind."

„Welchen Grund hätte ich dann haben sollen, hierher zurückzukommen?"

„Weil Sie sich mit Berry wegen dem Job in die Wolle gekriegt haben. So kommt es mir jedenfalls vor. Deshalb dachte ich ja auch, Sie wollen sich vielleicht mit mir zusammentun."

„Das können Sie vergessen. Ich will nichts mit Ihnen zu tun haben."

„Nein? Dann müssen wir das mit meiner Bezahlung wohl gleich regeln."

Er kam einen Schritt auf sie zu. Regina trat zurück. „Ich habe kein Geld bei mir, nur meine Kreditkarten."

„Diese Art von Bezahlung meinte ich nicht." Er grinste lüstern. „Seit Tagen bin ich scharf darauf, es mal mit einem Rotschopf zu machen. Und jetzt, wo Berry mit Ihnen fertig ist, sehe ich gar nicht ein, warum ich mir den Spaß nicht gönnen soll."

„Nein!" sagte Regina scharf. Dabei fragte sie sich, ob Gervis sich jetzt, nachdem er seine Informationen hatte, tatsächlich von ihr abwenden würde. Nicht, dass es eine Rolle gespielt hätte. Seinen Schutz zu erbitten wäre das Letzte, was ihr in den Sinn käme. Sie wollte ihm nie wieder verpflichtet sein.

„Oh doch", erwiderte Slater, wobei er erneut einen Schritt vortrat.

„Bleiben Sie mir vom Leib!"

Richtig übel wurde ihr, während sie vor ihm zurückwich. Sie verstand nicht, wie ein Mann auf die Idee kommen konnte, eine Frau gegen ihren Willen zu nehmen. Dass dieses jämmerliche Würstchen ihr damit drohte, war geradezu eine Beleidigung.

„Ich denke nicht daran."

Er stand zwischen ihr und der Tür. Wenn sie ihn tiefer in den Raum hineinlockte, konnte sie ihn vielleicht mit irgendeinem Täuschungsmanöver ablenken und dann zur Tür stürzen. Einen anderen Ausweg aus ihrem Dilemma sah sie nicht. Es gab nichts in dem sparsam eingerichteten Raum, was sie als Waffe hätte benutzen können.

Während ihr diese Überlegungen durch den Kopf schossen, kam Slater ihr immer näher. Wieder wich sie zurück. Bei einem Blick über die Schulter sah sie, dass die Tür des winzigen Badezimmers weit offen stand. Regina wirbelte herum. Mit einem Satz flüchtete sie in den kleinen Raum.

Slater reagierte blitzschnell. Noch ehe sie die Tür zuschlagen konnte, warf er sich dagegen. Regina taumelte zurück, besaß jedoch die Geistesgegenwart, mit den Füßen an der Badewanne Halt zu suchen, während sie sich mit der Schulter gegen die Tür stemmte, sie stöhnend vor Anstrengung zudrückte und dann mit fliegenden Fingern abschloss.

Sie sprang beiseite, als Slater mit der Faust an die Tür hämmerte und sich dann ein-, zwei-, dreimal dagegenwarf. Das Holz knarrte und knirschte, und die Tür begann bedenklich in ihrem Rahmen zu wackeln. Dann, als Slater es ein viertes Mal versuchte, hielt die billige Türfüllung aus Sperrholz und Hohlräumen dem Angriff nicht mehr stand. Das Holz begann zu splittern und zu bersten. Und bei all dem Lärm und Getöse fluchte Slater auch

291

noch wie ein Rohrspatz und ließ sich darüber aus, was er alles mit Regina machen würde, wenn er sie zu fassen kriegte.

Reginas Finger umschlossen den Bernsteinanhänger an ihrem Hals, als sie herumfuhr, um nach etwas Ausschau zu halten, womit sie sich verteidigen konnte, irgendetwas, das sich als Waffe benutzen ließ. Ihr Blick fiel auf den Deckel des Spülkastens. Mit beiden Händen packte sie ihn und nahm ihn herunter. Sein Gewicht war irgendwie tröstlich. Sie hob ihn hoch und stellte sich damit an die Tür.

Der Türpfosten löste sich, aber das Schloss war noch intakt. Slater schob den Arm durch die Öffnung und tastete nach dem Türknauf mit dem kleinen Verschlussknopf in der Mitte. Das war der Moment, auf den Regina gewartet hatte. Sie holte tief Luft. Dann schlug sie Slater mit aller Wucht den schweren Porzellandeckel aufs Handgelenk.

Mit einem schmerzhaften Aufschrei riss der Reporter seinen Arm zurück. Sekundenlang herrschte eine unheimliche Stille. Und dann begann Slater die Tür aufs Neue zu attackieren. Fluchend und zeternd rammte er wieder und wieder seine Schulter dagegen. Holzstücke flogen zu Boden. Durch die schartige Öffnung konnte Regina das wutverzerrte Gesicht des Reporters sehen. Die Tür drohte nachzugeben. Regina wich zurück, ging zwischen Waschbecken und Toilette in Deckung.

In diesem Moment hörte sie auf einmal im Hintergrund ein anderes, etwas gedämpfteres Krachen. Gleich darauf ließ sich eine tiefe Stimme vernehmen. Slater stieß einen überraschten Fluch aus. Sekunden später verschwand er von der ramponierten Tür. Und dann hörte man nur noch ein angestrengtes, asthmatisches Keuchen.

„Regina?"

Kane! Es war Kane!

Ihre Erleichterung war unbeschreiblich. Mit zitternden Händen legte sie den Deckel des Spülkastens auf den Boden. Sie brauchte einen Moment, um die schief in den Angeln hängende, zersplitterte Tür so weit aufzuziehen, dass sie sich durch die Öffnung zwängen konnte.

Im Zimmer bot sich ihr ein interessanter Anblick. Kane hatte Slater an die Wand gepresst. Den muskulösen Unterarm auf seinen Hals gelegt, hielt er ihn dort fest, während der Reporter gurgelnd nach Luft schnappte und vergeblich versuchte, Boden unter den Füßen zu gewinnen.

Regina ging zu ihm hin und legte ihm die Hand auf den Arm. „Lass ihn los, Kane", sagte sie ruhig. „Mir fehlt nichts."

Kane wandte sich um. Der Zorn, der eben noch seinen Blick verdunkelte, wich einem ernsten, nachdenklichen Ausdruck. Forschend betrachtete er sie einen Moment. Dann ließ er den Reporter abrupt los. Slater plumpste zu Boden. Mit einer Hand griff er sich an die Kehle. Die andere baumelte in einem merkwürdigen Winkel vor ihm. Seine Angriffslust war verschwunden.

Kane berührte Reginas Arm. Behutsam drehte er sie ins Licht, das durch die geöffnete Tür in den Raum fiel. Er hob die Hand, um ihr das zerzauste Haar aus dem Gesicht zu streichen und ließ dann seine Finger einen Moment auf ihrer Wange ruhen. „Bist du sicher, dass dir nichts fehlt?"

Den Blick gesenkt, nickte Regina wortlos. Weil sie fürchtete, die Stimme könne ihr versagen, wagte sie ihm nicht zu antworten. Seine Besorgnis hatte den Wunsch in ihr geweckt, sich in seine Arme zu werfen und in Tränen auszubrechen. Zu jedem anderen Zeitpunkt hätte sie dem Verlangen wohl nachgegeben. Aber als Kane sie vorhin ansah, hatte etwas in seinem Blick gelegen, das

Distanz signalisierte. Deshalb erschien es ihr ratsam, den Impuls zu unterdrücken, auch wenn es ihr schwer fiel.

„Aber mir fehlt was", krächzte Slater. „Sie hat mir meinen verdammten Arm gebrochen."

„Sie können froh sein, dass ich Ihnen nicht das Genick gebrochen habe", erwiderte Kane und fuhr mit einer so drohenden Gebärde zu ihm herum, dass der Reporter sichtlich zurückzuckte. „Was, zum Teufel, haben Sie sich bloß dabei gedacht?"

Panik lag in dem Blick, den Slater Regina zuwarf. „Nichts, gar nichts", wehrte er ab, während er sich an der Wand entlang von Kane und ihr wegschob. „Es war ein Missverständnis."

Kane wandte sich wieder an Regina. „Stimmt das?" fragte er.

Sie hätte seine Frage bejahen und die ganze Geschichte als unwichtigen Zwischenfall abtun können. Aber sie bezweifelte, dass Kane das akzeptieren würde. Und sie konnte es sich auch gar nicht leisten, die Sache herunterzuspielen. Zum einen bestand die Gefahr, dass Slater sich noch einmal an sie heranmachen würde, wenn er annahm, sie würde es nicht wagen, ihn zu beschuldigen. Zum anderen, und das war der Hauptgrund, brauchte sie Kanes Hilfe. Aber die konnte sie nur bekommen, wenn sie ehrlich zu ihm war.

Jetzt war der Zeitpunkt gekommen, um damit anzufangen.

Sie schluckte hart. Dann sagte sie: „Ja, es war wohl ein Missverständnis. Slater schien der Ansicht zu sein, ich würde ihn bezahlen, nachdem Gervis Berry ihm das Geld verweigerte."

„Und was hast du mit Berry zu tun?" fragte Kane.

„Er ist mein ..." Sie hielt inne, als sie sich darauf besann, was sie da im Begriff war zu sagen. Einen Moment runzelte sie die Stirn. Dann sprach sie hastig weiter, als müsse sie befürchten, es sich doch noch anders zu überlegen. „Ich wohne – oder wohnte – bei ihm."

„Und jetzt nicht mehr?" Wachsamkeit lag in Kanes Ton, aber seltsamerweise keine Überraschung.

„Wir haben beschlossen, getrennte Wege zu gehen."

„Warum?" Sein Ton klang kompromisslos.

„Divergierende ethische Grundsätze." Sie suchte in seinen Zügen nach einem Zeichen, dass er sie verstand, fand jedoch keines.

„Also wenn ich auch mal was ...", fing Slater an.

„Halten Sie den Mund!" unterbrach Kane ihn grimmig. An Regina gewandt, fragte er: „Willst du Anzeige erstatten?"

„He!" protestierte Slater. „Sie ist diejenige, die mir meinen verdammten ..."

Diesmal brachte Kane ihn mit einem einzigen Blick zum Schweigen. Der Reporter klappte den Mund so schnell zu, dass seine Zähne mit einem hörbaren Klicken aufeinander schlugen.

Regina schüttelte den Kopf. „Nein", sagte sie, „ich will keine Anzeige erstatten. Ich will nur, dass er verschwindet und ich ihn nie wieder sehen muss."

Kane betrachtete sie einen Moment nachdenklich. Dann nickte er langsam. Über die Schulter sagte er zu Slater: „Sie haben die Lady gehört."

„Mir soll es recht sein", knurrte Slater. Mit der gesunden Hand seinen schlaffen Arm stützend, bewegte er sich an ihnen vorbei auf die Tür zu. „Ich bin froh, wenn ich aus diesem Dreckskaff verschwinden kann und dieses Weibsbild hier nicht mehr sehen ..."

Der Blick, den Kane ihm zuwarf, ließ ihn verstummen. Hastig machte er sich davon, stürzte durch die geöffnete Tür und warf sie mit lautem Knall hinter sich zu. Sekunden später hörte man auf dem Parkplatz einen Motor aufjaulen und einen Wagen mit quietschenden Reifen losbrausen.

„Willst du ihn einfach so gehen lassen?" fragte Regina unsicher.

„Er wird nicht weit kommen. Roan will ihm ein paar Fragen wegen Pops' Unfall stellen."

Die Antwort blieb Regina im Hals stecken angesichts seines harten, unversöhnlichen Tons. Eine bedrückende Stille senkte sich über den Raum. Mit leerem Blick starrte Regina ein Stück Wand hinter Kanes linker Schulter an. Dabei dachte sie angestrengt nach. Kane hatte soeben Dudley Slater mit dem Anschlag auf Mr. Lewis in Verbindung gebracht. Wie war das möglich? Und wie kam es, dass er so gelassen reagierte, als sie ihre Verbindung zu Gervis Berry erwähnte? Zumindest die letzte Frage ließ nur eine Schlussfolgerung zu. Noch während sie diese Überlegung anstellte, überkam sie tiefe Verzweiflung. Als sie das lastende Schweigen und die Hoffnungslosigkeit ihrer Situation nicht mehr ertrug, wandte sie sich an Kane. Traurig blickte sie zu ihm auf.

„Du wusstest es", sagte sie.

„Schon seit Tagen."

Regina schloss die Augen. Schmerz und Reue schnitten ihr ins Herz und machten selbst den letzten Funken Hoffnung zunichte. Mit tonloser Stimme flüsterte sie: „Es tut mir so unendlich Leid."

Kane erwiderte zunächst einmal gar nichts. Als er schließlich sprach, war es, als hätte er ihre Worte überhaupt nicht gehört. Seine Stimme verriet keinerlei Gefühle. „Dass du Berry verlassen hast, ist mir neu. Wann ist es geschehen?"

„Heute früh." Und dann erzählte sie ihm, was sich in New York zugetragen hatte.

Kane stieß ein verächtliches Lachen aus, als sie geendet hatte. „Das scheint ja eine nette Beziehung gewesen zu sein, die du da mit deinem so genannten Cousin hattest."

„Es gab eine Zeit, da kamen wir ganz gut miteinander aus", sagte sie müde. Die Aufregung war scheinbar doch nicht spurlos an ihr vorübergegangen, denn plötzlich war sie so erschöpft, dass sie sich nicht mehr auf den Beinen halten konnte. Sie wandte sich ab und ging zum Bett, wo sie auf die Matratze sank.

„Dann hat der Gesinnungswandel also mit dem Jungen zu tun", bemerkte Kane.

Nervös verschränkte Regina die Finger. Sie krampfte sie so hart zusammen, dass ihre Fingerspitzen weiß wurden. „Und weil mir nicht gefällt, was Gervis treibt. Ich vermag seine Handlungsweise ebenso wenig gutzuheißen wie die Dinge, die er von mir verlangt. Denn ich kann es nicht ertragen, anderen Menschen wehzutun. Aber ja, den Entschluss, mich von Gervis loszusagen, habe ich vor allem wegen Stephan gefasst. Gervis hat den Jungen in seiner Gewalt. Und er wird mir meinen Sohn so lange vorenthalten, bis ich ... kooperiere."

„Und diese herzzerreißende Geschichte soll ich dir glauben?"

Verzweifelt blickte sie zu ihm auf. „Du musst mir glauben. Es ist die Wahrheit."

„Wirklich? Bisher hast du es mit den Fakten nicht so genau genommen. Wer sagt mir, dass sie diesmal stimmen?"

Seine Skepsis war berechtigt. Jedenfalls konnte sie ihm keinen Vorwurf daraus machen. „Ich sagte dir, dass es mir Leid tut, und das war ehrlich gemeint. Ich bedaure, dass die Dinge, die ich dir erzählte, manchmal nicht ganz der Wahrheit entsprachen. Ich bereue es, dass ich unter einem Vorwand an deinen Großvater herangetreten bin. Und vor allem tut es mir Leid, dass unsere Beziehung unter falschen Voraussetzungen zu Stande kam. Hätte es eine andere Möglichkeit gegeben, dann hätte ich sie gewiss wahrgenommen."

„Zumindest das glaube ich dir."

Entnervt durch seinen harten, unnachgiebigen Ton, wandte sie den Blick ab. „Ich weiß, es war nicht richtig oder fair, aber manchmal muss man Dinge tun, mit denen man nicht einverstanden ist. Weil man zu viel verlieren kann, wenn man sie nicht tut. Aber wie auch immer, jedenfalls hatte ich den Eindruck, du hast auch nicht unbedingt zum Vergnügen meine Gesellschaft gesucht."

Er machte ein betretenes Gesicht. „Da magst du Recht haben", sagte er zögernd. Er schwieg einen Moment, ehe er fortfuhr: „Aber nachdem du ohne ein Wort des Abschieds verschwunden bist, bezweifle ich, dass du wegen dem, was zwischen uns war, zurückgekommen bist. Vielleicht wärst du so nett und würdest meine Neugier befriedigen und mir den Grund deiner Rückkehr verraten?"

Ihre Augen schwammen in Tränen, als sie zu ihm aufsah. „Weil ich dich brauche. Weil du mir helfen sollst, meinen Sohn zu retten."

„Retten?" wiederholte er ungläubig.

„Ich sagte dir ja, Gervis hat ihn in seiner Gewalt. Er glaubt, dass ich alles mache, was er von mir verlangt, solange er Stephan mit Medikamenten ruhig stellt und ihn von seinem Bodyguard bewachen lässt." Ihre Stimme brach, nachdem sie das letzte Wort hervorgebracht hatte. Sie blickte wieder weg, auf den Fußboden, an die Wände – jeder Punkt im Raum war ihr

298

recht, solange sie nicht die Missbilligung in Kanes Augen sehen musste.

„Und? Wirst du alles für ihn machen?"

Resigniert hob sie die Schultern. „Ich habe kaum die Möglichkeit, mich gegen ihn zu wehren. Wenn er will, kann er sogar das Sorgerecht für den Jungen beantragen."

„Das weiß ich."

Überrascht hob sie den Kopf. „Wieso?"

„Weil ich weiß, dass er der Vater ist."

„Nein, das ist er nicht!" rief sie voller Abscheu. Als Kane daraufhin die Brauen hochzog und fragend die Stirn runzelte, erklärte sie ihm in wenigen kurzen Sätzen den Sachverhalt. Doch auch danach wurde seine Miene kaum versöhnlicher.

„Ich soll also den juristischen Hokuspokus liefern – gerichtliche Verfügungen, vorläufiges Sorgerecht, DNA-Tests, um die Vaterschaft zu widerlegen –, all das, was notwendig ist, um Berry daran zu hindern, den Jungen für sich zu beanspruchen. Hast du das damit gemeint?"

Ja, das war die Lösung, an die sie zunächst gedacht hatte. Doch später, als sie im Flugzeug saß, war sie irgendwo über den Bergen von Tennessee zu einem anderen Schluss gelangt. Jetzt wischte sie sich abwesend über die Augen und schüttelte den Kopf. „Nein, das würde viel zu lange dauern. In der Zwischenzeit könnte Gervis den Jungen in ein anderes Internat oder eine Schule im Ausland bringen, und ich hätte keinerlei Möglichkeit, ihn zu finden. Was ich möchte, worum ich dich bitten wollte, ist, dass du mir hilfst, Stephan aus dieser Wohnung herauszuholen, ihn Gervis wegzunehmen."

„Wegnehmen? Du meinst, du willst ihn entführen?"

Sein grimmiger, ungläubiger Gesichtsausdruck war nicht ge-

299

rade ermutigend. Doch Regina nickte tapfer. „Ich weiß, es ist gesetzwidrig und gegen all deine Überzeugungen, aber ich sehe keinen anderen Ausweg. Stephan ist alles, was ich habe, das Einzige, was mir je in meinem Leben etwas bedeutet hat. Ich darf ihn nicht verlieren. Und er ist doch noch so klein, ein hilfloser kleiner Junge. Ich habe ihn schon einmal im Stich gelassen, damals, als ich Gervis glaubte und es zuließ, dass er Stephan in diese Sonderschule steckte, wo man ihn mit Medikamenten vollpumpte, die er gar nicht brauchte. Diesmal kann ich das Unrecht nicht mit ansehen. Bitte, Kane, du bist seine einzige Rettung!"

„Tatsächlich? Bin ich das?"

„Ich weiß nicht, an wen ich mich sonst wenden sollte. Ich kenne niemanden, der mir helfen könnte."

„Was für ein rührender Vertrauensbeweis", bemerkte er leise. „Ich weiß nicht, welche Antwort du von mir erwartest. Oder sollte ich vielleicht auf die Knie sinken, die Hand aufs Herz legen und dir versichern, dass ich dir voll und ganz zur Verfügung stehe?"

Sein Ton gefiel ihr nicht. „Nein", sagte sie vorsichtig, „ganz und gar nicht."

„Nein?" Er neigte den Kopf. Mit abschätzendem Blick betrachtete er sie. „Dann sollte ich vielleicht eine Sprache sprechen, die du verstehst, und dich fragen, was für mich dabei herausspringt, wenn ich mich bereit erkläre, deinen Sohn zu retten."

Eine schwache Hoffnung flackerte in ihr auf. „Wenn du Geld verlangst – ich ... ich habe leider keins. Aber ich könnte ..."

Er lächelte angespannt. „Ich dachte, die Geldfrage sei geklärt. Haben wir nicht beschlossen, kein Geld zwischen uns auszutauschen, als wir das letzte Mal so wie jetzt zusammen waren?"

Während er sprach, war er zum Bett gekommen und hatte sich vor sie hingestellt.

Die Röte stieg ihr in die Wangen, als sich ihre Blicke trafen und sie die Intensität in seinen dunkelblauen Augen sah. „Du meinst ...“

„Genau.“

Regina stockte der Atem. Kein Wort brachte sie hervor.

„Sieh mich nicht so schockiert an. Wird das nicht da, wo du herkommst, so gehandhabt?“

„Nein!“ schrie sie, nachdem sie sich von ihrem Schock erholt hatte. „Nein, das wird es nicht! Ich hätte niemals geglaubt, dass ausgerechnet du dich ...“

„Dass ich mich auf ein derartiges Niveau begeben könnte? Du hast Recht, es ist eine Abweichung von meinem sonstigen Verhalten.“

„Aber damit bist du kaum anders als Slater!“

„Weil er sich etwas zu nehmen versuchte, was du ihm nicht geben wolltest? Nein, das lässt sich überhaupt nicht miteinander vergleichen, weil wir beide etwas anzubieten haben, was der andere möchte. Du benutzt mich. Ich benutze dich. Es ist ein Tauschgeschäft, das uns beiden etwas einbringt.“

Regina zögerte. Doch dann siegte das Verlangen, sich Gewissheit zu verschaffen. „Du begehrst mich?“

„Das müsste dir doch eigentlich aufgefallen sein.“

Sie ließ den Blick von seinem Gesicht zu seiner Gürtellinie wandern und dann noch ein Stückchen tiefer, zum Reißverschluss seiner Hose, unter dem sich deutlich sein Begehren abzeichnete. Als sie hastig wegsah, fiel ihr Blick auf den Spiegel über dem Tisch, wo der Fernseher stand. Nachdenklich betrachtete sie das Bild, das sich ihr bot – ein Mann und eine

Frau, im Begriff, ein jahrhundertealtes Ritual unter sich auszumachen. Wie oft war es in diesem Raum, auf diesem Bett, geschehen? Und wie oft, so fragte sie sich deprimiert, mochte Verzweiflung beim einen und Rache beim anderen Partner die treibende Kraft gewesen sein?

Sie senkte den Kopf. Mit zitternden Fingern begann sie ihre Bluse aufzuknöpfen. Kane sagte nichts, machte keine Anstalten, sie davon abzuhalten. Aber er beobachtete sie, verfolgte jede ihrer Bewegungen. Sein Blick brannte auf ihrer Haut, und das Blut in ihren Adern schien zu kochen. Es kam ihr vor, als würde sie sich in Zeitlupe bewegen. Gleichzeitig hatte sie das Gefühl, dass die Kleider zu schnell von ihr abfielen. Ihr Rock glitt zu Boden, kaum dass sie aufgestanden war und ihn geöffnet hatte, ihre Schuhe und die Seidenstrümpfe folgten wie von selbst.

Kane schluckte hörbar, als sie den BH auszog und ihn fallen ließ. Mit nichts außer einem korallenroten Spitzenhöschen bekleidet, trat sie auf ihn zu. Zögernd legte sie ihm die Hände auf den Brustkorb. Seine Brust fühlte sich warm an unter dem glatten Baumwollstoff seines Hemdes. Langsam begann sie die Knöpfe zu öffnen. Als sie ihm das Hemd über Schultern und Arme streifte, bemerkte sie, dass seine Muskeln angespannt und seine Hände zu Fäusten geballt waren.

Aber sie hielt nicht inne. Irgendetwas, worauf sie keinen Einfluss hatte, trieb sie an. Es mochten seine Willenskraft sein oder ihre eigenen ambivalenten Gefühle – der Schmerz und die Trauer, aber auch die Lust, Kane zu berühren und seine Wärme zu spüren. Ihre Brustspitzen zogen sich zu kleinen harten Knospen zusammen, als sie die Hand auf seine Gürtelschnalle legte und ihre Brüste dabei seinen Arm streiften. Ein Schwindelgefühl erfasste sie. Ihr Puls beschleunigte sich, ihr Atem wurde unregelmäßig.

Kane war auch nicht so ruhig, wie er tat. Das bemerkte sie, als ihre Fingerknöchel seine feste harte Bauchdecke streiften und ihm daraufhin eine Gänsehaut über die Arme lief. Und als sie die Hand auf seinen Reißverschluss legte, biss er die Zähne zusammen.

Nach den ersten Zentimetern wurde es mühsam, den Reißverschluss aufzuziehen, weil sie auf ein diffiziles Hindernis stieß. Kane schob ihre Hände weg und erledigte es selbst. Mit wenigen Handgriffen hatte er Hose und Slip ausgezogen. Als er sich wieder aufrichtete, legte er die Hände in Reginas Kniekehlen und warf sie rücklings aufs Bett. Sekunden später war er über ihr. Ohne Umschweife schob er sich zwischen ihre gespreizten Oberschenkel.

Regina vermochte sich nicht zu rühren unter seinem Gewicht. Regungslos lag sie da. Sie spürte, wie die Härchen auf seiner Brust ihre Brüste kitzelten. Und dann spürte sie etwas ganz anderes, als Kane abrupt mit einem einzigen harten Stoß rücksichtslos in sie eindrang. Mit einem erstickten Schrei bäumte sich Regina unter ihm auf. Dann blieb sie ganz still liegen.

Unbeweglich verharrte er über ihr. Als sie langsam die Wimpern hob, trafen sich ihre Blicke. Bitterer Triumph lag in Kanes dunkelblauen Augen. Trotzig hielt Regina seinem Blick stand. Aber sie konnte nicht verhindern, dass sich ihre Augen dabei mit Tränen füllten. Langsam rannen sie ihr aus den Augenwinkeln über die Schläfen, um in ihrem Haar zu versickern. Und mit den Tränen kam die unvermeidliche Abwehrreaktion. Ihre Muskeln, ihre Nerven, ihre Seele begannen ihn zurückzuweisen.

Vergeblich versuchte sie das Zittern zu unterdrücken, das durch ihren Körper lief. Sie atmete so schnell, dass ihr Brustkorb sich heftig unter seinem hob und senkte. Dabei verkrampfte sich jeder Muskel in ihrem Körper, selbst jener innere Ring, mit dem sie ihn umschlossen hielt. Das machte freilich alles nur noch schlimmer, weil sie jetzt noch mehr spürte, wie er sie ausfüllte, wie intim er von ihr Besitz ergriffen hatte, wie er über sie dominierte.

Ganz plötzlich veränderten sich seine Züge. Der zornige Ausdruck schwand aus seinen Augen. Auf einmal lag nur noch tiefe Reue in seinem Blick. „Nicht", flüsterte er. „Bitte nicht. Mein Gott, Regina, es tut mir ja so Leid. Ich weiß nicht, was ... Es tut mir wirklich Leid."

Er ließ sie los. Behutsam umfasste er mit einer Hand ihr Gesicht. Regina packte seine breiten Schultern. Eigentlich hatte sie ihn wegstoßen wollen. Doch als er sich zögernd aus ihr zurückzuziehen begann, wurde sie mit einem Mal von Panik erfasst. Denn plötzlich sah sie die langen, angsterfüllten Jahre ihres weiteren Lebens vor sich und eine Einsamkeit, die schlimmer war als die Wunde, die Kane ihrem Herzen zugefügt hatte.

Abrupt schlang sie Arme und Beine um ihn, umklammerte ihn und hielt ihn ganz fest an sich gedrückt. „Hilf mir", flüsterte sie mit bebender Stimme. „Bitte, hilf mir."

Er zwinkerte. Sein Zögern war so unmerklich, dass es ihr nicht aufgefallen wäre, hätte sie nicht mit geschärfter Wahrnehmungsfähigkeit jeden Atemzug, jeden Herzschlag von ihm registriert. Schließlich neigte er den Kopf und strich zart mit dem Mund über ihre weichen Lippen, als wolle er sich bei ihr entschuldigen. Versuchsweise fuhr er mit der Zunge über die Linie zwischen Ober- und Unterlippe und hob dann den Kopf, um sie fragend anzusehen.

„Ja", flüsterte Regina. „Oh, ja."

Langsam schob er sich wieder in sie. Dabei hielt er den Blick auf ihr Gesicht geheftet, um ihre Reaktion abzuschätzen. Reginas Anspannung ließ nach. Sie holte tief Luft. Danach vermochte sie sich noch mehr zu entspannen. Aber sie wollte nicht beobachtet werden. Sie wollte vergessen, suchte Erlösung von dem Schmerz in ihrem Herzen, Befreiung von der Angst, sie könnte ein Leben lang vor der Liebe zurückschrecken. Sie strich über seine Schulter und seinen Nacken und drängte sich ihm entgegen, um ihn wieder ganz in sich aufzunehmen.

Kane küsste ihre Brauen, ihre Augen, ihre Wangen, die zarte Haut unter ihrem Ohr. Während er mit den Lippen ihren Hals liebkoste, flüsterte er: „Ich sagte dir einmal, dass ich längst nicht so edel bin, wie du glaubst. Ich hatte nicht vor, es dir zu beweisen."

„Und ich hatte nicht vor, dir Anlass dazu zu geben", erwiderte sie so leise, dass sie kaum zu verstehen war.

Er seufzte. „Sag mir, was du möchtest, und es ist dein."

„Du sollst mich lieben", flüsterte sie und konnte dem Drang nicht widerstehen, mit einer schnellen Bewegung den Kopf zu drehen und die Lippen auf seine harte Kinnpartie zu pressen. Sie meinte die Worte ausgesprochen zu haben, war sich jedoch nicht sicher, ob sie sie vielleicht nur gedacht hatte. Aber wie auch immer, das Ergebnis war dasselbe.

Kane nahm sie in seine Arme und entschädigte sie mit zärtlichen Liebkosungen und langen heißen Küssen. Er ließ sie ihren Schmerz und ihre Angst vergessen, weckte ihr Begehren, entfesselte und schürte es, bis er sie an den Rand der Ekstase getrieben hatte. Dann packte er ihre Hüften und brachte sie beide auf den Höhepunkt ihrer Lust, verbannte ein für alle Mal ihre Panik und schenkte ihr seine heilende Kraft. Danach strich er ihr das feuchte Haar aus dem Gesicht und hielt sie schützend in den Armen, bis sie eingeschlafen war.

Aber er hatte ihr nichts versprochen.

17. KAPITEL

Auf was, zum Teufel, hatte er sich da bloß eingelassen?

Kane konnte sich nicht erinnern, diesem Kidnapping zugestimmt zu haben. Trotzdem saß er jetzt auf einmal mit Regina in diesem Flugzeug, als sei er dem Kommando eines Wahnsinnigen gefolgt und zu irgendeiner geheimen Mission aufgebrochen. Wie oft hatte Pops ihn gewarnt, sein Temperament würde ihn noch einmal in Schwierigkeiten bringen. Er hätte besser auf seinen Großvater hören sollen. Sein Zorn und seine verdammte Ehrpusseligkeit hatten ihn dazu verleitet, einen schlimmen Fehler zu machen. Allein wenn er daran dachte, wurde ihm heiß vor Scham. Und er dachte leider viel zu oft daran.

Was war nur in ihn gefahren? Zu hören, dass er Regina Dalton nichts bedeutete, dass in ihrem Leben kein Platz für ihn war, musste der Auslöser gewesen sein. Er glaubte, dass sie in ihm einen hinterwäldlerischen Südstaaten-Anwalt sah, dem sie die Unschuld vom Lande vorspielen und den sie nach Belieben für ihre Zwecke benutzen konnte. Sie hatte einen Narren aus ihm gemacht und bildete sich ein, ihn mit dieser Schauergeschichte über ihren Sohn noch einmal hereinlegen zu können. So hatte er es jedenfalls gesehen. Deshalb wollte er ihr zeigen, dass er kein Mann war, der so etwas mit sich machen ließ. Er hatte sie zwingen wollen, ihm für das, was sie von ihm verlangte, ihren Körper anzubieten, um das Angebot dann auszuschlagen und sie einfach stehen zu lassen.

Er war zu weit gegangen.

In seinem dummen, verbohrten Stolz und dem Glauben an seine eigene Unfehlbarkeit lag es ihm fern, auch nur in Erwägung zu ziehen, dass Regina die Wahrheit sagen oder ganz einfach aus Verzweiflung handeln könnte. Ihre Verletzbarkeit hatte ihn betört. Eine Berührung von ihr, und sein Denken fand nicht mehr im Kopf, sondern unter der Gürtellinie statt.

Er hatte die Kontrolle über sich verloren, sich von seinem Verlangen hinreißen lassen. Er musste Regina haben, wollte wenigstens ihren Körper besitzen, wenn sie ihm schon nicht ganz gehören konnte. Jetzt wunderte er sich, dass sie nicht die Polizei gerufen hatte und ihn verhaften ließ. Roan hätte sich bestimmt dazu überreden lassen. Sein Cousin, der Sheriff, hielt sich ebenso strikt an die Buchstaben des Gesetzes wie er selbst. Und eine Frau, der unrecht getan wurde, fand bei Roan immer Gehör.

Ja, Regina war unrecht getan worden. Von ihm, Kane Benedict. Ob er es wahrhaben wollte oder nicht.

Es waren ihre Tränen gewesen, die ihn schließlich zur Besinnung brachten. Selbst in jenen ersten Sekunden, als er sie für Erpressung übelster Sorte hielt, hatten sie ihm ins Herz geschnitten. Es hätte ihn fast umgebracht, als er merkte, dass sie echt waren. Danach hatte er nur noch den einen verzweifelten Wunsch gehabt, seinen Fehler wieder gutzumachen.

Und Regina gab ihm die Möglichkeit dazu. Ohne Worte hatte sie zum Ausdruck gebracht, dass er den Schmerz, den er ihr zugefügt, lindern, das Vertrauen wieder herstellen solle, das er ihr genommen hatte. So viel Zärtlichkeit lag in ihrer Hingabe, dass sich ihm das Herz zusammenkrampfte. Die Leidenschaft, mit der sie sein Verlangen erwiderte, würde er sein Leben lang nicht vergessen.

Er hatte ihr die Selbstachtung nehmen wollen und dabei seine eigene verloren. Doch Regina hatte ihr Verlangen über ihren Stolz gestellt und ihm so die Achtung vor sich selbst zurückgegeben.

Er äußerte irgendwie, dass er ihr zur Verfügung stehe, dass er tun würde, was immer sie von ihm verlangte. Offenbar hatte damit diese verrückte Verschwörung ihren Lauf genommen. Okay, es sollte ihm recht sein. Er stand in Reginas Schuld. Und die Benedicts pflegten sich nicht um ihre Schulden herumzudrücken.

Wenn er diese Sache durchzog, würde er ganze Arbeit leisten. Bei ihm gab es keine Halbheiten. Fast wünschte er sich, Berry wäre anwesend, wenn sie den Jungen holten. Sollte der Kerl nur versuchen, sich ihnen in den Weg zu stellen. In seiner derzeitigen Verfassung wäre es ihm geradezu ein Vergnügen, dem Typ bessere Manieren beizubringen.

Luke, der neben ihm auf dem Pilotensitz saß und das Flugzeug steuerte, blickte zu ihm herüber. Forschend betrachtete er ihn einen Moment. „Zieh nicht so ein Gesicht, Kumpel", bemerkte er schließlich. Ein amüsiertes Blitzen trat in seine dunklen Augen. „Wenn wir geschnappt werden, wird man uns lediglich Kindesentführung zur Last legen. Wenn es hochkommt vielleicht noch gewalttätigen Angriff. Das Schlimmste, was dir passieren kann, ist, dass sie dich einsperren und den Schlüssel wegwerfen."

„Wie nett von dir, mich aufzuheitern", erwiderte Kane. „Ich wusste, es gab einen Grund, dich mitzunehmen."

„Du hast mich mitgenommen, weil es ausgesprochen mühsam ist, mit öffentlichen Verkehrsmitteln ein anständiges Kidnapping hinzulegen."

„Ach ja, das war einer der Gründe." Dass sich bei seinem Cousin jedes Fahrzeug, vom Learjet bis zur Erntemaschine, so benahm, als würde ein Engel am Steuer sitzen, und dass Luke überdies Freunde hatte, die nicht zögerten, ihm ihren Firmenjet zur Verfügung zu stellen, spielte natürlich auch eine Rolle. Außerdem war es gut, einen Mann wie Luke als Rückendeckung zu haben.

„Dass du einen Schiedsrichter brauchst, war nur so ein Nebengedanke, was?" fügte Luke beiläufig hinzu.

„Wie kommst du denn darauf?"

Luke warf ihm einen schnellen Blick zu. „Das sehe ich dir an. Du steckst bis zum Hals im Dung, mein Lieber, und um da rauszukommen, paddelst du wie ein Verrückter. Was du nicht begreifst, ist, dass Dung Rosen blühen lässt."

„Und was, bitte schön, willst du damit sagen?"

„Dass du aufhören sollst zu paddeln, du Tölpel."

„Aha, der Experte spricht. Darf ich daraus schließen, dass du endlich deine Beziehung zu April geklärt hast?" Die Anspielung war unfair. Aber besser das, als weitere Beobachtungen seines Cousins mit den passenden Antworten zu parieren. Kane hatte sich gezwungen gesehen, Luke die ganze Geschichte zu erzählen, ehe der sich bereit erklärte, an der Rettungsaktion teilzunehmen. Womöglich hatte er ihm zu viel erzählt.

„Okay, okay, wir bauen alle manchmal Mist", sagte Luke, wobei plötzlich ein harter Zug um seinen Mund lag. „Nur machst du es absichtlich."

„Du weißt ja überhaupt nicht, wovon du redest."

„Ich weiß, dass du Regina büßen lässt für das, was Francie dir angetan hat. Und das finde ich mehr als unfair."

„Kümmere dich gefälligst um deine eigenen Angelegenheiten."

„Ein hübsches Argument, Herr Anwalt", gab Luke gereizt zurück. „So gut durchdacht, so klar und deutlich, und vor allem so logisch. Du solltest damit deine Jury einschwören."

Im ersten Moment war Kane irritiert. Doch sein Ärger schwand, als ihm klar wurde, dass Luke Recht hatte. Was er jedoch nicht zuzugeben gedachte. Er wandte den Kopf und sah zum Fenster hinaus. Den Blick auf die Lichter irgendeiner Stadt am Horizont geheftet, sagte er: „Über die Geschworenen brauche ich mir kein Kopfzerbrechen mehr zu machen. Denn nach dieser Sache dürfte mir wohl das Recht zu plädieren auf Lebenszeit entzogen werden."

„Kein Problem", gab Luke zurück. „Melville kann die gesamte Gerichtsverhandlung übernehmen, anstatt bloß die Geschworenen zu benennen."

Kane nickte missmutig. „Wenn es am Montag losgeht, wird er sowieso die Sache eröffnen."

„Na also, dann brauchst du dir ja keine Gedanken zu machen. Melville ist ein guter Mann."

Kane stimmte seinem Cousin zu, und dann ließen sie das Thema fallen.

Nach einigen Minuten wandte Kane den Kopf, um einen kurzen Blick nach hinten in die Kabine zu werfen, wo Regina saß. Er sah, dass sie sich mit geschlossenen Augen auf ihrem Sitz zurückgelehnt hatte.

Luke, dem nicht entgangen war, wem die Aufmerksamkeit seines Cousins galt, fragte, diesmal etwas ruhiger: „Hast du dir schon überlegt, was du mit Regina und dem Jungen machen wirst?"

„Warum? Was soll ich mit ihnen machen? Ich habe keine Verantwortung für sie."

„Dann wird Regina kaum eine Chance gegen Berry haben, wenn der beschließen sollte, den Jungen zurückzuholen. Aber das ist wohl unwichtig. Denn du hast deinen Teil der Abmachung ja eingehalten, nicht wahr?"

„Genau", sagte Kane.

Luke murmelte irgendetwas Unverständliches. Kane hielt es für ratsam, seinen Cousin nicht zu bitten, es zu wiederholen.

Etwas später stand er auf und ging nach hinten in die Kabine zu Reginas Platz. Nachdem sie sich eine ganze Weile nicht gerührt hatte, nahm er an, dass sie schlief. Was auch zutraf. Kane holte eine Decke aus einem Seitenfach, faltete sie auseinander und breitete sie über Regina. Als er, damit sie nicht wegrutschen konnte, vorsichtig einen Zipfel der Decke über Reginas Schulter schob, berührten seine Finger ihr Haar. Daraufhin zuckte er zusammen, als hätte er einen elektrischen Schlag erhalten. Abrupt richtete er sich auf. Doch er ging nicht weg.

Sie sah so zerbrechlich aus, wie sie da in ihrem Sitz lag. Vor Erschöpfung lagen tiefe Schatten unter ihren Augen. Deutlich zeichneten sich ihre Sommersprossen auf der blassen Haut ab. Sie atmete gleichmäßig. Dabei hatte sie die Lippen leicht geöffnet. Ihr Mund wirkte weich und einladend. Sie sah so wehrlos aus und gleichzeitig so verführerisch, dass Kane nur mit Mühe den Impuls unterdrücken konnte, sich zu ihr zu setzen und sie auf seinen Schoß zu ziehen. Wobei er nicht sicher war, ob er sie beschützen oder sein Begehren befriedigen wollte.

Du lieber Himmel, wie konnte er in dieser Situation an so etwas denken? Diese Frau brachte ihn noch um den Verstand. Und er hatte immer geglaubt, Gelüste wie diese mit der Pubertät abgelegt zu haben. Sein Verlangen nach Regina erschien ihm wie eine Sucht. Je mehr er von ihr bekam, desto mehr wollte er von ihr haben, und desto weniger kümmerte es ihn, wer oder was sie war. Dann zählte für ihn nur noch der Wunsch, sie in seinen Armen zu halten.

All das gefiel ihm gar nicht. Es ärgerte ihn, und es machte ihm Angst. Je schneller Regina aus seinem Leben verschwand, desto eher würde er zur Vernunft kommen und wieder er selbst sein können. Es war keine gute Idee gewesen, sie auf diese Reise mitzunehmen. Luke und er mussten blitzschnell sein und sich auf ihre Instinkte verlassen, wenn sie Erfolg haben wollten. Was sie dabei am allerwenigsten gebrauchen konnten, war eine Frau, die sie aufhielt.

Aber Regina hatte sich geweigert, zurückzubleiben. Sie hätten sie schon einsperren müssen, um sie daran zu hindern, mit ihnen zu kommen. Sie könne sie problemlos am Portier vorbei in Berrys Wohnung schleusen, war ihr Argument gewesen. Und mit dem Jungen kämen sie auch einfacher zurecht, wenn sie dabei wäre. In beiden Punkten hatte sie vermutlich Recht. Trotzdem wäre es ihm lieber gewesen, sie wäre in Turn-Coupe geblieben. Sie war eine weitere Person, deren Leben es zu schützen galt. Er fand es schlimm genug, für ihren Sohn verantwortlich zu sein, ein Kind, dem nur allzu leicht etwas zustoßen konnte, wenn sie in Schwierigkeiten gerieten. Auch noch auf Regina aufpassen zu müssen war eine Sorge zu viel.

Dabei musste er ihr widerstrebend Respekt zollen, dass sie sich nicht davon abhalten ließ, sie zu begleiten. Offenbar misstraute sie Berry im gleichen Maße, wie sie ihren Sohn anbetete. Sie hatte panische Angst, der Junge könne verletzt werden, wenn sie nicht da war, um ihn zu beschützen. Dabei hätte sie doch nicht einmal eine Mücke beschützen können.

Es gab so vieles an Regina, was er bewunderte. Sie mochte ihre Fehler haben, doch sie besaß auch eine seltene Kraft, das hatte sie mit ihrem Verhalten bewiesen. Wenn der Prozess vorüber war, würde sie aus seinem Leben verschwinden. Sie würde mit ihrem Sohn weggehen, und damit war die Sache erledigt. Und für sie würde es zweifellos die beste Lösung sein.

Kane streckte die Hand aus, nahm vorsichtig eine seidige Strähne ihres feurigen Haars zwischen die Finger. Damals, an jenem ersten Tag, hatte Pops scherzhaft überlegt, ob man sich wohl daran verbrennen könne. Man konnte, das wusste Kane inzwischen. Er hatte sich daran verbrannt, und er würde die Narben sein Leben lang mit sich herumtragen.

Die Landung in New York verlief ohne Zwischenfälle. Die Papiere für den Rückflug auszufüllen war eine langwierige, umständliche Prozedur, die sich jedoch nicht umgehen ließ. Es war spät, als sie das Apartment schließlich erreichten. Aber das konnte ihnen nur recht sein, weil dann alle schlafen würden. Wenn sie Glück hatten, konnten sie sich in die Wohnung schleichen und die Situation unter Kontrolle bringen, ehe der Bodyguard und die Krankenschwester merkten, was los war.

Es hatte geheißen, Berry sei nicht zu Hause, was ihnen natürlich sehr gelegen kam. Nicht zuletzt deshalb waren sie sofort zu ihrer Mission aufgebrochen. Nach einem Anruf bei seinen Anwälten hatte man in Erfahrung gebracht, dass Berry am selben Abend in Baton Rouge eintreffen sollte, um pünktlich zum Prozessbeginn am Montag vor Ort zu sein. Damit blieb ihnen zumindest eine Komplikation erspart.

Am Portier vorbeizukommen war ein Kinderspiel. Der Mann begrüßte Regina so freundlich und erkundigte sich mit solchem Interesse nach ihrer Reise, dass er kaum zu bemerken schien, dass sie zwei Fremde im Schlepptau hatte. Auf ihrem Stockwerk angelangt, benutzte Kane Reginas Hausschlüssel und stieß dann vorsichtig die Tür auf. Dabei sah er sich kurz nach Regina um, die auf sein Geheiß hin ein paar Schritte von der Wohnungstür entfernt im Hausflur stehen geblieben war. Sie winkte ihm aufmunternd zu. Er fand es beruhigend, dass sie so gelassen war.

Kane zog seine Pistole aus dem Gürtel. Dann nickte er Luke zu, der ebenfalls bewaffnet war. Zusammen schlichen die beiden Männer in die Wohnung. Die Schultern an die Wand gepresst, warteten sie. Angestrengt spähten sie ins Halbdunkel, gespannt lauschten sie auf irgendwelche Geräusche.

Sie hörten nichts. Die Luft war rein. Vorsichtig setzten sie sich in Bewegung.

Regina hatte ihnen die Wohnung bis ins kleinste Detail beschrieben, so dass sie genau wussten, wo jedes Schlafzimmer lag. Ihr Zimmer war das erste auf der rechten Seite des breiten Flurs, der sich ans Wohnzimmer anschloss. Die Krankenschwester schlief hinter der letzten Tür auf derselben Seite. Das Zimmer des Jungen lag genau dazwischen. Berrys Räume befanden sich auf der anderen Seite des Flurs. Der Bodyguard hatte sein Schlafzimmer direkt neben Berrys Suite.

Mit Luke im Gefolge bewegte sich Kane vorsichtig zwischen wuchtigen Ledergarnituren und massiven Couchtischen. Dabei kam es ihnen zugute, dass der flauschige Berberteppich jedes Geräusch schluckte. Was ihnen ebenfalls half, waren die Lichter der Stadt, deren heller Schein durch die riesigen Fensterfronten des

Penthouses fiel und die ganze Wohnung in ein milchiges Dämmerlicht tauchte.

Die Tür zum Schlafzimmer des Bodyguards war geschlossen. Kane und Luke bezogen rechts und links davon Stellung. Als Kane ihm zunickte, legte Luke die Hand auf den Türknauf. Langsam drehte er ihn herum. Wie auf Kommando sprangen sie ins Zimmer und stürzten zum Bett.

Es lagen zwei Personen unter der Decke. Der Bodyguard richtete sich gerade auf und wollte nach der Pistole auf seinem Nachttisch greifen, als Kane ihm einen Schlag versetzte, der den Mann vor Schmerz aufstöhnen ließ. Hart fiel er gegen seine Bettgenossin. Aber Kane war noch nicht fertig mit ihm. Er packte ihn, zerrte ihn von seiner Gespielin weg, presste ihm den harten Unterarm auf die Kehle und den Pistolenlauf unters Kinn. „Keine Bewegung", sagte er warnend. „Sonst drehe ich Ihnen die Luft ab."

Die Frau im Bett, eine üppige Blondine mit dick aufgetragenem, verschmiertem Augen-Make-up, arbeitete sich fluchend unter der Decke hervor. Als sie Kane mit der Pistole über ihrem Liebhaber stehen sah, riss sie den Mund auf, um zu schreien, überlegte es sich jedoch anders, als Luke vorsprang und ihr den Lauf seiner Pistole zwischen die nackten Hängebrüste schob.

Innerhalb von Sekunden war der Bodyguard geknebelt und gefesselt. Desgleichen die Krankenschwester. Die beiden gaben wütende Protestlaute von sich, als man sie zusammengeschnürt in der Mitte des Bettes zurückließ, was Kane und Luke jedoch nicht stören konnte.

Kane wollte zum Wohnzimmer zurückeilen, um wie verabredet Regina zu holen. Aber er konnte sich den Weg sparen. Denn Regina war bereits im Apartment. Gerade kam sie aus

Berrys Arbeitszimmer. Kane sah, wie sie einen schmalen viereckigen Gegenstand in ihrer Schultertasche verschwinden ließ. Er fragte sich flüchtig, was sie wohl außer ihrem Sohn noch hatte retten wollen, vergaß jedoch vor lauter Ärger die Sache gleich wieder.

„Sagte ich dir nicht, du sollst draußen warten, bis die Luft rein ist?"

„Der Kampf war vorüber. Damit war die Luft rein genug für mich."

„Aber du hättest ..."

„Ich hätte was?" fragte sie, während sie neben ihm stehen blieb.

Kane gab ihr keine Antwort. Er konnte nicht aussprechen, was er hatte sagen wollen – dass sie hätte verletzt werden können. Die Vorstellung, eine Kugel könnte sie treffen oder ein Kretin wie dieser Bodyguard ihr etwas zu Leide tun, machte ihn regelrecht krank.

„Nichts", murmelte er und bedeutete ihr, zum Zimmer ihres Sohnes vorauszugehen.

An der Tür hielt er sie noch einmal kurz zurück, weil er sich persönlich vergewissern wollte, dass niemand den Raum bewachte. Das Einzige, was er im grünlichen Schimmer des Nachtlämpchens sehen konnte, war eine kleine Erhebung in dem Bett, das an einer Wand stand. Eine sehr kleine Erhebung.

Er gab Regina ein Zeichen. Daraufhin ging sie geradewegs zu dem schlafenden Jungen und zog die Decke zurück. Sie ließ sich auf dem Bettrand nieder. Vorsichtig rollte sie ihren Sohn zu sich herum. Dabei stieß sie einen zischenden Laut aus, der Wut und mindestens ebensoviel Schmerz zum Ausdruck brachte.

Der Junge war schlaff, blass und völlig teilnahmslos. Kane

krampfte sich der Magen zusammen. Er trat vor und legte dem Kind die Hand auf den dünnen Hals, um ihm den Puls zu fühlen. Eine Sekunde später atmete er erleichtert auf. Die Haut des Jungen war warm. Darunter schlug ein zwar schwacher, aber regelmäßiger Puls. „Schläft er immer so fest?" fragte Kane leise.

Regina schüttelte heftig den Kopf. „Ich versuchte dir ja zu erklären, wie es sein würde."

Ja, das stimmte. Als sie davon sprach, hatte er es nicht so ernst genommen. Jetzt erkannte er den Ernst der Lage. Der Junge stand unter dem Einfluss von Medikamenten. Man hatte ihn regelrecht betäubt.

Sie sah zu ihm auf. In ihren Augen glänzten Tränen. Nur für einen kurzen Moment trafen sich ihre Blicke, dann wandte sie hastig den Kopf ab, als wolle sie nicht, dass er ihren Schmerz sah. In diesem Moment spürte Kane das überwältigende Bedürfnis, den Schmerz zusammen mit ihr zu tragen, denn er war ein Teil von ihr. Und noch verzweifelter war sein Wunsch, ihn ihr abzunehmen, sie davon zu befreien – wie auch immer. Ihm wäre jedes Mittel recht gewesen. Die Erkenntnis überraschte ihn dermaßen, dass er nur stumm dastehen und sie beobachten konnte.

Regina sprang vom Bett auf. Mit wenigen Handgriffen hatte sie die Sachen des Jungen zusammengesucht: Jeans, Pulli, Söckchen, Turnschuhe. Hastig stopfte sie alles in einen bunten Rucksack, den sie Kane reichte. Dann wickelte sie den Jungen in seine Bettdecke und nahm ihn auf den Arm.

Es ging Kane gegen den Strich, Regina das schlafende Kind tragen zu lassen, aber ehe sie nicht in Sicherheit waren, musste er in der Lage sein, etwaige Angriffe abzuwehren. Er warf einen Blick in den Flur hinaus, erhielt ein Okay-Zeichen von Luke, der am anderen Ende Posten bezogen hatte, und winkte Regina hinaus. Zusammen gingen sie zum Wohnzimmer, wo Luke sich ihnen anschloss. Sekunden später waren sie an der Haustür. Kane nahm seine Pistole in die linke Hand und legte die rechte auf die Türklinke. Gleichzeitig trat er beiseite, um Regina mit ihrer schweren Last den Vortritt zu lassen.

In diesem Moment flog unter seiner Hand die Tür auf, wäre ihm an den Kopf gekracht, wenn er nicht geistesgegenwärtig zurückgesprungen wäre. Der Kronleuchter unter der Decke wurde angeknipst. Von der plötzlichen Helligkeit geblendet, bewegte sich Kane in dieser ersten Schrecksekunde ohne nachzudenken. Um die Hand frei zu haben, ließ er den Rucksack fallen und schob sich schützend zwischen Regina und die Gefahrenquelle. Halb gebückt, Schulter an Schulter mit Luke, baute er sich vor der Tür auf.

Der Mann, der im Türrahmen stand, war Gervis Berry. Kane hatte genug Bilder von dem vierschrötigen Bestattungsunternehmer gesehen, um ihn auf den ersten Blick zu erkennen. Und hätte das nicht gereicht, wäre die kleine, direkt auf Kanes Bauch gerichtete Pistole ein überzeugender Beweis gewesen.

„Na so was, wen haben wir denn hier?" fragte Berry mit gespielter Heiterkeit. „Da scheint sich doch tatsächlich jemand mit meinem Sohn davonzumachen."

„Reginas Sohn, soweit ich informiert bin", erwiderte Kane und richtete sich langsam auf, weil er hoffte, den Kampf auf verbaler Ebene ausfechten zu können.

„Glauben Sie, es war eine jungfräuliche Geburt?" Berry lachte über seinen eigenen Sarkasmus.

„Ich weiß, dass Sie nichts damit zu tun hatten."

Berrys Züge nahmen einen unangenehmen Ausdruck an.

„Das hat sie Ihnen also erzählt? Dann ist sie wohl auf Ihre Seite übergewechselt. Sind Sie dieser Benedict?"

„Der bin ich." Kanes Stimme klang schroff. Achtsamkeit lag in seinem Blick.

„Das dachte ich mir. Ich frage mich, was die Geschworenen von dieser Methode der Zeugenbeeinflussung halten werden."

„Zeugen?"

Berry deutete mit seiner Waffe auf Regina. „Ich nehme an, sie hat sich Ihre Hilfe mit Informationen über mich erkauft. Und das ist vermutlich nicht alles, womit sie handelt. Vielleicht hat sie bei ihrem Tauschgeschäft ja persönliche Dienste als Gegenleistung geboten."

„Gervis!"

Regina war hinter Kane hervorgetreten. Kane bemerkte es mit Erschrecken. Es war ihm klar, dass sie Berry abzulenken versuchte. Mit dem Jungen auf dem Arm ging sie auf ihn zu. Vermutlich glaubte sie, dass Berry nicht auf sie schießen würde. Kane war sich da nicht so sicher. Der Magen krampfte sich ihm zusammen, als er sah, wie Berry den Lauf seiner Pistole auf sie richtete.

„Du brauchst gar nicht so schockiert zu tun", höhnte Berry, wobei er sie keinen Moment aus den Augen ließ. „Meinst du, ich sollte nicht so reden, weil wir Familie sind? Nun, das dachte ich bisher auch. Und jetzt arbeitest du plötzlich gegen mich. In welcher Familie ist so etwas üblich?"

„In derselben, in der mein Sohn zu erpresserischen Zwecken benutzt wird", erwiderte Regina scharf. „Wir sind keine Familie. Wir sind nie eine gewesen und werden nie eine sein. Und ich bin froh darüber, hast du mich verstanden? Es gefiel mir von Anfang an nicht, was du da von mir verlangst hast. Jetzt hasse ich dich dafür!"

Berry zuckte zusammen, als hätte sie ihn geschlagen. „Quatsch. Das meinst du nicht so."

„Und ob!" Ihre Augen funkelten vor Wut. „Wenn du meinen Sohn noch ein einziges Mal anrührst oder ihn mir wegzunehmen versuchst, bringe ich dich um!"

Berry stieß ein hässliches Lachen aus. „Mir kannst du nichts vormachen, Baby. Es geht dir nicht um den Jungen. Was ist los? Versorgt dich Benedict besser als ich – im Bett zum Beispiel?"

„Nein!"

Kane wusste kaum, was ihn mehr erzürnte, die Anschuldigung oder die Tatsache, dass Regina sie so vehement zurückwies. Schnell trat er einen Schritt vor. Dabei hoffte er, Berry wieder von Regina ablenken zu können. „Wäre es nicht möglich, sie hat von uns beiden genug und möchte zur Abwechslung mal für sich selber sorgen? Haben Sie schon einmal daran gedacht?"

„Wie eine billige Hure, was?" Während er das sagte, machte Berry eine halbe Drehung zu Kane hin.

Kane handelte in dem Moment, als die Pistole nicht mehr auf Regina gerichtet war. Er sprang vor und versetzte Berry einen Kinnhaken, der den Beerdigungsunternehmer in den Hausflur zurückwarf. Hart landete er auf dem Rücken. Daraufhin folgte ein Knall, und aus der Pistole in seiner Hand zuckte ein roter Lichtblitz.

Kane spürte einen Ruck in der Taille, der ihn herumriss. Luke stürzte an ihm vorbei, um sich auf Berry zu werfen und ihm die Pistole zu entwinden. Mit einem kurzen harten Schlag legte er sie neben Berrys Kopf. Berry rührte sich nicht mehr. Noch während er über dem reglosen Mann kauerte, blickte Luke fragend zu Kane auf. Seine Züge drückten Besorgnis aus.

Kane wusste, was sein Cousin ihn fragen wollte. Ja, er war

verletzt. Seine Seite fühlte sich taub an, und er spürte, wie ihm etwas Warmes, Feuchtes in die Taille sickerte. Berrys Pistole musste jedoch ein kleines Kaliber gewesen sein, denn er hatte nicht das Gefühl, dass es sich um eine ernsthafte Verletzung handelte. Er wusste auch, dass dies nicht der richtige Zeitpunkt war, Spekulationen darüber anzustellen oder die Sache auch nur zu erwähnen. Sie mussten sich beeilen. Denn der Schuss konnte ihnen mehr Gesellschaft bescheren, als ihnen lieb war.

Er bückte sich, um den Rucksack mit den Sachen des Jungen aufzuheben, den er zuvor hatte fallen lassen. Um die Blutung sowohl einzudämmen als auch zu verbergen, presste er ihn an seine Seite. Mit der anderen Hand packte er Reginas Ellbogen, damit sie in seiner Nähe blieb. Mit einer knappen Kopfbewegung nickte er Luke zu. „Okay, lass uns von hier verschwinden."

Die Fahrt zum Flughafen schien eine Ewigkeit zu dauern, und noch mehr Zeit verging, bis sie startklar waren. Doch irgendwann hoben sie endlich ab, stiegen in den Nachthimmel hinauf, durchbrachen eine Wolkenbank und legten sich dann in eine weite Kurve, die sie auf einen südlichen Kurs brachte. Und dann hatten sie endlich ihre Flughöhe erreicht.

Kane lehnte sich im Kopilotensessel zurück und schloss die Augen. Das taube Gefühl in seiner Seite war höllischen Schmerzen gewichen. Die Wunde brannte wie Feuer. Er wollte schlafen, einfach wegdriften und sich seiner bleiernen Müdigkeit überlassen. Der Gedanke war verlockend.

Aber nein, es ging nicht. Er musste wach bleiben und Luke helfen. Er musste Regina nach Hause bringen. Er musste herausfinden, ob dem Jungen – wie hieß er doch gleich, Stephan? – nichts fehlte. Ja, er musste sich vergewissern, dass Stephan okay war.

Hände berührten ihn, schüttelten ihn. Man presste ihm die Hand auf die Stirn, wahrscheinlich um zu fühlen, ob er Fieber hatte. Wann hatte das jemand zum letzten Mal mit ihm gemacht? Es musste lange her sein. Wenn er sich richtig erinnerte, war er dreizehn Jahre alt gewesen und hatte die Grippe gehabt.

„Kane? Kane, wach auf!"

Es war Regina. Er erkannte ihre Stimme. Ihre Hände waren kühl und irgendwie drängend. Ihm gefiel das. Er versuchte die Augen zu öffnen und wunderte sich, welche Anstrengung es ihn kostete.

Sie hatte sich über ihn gebeugt, versuchte seinen Sicherheitsgurt auszuklinken. Er betrachtete ihr Gesicht, das direkt über seinem war, sah sie beharrlich an, bis sie seinen Blick erwiderte und er sich, anstatt zu sprechen, in den Tiefen ihrer haselnussbraunen Augen verlieren konnte.

„Du blutest", sagte sie vorwurfsvoll, als hätte er ein schreckliches Verbrechen begangen.

„Ich weiß."

„Warum hast du nichts gesagt? Bist du so ein Macho, dass du den Märtyrer spielen musst?"

„Es ist nicht so schlimm."

„Nein, sicher nicht. Bloß ein Kratzer, was? Für wen hältst du dich? Eastwood und Stallone in einem?"

Er grinste, er konnte nicht anders. „Warum bist du so wütend? Ich bin doch derjenige, der den Schuss abgekriegt hat."

„Weil du Stephans Sachen mit Blut verschmiert hast, du Dummkopf", antwortete sie und zerrte den tropfenden Rucksack von ihm weg. „Komm, lass uns nach hinten gehen, damit ich dich verarzten kann."

Luke blickte kurz zu ihr herüber. Dabei runzelte er besorgt

die Stirn. „Der Erste-Hilfe-Kasten liegt in einem der Fächer",
sagte er. „Er sollte genug Verbandszeug enthalten."

Regina nickte und beugte sich wieder vor, um Kane den Sicherheitsgurt vom Schoß zu nehmen. „Komm, steh auf!" befahl
sie. Dabei nahm sie seinen Arm und legte ihn sich um den Hals.
„Ich kann dich nicht allein hochwuchten, aber ich tue, was ich
kann."

Kane ließ sie einen Teil seines Gewichts tragen. Nicht, weil er
es nicht allein geschafft hätte, sondern weil er der Versuchung
nicht widerstehen konnte, sich von ihr stützen zu lassen. Er wollte testen, wie weit ihre Fürsorge ging. Außerdem interessierte ihn
ihre Motivation. Wurde ihr Handeln von Dankbarkeit oder
Schuldgefühlen bestimmt, von ganz normaler Hilfsbereitschaft
oder von etwas anderem, das er nicht benennen konnte?

Behutsam half sie ihm aus der Jacke. Sie runzelte die Stirn und
biss sich auf die Unterlippe angesichts des blutigen Anblicks, der
sich ihr darunter bot. Trotzdem begann sie sofort, sein Hemd aufzuknöpfen. Die Geste erinnerte Kane an die vergangene Nacht,
als er sie quasi gezwungen hatte, ihn zu entkleiden. Fast kam es
ihm vor, als sei diese Wiederholung unter so anders gearteten
Umständen die gerechte Strafe für das, was er ihr angetan hatte.

„Warum hast du uns nichts davon gesagt, ehe wir abflogen?"
fragte sie beklommen. „Du brauchst mehr als einen Verband. Du
brauchst einen guten Arzt."

„Weil wir dann vermutlich den Rest der Nacht in der Notaufnahme eines Krankenhauses zugebracht und den morgigen Tag
auf irgendeiner Polizeiwache herumgesessen hätten, weil jeder
Arzt dazu verpflichtet ist, Schussverletzungen zu melden. Nein
danke, ohne mich."

„Und du willst lieber verbluten?"

„Ich will, dass du aufhörst, mir Vorträge zu halten, als sei ich nicht älter als dein Sohn. Sieh lieber zu, dass du mich endlich verarztest."

Sie warf ihm einen gereizten Blick zu. „Ich versuche es ja!"

Das tat sie wirklich, obwohl er sah, wie sie blass wurde, als sie die blutende Wunde eingehender betrachtete. Aber sie schreckte nicht davor zurück, ihn zu versorgen, sondern schluckte nur hart und machte sich dann an die Arbeit. Als ihr Haar dabei seinen Arm streifte, durchzuckte ihn Begehren. Ihr sauberer, frischer Duft verwirrte seine Sinne. Seine Wunde schmerzte, und er musste gegen ein Schwindelgefühl ankämpfen. Und doch konnte er nur daran denken, Regina auf seinen Schoß zu ziehen und zu testen, wie gründlich sie ihn in sich aufnehmen, wie tief er sich in sie schieben konnte, ehe er das Bewusstsein verlor.

Wenn er es nicht schon vorher verlor. Er strich sich mit der Zunge über die ausgetrockneten Lippen. „Könntest du mal nachsehen, ob wir Orangensaft oder irgendwelche kalten Getränke an Bord haben?" fragte er.

„Orangensaft?" wiederholte sie.

„Ich brauche den Zucker wegen der Glukose, um den Blutverlust auszugleichen."

Sie warf ihm einen schnellen, abschätzenden Blick zu und richtete sich dann hastig auf. „Ich werde mal nachsehen."

Der Saft war süß und kalt, weckte seine Lebensgeister und gab ihm neue Kraft wie eine Bluttransfusion. In einem Zug trank er eine ganze Dose aus und verlangte eine zweite. Danach vermochte er wach zu bleiben, während Regina vorsichtig das blutverkrustete Hemd von der Wunde abzog. Sie würde lieber nicht versuchen, die Verletzung zu reinigen, erklärte sie ihm, denn die

Blutung sei schon fast zum Stillstand gekommen, und sie wolle nicht das Risiko eingehen, die Wunde wieder aufzureißen.

Kane war es recht so. Sein Hausarzt, ein Mann in Pops' Alter und zweimal so diskret, würde sich zu Hause um ihn kümmern. Das sagte er auch Regina, die sich damit zufrieden gab. Sie packte einige Lagen Mull auf die Wunde und bandagierte ihn so gründlich, dass er das Gefühl hatte, in einem Korsett zu stecken, das ihm die Luft abschnürte. Aber er hatte sowohl seine Übelkeit als auch seine merkwürdigen sexuellen Gelüste überwunden.

Regina verschwand auf der Toilette, wohl um sich sein Blut von den Händen zu waschen. Als sie zurückkam, legte sie ihm fürsorglich eine Decke um die Schultern und ließ sich dann auf dem Sitz neben ihm nieder. Die Hände im Schoß gefaltet, sah sie ihn eine ganze Weile stumm an. Schmerzliches Bedauern lag in ihren Augen. Schließlich sagte sie: „Es tut mir so Leid, dass du meinetwegen verletzt wurdest. Ich hätte dich niemals um deine Hilfe gebeten, wenn ich gewusst hätte, wie die Sache ausgeht."

„Du warst nicht diejenige, die sich auf die Auskunft von Berrys Anwälten, ihr Mandant sei nicht in New York, verließ", erwiderte Kane.

„Aber ich hätte dir sagen sollen, dass Gervis immer eine kleine Pistole mit sich herumträgt."

Halb in seinem Sitz liegend, den Kopf an die hohe Rückenlehne zurückgelegt, beobachtete Kane fasziniert, wie ihr die Röte in die blassen Wangen stieg. „Es wäre sicher nicht schlecht gewesen, das zu wissen, aber deshalb wäre die Sache trotzdem nicht anders ausgegangen."

„Mag sein, aber ich fühle mich schuldig." Sie blickte auf ihre Hände herab. Mit gepresster Stimme fuhr sie fort: „Ich kann dir nicht genug dafür danken, dass du Stephan für mich aus diesem

Apartment herausgeholt hast. Ich weiß, du hattest deine Gründe. Aber meine Dankbarkeit ist größer, als es sich mit Worten ausdrücken lässt. Du brauchst mich nur darum zu bitten, und ich tue alles, um mich erkenntlich zu zeigen und meine Schuld zurückzuzahlen."

Plötzlich überkam ihn eine ungeheure Müdigkeit. Er wusste selbst nicht, wieso ihre Worte diese Wirkung auf ihn hatten. Vielleicht war er schwächer, als er dachte. Mit tonloser Stimme fragte er: „Was schlägst du vor, Regina?"

„Was immer du möchtest." Mit einer hilflosen Geste zuckte sie die Schultern. „Ich schulde dir so viel ..."

„Du schuldest mir gar nichts." Ihre langen Wimpern flatterten wie golden schimmernde Schmetterlinge. Wie sehnte er sich danach, sie zu berühren, zart mit der Zunge über ihre Ränder zu streichen.

„Aber ja. Ohne dich hätte ich meinen Sohn nie wieder gesehen, zumindest nicht, ohne mich Gervis zu unterwerfen und genau das zu tun, was er von mir verlangte. Du wurdest verletzt. Gervis hätte dich erschießen können. Und das alles meinetwegen." Sie blickte auf. Ihre Wangen brannten. „Es gibt nichts, was ich nicht tun würde, um dich für das Opfer zu entschädigen."

„Nein." Es fiel ihm schwer, das Wort auszusprechen. Aber er wusste, es war notwendig.

„Nein?" Ein Schatten fiel über ihr Gesicht. Zögernd sah sie ihn an. „Aber du sagtest gestern Nacht, dass du es erwartest. Mir schien, du wolltest ..."

„Nein. Inzwischen will ich es nicht mehr. Nie mehr. Ich habe deinen Sohn nicht gerettet, damit du mir das Bett wärmst. Ich habe dir geholfen, weil ich wieder gutmachen wollte, was ich dir angetan hatte, und um dir zurückzugeben, was ich dir nahm."

Regina antwortete ihm so leise, dass er sich anstrengen musste, sie zu verstehen. „Du hast mir nichts genommen, was ich dir nicht geben wollte."

Kane stockte der Atem. Er überlegte, wie viel Überwindung sie diese Erklärung gekostet haben mochte und was sie wohl zu bedeuten hatte. Er hätte sie fragen können, doch er zog es vor, sich ein paar Illusionen zu bewahren. „Nett gemeint", bemerkte er in trockenem Ton, „aber ich weiß es besser."

Sie hob das Kinn und sah ihn an. Während er ihren Blick erwiderte, fragte sich Kane, ob seiner auch so schwer zu durchschauen war. Er vermutete es, denn er merkte selbst, wie er sich vor Regina verschloss, wie steif und unnatürlich seine Züge wurden, wie er hinter einer maskenhaften Starre seine Zweifel und seinen Schmerz verbarg.

„Ich möchte trotzdem etwas tun, um mich erkenntlich zu zeigen", sagte Regina nach einer Weile.

Er schloss die Augen. „Vergiss es. Mit einem Opferlamm kann ich nichts anfangen."

Das Flugzeug ruckelte ein wenig, hielt jedoch seinen Kurs am dunklen Sternenhimmel. Tief und gleichmäßig dröhnten die Motoren. Nachdem sie lange Zeit geschwiegen hatte, erwiderte Regina mit tonloser Stimme: „Nein, sicher nicht."

18. KAPITEL

Opferlamm. Das Wort wollte Regina in den folgenden Stunden nicht aus dem Kopf gehen. Sie dachte daran, als das Flugzeug auf dem Landestreifen außerhalb von Turn-Coupe aufsetzte und Kane darauf bestand, dass sie nicht etwa im Motel abstieg, sondern mit Luke und ihm nach Hallowed Ground kam, damit der Arzt sich Stephan ansehen konnte. Auch als sie etwas später mit Mr. Lewis zusammen auf den Arzt warteten, klang es ihr unablässig in den Ohren.

Sah Kane sie tatsächlich in der Rolle des Opferlamms? Glaubte er, sie hätte den Liebesakt mit zusammengebissenen Zähnen über sich ergehen lassen? Sicher, zunächst hatte sie angenommen, dass es so sein würde. Aber dann war alles ganz anders gekommen.

Kane hatte sie von ihren Ängsten befreit und ihr die Freuden der Liebe gezeigt. Schon allein das würde sie ihm nie vergessen. Sie erwartete nicht, noch einmal einen Mann zu finden, dem sie so vertrauen konnte, glaubte nicht daran, jemals wieder lieben zu können.

Ja, sie liebte Kane.

Dass sie ihn liebte, hatte nichts mit Sex oder Dankbarkeit zu tun, nicht einmal damit, dass er sein Leben für sie aufs Spiel gesetzt hatte. Sie liebte ihn um seinetwillen, für all das, was er war. Sie liebte ihn wegen seiner Stärke, seinem Rechtsempfinden, seiner Aufrichtigkeit. Sie liebte ihn, weil er ein Ehrenmann war und zu seiner Familie und seinen Freunden hielt. Sie liebte ihn wegen seiner Bodenständigkeit. Sie liebte sein Lächeln und die Art und Weise, wie er die Stirn runzelte. Sie liebte seine Berührungen und seine Zärtlichkeiten, liebte es sogar, wenn er sie sich versagte, weil er sie nicht für richtig hielt.

Wie war es geschehen bei all dem, was zwischen ihnen stand? Regina hatte keine Ahnung. Sie wusste nur, dass die Liebe zu ihm tief in ihrem Herzen verankert war.

Es erschien ihr unmöglich, dass Kane es nicht sah. Sie hatte solche Angst gehabt, er könne es bemerken. Wenn er jedoch in dem Glauben war, es sei ein Opfer für sie gewesen, mit ihm zu schlafen, dann musste er wirklich ahnungslos sein.

Sie hätte ihm gern ihre Liebe gestanden, doch sie wagte das Risiko nicht einzugehen. Sie fürchtete, er könnte sich dadurch gezwungen sehen, sein Desinteresse an ihr zu bekunden. Und eine derartige Zurückweisung hätte sie im Moment nicht verkraftet.

Stephan, der sich in einem tiefen Polstersessel zusammengerollt hatte, begann aufzuwachen. Er bewegte sich unruhig. Als er leise wimmerte, ging Regina zu ihm hin und nahm ihn in die Arme. Er schlug die Augen auf. Einen Moment starrte er sie ungläubig an. Dann breitete sich ein freudiges Lächeln auf seinem Gesicht aus.

„Mama!"

Das glückliche Staunen, das in diesem einen Wort lag, zerriss ihr fast das Herz. Ihre Augen füllten sich mit Tränen, als sie daran dachte, was der Junge durchmachen musste – und dass sie es zugelassen hatte. Nichts und niemand sollte ihm jemals wieder etwas zu Leide tun, das schwor sie sich in diesem Moment.

„Ich bin bei dir", flüsterte sie und barg das Gesicht in seinem seidigen Haar. „Ich bin hier, und ich werde nie mehr weggehen."

Kane, der ihr gegenüber auf der Couch lag, drehte den Kopf zu ihr hin. Regina bemerkte die Bewegung und sah auf. Über den Kopf ihres Sohnes hinweg trafen sich ihre Blicke. Ein ungewisser Ausdruck lag in seinem Gesicht, als würde er mit irgendeinem Beschluss ringen, der ihm nicht sonderlich behagte. Er sah zu Luke herüber, der, die langen Beine von sich gestreckt, mit unbeweglicher Miene in einem Sessel zwischen ihnen saß. Einen flüchtigen Moment lang hatte Regina den Eindruck, dass Lukes Gegenwart ihn störte, dass er lieber allein mit ihr sein wollte.

„Regina ...", fing er an.

Ein Läuten an der Tür unterbrach ihn. Mr. Lewis, der in der langen Eingangshalle auf den Arzt gewartet hatte, führte seinen Freund ins Wohnzimmer.

Der Arzt wurde Regina als Dr. Tom Watkins vorgestellt, ein etwas kauziger älterer Mann, der seine Besorgnis hinter einem brummigen Ton zu verbergen suchte. Nach einer kurzen Untersuchung informierte er Kane, dass er ihm ein Schmerzmittel verabreichen müsse, um dann die Wunde gründlich zu reinigen und zu nähen. Er würde die Operation zwar lieber unter sterilen Bedingungen durchführen, aber nachdem Kane dumm genug gewesen sei, sich anschießen zu lassen, müsse er das Risiko einer Infektion auf sich nehmen. Nachdem er, Dr. Watkins, sich demnächst zur Ruhe setzen würde, könne er getrost „vergessen", die Behörden zu informieren, dass er eine Schusswunde behandelt habe, was jedoch nicht möglich sei, wenn er Kane im Hospital verarztete. Deshalb wäre er dankbar, wenn Kane dem Beispiel seines Großvaters folgen und schnell heilen würde, anstatt sich womöglich ein hohes Fieber zuzuziehen und in der Notaufnahme zu landen, wo irgendein junger Assistenzarzt seine gute Arbeit zunichte machen würde.

Kane bestand darauf, dass der Arzt sich Stephan ansah, ehe er ihn zusammenflickte. Bis auf die Nachwirkungen irgendeines starken Beruhigungsmittels sei der Junge völlig in Ordnung, erklärte Doc Watkins wenig später, während er Stephan durch das weiche Haar strich. Mit bleibenden Schäden durch die Medikamente sei nicht zu rechnen. Der Junge brauche viel Flüssigkeit, gutes Essen und Beaufsichtigung, bis das Mittel seine Wirkung verloren habe. Und wenn Stephan schläfrig sei, dann müsse man das vermutlich ebenso sehr auf den Dauerstress wie auf das Beruhigungsmittel zurückführen. In diesem Fall solle man sich keine Gedanken machen, sondern den Jungen ruhen lassen.

Anschließend befasste Doc Watkins sich wieder mit Kane, befahl ihm, ein Bett zu finden und sich unverzüglich hineinzubegeben, damit er ihn verarzten könne. Daraufhin stellte Mr. Lewis sein eigenes Schlafzimmer im Erdgeschoss zur Verfügung, und auf Luke gestützt entfernte sich der Patient. Regina bot ihre Hilfe an, wurde jedoch mit brummiger Freundlichkeit zurückgewiesen.

Durch eine fest verschlossene Tür aus dem behelfsmäßigen OP verbannt, befasste sie sich stattdessen mit Stephan, der inzwischen seine Benommenheit abzuschütteln begann. Er erklärte, dass er Hunger habe, und folgte Dora in die Küche, wo er interessiert beobachtete, wie sie Pfannkuchen für ihn machte und sie vor ihn auf den Tisch stellte. Dabei fragte er Regina ein Loch in den Bauch, als hätte er monatelang nicht zu sprechen gewagt und würde jetzt alles hervorsprudeln, was sich in ihm aufgestaut hatte. Er wollte nicht nur genau wissen, wo und warum sie hier waren und wer sie hergebracht hatte, sondern stellte tausend Fragen über Hallowed Grounds, als sei jede kleinste Einzelheit von Bedeutung für ihn. Als Reginas Wissen erschöpft war, begann er Dora mit Fragen zu bombardieren und hatte die mürrische Haushälterin bald zum Lachen gebracht. Sie erzählte ihm alle möglichen Geschichten und versprach sogar, ihm den Wurf junger Kätzchen in dem alten Kutscherhäuschen im Garten zu zeigen.

Daraufhin schlang Stephan seine Pfannkuchen hinunter und wandte sich dann an Regina, um sich auf jene vorsichtige Art und Weise, die man ihm beigebracht hatte, zu erkundigen, ob er gehen dürfe. Als Regina zustimmte, blickte er Dora an. Hoffnung und Zweifel spiegelten sich in seinem schmalen Gesichtchen, als er sie höflich fragte, ob er jetzt bitte die Kätzchen sehen könne.

Die Haushälterin warf Regina einen fragenden Blick zu. Regina nickte. Eine unendliche Traurigkeit überkam sie, als ihr klar wurde, wie restriktiv, wie unendlich kontrolliert und reglementiert ihr Sohn aufgewachsen war, dass er so höflich, so voller Zweifel um eine so simple Freude bat.

Mitgefühl lag in dem Blick der Haushälterin. „Keine Sorge, Schätzchen", sagte sie, während sie ihre Küchenschürze abnahm und über eine Stuhllehne warf. „Ich passe gut auf ihn auf."

„Ich weiß", antwortete Regina mit gepresster Stimme. Die Haushälterin hatte mit keinem Wort erwähnt, dass sie Blutflecken aus Stephans Sachen waschen musste, ehe er sie anziehen konnte. Sie wussten beide, dass es sich dabei um ein Detail handelte, das man dem Jungen besser verschwieg.

„Es wird sich schon alles richten", versicherte ihr Dora. „Lassen Sie den Jungen erst mal eine Weile hier sein. Dann tollt er herum wie ein Wilder."

Mühsam behielt Regina ihr Lächeln bei, als die Haushälterin ihrem Sohn eine Serviette in die Hand drückte, damit er sich die Milch vom Mund wischen konnte, und ihn dann bei der Hand nahm, um ihn hinauszuführen. Stephan würde nicht lange genug hier bleiben, um herumtollen zu können. Es gab keine Zukunft für sie in Turn-Coupe.

Kurze Zeit später hörte sie, wie die Haustür geschlossen wurde. Weil sie sich dachte, dass es der Arzt gewesen war, der das Haus verließ, stand sie vom Tisch auf, um Mr. Lewis suchen zu gehen und sich nach Kanes Befinden zu erkundigen. Als sie durch den Salon ging, sah sie, dass Lewis Crompton noch draußen in der Einfahrt mit seinem Freund und Arzt zusammenstand. Regina beobachtete die zwei Männer einen Moment. Weil es so aussah, als könne es eine Weile dauern, bis die beiden ihr

Gespräch beendet hatten, beschloss sie, selbst nach Kane zu schauen.

Sie wandte sich vom Fenster ab und ging durch den Flur zu dem Schlafzimmer, wo Kane behandelt worden war. Die Tür war geschlossen. Regina zögerte. Dann drehte sie leise den Türknauf um und trat ins Zimmer.

Kane war allein und schien zu schlafen. Er rührte sich nicht. Nur seine Brust hob und senkte sich in gleichmäßigem Rhythmus. Mit nacktem Oberkörper lag er da. Krass hob sich der weiße Verband um seinen Brustkorb von seiner sonnengebräunten Haut ab. Die beängstigende Blässe, die er während des langen Fluges angenommen hatte, war verschwunden. Seine Gesichtsfarbe wirkte schon fast wieder normal. Bartstoppeln beschatteten seine feste Kinnpartie. Sein glänzendes schwarzes Haar bot einen scharfen Kontrast zu dem weißen Kopfkissen mit dem eingestickten Monogramm.

Vorsichtig ließ sich Regina auf dem Bettrand nieder. Selbst im Schlaf erschien ihr Kane noch voller Vitalität. Er war kein Mensch, der es einem leicht machte. Er hatte feste Vorstellungen von Wahrheit und Gerechtigkeit, Vorstellungen, von denen er nicht abrückte. Sie bezweifelte, dass er die Gründe, die widersprüchlichen Motivationen, die sie hierher geführt hatten, jemals begreifen, geschweige denn Verständnis dafür aufbringen würde.

Sie musste weg. Sie konnte nicht in Hallowed Ground bleiben. Sie durfte die Gastfreundschaft dieser Leute, denen sie hatte Schaden zufügen wollen, nicht länger in Anspruch nehmen. Sie hatte kein Recht, Nachsicht von ihnen zu erwarten oder es auszunutzen, dass man sie ihr trotz ihres Vergehens gewährte.

Wie gern wäre sie hier geblieben und hätte sich Kanes Familie angeschlossen. Nicht nur seinem Großvater, den sie inzwischen aufrichtig gern hatte, sondern auch dem Rest der Familie: Luke und Betsy und Miss Elise und all den anderen Benedicts, die sich mochten und einander respektierten und füreinander da waren. Sie sehnte sich danach, zu ihnen zu gehören, ein Teil von ihnen zu werden, nicht nur ihretwegen, sondern auch wegen Stephan. Es war ein so schmerzliches, so verzehrendes Verlangen, dass es keinen Ausdruck dafür gab.

Aber sie wusste, es würde nie dazu kommen. Sie war allein, und es wurde Zeit, dass sie sich damit abfand. Am besten sofort.

Doch sie rührte sich nicht. Sie konnte sich nicht dazu bringen. Noch nicht. Und so beobachtete sie den Mann im Bett und dachte an all das, was er für sie getan hatte. Das Bedürfnis, ihn ein letztes Mal zu berühren, war so stark, so überwältigend, dass sie die Hand ausstreckte und sie auf seine legte. Aber das reichte ihr nicht. Sie strich über seinen Arm, streichelte seine Schulter. Sie presste ihre Handfläche auf die Stelle, wo sie seinen Herzschlag spürte, und schloss dabei einen Moment die Augen. Nachdem sie sie wieder aufgemacht hatte, fuhr sie mit dem Handrücken über seine Brust und seinen Hals. Sie strich über die Bartstoppeln auf seinem Kinn und folgte mit den Fingerspitzen den Konturen seiner warmen weichen Lippen.

Seine ruhigen Atemzüge verrieten ihr, dass er tief und fest schlief. Mit angehaltenem Atem beugte sie sich über ihn und gab ihm einen zarten Kuss auf die Lippen. Dabei überfielen sie bittersüße Erinnerungen – und tiefes Bedauern.

Es war vorbei. Sie würde ihn nie wieder sehen. Eine Träne lief unter ihren Wimpern hervor und fiel auf seine Wange. Sie hob den Kopf, um sie mit der Fingerspitze wegzuwischen. Dann stand sie langsam auf und wandte sich ab.

Sie hatte nicht bemerkt, dass Lewis Crompton sie von der geöffneten Tür aus beobachtete. Erst jetzt sah sie ihn. Sein Gesicht sah besorgt aus. In seinen Augen lag Mitgefühl.

„Ich wollte nur ... nach ihm schauen", sagte Regina, bis unter die Haarwurzeln errötend.

„Ja." Kanes Großvater räusperte sich. „Er wird bald wieder auf den Beinen sein. Tom – Doc Watkins – sagt, dass er lediglich Ruhe braucht. Kane wird sich von dieser Sache nicht unterkriegen lassen. Er hat Dinge zu erledigen, und ich bin sicher, er wird sie in Angriff nehmen, sobald er aufwacht."

„Da mögen Sie Recht haben." Ehe der alte Herr mehr hinzufügen konnte, fuhr sie fort: „Sie müssen müde sein. Nach dem Unfall sind Sie ja selbst noch schonungsbedürftig. Ich könnte bei Kane bleiben, wenn Sie sich noch einmal hinlegen wollen."

„Nein, nein, ich bin nicht müde. So weit kommt es noch, dass ich mich am Tag aufs Ohr lege. Und bei Kane braucht keiner mehr Wache zu halten. Es genügt, wenn ich nachher mal kurz nachsehe, ob er auch kein Fieber hat."

Regina nickte, ohne den alten Herrn anzusehen. Pops kümmerte sich um Kane, so wie Kane sich um Pops kümmerte. Sie wurde nicht gebraucht. Wozu auch? Um das Schweigen, das plötzlich zwischen ihnen entstanden war, zu unterbrechen, fragte sie: „Wo ist Luke?"

„Er ist vorhin nach Hause gefahren, nachdem er sich vergewissert hatte, dass Kane okay ist."

„Ich sollte wohl auch gehen", sagte Regina. Und etwas verlegen fügte sie hinzu: „Sie wundern sich wahrscheinlich ohnehin, wie ich es wagen konnte, noch einmal hierher zu kommen."

„Wieso?"

Ihre Wangen brannten vor Scham. „Nach all dem, was ich getan habe ..."

335

„Ich fürchte, dass ich darüber nur unzureichend informiert bin", sagte Mr. Lewis ernst. „Mein Enkelsohn und ich stehen uns zwar sehr nahe, aber das bedeutet nicht, dass er mich über sein Privatleben auf dem Laufenden hält – oder umgekehrt."

Regina sah ihn an. „Er hat Ihnen nichts über mich erzählt?"

„Nein, offensichtlich nicht."

Hätte sie die Sache bloß nicht erwähnt.

Jetzt war es zu spät. Jetzt blieb ihr nichts anderes übrig, als Farbe zu bekennen. „Ich bin ... unter falschen Voraussetzungen hierher gekommen."

„Sie sind also keine Expertin für alten Schmuck?" Mr. Lewis hob die buschigen weißen Brauen. Dabei spielte der Anflug eines Lächelns um seine Mundwinkel.

„Doch, das bin ich schon."

„Aber Sie hatten nicht vor, den Schmuck meiner Frau zu taxieren oder einen Käufer für die Kollektion zu finden?"

„Doch, natürlich. Aber ..."

„Wieso sprechen Sie dann von falschen Voraussetzungen?"

Hilflos schüttelte Regina den Kopf. „Weil alles andere falsch war. Ich schäme mich so sehr, dass ich mich hier eingeschlichen und Sie belogen habe."

Es vergingen einige Sekunden, ehe er ihr antwortete. Forschend betrachtete er ihr Gesicht. Schließlich sagte er: „Sie sind gestern Nacht, beziehungsweise heute früh mit den Männern hierher zurückgekommen, was eigentlich nicht notwendig gewesen wäre. Aus welchem Grund?"

„Ich wollte bei Kane bleiben." Sie runzelte die Stirn. „Ich fühlte mich verantwortlich, nachdem er meinetwegen angeschossen wurde. Er hatte so viel Blut verloren. Ich musste mich einfach vergewissern, dass es keine ernstere Sache war."

„Mit anderen Worten, Sie waren genauso um sein Wohlergehen besorgt wie wir alle."

„Ja", sagte sie, seinem Blick ausweichend, „das stimmt wohl. Ich finde es ganz furchtbar, dass er meinetwegen verletzt wurde. Und ich hätte es nicht ertragen, wenn diese Sache, auf die er sich nur eingelassen hatte, weil ich ihn dazu drängte, tödlich ausgegangen wäre." Sie lächelte gequält. „Aber meine Gefühle sind unwichtig. So, und jetzt sollte ich gehen. Wenn ich hier wirklich nichts mehr tun kann, ist es wohl das Beste, ich nehme meinen Sohn und verschwinde. Falls uns jemand zum Motel fahren kann?"

„Ich bin mir nicht so sicher, ob Kane es gutheißen wird, wenn er aufwacht und erfahren muss, dass Sie nicht mehr da sind", meinte der alte Herr, wobei ein verständnisvoller Ausdruck in seinen Augen lag.

„Ich könnte mir vorstellen, dass er froh ist, uns los zu sein. Ich habe mich ihm – und auch Ihnen – viel zu lange aufgedrängt."

„Ich habe keine Beschwerden von ihm gehört." Mr. Lewis lächelte ein wenig. „Und ich selbst habe auch keine."

„Sie sind ein liebenswerter Mann, Mr. Crompton", sagte Regina. „Aber ich muss wirklich gehen."

„Ich kann Sie nicht zurückhalten, wenn Sie uns unbedingt verlassen wollen. Nur eines möchte ich noch sagen: Es ist gut möglich, dass Kane jemanden wie Sie braucht. Wäre ich abergläubisch, würde ich sagen, das Schicksal hat Sie ihm zugeführt, damit Sie ihm seinen Starrsinn austreiben. Er glaubt nämlich immer alles so genau zu wissen. Mitunter kommt es schon mal vor, dass das Schicksal da eingreift."

Regina verstand nicht so recht, was er damit meinte, aber weil es sowieso egal war, dachte sie nicht weiter darüber nach. „Kane

337

stellt hohe Anforderungen, und ich glaube kaum, dass ich ihnen gerecht werden könnte. Es ist besser für Stephan und mich, wenn wir jetzt gehen, ganz bestimmt. Außerdem habe ich noch einiges zu erledigen. Ich muss mir ein Auto mieten und Einkäufe machen. Stephan hat kaum etwas anzuziehen dabei. Nicht einmal eine Zahnbürste konnte ich für ihn mitnehmen, weil wir uns so beeilen mussten. Und auch ich habe alles zurückgelassen. Sie sehen also, es ist wirklich notwendig, dass ich …"

Mr. Lewis nickte langsam. „Nun, wenigstens einen Teil Ihrer Probleme kann ich Ihnen abnehmen. Lassen Sie mich meine Autoschlüssel holen."

Es war nicht leicht, Mr. Lewis nach der Einkaufstour zu überreden, Stephan und sie beim Motel abzusetzen. Regina war richtig erschöpft, als sie wenig später alle ihre Einkäufe ausgepackt und weggeräumt hatte. Auch Stephan hatte keine Energie mehr. Sie aßen etwas von dem Proviant, den Regina eingekauft hatte, und legten sich dann aufs Bett, um einen Mittagsschlaf zu halten.

Es war Abend, als Regina wieder wach wurde. Ihren Sohn in den Armen haltend, blieb sie eine ganze Weile still liegen und starrte ins Leere. Sie wusste, es gab Dinge zu erledigen, aber sie konnte sich zu nichts aufraffen. Sie war so deprimiert, dass sie meinte, von einem bleiernen Gewicht niedergezogen zu werden. Jeder Handgriff war ihr zu viel.

Sie überlegte, ob Kane wohl inzwischen aufgewacht war und ob es ihm gut ging. Aber sie hatte nicht die Kraft dazu, den Telefonhörer abzuheben und in Hallowed Ground anzurufen, um sich nach seinem Befinden zu erkundigen. Vielleicht war es auch besser so. Je weniger Kontakt sie zu ihm hatte, desto schneller würde sie über die Trennung von ihm hinwegkommen.

Es war gut möglich, dass sie Kane nie wieder sah, nie mehr

seine Stimme hören, nie wieder seine Arme um sich spüren würde, nie wieder die Lust und die Leidenschaft erleben durfte, die nur er in ihr wecken konnte.

Sie wollte nicht daran denken. Sie konnte es nicht.

Irgendwann würde sie diese bedrückte Stimmung abschütteln, das wusste sie. Denn sie hatte ja Stephan. Ihr Sohn und sie waren eine kleine Familie, und von nun an würde sie für ihn sorgen. Das Wichtigste war im Moment, sich darüber klar zu werden, wie es jetzt weitergehen sollte und was sie mit dem Rest ihres Lebens anfangen wollte.

Und noch etwas beschäftigte sie. Sie wusste nicht wieso, aber irgendwie hatte sie das Gefühl, dass es noch etwas für sie zu erledigen gab, ehe sie diese Episode hinter sich lassen und sich dem nächsten Kapitel ihres Lebens zuwenden konnte. Das Dumme war nur, dass sie nicht darauf kam, was es sein konnte.

Es fiel ihr später ein, nachdem sie sich mit Stephan eine Pizza zum Abendessen geteilt und anschließend einen Film und die Nachrichten im Fernsehen angesehen hatte. Nachdem Stephan sich die Zähne geputzt und sie ihm eine Gutenachtgeschichte vorgelesen hatte. Nachdem sie ihm einen Kuss gegeben und das Licht gelöscht hatte.

In den Nachrichten war im Rahmen einer Berichterstattung über den bevorstehenden Prozess ein kurzes Interview mit Kanes Partner Melville Brown gebracht worden. Der Reporter hatte dem Anwalt sein Mikrofon hingehalten und ihn aufgefordert, einen Kommentar zu den Gerüchten abzugeben, wonach der Fall als Rassenproblem dargestellt werden solle, nach dem Motto: konservatives Beerdigungsinstitut aus dem Süden gegen progressives Ostküsten-Unternehmen, das Schwarzen Vorzugsbedingungen gewährte.

Der schwarze Anwalt hatte sachlich erwidert, dass er und sein Klient Mr. Crompton kein Interesse daran hätten, Klischees zu bedienen, sondern den Prozess auf Grund von Fakten gewinnen wollten. Nicht um die Rassenfrage ginge es, sondern lediglich darum, den Verbraucher vor überhöhten Preisen und unseriösem Geschäftsgebaren zu schützen. Wenn man den Fall so präsentiere, würden die Geschworenen sicher alle Versuche des Beklagten, die Dinge zu verwirren, zurückweisen und ein gerechtes, auf gesundem Menschenverstand basierendes Urteil fällen. Der abschließende Kommentar des Reporters schien diese Meinung in Frage zu stellen. Der Bericht schloss mit dem Hinweis, das ganze Land würde auf Baton Rouge und den kleinen Ort Turn-Coupe schauen und mit Spannung die Entscheidung in diesem grundlegenden Fall erwarten. Dabei wurde im Hintergrund Lewis Cromptons Bestattungsinstitut eingeblendet.

Regina konnte nicht aufhören, über den Bericht nachzugrübeln. Sie wäre nie auf die Idee gekommen, der Fall könnte von nationaler Bedeutung sein. Diese Tatsache machte es für Kane und seinen Partner noch sehr viel wichtiger, den Prozess zu gewinnen.

Sie wagte sich gar nicht vorzustellen, Gervis könne über einen Mann wie Lewis Crompton triumphieren. Und noch unangenehmer war ihr der Gedanke, Gervis könnte nach Turn-Coupe kommen und eines seiner klotzigen Bestattungsunternehmen hochziehen, um dann den Farmern und all den anderen Leuten, die ehrlich ihr Geld verdienten, das Dreifache der üblichen Kosten zu berechnen, sollten sie einen ihrer Angehörigen begraben müssen.

Jemand musste ihm Einhalt gebieten. Jemand, der all die schmutzigen Tricks und hinterhältigen Praktiken kannte, mit denen er arbeitete, musste dafür sorgen, dass die Wahrheit ans Licht kam. Jemand wie sie.

Sie hatte angenommen, Kane würde als Gegenleistung dafür, dass er ihr half, ihren Sohn zu befreien, Informationen über Gervis' Organisation fordern. Aber er hatte nichts von ihr verlangt. Jetzt würde sie ihm die Informationen freiwillig geben. Aus dem einzigen Grund, weil sie es für das Richtige hielt.

Und möglicherweise gab noch einen zweiten Grund. Sie war Kane und seinem Großvater, Luke und all den anderen etwas schuldig. Sie hatten so viel für sie getan. Jetzt war die Zeit gekommen, sich bei ihnen zu revanchieren. Die Benedicts waren nicht die Einzigen, die ihre Schulden beglichen.

19. KAPITEL

Ein gedämpftes Brummen wie von einem Schwarm Fliegen erfüllte den Gerichtssaal. Jeder Platz war besetzt. Sogar draußen im Flur drängten sich die Leute. Es war jeden Tag dasselbe, seit der Prozess vor einer Woche begann. Aus den Bemerkungen, die Regina um sich herum hörte, konnte sie entnehmen, dass Mr. Lewis' Freunde und Nachbarn geschlossen hinter ihm standen. Schwarze und Weiße gleichermaßen unterstützten ihn in seinem Kampf gegen die mächtige Korporation, die ihn aus dem Geschäft zu drängen versuchte.

Viele von denen, die heute nach Baton Rouge kamen, waren entweder Benedicts oder hatten irgendwelche Verbindungen zur Familie. Luke und Miss Elise saßen wie immer direkt hinter dem Tisch des Klägers, wo Melville mit Mr. Lewis saß. April Halstead und Dora hatten sich ein paar Reihen weiter hinten niedergelassen, während Doc Watkins sich einen Platz am mittleren Gang gesucht hatte, wo er die Beine ausstrecken konnte. Die Leute um Regina herum verrenkten sich sie Hälse und redeten leise miteinander, wobei immer wieder Kanes Name fiel. Nicht nur, um sich abzulenken, versuchte Regina so viel wie möglich von den Unterhaltungen aufzuschnappen. Sie war dankbar für jede Information, die ihr Bild über den Mann, der ihr so viel bedeutete, abrunden konnte.

Betsy North, die mit ihr und Stephan auf der hintersten Bank saß, versorgte sie ebenfalls mit reichlich Klatsch. Über jede Person, deren Name fiel, wusste sie etwas zu berichten. Darüber hinaus stellte sie Regina allen möglichen Leuten vor und nannte dabei ihren Namen mit einer Selbstverständlichkeit, als sei es völlig normal, dass sie an den Gerichtsverhandlungen teilnahm. Sogar Regina selbst vergaß vorübergehend, dass sie eine Außenstehende war, zumal niemand sie mit Gervis Berry in Verbindung zu bringen schien.

Als Gervis irgendwann aufkreuzte, schien er nicht im Geringsten zu bemerken, dass die Stimmung gegen ihn war. Von seinen Anwälten umgeben, marschierte er forsch in den Gerichtssaal.

In seinem Armani-Anzug, mit der Zweihundert-Dollar-Krawatte und dem ungeduldigen, überheblichen Gebaren vermittelte er den Eindruck, als hielte er das Ganze für eine Verschwendung seiner kostbaren Zeit. Nur allzu deutlich ließ er sich anmerken, dass er diese unwichtige Sache so schnell wie möglich hinter sich zu bringen gedachte.

Einen Moment später rutschte Betsy gespannt auf ihrem Sitz vor. „Oh, schauen Sie, Kane ist heute da", sagte sie und fiel fast von der Bank vor lauter Aufregung. „Wenn man ihn so ansieht, würde man nicht denken, dass er ein Loch in der Seite hat, nicht wahr?"

Regina folgte Betsys Blick. Den Leuten lächelnd zunickend, Hände schüttelnd, scherzend, bahnte Kane sich seinen Weg durch die Menge. Sonnengebräunt und fit sah er aus, locker und entspannt in der ihm vertrauten Umgebung. Nicht eine Spur von Stress war in seinem Gesicht oder seinen Bewegungen zu erkennen.

Regina atmete auf. Sie spürte, wie die Spannung in ihr nachließ. Dies war das erste Mal seit Prozessbeginn, dass Kane sich im Gerichtssaal zeigte. Man hatte ihr zwar immer wieder versichert, es ginge ihm gut, aber sie konnte es erst jetzt, wo sie ihn sah, so richtig glauben.

„Ist das der Mann, der mich geholt hat?" fragte Stephan fast ehrfürchtig. Dabei stand er von der Bank auf und starrte Kane an.

Reginas Stimme klang rau, als sie die Frage ihres Sohnes bejahte. Für Stephan war der Mann, der es geschafft hatte, ihn von Michael und der Krankenschwester wegzuholen, ein Held. Und Betsy, die Gefallen an dem Jungen gefunden hatte, unterstützte seine Schwärmerei, indem sie ihm alle möglichen Geschichten über Kane erzählte. Regina hatte nichts unternommen, um der Heldenverehrung ein Ende zu setzen. Sie hatte das Gefühl, dass ihr Sohn vor allem jetzt ein Vorbild brauchte, einen Mann, zu dem er aufsehen konnte. Und sie kannte niemanden, der besser dafür geeignet war als Kane.

„Vielleicht sollte ich mich bei ihm bedanken?" Mit glänzenden Augen blickte Stephan erwartungsvoll zu ihr auf.

„Oh, ich weiß nicht so recht", sagte Regina, die den Gedanken gar nicht gut fand. Sie strich dem Jungen das Haar aus der Stirn. „Kane ist ein viel beschäftigter Mann."

Betsy warf ihr einen verwunderten Blick zu. „Er ist nicht so beschäftigt, dass er keine Zeit für einen kleinen Jungen hätte. Da sollten Sie Kane eigentlich besser kennen."

„Nun, sicher, aber im Moment ist wirklich kein guter Zeitpunkt", antwortete Regina ausweichend. Es war nicht so, dass sie fürchtete, Kane könnte Stephan links liegen lassen. Vielmehr fühlte sie sich der Begegnung mit Kane nicht gewachsen, schon gar nicht hier, in aller Öffentlichkeit.

Als hätte Kane ihre Blicke gespürt, wandte er in diesem Moment den Kopf in ihre Richtung. Sein durchdringender Blick war unergründlich. Regina schluckte und sah weg. Erst als der Richter seinen Platz auf der Richterbank einnahm und mit den Formalitäten begonnen wurde, wagte sie wieder einen Blick nach vorn.

Sie verstand nicht viel von der Juristerei. Sie war bisher nie damit in Berührung gekommen. Jetzt jedoch begann sie sich dafür zu interessieren. Dies war Kanes Element. Schon allein deshalb übte die Materie eine gewisse Faszination auf sie aus, wenn ihr auch die Spielregeln des Ganzen viel zu kompliziert erschienen. Sie hatte in den letzten Tagen den Verlauf der Verhandlungen aufmerksam verfolgt, hatte miterlebt, wie Melville Brown dabei half, den Geschworenen ihre Plätze zuzuweisen, und eine ganze Reihe von Zeugen aufmarschieren ließ, damit sie dem Gericht Auskunft gaben über die Gepflogenheiten in der Branche, positive und negative Praktiken gleichermaßen.

Melville war locker und umgänglich, dabei jedoch äußerst kompetent. Anhand seiner Fragen hatten sich die Zeugenaussagen langsam, aber sicher zu handfesten Indizien gegen die Berry Association verdichtet. Und doch schien irgendetwas zu fehlen. Es war fast so, als liefe alles zu reibungslos.

Auch heute begann Melville wieder mit den Zeugenvernehmungen. Der erste Zeuge war der Hausmeister eines Beerdigungsinstituts in Mississippi. Seiner Aussage zufolge stimmten die Leistungen oder die Ware, die Berrys Unternehmen lieferte, nicht immer mit dem überein, was er seinen Kunden in Rechnung stellte. Dasselbe hatten am Vortag bereits andere Zeugen ausgesagt, und ebenso wie gestern lösten die Vorwürfe auch heute wieder hitzige Debatten aus, ehe dieser Punkt zum Abschluss gebracht wurden und der Mann den Zeugenstand verlassen konnte.

Der nächste Zeuge, der aufgerufen wurde, war Lewis Crompton. Melville bat ihn, dem Gericht zu schildern, seit wie vielen Generationen das Beerdigungsinstitut schon in der Familie sei und nach welchen Gesichtspunkten er sein Geschäft führe. Gelöst, als hätte er nichts zu befürchten, saß Kanes Großvater im Zeugenstand. Auch hier war er ganz der distinguierte Gentleman. Mit tiefer Baritonstimme trug er seinen Fall ruhig und sachlich vor.

„Mr. Crompton", sagte Melville, „würden Sie dem Gericht und den Geschworenen bitte erklären, warum Sie es für notwendig erachteten, Klage gegen die Berry Association anzustrengen?"

Mr. Lewis neigte den Kopf. „Ich habe die Klage aus einem einzigen Grund eingereicht: Weil die Berry Association mich aus dem Geschäft zu drängen versuchte."

„Wie kamen Sie zu dieser Annahme?"

„Ich hatte Beweise, dass Berry unlauteren Wettbewerb betrieb, indem er die gängigen Preise unterbot."

„Und wie war ihm das möglich?" Melville warf einen Blick in seine Akte, während er auf Cromptons Antwort wartete.

„Durch Großeinkauf. Ein Unternehmen wie Berrys, das Hunderte von Beerdigungsinstituten betreibt, kann seine Särge natürlich mit riesigen Rabatten einkaufen."

345

„Ist es nicht Berrys gutes Recht, billig einzukaufen und dann die Preise zu senken?"

„Selbstverständlich", sagte Mr. Lewis. „Wenn die Einsparung tatsächlich an den Kunden weitergegeben wird. Aber das ist hier nicht der Fall. Berry und andere Billig-Anbieter wie er senken ihre Preise nur so lange, bis sie die Konkurrenz, kleine Familienbetriebe wie meinen, vertrieben haben. Dabei konzentrieren sie sich jeweils auf eine Region, um sich dort mit einer ganzen Reihe von Beerdigungsinstituten zu etablieren. Ist ihnen das gelungen, und sie haben eine Monopolstellung erreicht, treiben sie die Preise in die Höhe. Am Ende kostet dann ein Begräbnis fünfzig Prozent mehr als früher, und niemand kann etwas dagegen unternehmen."

„Wie würden Sie diese Geschäftsmethoden bezeichnen?"

„Als Schikane und Preistreiberei. Deutlicher möchte ich mich mit Rücksicht auf die Gesellschaft, in der wir uns befinden, nicht ausdrücken."

Lachen wurde im Publikum laut. Melville wartete, bis es sich gelegt hatte, ehe er seine nächste Frage stellte. „Und was Sie uns da gerade geschildert haben findet nur in Louisiana statt?"

„Oh nein, keinesfalls." Mr. Lewis schüttelte nachdrücklich den Kopf. „Es ist überall so. Und es geht gerade erst richtig los. Im Moment sind noch weniger als zwanzig Prozent der Familienbetriebe bedroht. Aber jeden Tag werden mehr und mehr von den großen Unternehmen geschluckt. Mit persönlichem Service, mit Diskretion und Anteilnahme ist es vorbei, wenn die großen Gesellschaften kommen. Dann zählen nur noch Profite. Einige dieser so genannten Begräbnis-Ketten werfen so viel ab, dass ihre Aktien an der New Yorker Börse gehandelt werden."

„Es geht Ihnen also darum, Ihre Kunden zu schützen?" Melville lächelte, während er sprach. In seinen braunen Augen lag Wärme.

Mr. Lewis schüttelte den Kopf. „Ich würde dieses Motiv ja gern für mich in Anspruch nehmen, und zumindest am Anfang ging es mir sicherlich darum. Aber ich muss gestehen, die Gründe sind inzwischen persönlicher. Man könnte fast sagen, dieser Prozess hat sich zu einem privaten Kampf zwischen Mr. Berry und mir entwickelt."

Diesmal war das Gelächter lauter, und der Richter musste um Ruhe bitten. Als es wieder still war, fragte Melville: „Wie kommt das, Mr. Crompton?"

„Die Methoden, derer Mr. Berry sich bei dieser Auseinandersetzung bedient, gefallen mir nicht." Während Mr. Lewis das sagte, warf er Gervis einen herausfordernden Blick zu.

„Sind Sie durch diese Methoden persönlich in Gefahr gebracht worden?" wollte Melville wissen.

„Jawohl, ich und die Lady, mit der ich zu dem fraglichen Zeitpunkt zusammen war. Und nicht nur ich wurde verletzt. Auch andere Personen wurden bedroht und kamen zu Schaden." Der alte Herr ließ den Blick einen Moment auf seinem Enkel ruhen und richtete ihn dann auf die letzte Reihe, wo Regina mit ihrem Sohn saß.

Die Verteidigung erhob Einspruch, dem der Richter stattgab. Es schien Melville nicht weiter zu stören, dass er von dem Thema ablassen musste. Er stellte Mr. Lewis noch ein paar Fragen und überließ ihn dann den Anwälten der Gegenpartei.

„Nun, Mr. Crompton", begann der Leiter von Berrys juristischer Entourage mit gönnerhaftem Lächeln, „ich habe gehört, Sie kümmern sich schon seit vielen Jahren um die Bestattungen in Ihrem Pfarrbezirk. Ist das richtig?"

„Ja, das ist richtig." Der Blick, mit dem Mr. Lewis den anderen Mann maß, war achtsam, aber voller Zuversicht.

„Und in Ihrer Eigenschaft als Bestatter wurden Sie zum Mitwisser etlicher Familiengeheimnisse. Trifft diese Behauptung zu?"

„So ungefähr."

„Ja oder nein, bitte."

„Ja."

„Und diese Geheimnisse sind bei Ihnen gut aufgehoben?"

„Ja, das will ich doch hoffen."

„Es heißt, Sie hätten bei der Ausübung Ihres Geschäfts von Zeit zu Zeit recht ungewöhnliche Wünsche erfüllt. Stimmt das?" Der New Yorker Anwalt wandte sich ab, während er sprach und entfernte sich ein paar Schritte.

Mr. Lewis runzelte die Stirn, bejahte jedoch die Frage.

„Einmal sollen Sie das Geburtsdatum einer Lady gefälscht haben, damit nicht bekannt wurde, dass sie jahrelang ihr Alter falsch angegeben hatte. Ist das richtig?"

Mr. Lewis erwiderte nichts. Die Lippen zusammengepresst, saß er da. Der Anwalt drehte sich wieder zu ihm um und wartete. Man spürte, dass ein Kräftemessen zwischen den beiden Männern stattfand, ein Test, wer als Erster das Schweigen brach. Bald wurde allen klar, dass es nicht der Mann im Zeugenstand sein würde.

„Ich muss auf einer Antwort bestehen!" sagte der Anwalt gereizt und hochrot im Gesicht, weil der Zeuge es gewagt hatte, ihn vom hohen Ross zu stürzen. „Haben Sie, oder haben Sie nicht Papiere gefälscht, um das wahre Alter der Frau vor ihren Freunden und ihren Nachbarn zu verheimlichen, ja, es selbst dem um einige Jahre jüngeren Ehemann vorzuenthalten?"

Mr. Lewis' Stimme klang gepresst, als er langsam und bedächtig sagte: „Ich habe die Wahrheit übersehen, um die Ehre einer Lady zu schützen."

„Mit anderen Worten, ja, Sie haben ihr Geburtsdatum gefälscht."

Mr. Lewis stimmte dem mit einem Seufzen zu.

„Sie haben eine Schwäche für die Damen, nicht wahr?"

Melville erhob Einspruch gegen diese Frage, dem stattgegeben wurde. Berrys Anwalt spitzte die Lippen und dachte einen Moment nach, ehe er seine Frage neu formulierte.

„Würden Sie meinen, es sei richtig zu behaupten, das schwache Geschlecht habe gelegentlich Ihre Gutmütigkeit und Ihren Respekt vor demselben missbraucht, wenn es darum ging, einen Gefallen von Ihnen zu erbitten?"

„Ich habe keine Ahnung, was Sie meinen", gab Mr. Lewis zurück.

Der Anwalt lächelte dünn. „Dann muss ich wohl direkter werden, Mr. Crompton. Haben Sie jemals auf die Bitte einer Frau hin eine Leiche ins falsche Grab gelegt?"

Daraufhin ließ sich lautes Gemurmel im Publikum vernehmen. Aus den Gesprächsfetzen, die sie aufschnappte, konnte Regina heraushören, dass es weniger die Tatsache als solche war, die die Zuhörer bewegte, sondern die Frage, wer es wohl gewesen war, dem Mr. Lewis diesen Gefallen getan hatte.

Mr. Lewis wartete, bis wieder Ruhe eingekehrt war, und sagte dann mit verdächtiger Offenheit: „Es kommt ganz darauf an, was Sie mit dem falschen Grab meinen."

„Haben Sie, oder haben Sie nicht einen leeren Sarg bei dem Grabmal beigesetzt, das von dem rechtmäßigen Ehemann der Frau gekauft und bezahlt wurde, um dann heimlich mitten in der Nacht die Frau an der Seite eines anderen Mannes zu begraben?"

„Oh, auf diese Geschichte wollen Sie hinaus", sagte Mr. Lewis. Lächelnd lehnte er sich auf seinem Stuhl zurück und verschränkte die Hände vor dem Bauch. „In dem Fall muss ich wohl mit einem Ja antworten."

Das Gemurmel im Saal schwoll wieder an. Regina, die Mr. Lewis inzwischen recht gut kannte, beobachtete ihn mit einiger Skepsis. Für den Verteidiger jedoch schien der Fall klar zu sein, denn er begann sogleich auf einem Schuldeingeständnis herumzureiten.

„Und Sie sehen in dieser abscheulichen Handlungsweise keine direkte Verletzung Ihrer viel gepriesenen ethischen Grundsätze?"

„Nein, das kann ich nicht behaupten", erwiderte Mr. Lewis nach einigem Nachdenken. „Ich ließ mich nicht dafür bezahlen, wissen Sie. Und da bis zu diesem Moment niemand davon wusste, hat es keinem Menschen wehgetan."

„Sie betrachten es nicht als schändlichen Betrug an dem Ehemann, der die Beerdigung bezahlte und der in dem Glauben war, nach seinem Tod bis in alle Ewigkeit an der Seite seiner rechtmäßigen Gattin ruhen zu können?"

Mr. Lewis rieb sich die Nase. „Nun, das ist es ja gerade."

Der Anwalt seufzte. „Was meinen Sie damit?"

„Sie war es nicht."

„Was war sie nicht?"

„Seine rechtmäßige Gattin." Mr. Lewis lächelte geduldig.

„Das ist ja lächerlich. Es wurde doch bereits festgestellt, dass die Frau, von der hier die Rede ist, mit dem fraglichen Mann verheiratet war."

„Nun, ja, das könnte man sagen", stimmte Mr. Lewis ihm zu, um sich gleich darauf an den Richter zu wenden. „Vielleicht darf ich hierzu eine kleine Geschichte erzählen, Euer Ehren, damit auch jeder den Sachverhalt versteht?"

„Das wird nicht notwendig sein", sagte Berrys Anwalt kurz und bündig. „Was wir von Ihnen wissen wollen, ist, weshalb Sie die Tote nicht ins richtige Grab gelegt haben."

„Das will ich ja gerade alles erklären", meinte Mr. Lewis vorwurfsvoll. Wieder wandte er sich an den Richter. „Euer Ehren?"

„Stattgegeben", antwortete der Richter mit einer lässigen Handbewegung.

Empört fuhr der Anwalt herum. „Dieses Procedere ist höchst ungewöhnlich, Euer Ehren. Ich muss darauf bestehen, dass der Zeuge angewiesen wird, die Fragen in der vorgeschriebenen Art und Weise zu beantworten."

Durch seine Bifokalbrille musterte der Richter den Mann, der sich vor ihm aufgebaut hatte. „Was die jeweils vorgeschriebene Art und Weise ist", sagte er mit seinem gedehnten Südstaaten-Akzent, „das bestimme ich. Im Moment ist es eine Geschichte." Er wandte sich ab. „Mr. Crompton?"

Mr. Lewis nickte anerkennend, hütete sich jedoch, Triumph zu zeigen. „Nun", sagte er, „es fing alles damals, im letzten Jahr der großen Depression an. Ein Mädchen aus unserer Gegend brannte mit dem Tunichtgut des Ortes durch. Ihre Familie setzte den beiden nach und fand das Paar in Arkansas. Der Vater des Mädchens und ihre zwei Brüder waren so aufgebracht, dass sie in ihrer Wut den Jungen zusammenschlugen und ihn halb tot im Straßengraben zurückließen, während sie das Mädchen mit nach Hause schleppten. Nach einer Weile kam ein Landstreicher vorbei – damals gab es noch sehr viele. Er fand den Jungen, verarztete und versorgte ihn und zerrte ihn auf einen Zug, als einer vorbeifuhr. Als der Junge Wochen später zu sich kam, befand er sich

351

in Kalifornien. Er schrieb sofort an sein Mädchen zu Hause, erhielt aber nie eine Antwort."

„Falls Sie mit dieser rührenden Geschichte auf irgendetwas hinauswollen", unterbrach ihn der Anwalt gereizt, „wäre es mir lieb, Sie würden zur Sache kommen."

Mr. Lewis neigte den Kopf. „Das habe ich ja vor – wenn Sie sich noch einen Moment gedulden würden. Nun, der Junge zog also mit dem Landstreicher weiter, sprang mit ihm auf Züge, arbeitete mal hier, mal dort – bis der Zweite Weltkrieg kam. Der Junge meldete sich zum Kriegsdienst. In seinem Kummer über die verlorene Geliebte war es ihm egal, ob er am Leben blieb oder sterben musste. Und so wurde er ein Held und erhielt hohe Auszeichnungen. Als der Krieg vorüber war, arbeitete er auf den Ölfeldern. Er schuftete so hart, dass er es mit vierzig zum Millionär gebracht hatte. Das war okay, aber er hatte sein Mädchen noch immer nicht vergessen können. Also kehrte er mit all seinem Geld nach Turn-Coupe zurück. Aber das Mädchen war inzwischen eine Frau geworden, hatte einen anderen Mann geheiratet und eine schöne Tochter, die zu diesem Zeitpunkt schon fast ein Teenager war. Es stellte sich heraus, dass man ihr damals erzählt hatte, unser Held sei in Arkansas gestorben. Sie hatte um ihn getrauert, und dann war das Leben für sie weitergegangen."

Mr. Lewis hielt inne. Abwesend ließ er den Blick über den Gerichtssaal schweifen. Einen Moment schien er mit seinen Gedanken weit weg zu sein. Dann sprach er weiter.

„Nun muss man wissen, dass der Junge, der zum Millionär wurde, ein Geheimnis hatte. Er wusste, dass er das Mädchen damals geheiratet hatte und dass die Ehe nie aufgelöst wurde. Damit war die Frau rechtlich gesehen eine Bigamistin und ihre Tochter unehelich. Jetzt hätte er einen Skandal heraufbeschwören und das

Leben der Frau, ihres Mannes und ihrer Tochter ruinieren können. Er konnte aber auch schweigen und das Geheimnis für sich behalten. Nach langem Ringen mit sich selbst entschied er sich für Letzteres. Er hatte nie wieder geheiratet und erlag nach einigen Jahren einem Herzinfarkt. Man hört selten, dass Männer an gebrochenem Herzen sterben. Aber glauben Sie mir, manche sterben wirklich daran."

„Mr. Crompton", sagte der Anwalt der Verteidigung missmutig, „hätten Sie vielleicht die Güte, uns zu erklären, was all das mit dem Begräbnis zu tun hat?"

Mr. Lewis hob beschwichtigend die Hand. „Gleich", versicherte er ihm. „Nun, diese Frau, die der Millionär liebte, wusste natürlich, wie die Dinge standen. Der Gedanke, mit dem Mann davonzulaufen, der ihretwegen zurückgekehrt war, kam ihr durchaus. Aber weil sie eine gute, ehrbare Frau war, hielt sie das Ehegelöbnis, das sie in gutem Glauben abgelegt hatte, und liebte ihren zweiten Gatten so gut es ging. Aber es blieb immer eine Leere in ihrem Leben. Als sie herausfand, dass sie Krebs hatte und sterben musste, kam sie zu mir und bat mich, sie an der Seite des Mannes zu begraben, der ihr wirklicher Ehemann war. Ich respektierte ihre Entscheidung und erfüllte ihr den Wunsch. Und wenn das falsch war, dann tut es mir Leid. Aber ich würde es jederzeit wieder tun."

„Und das Gericht soll Ihnen glauben, dass Sie aus reinem Mitgefühl offizielle Papiere gefälscht und den Ruf Ihres Geschäfts aufs Spiel gesetzt haben? Das können Sie wohl kaum erwarten."

„Ich denke doch." Mr. Lewis' Gesichtsausdruck wurde grimmig. „Im Übrigen kann ich nicht gutheißen, dass Sie diese Geschichte hier vor Gericht an die Öffentlichkeit zerren mussten und damit das Opfer zunichte machten, das diese beiden Menschen in ihrem Bemühen, das Richtige zu tun, brachten."

„Eine noble Haltung", bemerkte der Anwalt zynisch. „Aber wenn Sie von uns verlangen, dass wir Ihnen diese fantastische Geschichte abnehmen, dann sollten Sie uns wohl den Namen jenes perfekten weiblichen Wesens nennen, das Sie so hoch einschätzten, dass Sie ihm angeblich diesen letzten Wunsch erfüllten."

Lewis Crompton erwiderte nichts. Die Lippen zusammengepresst, saß er regungslos da und blickte starr geradeaus. Das Gemurmel der Zuschauer schwoll zu lautem Stimmengewirr an.

„Nun, Mr. Crompton, wir warten. Wie war der Name der Frau?"

Der Ton des Anwalts war unangenehm arrogant. Man merkte, dass er den Sieg bereits in der Tasche zu haben glaubte. Er schien sich in der Sicherheit zu wiegen, dass der Zeuge den Namen der Frau entweder nicht nennen konnte oder aber sich weigern würde, ihn preiszugeben.

Doch dann seufzte Lewis Crompton plötzlich. Seine Lippen bewegten sich, aber die Worte, die er aussprach, waren kaum mehr als ein Flüstern.

„Lauter, bitte, damit das Gericht Sie verstehen kann. Wer war diese Frau?"

Daraufhin sah Kanes Großvater den Anwalt an, blickte ihm direkt in die Augen. Diesmal waren seine Worte klar und deutlich zu verstehen. Und auch der Schmerz war aus ihnen herauszuhören.

„Die Lady", sagte er, „war meine Frau."

Tumult brach aus im Gerichtssaal. Das Publikum nahm es nicht unbedingt mit Wohlwollen auf, dass die Verteidigung Mr. Lewis dazu gezwungen hatte, seine Familiengeheimnisse preiszu-

geben. Und nicht nur darüber brachten die Zuschauer ihre Missbilligung zum Ausdruck. Die Leute aus Turn-Coupe, die nach
Baton Rouge gefahren waren, um die Gerichtsverhandlung zu
verfolgen, ärgerten sich über die herablassende Art des New Yorker Anwalts und über die Gefühllosigkeit, mit der er ihre privaten
Angelegenheiten an die Öffentlichkeit zerrte.

Regina litt darunter, dass man Mr. Lewis solche Schmach angetan hatte. Wenn sie bloß irgendwie hätte verhindern können,
dass er diese Niederträchtigkeit erdulden musste. Sie hätte alles
dafür getan. Gleichzeitig bewunderte sie jedoch, wie er es geschafft hatte, den Spieß umzudrehen und den Punkt, den die Verteidigung ihm zur Last legte, in einen Triumph für sich umzu-
wandeln. Denn bei dieser Geschichte handelte es sich ganz offensichtlich um die Story, die Vivian Benedict ihr erzählt, dieselbe,
die Slater erfahren und weitergegeben hatte.

Gervis merkte sehr wohl, dass das schmutzige Taktieren seiner Verteidiger ihn in keinem guten Licht erscheinen ließ. Wütend zischelte er mit seinen teuren Anwälten. Dass sein listiger,
hinterhältiger Trick fehlschlug und sich nun zu seinem Nachteil
auswirkte, ließ Regina innerlich triumphieren. So also fühlte sich
Gerechtigkeit an. Sie hätte nie gedacht, dass es ein so gutes Gefühl
sein könnte.

Kurz darauf war die Ruhe im Gerichtssaal wieder hergestellt.
Vorübergehend aus dem Konzept gebracht, oder vielleicht auch
aus Angst vor weiteren Enthüllungen, erklärte die Verteidigung,
keine weiteren Fragen an Mr. Lewis zu haben. Der erhob sich und
verließ den Zeugenstand, um wieder seinen Platz am Tisch des
Klägers einzunehmen.

Es folgte eine kurze Beratung zwischen Mr. Lewis, Kane und
Melville. Dann stand Kane auf. Er blickte kurz zur letzten Reihe

355

hinauf, wo Regina saß, und wandte sich gleich darauf der Richterbank zu. Er wartete, bis es mucksmäuschenstill im Saal geworden
war. Dann sagte er in einem Ton, der keinen Widerspruch dulde-
te: „Und jetzt bittet der Kläger Miss Regina Dalton in den Zeugenstand."

20. KAPITEL

Etwas Derartiges war nicht geplant gewesen. Regina hatte nicht
eingewilligt, als Zeugin aufzutreten. Sie hatte Melville alles erzählt, was sie über Gervis' schmutzige Geschäfte wusste und, um
ihren Bericht mit Beweismaterial zu untermauern, ihm die Dis-
kette überlassen, die sie aus Gervis' Arbeitszimmer mitgehen ließ.
Damit hatte sie ihren Beitrag als erledigt betrachtet.

Jetzt saß sie starr vor Schreck und Überraschung da und
rührte sich nicht vom Fleck. Erst als Betsy sie anstieß und mit
dem Kopf zum Zeugenstand deutete, zwang sie sich aufzustehen. Ihre Knie zitterten, als sie nach vorn ging. Dabei hatte sie
solches Herzklopfen, dass sie meinte, man müsse es durch ihre
Bluse sehen können. Als sie an dem Tisch vorbeikam, wo Gervis saß, begegnete sie seinem boshaften Blick. Merkwürdiger-
weise wurde sie daraufhin etwas ruhiger. Sein Hass gab ihr die
bittere Gewissheit, dass es das Richtige war, was man von ihr
verlangte.

Im Zeugenstand wurde sie vereidigt, ehe sie sich setzte und
nervös darauf wartete, dass Melville ihr seine Fragen stellte.

Aber es war Kane, der um den Tisch des Klägers herumkam
und auf sie zuging. Kane, der sich aufs Geländer des Zeugen-
stands stützte und sich zu ihr vorbeugte, um sie mit nüchter-

nem, unpersönlichem Blick zu betrachten, als hätte er sie niemals geküsst, sie niemals in den Armen gehalten, als hätten ihre Körper nicht zusammengepasst wie Teile eines komplizierten Puzzles. Es war Kane, der kurz zu den Geschworenen herübersah und sie dann wieder mit dem kalten Blick eines Scharfrichters musterte.

„Sind Sie Miss Regina Dalton, wohnhaft in New York?"

„Ja." Weil die Stimme ihr kaum gehorchen wollte, räusperte sie sich. Dabei griff sie unwillkürlich nach dem Bernsteinanhänger an ihrem Hals. Aber diesmal bot er ihr keinen Trost. Sie ließ ihn wieder los.

„Bis vor kurzem wohnten Sie mit dem Beklagten Gervis Berry unter folgender Adresse?" Er las ihre New Yorker Anschrift vor.

Regina nickte. „Das ist richtig."

„Wohnte außer Mr. Berry und Ihnen sonst noch jemand in diesem Apartment?"

Sie nickte steif. Nachdem sie Michaels Namen genannt und seine Tätigkeit als Hausmann und Bodyguard beschrieben hatte, fügte sie hinzu: „Mein Sohn wohnte bei uns, wenn er nicht in seinem Internat war."

„Ihr Sohn. Ist er hier mit Ihnen im Gerichtssaal?"

„Ja."

„Würden Sie uns den Jungen bitte zeigen?"

Regina tat, wie ihr geheißen, obwohl ihre Hand zitterte, als sie auf Stephan deutete. Stephan schien das öffentliche Aufsehen genauso wenig zu gefallen wie seiner Mutter, denn er sank förmlich in sich zusammen und starrte auf seine Füße herab, während Betsy schützend den Arm um ihn legte.

„Sie sagen, Ihr Sohn war im Internat, wenn er sich nicht bei

Ihnen zu Hause aufhielt. Können Sie uns den Namen der Schule nennen?"

Regina sagte ihm den Namen. Dabei überlegte sie verwirrt, was Stephan wohl mit der Sache zu tun hatte. Offensichtlich stellten sich Gervis' Anwälte dieselbe Frage, denn sie verlangten Auskunft darüber, worauf das Verhör hinauslaufen solle. Nachdem man sich kurz mit dem Richter beraten hatte, entschied der, dass Kane fortfahren dürfe.

„Sie bezeichnen diese Schule als Internat", sagte Kane, als er wieder vor ihr stand. „Aber das erscheint mir nicht ganz korrekt. Genau genommen handelt es sich nämlich um eine Sonderschule für Problemkinder, nicht wahr?"

„Mein Sohn ist kein Problemkind. Es war alles ein Missverständnis."

„Ich muss Sie bitten, Ihre Antworten auf die jeweiligen Fragen zu beschränken. Handelte es sich um eine Sonderschule, ja oder nein?"

Regina bejahte seine Frage, nicht ohne ihn jedoch missbilligend dabei anzusehen. Kane ignorierte es. Mr. Lewis hingegen reagierte weniger gelassen. Er winkte Kane zu sich an den Tisch, worauf die zwei Männer ein paar Worte miteinander wechselten. Regina sah, wie beide die Stirn runzelten.

Doch die Unterredung bewirkte gar nichts. Kaum war sie vorbei, ging Kane erneut zum Angriff über. „War es Ihre Idee, Miss Dalton, Ihren Sohn aus dem Haus zu geben?"

„Nein, niemals!" Während sie ihn fragend ansah, versuchte sie zu ergründen, worauf er hinauswollte.

„Dann ging die Initiative also von einer anderen Person aus. Würden Sie dem Gericht bitte erklären, wer dafür verantwortlich war, dass ihr Sohn in ein Heim kam?"

Regina sagte es ihm und beantwortete anschließend eine Reihe von Fragen hinsichtlich ihres Verhältnisses zu Gervis.

„Dieser Mann ist also kein Blutsverwandter von Ihnen. Und auch mit Ihrem Sohn verbindet ihn keinerlei Verwandtschaftsverhältnis. Ist das korrekt?" Während er seine Fragen formulierte, ging Kane vor dem Zeugenstand auf und ab.

„Ja, das ist korrekt."

„Und doch übernahm er es, Ihren Sohn auf eine Schule zu geben, bei der es sich quasi um eine geschlossene Anstalt handelt."

„Das ist richtig."

„Erzählen Sie dem Gericht, wie das möglich war."

Die Stimme drohte ihr zu versagen, als sie ihm mit knappen Worten schilderte, wie Gervis sie übertölpelt hatte.

„Gervis Berry hat Sie also durch geschicktes Manipulieren dazu gebracht, Ihren Sohn aus dem Haus zu geben", fasste Kane ihren Bericht zusammen. Er drehte sich zu ihr um. „Ist das der Grund, weshalb sie beschlossen, ihn zu verraten?"

Regina machte den Mund auf, um etwas zu sagen, doch kein Wort kam heraus. Sie konnte antworten, was sie wollte, man würde sie so oder so zur Verräterin abstempeln, da war sie sich sicher.

„Bedenken Sie bitte, dass Sie unter Eid stehen", sagte Kane. Nachdrücklich, fast grimmig klang seine Warnung. „Sie müssen dem Gericht die Wahrheit sagen."

Sie sah ihn an. Sein Blick war so eindringlich, dass sie meinte, in seinen dunkelblauen Augen zu ertrinken. Sie spürte, dass er etwas von ihr wollte, hatte jedoch keine Ahnung, was es sein könnte. Genauso wenig vermochte sie die Bedeutung seiner Warnung zu erfassen. Doch was spielte es schon für eine Rolle? Es war sowieso alles vorbei – ihr Aufenthalt in Turn-Coupe, ihre kurze Beziehung mit Sugar Kane. Warum also hätte sie etwas zurückhalten sollen? Es bestand keine Veranlassung, irgendetwas zu verbergen.

Mit der Zungenspitze strich sie sich über die trockenen Lippen. „Ich betrachte meine Handlungsweise nicht als Verrat", sagte sie. „Gervis hat jedes Recht auf Loyalität verwirkt, als er mir meinen Sohn nahm, weil ihm seine eigene Bequemlichkeit wichtiger war als das Wohlergehen des Jungen. Oder als er mich nach Turn-Coupe schickte, um für ihn zu spionieren."

„Sie haben für ihn spioniert?" Die Frage kam wie aus der Pistole geschossen.

„Ja", sagte sie und lächelte traurig. „Ich versuchte es zumindest. Aber ich war nicht besonders erfolgreich."

„Darüber lässt sich streiten. Sie sind völlig unvorbereitet nach Turn-Coupe gekommen, und es ist Ihnen in kürzester Zeit gelungen, sich Zugang zu den Häusern und den ... Herzen seiner Bewohner zu verschaffen." Hier legte er eine kurze Pause ein, ehe er fragte: „Waren Sie in irgendeiner Weise für den Unfall verantwortlich, bei dem Mr. Crompton verletzt wurde?"

„Nein! So etwas würde ich niemals tun!" Entsetzt, dass er auch nur auf die Idee kommen konnte, starrte Regina ihn an. War das der Zweck seiner Fragen? Versuchte er sie an den Pranger zu stellen, ihr die Schuld an allem, was geschehen war, in die Schuhe zu schieben – inklusive den Anschlag auf seinen Großvater?

„Und wer war verantwortlich dafür?" Die Frage klang wie der Donner des Jüngsten Gerichts.

„Slater. Dudley Slater. Er gab zu ..."

„Wer ist dieser Slater?"

„Ein Mann, den Gervis angeheuert hatte."

„Erklären Sie uns bitte die genauen Umstände dieses Arbeitsverhältnisses."

Regina versuchte es, obwohl es nicht einfach war. Kane ließ nicht locker, ehe er nicht das kleinste Detail aus ihr herausgeholt hatte. So schnell feuerte er seine Fragen auf sie ab, dass ihr kaum Zeit zum Nachdenken, kein Spielraum für Zweifel oder Halbwahrheiten blieb. Irritiert und aus dem Konzept gebracht angesichts der Wendung, die das Verhör nahm, steckten die Anwälte der Gegenpartei die Köpfe zusammen. Einige Male versuchten sie Einspruch einzulegen, insbesondere dann, wenn die Fragen sich auf Reginas Wissen um das Geschäftsgebaren der Berry Association bezogen. Doch ihr Einspruch wurde meistens abgelehnt. Und wenn sie einmal mit ihrer Forderung durchkamen, formulierte Kane seine Frage einfach anders und fuhr dann unbeirrt mit seinem Verhör fort.

Regina musste jeden Vorfall, jede Einzelheit, jede noch so geringe Information bis ins Kleinste darlegen. Das Verhör wollte kein Ende nehmen. Es erschien ihr, als würde sie seit Stunden, seit einer Ewigkeit, in diesem Zeugenstand stehen. Kane schien genau das von ihr zu wollen, worauf man sie vereidigt hatte: die absolute Wahrheit.

Zusammen mit dieser Erkenntnis kam ihr eine weitere – eine dunkle – Ahnung, worauf Kane es abgesehen hatte. Eine Gänsehaut lief ihr über den Rücken. Panik schnürte ihr die Kehle zu. Nein, es war ausgeschlossen. Das konnte er nicht tun, nicht hier, in einem öffentlichen Gerichtssaal. Nicht vor so vielen Zeugen und im Rahmen eines so wichtigen Prozesses. Es war unmöglich.

Er würde gewiss nicht die Intimität ihrer Beziehung, all das, was sie einander bedeutet hatten, der Öffentlichkeit preisgeben? Er konnte es doch nicht wagen, ihr Verlangen, ihre Leidenschaft füreinander als Beweismaterial für die Niedertracht des Mannes zu benutzen, der versucht hatte, seinen Großvater zu ruinieren?

Damit würde er doch ebenso sich selbst bloßstellen und Kritik auf sich ziehen.

Aber wenn es das nicht war, worauf er hinauswollte, dann konnte sie sich beim besten Willen nicht vorstellen, was es sonst sein könnte. Es gab einfach nichts anderes. Und warum sollte ihm das, was zwischen ihnen war, heilig sein? Genauso wie sie alles für Stephan tun würde, würde Kane alles tun, um seinem Großvater zu helfen.

„Sie mögen ihm keinen körperlichen Schaden zugefügt haben, Miss Dalton, aber entspricht es nicht den Tatsachen, dass Sie sich in Ihrer Eigenschaft als Expertin für antiken Schmuck Lewis Cromptons Vertrauen erschlichen? Und dass Sie dies taten, um Informationen zu sammeln, die sich dazu benutzen ließen, Mr. Crompton zu diffamieren?"

„Ja", sagte Regina mit zusammengebissenen Zähnen.

„Sie unternahmen dies auf Gervis Berrys Geheiß hin. Ist das richtig?"

„Ja, das hat er von mir verlangt."

„Und? Hat es funktioniert?"

„Nein."

Kane blieb stehen. Langsam drehte er sich zu ihr um. „Nein?" fragte er mit erhobenen Brauen. „Warum nicht?"

„Mr. Crompton änderte seine Entscheidung, den Schmuck zu verkaufen." Und in ironischem Ton fügte sie hinzu: „Ich glaube, sein Anwalt riet ihm davon ab."

„Also war Ihnen dieser Weg verbaut." Er lächelte zynisch. „Wie ging es dann weiter? Was haben Sie gemacht?"

„Ich rief Gervis an und erklärte ihm, wie die Dinge standen. Jemand anderes, vermutlich Slater, sagte ihm, Mr. Cromptons Enkel könnte möglicherweise Interesse an mir haben. Daraufhin

362

wurde ich angewiesen, meine Bemühungen auf ihn zu konzentrieren."

Das Publikum im Gerichtssaal kommentierte dies mit lautem Gemurmel. Kane hob die Stimme, um sich Gehör zu verschaffen. „Man sagte Ihnen also, dass Sie sich an den Enkel heranmachen sollen?"

„Ja."

„Und haben Sie der Anweisung Folge geleistet?"

Regina betrachtete sein Gesicht, versuchte zu ergründen, was hinter seinen ernsten Zügen lag. Aber es gelang ihr nicht. Nein, dachte sie, das habe ich nicht verdient. Oder vielleicht doch? Hier, im Gerichtssaal, erschien ihr die ganze Farce noch viel niederträchtiger, viel verachtungswürdiger als zu dem Zeitpunkt, wo sie sich abspielte. Und schon da fand sie sie schlimm genug.

„Ja", flüsterte sie. „Ja, das habe ich."

„Mit welchem Ergebnis?"

Wollte er wirklich, dass sie so deutlich wurde? „Wir ... kamen uns näher."

„Und Sie haben ihm Informationen entlockt?"

Hilflos zuckte sie die Schultern. „Ich versuchte es."

„Und Sie hatten keinen Erfolg damit?"

„Ich glaube, er war misstrauisch. Ich nahm an, dass er ..." Weil ihr plötzlich Zweifel kamen, ob sie weitersprechen sollte, hielt sie inne.

„Was nahmen Sie an?"

Regina senkte den Blick. „Dass auch er seine Gründe hatte, sich mit mir abzugeben."

„Aber trotzdem suchten Sie die Beziehung zu ihm?"

„Ja."

„Warum?"

Sein knapper Ton klang geradezu feindselig. Gekränkt antwortete sie ihm nicht minder unfreundlich: „Weil ich keine andere Wahl hatte!"

„Sie hatten keine Wahl? Es fällt mir schwer, das zu glauben, Miss Dalton. Jeder Mensch kann sich aussuchen, ob er richtig oder falsch handeln will."

„Nein, nicht immer! Nicht, wenn das Wohl eines Kindes auf dem Spiel steht."

Mit bohrendem Blick sah er sie an. „Das Wohl eines Kindes? Ihres Kindes?"

„Meines Sohnes", antwortete sie ihm. „Der einzige Mensch, der mir je ..." Weil sich ihr plötzlich die Kehle zuschnürte, vermochte sie kein weiteres Wort hervorzubringen.

„Ihr Sohn Stephan Berry, der sich bei Gervis Berry in New York aufhielt, während Sie in Turn-Coupe beschäftigt waren?"

„Ja." Tränen brannten ihr in den Augen. Nur mit Mühe zwang sie sich zu einer Antwort.

„Inwiefern war das Kind in diese Situation verwickelt?"

„Bitte ...", sagte sie flehend. „Ich kann doch nicht ..."

Aber Kane ließ sich nicht erweichen. „Beantworten Sie mir die Frage", forderte er sie knapp auf.

Sie blickte zu Stephan hin. Nur verschwommen sah sie durch ihre Tränen, dass er die Stirn gerunzelt hatte. Sie nahm an, dass ihn weniger das Gesagte störte, als eher die Art und Weise, wie man seine Mutter behandelte. Doch mit Sicherheit wusste sie es natürlich nicht. Verzweifelt suchte sie nach einer Formulierung, die das Gericht, nicht jedoch der Junge verstehen würde.

Stockend sagte sie: „Gervis drohte mir, er würde meinem Sohn in allen Einzelheiten den ... kriminellen Angriff schildern, der neun Monate vor seiner Geburt geschah und Auslöser derselben war."

„Er versuchte Sie also zu erpressen, indem er das Wohlergehen des Jungen von Ihrem Verhalten abhängig machte?"

„Einspruch!" rief der Leiter des Verteidigungsteams.

„Ja", sagte Regina, unsagbar erleichtert darüber, dass sie nicht gezwungen wurde, den demütigenden Sachverhalt ihrer Vergewaltigung dazulegen. Zumal das Gemurmel im Saal Beweis genug dafür war, dass man sie auch so nur allzu gut verstanden hatte.

Kane wandte sich von ihr ab und dem Leiter des Verteidigungsteams zu, der plötzlich den fatalen Verlauf, den dieses Verhör zu nehmen drohte, erkannt hatte und lautstark dagegen polemisierte. Mit ruhiger Stimme sagte Kane: „Ich ziehe meine Frage zurück."

Der Richter bat um Ruhe, äußerte sich kurz zum Verfahren und bedeutete Kane dann, dass er fortfahren solle.

Kane ging erneut zum Zeugenstand. Auf das Geländer vor Regina gestützt, blickte er eine Weile zu Boden. Als er wieder aufsah, lag scharfe Überlegung in seinem Blick. „Ihrer Aussage zufolge suchten Sie also Informationen, die es Gervis Berry ermöglichen sollten, die Klage abzuwehren, die gegen ihn angestrengt wurde. Doch dann gaben Sie dieses Vorhaben plötzlich auf und kehrten überstürzt nach New York zurück. Was war der Grund hierfür?"

„Gervis hatte mich nach Hause zurückbeordert." Mit Erleichterung stellte Regina fest, dass sich nach der kurzen Unterbrechung ihre Stimme wieder etwas gefestigt hatte.

„Mit welcher Begründung?"

„Er meinte, ich hätte mich nicht genügend angestrengt und deshalb zu wenig erreicht."

„Hatte er Recht damit?"

„Ich ... ja, ich glaube schon."

„Warum?"

Seinem Blick ausweichend, registrierte Regina abwesend seine arrogante Kopfhaltung, seine breiten Schultern, die Lässigkeit, mit der er seinen Anzug trug. Schließlich sagte sie: „Mich beunruhigten die Mittel, derer er sich bediente, insbesondere die Methoden, die er Dudley Slater anwenden ließ. Außerdem hatte ich eine aufrichtige Zuneigung zu ... zu Mr. Crompton gefasst. Nicht zuletzt deshalb schämte ich mich für das, was ich getan hatte."

Kane stieß sich vom Geländer ab. „Aber Sie blieben nicht in New York. Innerhalb von achtundvierzig Stunden kehrten Sie nach Turn-Coupe zurück. Aus welchem Grund?"

„Weil ich Hilfe brauchte. Ich dachte, ich könnte persönliche Dienste oder Informationen, die ich über die Berry Association besaß, als Gegenleistung dafür bieten, dass man mir hilft, meinen Sohn aus Gervis' Gewalt zu befreien."

„Kam dieser Austausch zu Stande?"

„Ja, sozusagen." Schon wieder wurde ihre Stimme brüchig. „Man half mir dabei, meinen Sohn Stephan von New York nach Louisiana zu bringen."

„Und anschließend verbrachten Sie trotz Ihrer eigenen Erschöpfung Stunden an der Seite des Mannes, der während der Rettungsaktion verletzt wurde. Was bewog Sie dazu?"

Regina machte eine hilflose Geste. „Dankbarkeit", sagte sie, seinem Blick ausweichend.

„Nur Dankbarkeit?" Er trat wieder vor sie hin. „Denken Sie daran, dass Sie unter Eid stehen."

Jetzt erkannte sie, was Kane mit seinen Fragen bezweckte.

Es war eigentlich ganz einfach. Er wollte ein totales Geständnis von ihr hören. Mit weniger würde er sich nicht zufrieden geben.

Okay. Der Prozess würde bald vorüber und sie von hier verschwunden sein. Und dann spielte sowieso alles keine Rolle mehr. Man hätte sogar sagen können, dass sie Kane dieses Geständnis schuldete. Er hatte sein Leben riskiert, um Stephan für sie zu retten. Durch ihn war Gervis' Drohung gegenstandslos geworden. Er hatte sie vor Slaters Angriff bewahrt und den kleinen Mann zum Teufel gejagt. Er war für sie dagewesen, als sie ihn brauchte, hatte ihr weitaus mehr gegeben, als er von ihr genommen hatte. Wenn er auf diese Art und Weise dafür entschädigt werden wollte – bitte, dann würde sie ihm den Gefallen tun.

„Nun?" fragte er, als er ihr Zögern bemerkte.

„Nein", sagte Regina, „es war nicht bloß Dankbarkeit."

„Es gab also noch andere Gründe?" Mit bohrendem Blick, die Lippen zu einer geraden Linie zusammengepresst, beobachtete er sie.

Regina straffte die Schultern. Trotzig schob sie das Kinn vor. Dann sagte sie klar und deutlich: „Ich hatte mich verliebt."

„In wen?" fragte er, während hinter ihm ein Raunen durch die Menge ging.

Sie verzog die Mundwinkel zu der Andeutung eines Lächelns. „In Lewis Cromptons Enkelsohn. Ich habe mich in dich verliebt, Kane Benedict, und ich werde mein Leben lang niemals mehr einen Mann so lieben wie dich."

Sekundenlang flackerte etwas in seinen Augen auf. Dann senkte er die Lider, und seine Züge wurden ausdruckslos. Den Tumult im Gerichtssaal ignorierend, wandte er sich an den Richter. Mit fester Stimme sagte er: „Ich habe keine weiteren Fragen an diese Zeugin." Dann drehte er sich auf dem Absatz um und marschierte an seinen Tisch zurück.

Eine Woche später wurde der Prozess zu Gunsten des Klägers Lewis Crompton entschieden. Regina war nicht im Gerichtssaal, als der Richter das Urteil verkündete. Sie erfuhr es aus den TV-Nachrichten in ihrem Motelzimmer, wo sie sich vor dem Getuschel und den neugierigen Blicken verkrochen hatte.

Jetzt stellte sie den Ton lauter und beobachtete gespannt, wie die Gesichter von Melville Brown und der anderen Anwälte über den Bildschirm flimmerten. Melville war in Hochform, bezeichnete die Entscheidung ebenso einen Triumph des Verbrauchers wie einen Sieg für seinen Klienten. Er wies außerdem darauf hin, dass es ein gutes Licht auf die Rassenbeziehungen im Süden werfe, wenn eine überwiegend schwarze Jury für einen weißen Mann aus dem Süden und gegen die Interessen eines Unternehmens aus dem als liberal geltenden Nordosten stimmte.

Gervis' Anwälte drückten sich weniger schmeichelhaft aus. Der Leiter des Teams erhob den Vorwurf, er und seine Kollegen seien durch das veraltete, rückständige Rechtssystem in Louisiana benachteiligt und durch die Taktiken der Anwälte des Klägers bewusst in die Irre geführt worden. Darüber hinaus hätten die Geschworenen die Tragweite des Falles, die Bedeutung des freien Wettbewerbs, nicht begriffen.

Gervis gab keinen Kommentar zu dem Urteil ab. Man zeigte ihn, wie er mit einer verärgerten Handbewegung die Fragen und das Blitzlichtgewitter der Reporter abwehrte und dann in eine Limousine sprang, die mit ihm davonfuhr. Danach kam Lewis Crompton ins Bild. Mit höflichen Worten lobte er die Einsicht der Geschworenen und hob die exzellente Arbeit seiner Anwälte hervor.

Als Kanes Gesicht auf dem Bildschirm erschien, griff Regina nach der Fernbedienung und wechselte den Kanal. Sie wollte weder Kanes Bild sehen noch seine Stimme hören. Sie konnte es einfach nicht ertragen.

Seit sie nach ihrer Aussage den Gerichtssaal verließ, hatte sie nichts mehr von ihm gehört. Und sie erwartete auch nicht, jemals wieder Kontakt zu ihm zu haben. Ihr war es mehr als recht, wenn sie ihn nie mehr wieder sah.

Jetzt, nachdem der Prozess entschieden war, gab es nichts, was sie in Turn-Coupe hielt. Je eher sie von hier verschwand, desto besser. Regina sprang auf und begann die Sachen zusammenzusuchen, die sich während ihres Aufenthalts angesammelt hatten. Sie nahm Hemden, Hosen und Blusen aus den Schubladen und packte sie in den billigen Koffer, den sie gekauft hatte.

„Mama?" Stephan, der auf dem Bett lag und mit Batman-Aufklebern spielte, blickte fragend zu ihr auf. „Fahren wir weg?"

„Ja, mein Schatz, wir müssen weg."

„Wohin?"

„Ich weiß es noch nicht. Irgendwohin."

Sie hatte an New Orleans gedacht oder an Florida. Es war eigentlich egal, welches Ziel sie ansteuerte, solange es nur weit genug von Turn-Coupe entfernt war. Sie würde mit Stephan in ihren Mietwagen steigen und einfach ins Blaue hineinfahren. Vielleicht war es ohnehin das Klügste, wenn sie kein festes Ziel hatte. Denn solange sie nicht wusste, wo sie landen würde, war die Wahrscheinlichkeit gering, dass Gervis sie fand.

Stephan starrte auf seine Füße. „Mir gefällt es hier."

„Weil Miss Betsy dich verwöhnt hat", sagte Regina.

„Miss Betsy gefällt mir auch", erklärte der Junge.

„Ich mag sie auch gern." Lächelnd betrachtete Regina ihren Sohn. Wie schnell er sich an die hier im Süden gebräuchliche, respektvolle Anrede gewöhnt hatte. Auch ihr war sie zur lieben Gewohnheit geworden, kam es ihr doch fast so vor, als würde die höfliche Anrede den Respekt oftmals nach sich ziehen. Hätte sie die Möglichkeit dazu gehabt, hätte ihr noch sehr viel mehr zur Gewohnheit werden können, das wusste sie. Doch sie hatte sie nicht. Damit mussten sie beide sich abfinden.

Regina hob einen schmutzigen Socken vom Fußboden auf und warf ihn in den Koffer. Dann setzte sie sich zu ihrem Sohn aufs Bett und nahm seine Hand. Doch ehe sie in Worte fassen konnte, was sie ihm sagen wollte, klopfte es an der Tür.

Es war Betsy, die draußen stand. „Hallo", sagte sie fröhlich. Sie winkte Stephan zu und wandte sich dann wieder an Regina. „Es tut mir Leid, Sie zu stören, Regina, aber Mr. Lewis rief mich gerade an. Ich soll Sie fragen, ob es Ihnen wohl etwas ausmacht, ihn zurückzurufen."

Mr. Lewis hatte Regina nicht erreichen können, weil sie den Telefonstecker aus der Wand gezogen hatte, nachdem immer wieder Reporter bei ihr anriefen und Auskunft über ihre Affäre mit Kane begehrten. „Oh, ich weiß nicht so recht", sagte sie jetzt zu Betsy. „Ich bin gerade dabei, unsere ..."

„Sie wollen abreisen, nicht wahr?" Betsy warf einen Blick an Regina vorbei aufs Bett, wo der geöffnete Koffer lag. „Das dachte ich mir. Ich sagte es auch Mr. Lewis. Er meinte, ob Sie nicht wenigstens kurz bei ihm anhalten können, ehe Sie aufbrechen."

„Na ja, das kann ich machen." Es war das Letzte, wonach Regina der Sinn stand, doch sie hatte kaum das Recht, dem alten Herrn diese Bitte abzuschlagen.

„Gut", sagte Betsy und wandte sich zum Gehen. „Ich richte ihm aus, dass Sie kommen."

Hätte Betsy das nicht gesagt, hätte Regina vielleicht ihren Entschluss doch noch geändert. Aber die Vorstellung, Mr. Lewis könnte dasitzen und auf sie warten, während sie in die andere Richtung davonfuhr, war ihr zu unangenehm. Und so schlug sie den Weg nach Hallowed Grounds ein. Erst als sie in die Einfahrt einbog, überlegte sie sich, dass dieser Besuch sie erheblichen Zeitverlust kosten würde. Doch daran ließ sich jetzt nichts mehr ändern.

Mr. Lewis arbeitete im Garten hinter dem Haus. Er winkte Regina zum hinteren Parkplatz und führte sie dann durch die Küche ins Haus. Dabei begegneten sie Dora, die Stephan vorschlug, ihr Gesellschaft zu leisten, und ihm einen Lebkuchenmann in Aussicht stellte, den sie extra für ihn gebacken habe. Unterdessen ging Mr. Lewis mit Regina weiter zum Wohnzimmer neben dem Salon. Dora würde auch ihr gleich warme Lebkuchen und Tee bringen, versprach er ihr, während er sie aufforderte, sich doch zu setzen.

Nur zögernd kam Regina der Aufforderung nach. „Ich möchte wirklich nicht lange bleiben", protestierte sie.

„Das weiß ich, und ich kann Ihnen gar nicht sagen, wie sehr ich es bedaure, dass Sie uns verlassen wollen. Ich hatte gehofft, die Sache würde anders ausgehen. Aber zum Zeichen meiner Dankbarkeit wollte ich Ihnen ein kleines Erinnerungsgeschenk geben, ehe Sie abreisen."

Während er sprach, nahm er ein kleines abgegriffenes Samtkästchen von einem Beistelltisch und hielt es ihr hin. Regina machte keine Anstalten, es anzunehmen. „Sie haben keinerlei Grund, mir dankbar zu sein."

„Da muss ich Ihnen widersprechen. Hätten Sie nicht Ihr Wissen um Berrys Aktivitäten mit uns geteilt, wäre mein Prozess nicht so einfach zu gewinnen gewesen. Meine Frau hing sehr an diesem Schmuckstück, und ich bin sicher, es würde ihr gefallen, dass jemand es trägt, der seinen Wert zu schätzen weiß."

Er öffnete das Kästchen und drückte es ihr in die Hand. Regina verschlug es die Sprache, als sie auf das Schmuckstück herabsah. Auf dem Samt funkelte ein wunderbar gearbeitetes viktorianisches Granat-Collier aus Blumen und Medaillons mit einem georgianischen Kreuz in der Mitte. Ihr violetter Schimmer wies die blutroten Steine als böhmische Eisenton-Granate aus.

„Es ist wunderschön, wirklich bezaubernd", sagte Regina leise, während sie andächtig die Steine berührte, „aber viel zu wertvoll, um es aus der Familie zu geben."

Mr. Lewis lächelte. „Nicht im Geringsten. Niemand könnte diesen Schmuck mehr verdienen als Sie. Denn Granat ist der Stein, der Treue, Beständigkeit und Glaube repräsentiert."

„Ich verstehe." Regina spürte, wie ihr die Röte ins Gesicht stieg. „Sie meinen, ich könnte diese Eigenschaften gebrauchen."

„Keinesfalls", wies er ihre Vermutung ernsthaft zurück. „Ich meine, Sie besitzen sie bereits. Guter Gott, wissen Sie denn nicht, was Sie für diese Familie getan haben? Sie haben meinen Enkelsohn aufgerüttelt, ihn aus seiner zynischen Selbstversunkenheit herausgerissen und ihm und seinem alten Großvater gezeigt, dass man nicht ständig Angst davor haben darf, jemand könne einem wehtun. Durch Sie haben wir begriffen, dass die Wahrheit ein zweischneidiges Schwert ist, dass man mehr aus ihr lernen kann, als einem mitunter lieb ist. Sie haben mich davor bewahrt, von einem Moloch geschluckt zu werden. Sie haben mir mein Erbe und meinen Beruf zurückgegeben. Und das ist erst der Anfang."

„Ich hatte meine Gründe – selbstsüchtige Gründe“, antwortete Regina. „Außerdem habe ich nichts davon allein getan.“

„Wir alle haben unsere Gründe. Das sollten Sie bedenken,
wenn Sie das nächste Mal jemandem begegnen, der eine zweite
Chance braucht. Und wirklich allein handelt keiner von uns.“

In diesem Moment erschien Dora mit einem Tablett in der
Hand an der Tür. Ihr Gesicht war so ernst wie ihre Stimme, als sie
sagte: „Mr. Kane kommt gerade die Einfahrt hinauf.“

Mit einem leisen Schrei sprang Regina auf. „Ich muss gehen.
Wo ist Stephan?“

„Bitte, bleiben Sie. Kane und Sie sollten miteinander reden.“

„Auf gar keinen Fall. Wir haben uns nichts mehr zu sagen.“

„Sie mögen vielleicht so denken, aber ich glaube nicht ...“

„Nein!“ Regina eilte zur Tür. Dabei überlegte sie fieberhaft,
ob sie noch Zeit hatte, durch die Hintertür zu verschwinden, ehe
Kane merkte, dass sie hier war.

„Ich glaube, es ist zu spät, meine Liebe. Es wird sich nicht vermeiden lassen, dass Sie Kane begegnen. Es sei denn, Sie möchten
sich irgendwo verbergen, bis er wieder gegangen ist.“

Regina zögerte. Sie warf einen Blick auf die vorderen Fenster. Durch die Gardinen konnte sie Kane draußen vorm Haus
aus seinem Wagen steigen sehen. Abrupt nickte sie mit dem
Kopf. „Ja, wenn es Ihnen nichts ausmacht, wäre das wohl die
beste Lösung.“

„Dann gehen Sie hier hinein.“ Mr. Lewis deutete zum Salon.
An Dora gewandt, sagte er: „Nehmen Sie das Tablett wieder mit.
Und sehen Sie zu, dass Stephan sich ruhig verhält. Oh, und lassen
Sie uns eine Minute Zeit, ehe Sie die Haustür öffnen.“

Regina wartete nicht auf die Antwort der Haushälterin, sondern eilte in den Nebenraum, wo sie sich hektisch nach einem

Versteck umsah. Sie überlegte gerade, ob sie sich hinter den Vorhang stellen sollte, als Mr. Lewis ihr in den Salon folgte.

„Nein, nein", sagte er hastig, als er sah, was sie vorhatte. Er ging zu dem antiken Sarg, wo alles begonnen hatte, zog einen Schemel heran und bedeutete ihr, ihn als Trittbrett zu benutzen. „Hier hinein."

Es war das Letzte, was Regina wollte, aber es blieb ihr keine Zeit zum Argumentieren. Denn es klingelte bereits an der Tür. Regina kletterte in den Sarg und legte sich hin. Mr. Lewis klappte den Deckel zu. Mit leisem Klicken rastete das Schnappschloss ein.

Wie eine Welle überflutete sie die Panik. Sie war eingeschlossen. Erdrückende, stickige, staubige, pechschwarze Finsternis umgab sie, die ihr die Luft abschnürte. Und eine Grabesruhe. Wie hatte sie das Entsetzen vergessen können, das sie damals, beim ersten Mal, überfiel? Wie konnte sie sich erneut in diese Situation drängen lassen?

Es war verrückt. Es war außerdem dumm, feige und unwürdig. Sie sollte Kane gegenübertreten, anstatt sich vor ihm zu verbergen. Wenn es ihr gelänge, das Schnappschloss zu finden und es zu öffnen, so wie Kane es an jenem ersten Tag machte, würde sie ihr Versteck verlassen und sich der Situation stellen.

Sie tastete nach dem Metallverschluss, fand ihn und fingerte daran herum, um zu ergründen, wie er funktionierte. Der Mechanismus konnte doch nicht allzu kompliziert sein. Schließlich war er nicht dazu gedacht, Lebende eingesperrt zu halten. Nachdem sie die Freiheit vor Augen hatte, fiel ihr das Atmen etwas leichter.

Und dann hörte sie auf einmal Kanes tiefen Bariton und wagte sich nicht mehr zu rühren.

„Betsy sagte, Regina sei hier. Erzähl mir bloß nicht, dass sie schon abgefahren ist."

„Siehst du sie irgendwo?" fragte Mr. Lewis. Seine Stimme klang nicht so, als würde sie von weither kommen. Vermutlich hatte Kane ihn bei der Flügeltür abgefangen, und die beiden Männer befanden sich im Salon.

Der Laut, den Kane von sich gab, war verächtliches Schnauben und Seufzen zugleich. „Ich hätte es mir denken können. Ich habe noch nie eine Frau erlebt, die es so meisterhaft versteht, die Dinge zu komplizieren."

„Ich würde meinen, du bist auf diesem Gebiet auch ganz gut."

„Da könntest du Recht haben. Ich habe die Sache wohl ziemlich vermasselt."

„Die Situation ist nicht so verfahren, dass sie sich nicht regeln ließe", erwiderte sein Großvater. „Aber natürlich musst du den Mut dazu aufbringen."

So sehr Regina sich auch anstrengte, sie konnte zunächst einmal keine Antwort von Kane hören. Erneut begann sie an dem Schnappschloss des Sarges herumzufummeln.

„Ich glaube nicht, dass es etwas nützen würde", wandte Kane schließlich ein. „Ich habe Regina zu sehr bloßgestellt. Es fehlte nur noch, dass ich sie vor aller Öffentlichkeit eine Prostituierte genannt hätte."

Mr. Lewis stimmte ihm zu. „Eine Weile dachte ich, du seist total verrückt geworden. Bis ich merkte, was du vorhattest. Du wolltest die Dinge klarstellen, nicht wahr? Jeder sollte wissen, dass Regina zu dem, was sie tat, gezwungen wurde. Du hast dem Klatsch von vornherein jede Grundlage entzogen."

Regina zwinkerte überrascht und starrte dann mit weit aufgerissenen Augen in die Dunkelheit. Was Mr. Lewis da sagte, ließ das Verhör, das sie erdulden musste, in einem völlig neuen Licht erscheinen.

„Das Dumme daran ist", sagte Kane grimmig, „dass ich dabei gleichzeitig meine eigenen Chancen verspielt habe."

„Du bist etwas zu weit gegangen, das würde ich auch sagen."

„Ich weiß." Kane schien zum Fenster zu gehen, denn seine Stimme entfernte sich. „Aber da saß sie als Zeugin vor mir, stand unter Eid, die Wahrheit zu sagen, und war meiner Gnade ausgeliefert. Wie hätte ich der Versuchung widerstehen können?"

„Also hast du sie dazu gezwungen zu sagen, was du hören wolltest. Aber du hattest keine Möglichkeit, dort im Gerichtssaal auf ihr Geständnis einzugehen, ohne den Fall zu gefährden, ohne der Gegenpartei die Gelegenheit zu geben, dir geheime Absprache mit der Zeugin vorzuwerfen. Das hättest du dir wohl vorher überlegen sollen."

Allerdings, dachte Regina und verdoppelte ihre Bemühungen, hinter den Mechanismus des Schnappschlosses zu kommen.

„Ich habe daran gedacht. Aber die Sache schien mir das Risiko wert zu sein. Ich wollte wissen, was Regina das Zwischenspiel mit mir bedeutet hatte, ein für alle Mal. Ich fürchtete, wenn ich mir diese Chance entgehen ließ, würde sich die Möglichkeit dazu nie wieder bieten."

„Jetzt weißt du es also. Und was gedenkst du zu tun?"

„Ich dachte, wenn ich heute früh mit ihr sprechen könnte, ließe sich vielleicht noch etwas retten."

In diesem Moment sprang das Schnappschloss auf. Regina stieß den Deckel mit solcher Wucht zurück, dass er zurückflog und mit dumpfem Knall gegen die Wand dahinter polterte. Ruckartig setzte sie sich auf und blitzte die beiden Männer wütend an.

„Was für ein übler, hinterhältiger Trick! Das ist doch wirklich die Höhe!" stieß sie heftig hervor. „Wie kann man nur so etwas tun!"

Kane fuhr herum. „Regina! Ich kann dir alles erklären."

„Halt den Mund!" fuhr sie ihn an. „Ich rede mit deinem Großvater."

„Mit Pops?" Kane heftete seinen Blick auf den alten Herrn, der so tat, als sei er die Unschuld in Person. Das amüsierte Blitzen in seinen Augen jedoch vermochte er nicht zu verbergen.

„Richtig. Mit Mr. Lewis Crompton, dem so genannten Gentleman, der mich unter einem Vorwand hierher lockte und es mit dir vermutlich genauso machte. Und beide Male war es Betsy, die ihm dabei half. Er sorgte dafür, dass Dora meinen Sohn beschäftigte und zog meinen Besuch in die Länge, indem er mir ein Schmuckstück verehrte, das ich nicht verdient hatte. Dann brachte er mich dazu, in diesen blöden Sarg zu kriechen, während er dich veranlasste, deinen Fall darzulegen, damit ich ihn mir anhören kann. Es würde mich nicht wundern, wenn er sogar plante, uns wieder in diesem Ding hier zusammenzubringen!"

„Stimmt das?" fragte Kane seinen Großvater.

„Ich bekenne mich schuldig", sagte Mr. Lewis, wobei er kein bisschen Reue zeigte, außer, dass er vielleicht die Schultern ein wenig hängen ließ. „Aber ich schwöre, ich hatte die besten Absichten dabei. Mir ist noch nie ein Paar begegnet, das so offensichtlich zusammengehört wie ihr zwei."

„Hattest du dir tatsächlich überlegt, uns wieder in diesem Sarg zusammenzuführen?"

„Ich muss gestehen, die Idee kam mir", sagte der alte Herr vage.

„Lass sie uns hören." Ein übermütiges Blitzen trat in Kanes Augen. „Ich möchte zu gern wissen, auf welche Art und Weise du mich in diesen Sarg bugsieren wolltest."

„Nun ..." Der alte Herr rieb sich die Nase. „Ich hatte vor, dich darauf hinzuweisen, dass ich endlich eine Verwendung für diesen alten Sarg gefunden habe, hätte dir dabei vielleicht ganz leise zugeflüstert, wer sich darin verbirgt und wäre dann auf Zehenspitzen davongeschlichen, um bei Dora in der Küche nachzusehen, ob sie noch ein paar Lebkuchen für mich übrig hat – ungefähr so." Während er das sagte, zog er sich langsam zur Tür zurück und eilte dann mit schnellen Schritten davon.

Kane lachte leise. Belustigt schüttelte er den Kopf. Dann marschierte er zum Sarg und stieg hinein, wobei er Regina unsanft beiseite schob. Kaum war er drinnen, da packte er sie, streckte sich mit ihr aus und zog sie in seine Arme.

„Was soll das?" Reginas Ton klang gefährlich. Heftig entwand sie sich ihm. Auf den Ellbogen gestützt, richtete sie sich ein wenig auf.

„Ich will herausfinden, wie wir beide in siebzig oder achtzig Jahren hier hereinpassen, wenn man uns Seite an Seite begräbt." Er zog den Ellbogen unter ihr weg, so dass sie wieder neben ihn zu liegen kam, schob den Arm in ihren Nacken und barg sie an seiner Seite.

„Und wie kommst du auf die Idee, ich könnte daran interessiert sein?" fragte Regina.

„Das, mein Herzblatt", sagte er voller Genugtuung und nicht ohne einen verführerischen Unterton, „ist öffentlich dokumentiert."

Womit er Recht hatte und sie sich gar nicht erst die Mühe zu machen brauchte, es abzustreiten. Ein wenig schroff erwiderte sie: „Mir scheint, du hast es mit Holzkästen. Erst dieser Sarg, dann der Hochstand ..."

„Kann ich denn etwas dafür, wenn man dich anders nicht festnageln kann?"

„Vor Gericht ist es dir jedenfalls sehr gut gelungen", gab sie sarkastisch zurück.

„Zeugenstand ...", bemerkte er mit gespielter Selbstzufriedenheit. „Wenn man etwas Gutes gefunden hat, sollte man dabei bleiben."

Regina lachte.

Sie konnte nicht anders. Sein Körper strahlte Wärme und Kraft aus, in seinen Armen empfand sie Frieden und Geborgenheit und das Versprechen berauschender Wonnen. Es fiel ihr schwer, sich daran zu erinnern, aus welchem Grund sie an seinen Absichten hätte zweifeln sollen. Etwas unzusammenhängend sagte sie: „Ich finde es unglaublich, was du dir so leistest – und dass du damit auch noch durchkommst. Aber wir können uns nicht ewig in einer Kiste einschließen."

„Nein, aber wenn ich nicht in alle Ewigkeit so mit dir beisammenliegen kann, dann will ich es wenigstens für den Rest meiner Tage tun. Ich möchte mein Leben mit dir verbringen und dich jede Sekunde davon für den Schmerz entschädigen, den ich dir zugefügt habe. Ich möchte dich heiraten, dich so eng mit meiner Familie und mit diesem Ort verweben, dass du nie mehr von hier wegkannst. Ich möchte Kinder mit dir haben, die du so lieben sollst, wie du deinen Stephan liebst. Ich liebe dich, Regina Dalton, und ich werde nie aufhören, dich zu lieben, selbst dann nicht, wenn wir beide schon lange unter der Erde sind. Wirst du es mir erlauben?"

Es war ganz und gar unmöglich, jemandem böse zu sein, der einem eine so dauerhafte gemeinsame Zukunft in Aussicht stellte. Dabei musste Regina jedoch unwillkürlich an Kanes Großmutter denken, die eine ähnlich unsterbliche Liebe gehegt hatte. „Ist diese Vorliebe für Friedhöfe und die Vorstellung vom ewigen Beisammensein eine Marotte dieser Familie, über die vielleicht ich Bescheid wissen sollte?" fragte sie.

Er lachte ein wenig. „Mag sein. Was meinst du dazu?"

„Komisch, aber ich glaube, ich könnte ins Programm passen."

Er küsste sie, schnell hart und leidenschaftlich. Dann griff er nach dem Sargdeckel und begann ihn herunterzuziehen.

„Was machst du?" fragte Regina, von einer prickelnden Vorahnung erfasst.

„Ich führe einen Test durch", erwiderte er ernsthaft.

Sie betrachtete sein Gesicht in der zunehmenden Dunkelheit, ehe der Deckel zuschnappte. Dann fragte sie mit dem letzten Rest eines Zweifels: „Du willst doch nicht etwa mich testen?"

„Nein, Liebes, nur die Möglichkeiten."

„Der Liebe im Jenseits?"

Er zog sie enger an sich. „Was für eine verrückte Idee! Wer hat dich bloß darauf gebracht?"

– ENDE –

Band-Nr. 25024
7,95 €
ISBN 3-89941-032-7

Alex Kava

Das Grauen

Es war ein langer, zermürbender Einsatz, bis die FBI-Profilerin Maggie O'Dell den Serienkiller Albert Stucky überführen konnte – jetzt ist er geflohen und setzt seine Bluttaten fort: Frauen werden ermordet und entsetzlich verstümmelt. Als Maggie bei ihrem Boss endlich erreicht, dass sie wieder den Fall übernimmt, scheint Stucky gewonnen zu haben. Denn es gehört zu seinem grausamen Plan, sich ausschließlich Opfer zu suchen, die Maggie kannte. In einem Psychokampf, der Maggie zu zerbrechen droht, will Stucky ihr zeigen, wie leicht die Grenze zwischen kühlem Verstand und Besessenheit zu überschreiten ist ...

Band-Nr. 25025
7,95 €
ISBN 3-89941-033-5

Sharon Sala
Blutroter Schnee

Hinter der Fassade des eleganten Penthouses in Manhattan wohnt die Angst. Denn die schöne Bestsellerautorin Caitlin Doyle Bennett, von vielen bewundert und um ihren Reichtum beneidet, erhält seit einiger Zeit unheimliche Briefe: Blutverschmiert künden sie an, was ein Wahnsinniger ihr antun will, wenn er sie in seine Gewalt bringt. Dennoch schenkt die New Yorker Polizei, die mit einer Serie grauenhafter Frauenmorde beschäftigt ist, Caitlin keinen Glauben, und so bleibt ihr keine Wahl: Sie muss zulassen, dass der smarte Sicherheitsexperte Connor McKee sie bewacht. Doch selbst Connor, der Tag und Nacht in ihrer Nähe ist, kann nicht verhindern, dass Caitlin in tödliche Gefahr gerät ...

Band-Nr. 25027
7,95 €
ISBN 3-89941-035-1

Dinah McCall

Das Experiment

Sechs junge Frauen: hochbegabt, schön – und tot. Nur die Journalistin Virginia Shapiro lebt noch, und deshalb muss FBI-Agent Sullivan Dean sie unbedingt finden. Denn er glaubt nicht, dass die sechs Frauen freiwillig aus dem Leben gegangen sind. Sullivans Instinkt sagt ihm, dass ein besonders raffinierter Mörder am Werk ist, dass sie sterben mussten, weil vor Jahren in ihrer Begabtenklasse etwas passierte, das niemand jemals erfahren darf. Doch als er Virginia endlich in ihrem Versteck entdeckt, in das sie sich in ihrer Todesangst geflüchtet hat, kann sie sich an nichts erinnern, was damals geschehen ist ...

Alex Kava
Das Böse
Band-Nr. 25001 · 7,95 €
ISBN 3-89941-001-7

Ginna Gray
Zeugin am Abgrund
Band-Nr. 25002 · 7,95 €
ISBN 3-89941-002-5

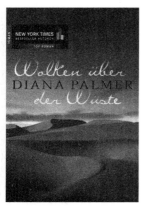

Diana Palmer
Wolken über der Wüste
Band-Nr. 25015 · 7,95 €
ISBN 3-89941-015-7

Elizabeth Lowell
Das Auge des Drachen
Band-Nr. 25016 · 7,95 €
ISBN 3-89941-016-5